Laura Doermer **Verwehte Braut**

Laura Doermer

Verwehte Braut

Eine afrikanische Reise

A1 Verlag

Für Christian, trotz allem!

Die Zeit ist eine Meisterin des Vergessens, ihr endloses Werk das Opfer ihrer eigenen Willkür. Was erlaubt sie uns zu erinnern und was nicht?
Weshalb erinnere ich mich an den seltsamen Vogelruf auf der Missionsstation von Ndunge, der unser morgendliches Erwachen begleitete mit einer Folge menschlich anmutender Töne: h - cis - h - e - h - e, und warum ist die Strecke von Bambari nach Bangassou so gänzlich meinem Gedächtnis entschwunden? Minifilme tauchen aus dem Fundus einer mehr als 40 Jahre alten Vergangenheit auf und reißen abrupt wieder ab. Oft sind es Belanglosigkeiten – eine auf dem Kopf getragene Cola-Flasche, eine alte Frau, die sich ihre Brüste über die Schultern werfen kann oder schmutziges koloniales Papiergeld, das den Besitzer wechselt.
Dies ist die Geschichte der verrückten Hochzeitsreise, die wir, mein Mann Paul und ich, Maria Victoria, im Jahr 1958 unternommen haben, damals, als man die Flitterwochen, wenn überhaupt, noch in Paris, Venedig oder allerhöchstens in Palermo verbrachte. In den 50er Jahren war die Welt noch viel größer als heute, so absurd das klingen mag, die Entfernungen länger, und fremde Länder hielten ihre Geheimnisse gut verwahrt unter einem Mantel von Unnahbarkeit und Abgrenzung.
Es verschlug uns, ohne dass wir es geplant hätten, bis etwa 150 Kilometer oberhalb des Äquators in einen kleinen Ort namens Buta. Sicher wären wir noch weitergefahren, wenn unser MG nicht seinen Geist aufgegeben hätte, was nicht ver-

wunderlich war, denn von allen Autos war dieser hochgezüchtete Sportwagen wohl eines der am wenigsten geeigneten Fahrzeuge, um den afrikanischen Kontinent zu durchqueren. Außerdem litt ich inzwischen an Filariasis, einer gefährlichen und hierzulande weitgehend unbekannten Tropenkrankheit, sowie den üblichen Malaisen einer jungen Schwangerschaft. Wir waren genau ein halbes Jahr unterwegs gewesen, als meine Gynäkologin mich telegrafisch in die Heimat zurückrief. Fünf Monate später brachte ich ein Mädchen zur Welt.

Paul hatte auf dem Standesamt große Schwierigkeiten, den Namen Ndunge durchzusetzen. Mit der ihm eigenen Zähigkeit im Umgang mit Behörden entschied er den Kampf nach zwei Monaten zu seinen Gunsten. Seit dieser Zeit muss sich unsere Tochter mit dem Vornamen Ndunge herumschlagen. Wir sind es gewohnt, dass die Leute immer zweimal fragen, bevor sie diesen komplizierten Namen verstehen. Ndunge? Wie Dung? Wir haben uns angewöhnt, ihn zu buchstabieren und eine kurze Erklärung zu liefern. Es sei der Name ihrer Patentante, einer afrikanischen Prinzessin aus dem Stamme der Douala. Es gibt kaum jemanden, der davon nicht beeindruckt wäre.

Nach allem, was Ndunge in meinem Bauch durchgemacht hat, ist es erstaunlich, dass sie gesund zur Welt gekommen ist. Eine Allergie gegen Bananen könnte davon herrühren, dass sie im Jahr 1958 im embryonalen Zustand in Ermangelung anderer Nahrung reichlich davon zu essen bekam.

Vor dem Hintergrund der Tatsache, dass ich auf dieser Reise mehrere Versuche unternommen habe, die junge Ehe zu beenden und per Anhalter zurückzufahren, ist es bemerkenswert, dass ich meinem Mann auch noch zwei Söhne geboren habe, Leon und Konradin, die schon lange aus dem Haus sind.

Wahrscheinlich wäre ich nie auf die Idee gekommen, mich mit dieser in unserer Familie zu den Legenden zählenden Hochzeitsreise zu befassen, wenn mir nicht durch Zufall mein altes Tagebuch in die Hände gefallen wäre. Vorangegan-

gen war eine der schon aus Überlebensgründen notwendigen Aufräumaktionen in unserem Haus durch mich, bei denen immer etwas durcheinander gerät oder in der Mülltonne verschwindet. Es gab einen riesigen Krach.
Paul rächte sich damit, dass er im Gegenzug alte Briefe, Fotos, Tagebücher, Notizen, Kochbücher und Modejournale, kurz alles, was ihn an mich erinnerte, in einen Papiercontainer kippte – eine Aktion, die sich insofern als verhängnisvoll erwies, als unter dem Papierwust auch seine Steuererklärung war. Er stand bis zu den Hüften in einem der grünen Container und wühlte darin herum. Mit Hilfe von Passanten gelang es ihm schließlich, ihn zu kippen.
Es war einer jener Spätherbsttage, an denen heftige Stürme die Bäume von ihren letzten Blättern befreien. Über den Ludwigsplatz wirbelten buntes Laub und der Containerinhalt, darunter auch Liebesbriefe aus den ersten Jahren unserer Ehe. Mehrere Leute beteiligten sich am Einsammeln. Sei es, dass ihm plötzlich das Ausmaß seiner Aktion bewusst wurde, sei es, dass es ihm peinlich war, seine eigenen Texte auf der Straße wiederzufinden – jedenfalls raffte Paul zusammen, was vom Weggeworfenen noch aufzutreiben war, gottlob auch die Steuererklärung, und trat, als trüge er einen kostbaren Schatz, den Heimweg an. In meiner Einkaufstasche befand sich ein dickes Päckchen mit der Aufschrift »Voyage de noces«, das ich aus dem Rinnstein gerettet hatte.
Zu Hause öffnete ich das Päckchen. Zwei abgegriffene Michelin-Karten von Nord- und Zentralafrika lagen obenauf. Dort, wo sie gefalzt waren, hatte sich das Papier zum Teil aufgelöst. Sand hatte rote Spuren hinterlassen. Schwarzweißfotos fielen mir entgegen, vergilbte Briefe, dünn wie Spinnweb, ein Telegramm mit dem Inhalt: »Sofort zurückkommen. Dr. Philippine Hartmann« und ein in hellblaues Leinen gebundenes Tagebuch.
Wie viel Zeit ist vergangen, seitdem ich es das letzte Mal in Händen hatte! Der naive Hauch der 50er Jahre, die Ahnungslosigkeit meiner Jugend wehten mich an. Obwohl mir die Tex-

te nicht unbekannt waren, las ich sie dieses Mal beinahe mit Tränen der Rührung. Unsere Geschichte! Sie handelt, obwohl man es bei einer derart improvisierten Reise anders erwarten möchte, weniger von wilden Tieren, Überfällen und Begegnungen mit dem Tod als von traumwandlerischen Instinkten und von viel Glück – dem Glück der Ahnungslosen. Und davon, dass ich, die durchaus dickköpfig sein kann, auf dieser Reise alles Mögliche gelernt habe, nur nicht, wie man sich gegen einen Bestimmer wie Paul durchsetzt. Was soll man auch anderes erwarten bei einem Mann, der schon in seiner Jugend, nach seinem Berufswunsch befragt, gesagt haben soll, er wolle Bestimmer werden.

Meine Schrift ist noch kindlich steif, aber sie trägt schon alle Merkmale meiner jetzigen Schrift, die nach oben strebenden Schleifen und Ansätze und die unsorgfältigen Schlingen von g und j im unteren Bereich, was graphologisch auf eine gewisse Oberflächlichkeit schließen lässt. Hingegen hat sich Pauls Schrift kaum geändert. Sie wirkt durchdacht und konzentriert und steht damit in erstaunlichem Gegensatz zu seinem chaotischen Wesen.

Eigentlich stand sehr früh schon fest, dass sich unsere Ehe, gleichsam als Spiegelbild unserer Hochzeitsreise, in einer Zwischenwelt von Illusion und ernüchternder Wirklichkeit abspielen würde, nicht anders als die meisten Ehen. Und es bedurfte keiner besonders prophetischen Gabe, um vorherzusagen, dass es Turbulenzen geben würde.

Aber es liegt in der Eigenart junger Liebender, alle Anzeichen künftiger Verhängnisse zu ignorieren. In Wahrheit liegen die Waffen, derer sie sich später bedienen werden, schon in den Arsenalen, in embryonaler Form zwar, aber bereits mit allen Finessen.

»Ich hätte es mir denken können, damals schon, als du in Gao die leeren Wasserbüchsen weggeworfen hast«, sagt Paul immer dann, wenn ich eine meiner gefürchteten Säuberungsaktionen durchführe und damit einen kleinen Ehekrieg heraufbeschwöre, und mir fällt nichts anderes ein als zu antworten: »Wie konnte ich ahnen, dass ich eine wandelnde Müllkippe heiraten würde?«

Überhaupt ist es schlecht bestellt um die Ordnung in unserer Familie, wirklich ordentlich ist niemand. Ich, die ich vorgebe, es zu sein, bin latent schlampig, was sich in Schubladen und Schränken offenbart. Ndunge, inzwischen selber Hausfrau, kann zumindest mit Hilfe einer Putzfrau einen äußeren Schein aufrechterhalten. Für Paul und unsere Söhne ist Ordnung ein sehr persönliches Koordinatensystem. Der feine Unterschied zwischen den dreien besteht darin, dass Leon und Konradin ihre Zimmer einmal im Jahr aufräumen, Paul aber nie. Er behauptet, alles Aufräumen würde die organische Ordnung der Dinge zerstören. Er habe ein eidetisches Gedächtnis und wisse immer, wo alles sei. Tatsächlich gibt er mitunter die abstrusesten Anweisungen, wenn er telefonisch nach einem unauffindbaren Manuskript fragt. Es liege unter einer zweiten Mahnung auf gelbem Papier neben dem Hocker im Klo. Mit solchen Hinweisen schickt er mich in sein undurchdringliches Koordinatensystem, in dem ich allenfalls durch Zufall etwas finde. Aus Disputen wegen eines verlegten, aber – wie Paul argwöhnt – arglistig weggeschmissenen Katalogs ergeben sich immer wieder Grundsatzdebatten über die wahren Prioritäten im Leben.

Unser erstes Zusammentreffen glich einem Frontalzusammenstoß der Erwartungen. Ich wollte hinein in die bürgerliche Welt, die begonnen hatte, sich auf ihre alten Spielregeln zu besinnen. Paul wollte heraus. In den Tagen vor der Hochzeit hatte es eine intensive Auseinandersetzung um die angemessene »Adjustierung« gegeben. Adjustierung war ein Lieblingswort meines Vaters. Er sagte: »Der junge Mann ist nicht richtig adjustiert.«

Paul aber lehnte Frack und Smoking als Restaurationsgehabe ab. Er war allenfalls bereit, einen grauen Flanellanzug zu tragen, keine Krawatte, dafür einen knielangen dunkelroten

Schal um den Hals. Schließlich gelang es den vereinten Bemühungen unserer Familien, ihn zu einem schwarzen Anzug mit weißem Hemd und Krawatte zu verpflichten. So signalisierte der Aufzug, in dem wir vor dem Altar standen, das Dilemma: ich, rot vor Stolz, im lang ersehnten weißen Kleid mit Klöppelwerk überladen, wie vom Prinzen verzaubert. Paul in schwarzem Gabardine, in dem er sich unwohl fühlte wie in einem Sträflingsanzug.

Wir hatten uns auf der Geburtstagsfeier eines Freundes kennen gelernt. Er sah mich in einem Spiegel, als ich ins Zimmer trat und dachte: Endlich, da ist sie. Nachträglich stellte sich allerdings heraus, dass er mich mit einer anderen verwechselt hatte.
Es war ein lauer Abend, über den Dächern der Stadt hing ein zaghafter Frühling. Wir tranken Tomatensaft oder Gin Fizz mit Olive und ein Plattenspieler leierte Ella Fitzgeralds »A tisket a tasket I lost my yellow basket«. Die Mädchen trugen damals diese steifen, weit ausholenden Petticoats, die ihren Unterleib doppelt und dreifach absicherten. Ihre Locken waren an den Kopf geklatscht wie Bademützen. Ich selbst, noch immer einem mütterlichen Diktat gehorchend, hatte eine langweilige Pagenfrisur, die mich kindlicher erscheinen ließ, als ich wirklich war. Ich war schon 22 und hatte Angst, dass ich keinen Mann mehr finden würde.
»Habla usted Español?«, waren die ersten Worte, die Paul an mich richtete. So etwas ist als Anmache heutzutage undenkbar, aber damals verfehlte diese banale Frage ihre Wirkung nicht. »Non«, sagte ich kühl und hellwach zugleich. »Mais vous, parlez-vous français?«
Nein. Weder sprach er Französisch noch ich Spanisch. Meine Reaktion muss ihn über alle Maßen beeindruckt haben. Er hatte mit Frauen noch kaum Erfahrungen gemacht und Amors Pfeil bohrte sich tief in sein Herz hinein, wie er mir später erzählte. Er hielt es für Liebe, was ihm widerfuhr, aber vielleicht war es auch nur der Wunsch, das Rätselwesen Frau

durch Nähe zu entmythologisieren. Jedenfalls ging ich ihm angeblich nicht mehr aus dem Sinn.
Unter den gemeinsamen Freunden hatte ich den Ruf, unnahbar zu sein. Meine Unnahbarkeit hatte aber weniger mit Stolz als mit Unsicherheit zu tun. Nie hätte ich einem Mann Signale der Übereinstimmung zukommen lassen. Ich litt unter einigen Defekten, die ich einigermaßen zu verbergen verstand. Von einem Fahrradunfall in der Kindheit rührte eine Narbe am rechten Knie. Gott sei Dank schrieb die damalige Mode lange Röcke vor. Anfälle von pubertärer Migräne hatten mich oft tagelang am Schulbesuch gehindert und die Angst vor Rückfällen war immer da. Meine Allgemeinbildung ließ zu wünschen übrig und meine Kurzsichtigkeit hatte ein Ausmaß angenommen, dass es an ein Wunder grenzte, wie ich ohne Brille zurechtkam. Alles in allem empfand ich mich, obwohl mich manche sogar für ausgesprochen hübsch hielten und es mir an Verehrern nicht mangelte, als eine Art Ausschussware auf dem Heiratsmarkt.
Deshalb erschien mir die Begegnung mit diesem exzentrischen, unangepassten und bildschönen Studenten der Soziologie, der sich seine Fingernägel nicht schnitt und Roth-Händle rauchte, als schicksalshaft und richtungsweisend. Obwohl verliebt bis über beide Ohren, verhielt ich mich reserviert und ließ seine stürmischen Werbungen nachsichtig und zugleich erwartungsvoll über mich ergehen.
Ein Jahr beobachteten wir uns auf diese Weise und übten uns in zukünftige Rollen ein. Paul spielte, wahrscheinlich um meine Toleranz zu prüfen, all seine Verrücktheiten durch. Er hatte nie etwas auf die Meinung der Leute gegeben, ging, wenn es ihm gefiel, auf offener Straße im Morgenrock spazieren, deklamierte Hegel und fragte Entgegenkommende, wo denn der Weg zu den Hyperboräern sei.
Diese Art von Umgang mit der Freiheit war mir völlig neu. Dass einer aus guter Familie sich in der Öffentlichkeit wie ein ungezogenes Kind benahm, erregte meine Bewunderung. Da nahm sich einer all die Freiheiten heraus, die man mir weg-

erzogen hatte. Ich ahnte, dass mir im Fall einer Ehe eine Eigenschaft gut anstehen würde, in der ich mir ohnehin gefiel: die der Vernunft. Gleichzeitig wollte ich die Hoffnung nicht begraben, meinen Kopf durchzusetzen. Wir stritten uns häufig. Auf jeden Fall aber gefiel mir die Vorstellung, dass mir nie wieder langweilig werden würde.

Nach einem Jahr standen wir vor dem Altar der evangelischen Backsteinkirche, in der ich konfirmiert worden war. Angesichts des schneeweißen gestärkten Bäffchens des Pfarrers konnte ich an nichts anderes denken als an das Reisebügeleisen, das einzupacken ich vergessen hatte. Ein Reisebügeleisen schien mir für eine Hochzeitsreise unentbehrlich.
»Eine Ehe ist wie ein Zweigesang«, sagte der Pastor. »Die Stimmen der beiden Menschen, die zusammengefunden haben, müssen ihre Melodie erst erlernen. Es liegt an ihnen, ob sie sich in Harmonie oder Dissonanz vereinigen. Wer singt die erste, wer die zweite Stimme?« Er beschrieb, um das bildlich zu verdeutlichen, mit seinen blaugefrorenen Händen einander umschlingende Wellenlinien in der Luft. Dann hielt er inne und schaute uns durchdringend an. »Bei unserem jungen Paar ist das Notenblatt noch leer. Man wird üben müssen. Ich sehe wilde Kämpfe um die erste Stimme entbrennen, denn niemand will sich mit der zweiten zufrieden geben.«
Aus der ersten Bankreihe hörte man das schallende Gelächter meiner Schwiegermutter Alma. Gleich darauf zog die Gemeinde, durch den spontanen Ausbruch ermutigt, hundertfach nach. Ich nutzte die allgemeine Heiterkeit, um meine Strumpfnähte, die nach innen gerutscht waren, durch ein leichtes, unauffälliges Aneinanderreiben meiner Knie wieder ins Lot zu bringen. Ich war nicht bei der Sache. Kurz vor der Trauung hatte mein Schwiegervater Heinrich mir ins Ohr geflüstert: »Vergiss nicht, heute bist du die wichtigste Person.« Es hatte geklungen, als wolle er noch hinzufügen: und später nie mehr. Alma, die es immerhin auf drei Ehen gebracht hatte, drückte es sachlicher aus: »Wollen wir's den beiden so

hübsch wie möglich machen, schließlich ist es ja das erste Mal.«

Diese beiden Bemerkungen, in Verbindung mit dem ganz und gar respektlosen Gelächter, führten dazu, dass ich glaubte, niemand würde diese Ehe ernst nehmen. Und das kam den Tatsachen ziemlich nahe. Obwohl volljährig und damit einem elterlichen Veto entwachsen, galten wir als unreif und zu jung. Innerhalb der Familie wurden sogar Wetten abgeschlossen, die uns in Bezug auf die Dauer dieser Ehe wenig Chancen einräumten. Wirtschaftliche Voraussetzungen für eine gesicherte Existenz fehlten ebenfalls. Paul steckte noch mitten im Studium der Soziologie, erhielt von seinem Vater monatlich 250 Mark und verdiente sich ein Zubrot als Lichtdouble für Claus Biederstaedt. Erst nach und nach war mir klar geworden, dass sich hinter dem pompösen Wort nichts weiter verbarg als die prosaische Aufgabe, einem Star die zermürbende Warterei beim Einleuchten einer Szene abzunehmen. Ich dürfte zu den wenigen Frauen gehört haben, die damals nicht für Claus Biederstaedt geschwärmt haben. Aber wenn ich gefragt wurde, was mein zukünftiger Mann denn mache, antwortete ich nicht ohne Stolz: »Er ist beim Film.«

Film war damals, als es noch kein Fernsehen gab, ein Zauberwort, verbunden mit Glanz und Gold. Dazu passte die Hemmungslosigkeit, mit der Paul ab und an viel Geld für abstruse Sachen ausgab, zum Beispiel für alte Simplicissimus-Hefte. Erst sehr viel später musste ich schmerzhaft erfahren, dass diese Anwandlungen von Großzügigkeit genauso sporadische Episoden blieben wie die damit korrespondierenden Einnahmen. Ich selbst hatte von meinen 1.000 Mark Mitgift den Führerschein gemacht und eine himmelblaue Satin-Einziehdecke mit der passenden Bettwäsche gekauft. Mit Ungeduld fieberte ich der Einrichtung unserer Wohnung entgegen.

Über diesem zweifelhaften und von der Familie nur halbherzig getragenen Start breitete sich jedoch wie ein rosaroter Baldachin eine durch nichts zu erschütternde Verliebtheit aus, die alle Bedenken über den Haufen warf. Wir waren fest ent-

schlossen, nicht nur zusammen alt zu werden, sondern es vor allem besser zu machen als alle anderen.
Beinahe als hätte er meine Gedanken erraten, sagte der Pfarrer: »Mach, Herr, ein Herz aus den zweien durch der Liebe festes Band, gieße Segen und Gedeihen auf den neu erwählten Stand.« Dann spürte ich den schweren Goldring an meinem Finger, zu groß und zu wackelig, ein Ring zum Hineinwachsen, ein Ewigkeitsring. Die Orgel brauste auf und erfüllte den schmucklosen Raum mit gewaltigem Dröhnen.
Die kleine Kirche war voll. Beim Hinausgehen sah ich viele unbekannte Gesichter, Neugierige, die sich nicht entgehen lassen wollten, wie ein Sohn aus gutem Hause der Tochter eines kleinen Antiquitätenhändlers die Hand zum Leben reichte. Rechts stand meine eigene Familie in einer Bank: die aufgeputzten Eltern mit meiner kleinen Schwester Magda im braunen Teddymantel und einige Tanten. Links die weitaus größere und vornehmere Familie von Paul, in deren Tafelsilber fünfzackige Krönchen eingraviert waren und die es nicht nötig hatte, Antiquitäten zu kaufen.

Fing die Reise also schon während der Trauung an, als meine Gedanken mal hierhin und mal dorthin schweiften und sich mit allem anderen beschäftigten als mit der Tatsache, dass ich von nun an einen anderen Namen tragen und mein Leben mit einem Mann teilen würde? Oder fing sie erst an, als ich am Arm dieses Mannes, der ebenso wie ich vor Kälte schlotterte, aus dem Kirchenportal trat und mein Blick auf das Hochzeitsgeschenk meines Schwiegervaters Heinrich fiel, einen weißen MG mit roten Längsstreifen auf den Kotflügeln und schwarzem Faltdach, ein Gesteck aus rosaroten Nelken und Asparagus vor der Windschutzscheibe, das jetzt freilich unter einer dünnen Schneeschicht verborgen lag. Irgendjemand hatte mit Lippenstift »Just married« auf den rechten Kotflügel geschrieben.
In der letzten Stunde hatte es unermüdlich geschneit. Fast schien es, als wolle der Himmel das Seine dazu beitragen,

dass die weiß gekleidete Braut und der Wagen den gebührenden Hintergrund bekamen. Außerdem herrschte eine unangenehme Kälte. »Kinder, was habt ihr euch für ein Wetter ausgesucht!«, sagte Tante Jutta. »Wenn's bei der Hochzeit stürmt und schneit, ist der Kummer nicht mehr weit.«

Onkel Bruno besorgte einen Besen und fegte den Schnee vom MG, der mit endlos langer Nase und blitzendem Chromkühler wie ein blasierter Butler auf uns wartete. Mein Schwiegervater Heinrich, der sein Geld als Chirurg verdiente, stand daneben und fuhr mit der Hand über den Lack wie über den Körper einer Geliebten. Es war unschwer zu erkennen, dass er den Wagen gern selbst behalten hätte. Er war als flotter Fahrer bekannt und hatte bereits zwei Porsche zu Schrott gefahren. Böse Zungen behaupteten, dass er sich eher von seiner Frau als von seinem Führerschein getrennt hätte. »Viel zu schade für Spaniens Straßen«, murmelte er.

Tante Jutta drückte mir einen Karton unter den Arm. »Lauter Sachen von deinem Paul. Bin ich froh, dass der Junge jetzt eine Bleibe hat. Wo werdet ihr eigentlich wohnen?« Ich zuckte mit den Schultern. Wir hatten noch keine Wohnung. »Das wird sich alles ergeben, wenn wir von unserer Reise zurückkommen«, sagte ich. Nach und nach gesellten sich zu Tante Juttas Karton noch andere Gepäckstücke mit den Utensilien meines heimatlosen Mannes, die offenbar seit Jahren in der Familie herumgereicht worden waren. Jetzt sahen Tanten, Cousinen und Schwestern den Augenblick gekommen, sich ihrer zu entledigen. Alle sagten: »Gott sei Dank, dass Paul jetzt eine Bleibe gefunden hat.«

Paul verstaute die Kartons in seiner lässigen Art im Auto und stieg ein. Für mich blieb ein ungefähr 20 Zentimeter breiter Spalt zum Sitzen übrig. »Also servus, bis gleich. Ihr wisst ja: Hotel Kaiserin Elisabeth.«

Hinter uns schepperten leere Blechbüchsen über die vereisten Straßen, Freunde hatten sie aus Jux an langen Schnüren an die Stoßstange gehängt. Der Wagen lag tief auf der Straße. Man saß in ihm wie in einem Bob und sah die Welt gleichsam

von unten, die hohen Schneewälle rechts und links der Fahrstraße, die Trittbretter der Straßenbahnen und die dreckverspritzten dunklen Unterböden der Lastwagen.
Auf Straßenbahnschienen gerieten wir ins Schleudern. »Ich fürchte, die Karre hat keine Winterreifen«, sagte Paul. »60 Stundenkilometer in der Stadt, ist das nicht zu schnell, Darling?«, fragte ich mit Blick auf den Tacho. Diese Anrede hatte ich aus einem amerikanischen Film. Ich war stolz, dass ich jetzt einen Mann besaß, den ich so nennen konnte. »Das sind Meilen, mein Schatz«, antwortete Paul fröhlich.
An einer Ampel zog er ein Etui aus seiner Jackentasche und gab es mir. Es enthielt einen Ring aus Platin mit einem einkarätigen Brillanten, der sich leider auf der Innenseite befand. »Es hat lange gedauert, bis ich den Juwelier dazu überredet habe«, sagte er nicht ohne Stolz. »Schade um den schönen Stein«, jammerte ich, »man kann ihn ja gar nicht sehen.« Wie verrückt er doch war, mein neuer Mann! Mir wurde plötzlich klar, dass ich ihn kaum kannte.
Wegen des Gepäcks hockte ich in embryonaler Haltung auf meinem Sitz und sah die grauen Häuserwände an mir vorüberziehen. Noch leckte die Stadt an ihren Wunden, die der Krieg geschlagen hatte. Manche durch zerstörte Gebäude entstandenen Baulücken waren noch nicht geschlossen. Auf den verwilderten Grundstücken lag jungfräulich weiß der Schnee. Die Häuser in den ärmeren Vierteln sahen aschefarben und räudig aus, übersät mit den Einschlaglöchern der Bombensplitter, und über so manchem Kellerfenster sah man noch den aufgemalten weißen Pfeil aus der Kriegszeit, der zu einem Luftschutzraum wies. Auf einigen Plakaten las ich im Vorüberfahren: »Denkt an eure Kinder. Kämpft gegen den Atomtod.«
Wir überquerten den Fluss, der die Stadt teilt und über dessen dahinjagenden Fluten die Schneeflocken in dichtem Gestöber tanzten. Im Vergleich zu anderen Großstädten haftete ihr etwas Provinzielles an, was man nachsichtig als Gemütlichkeit bezeichnete. Eine Straßenbahn ratterte durch die

samstägliche Mittagsstille und vor den Schaufenstern der Läden gingen die Rolläden herunter.
Nach und nach verloren wir unsere Blechbüchsen und auch die anderen Autos der Hochzeitsgesellschaft, mit denen wir im Konvoi zum Mittagessen aufs Land fahren wollten. Paul war kein Autofan wie mein Schwiegervater. Er betrachete sein jeweiliges Auto lediglich als Transportmittel von einem Ort zum anderen und als eine Art mobile Bibliothek. »Omnia sua secum transportans«, pflegte er zu sagen, wenn er sich anschickte, einen der Sitze freizuräumen.
Bald hatten wir die letzten Vorortsiedlungen hinter uns gelassen und fuhren auf einer kerzengeraden Straße durch einen großen Forst, dessen Bäume sich unter der Schneelast bogen. Nach dem Wald wurde das Land hügelig und die Straße kurvig. Bereits in der ersten Kurve kamen wir ins Schleudern. »Hoppla«, sagte Paul und gab wieder Gas. Ich konnte mir nicht verkneifen zu sagen: »Wenn du weiter so verrückt fährst, werden wir nie nach Spanien kommen.«
Kurz darauf bog er unvermittelt von der Hauptstraße ab, eine Abkürzung, wie er glaubte. Nach wenigen hundert Metern saßen wir hoffnungslos fest. Dieses Mal zog ich es vor, nichts zu sagen, die Situation war abenteuerlich genug. Um uns herum ödes, weißes Land, menschenleer, wie es schien, in mittäglicher Verlorenheit. Durch den dichten Vorhang fallenden Schnees hörten wir es verwaschen und gedämpft aus einem fernen Dorf halb eins schlagen. Das erinnerte uns daran, dass sich im Hotel »Kaiserin Elisabeth« bereits die Hochzeitsgäste, achtzig an der Zahl, zum Mittagessen versammelten.
»Setz dich ans Steuer, mein Liebling, und lass mich schieben«, sagte Paul. Gehorsam wechselte ich auf die Fahrerseite und legte den Rückwärtsgang ein, wie ich es in der Fahrschule gelernt hatte. Aber abgesehen davon, dass ich den Motor ein paarmal abwürgte, passierte nichts. Der Wagen ließ sich nicht von der Stelle bewegen, sondern grub sich mit seinen Rädern nur noch tiefer ein. Paul zog sich einen alten Duf-

flecoat über seinen Hochzeitsanzug und stapfte los, um Hilfe zu holen. Böses witternd rief ich ihm nach: »Beeil dich, die anderen warten schon.«
Der Schnee legte sich allmählich auf die Windschutzscheibe und versperrte mir die Sicht nach draußen. Nur auf meiner, dem Wind abgewandten Seite, blieb der Blick noch frei auf eine Kuhweide, deren Umzäunung, ähnlich dem Auto, bis zur Hälfte im Schnee steckte. Anfangs war es nur komisch. Ich holte den Taschenspiegel heraus und erneuerte mein Rouge, zog die dünnen Atlasschuhe aus und hockte mich im Schneidersitz hin, um meine steif gefrorenen Füße zu wärmen. Mein Hochzeitskleid war eng und unbequem, aus dünnem, nicht wärmendem Material, ich begann zu frieren.
Aus Respekt vor dem neuen Wagen versuchte ich erst gar nicht, den Heizmechanismus zu erkunden. Als Paul nach einer Stunde immer noch nicht zurück war, begann ich zu heulen. Ein Blick in den Spiegel zeigte eine rote Nase, blau gefrorene Lippen und eine sich auflösende Frisur. Einzig der Kranz aus Rosenknospen auf meinem Haar behielt in dieser arktischen Kälte seine Frische. An meinen Wimpern hing zitternd eine Träne, die nach einer Weile auf die Wange rollte und eine feuchte Spur im Make-up hinterließ. Die Wimperntusche erwies sich als nicht wasserfest und schwamm mit den Tränen davon. Eine hämische innere Stimme sagte mir: Es lässt sich gut an mit deiner Ehe. Tu bloß nicht so, als ob es dich überraschte, du hast immer gewusst, wie es um seine Pünktlichkeit bestellt ist.
Endlich, nach fast anderthalb Stunden kam Paul auf einem Traktor angefahren und brachte mir ein Gläschen Schnaps. »Die Entfernung war gar nicht das Problem«, sagte er strahlend, »aber es hat eine halbe Stunde gedauert, den Bauern zu überreden, und dazu war es nötig, ein Stamperl mitzutrinken. Du hast doch sicher gefroren, da habe ich mir gedacht ...«
Widerwillig schluckte ich die leicht ölige Flüssigkeit hinunter. Es war kurz vor zwei Uhr, als wir den Wagen wieder flott hatten. Die restliche Strecke bis zum Hotel legten wir schwei-

gend zurück. Nur einmal sagte Paul: »Spiel nicht mit dem Ehering, Mavie, das macht mich nervös.«
Im Hotel waren die Gäste durch zahlreiche Verlegenheits-Aperitifs bereits in einer so aufgelockerten Stimmung, dass sie sich erst bei unserem Anblick wieder daran erinnerten, weshalb sie eigentlich hier waren. Noch bevor die Fragerei losgehen konnte, verschwand ich auf der Toilette, wo ich mich rasch meiner Schuhe und Strümpfe entledigte, um im Waschbecken meine Füße zu wärmen. Ich war in einer Stimmung, in der es mir herzlich wenig ausmachte, dass Tante Flora zu mir stieß, um sich die Nase zu pudern. Tante Flora, eine Schwester meines Schwiegervaters, hatte ihren voluminösen Körper in ein langes, meergrünes Taftkleid gezwängt, dessen gewagtes Dekolleté mit einer Stola bedeckt war. Jede ihrer Bewegungen war von Meeresrauschen begleitet.
»Komm her, mein Wachspüppchen«, rief sie und riss mich an ihren gewaltigen Busen. »Besser am ersten Tag geweint als im siebten Jahr.« Vermutlich erwartete sie ein vertrauliches Gespräch von Frau zu Frau, aber ich wollte und konnte nicht reden. Durch einen Spalt in der Stola war meine Nase unversehens in der tiefen, unauslotbaren Falte zwischen Floras Brüsten gelandet und saß dort fest wie in einer Fallgrube. Es war gleichzeitig die Stelle der höchsten Konzentration eines damals gängigen Parfums aus dem Hause Balmain, genannt Vent Vert.
Bei einem Befreiungsversuch verlor ich eine Rosenknospe aus meinem Haarkranz, die Flora mit einer ihrer Haarnadeln wieder feststeckte. Anschließend fuhr sie mir mit einer süßlich riechenden Puderquaste übers Gesicht und vergaß auch Hals und Schultern nicht. Die flüchtigen Berührungen empfand ich als endgültigen Abschied von meiner Jugend. Ich wusste, die Zeit des Behütetseins war vorbei. »Lass nur«, wehrte ich ab, »es ist alles gut.«
Gemeinsam gingen wir in den großen, von Kristallleuchtern erhellten Speisesaal, wo an der langen, weiß gedeckten Tafel die achtzig Gäste inzwischen Platz genommen hatten. Pauls

Familie war immerhin so prominent, dass auch ein Pressefotograf anwesend war. Deshalb gibt es ein paar schöne Bilder von dieser Festtafel. Betty, meine Mutter, die nie genau wusste, was sich gehört, führt gerade den ersten Löffel der Schildkrötensuppe »Lady Curzon« zum Mund. Unsere Großeltern, Onkel Charles, Tante Gudrun und die anderen warten höflich, bis das Brautpaar Platz genommen hat. Ich blicke mit Katzenaugen, Böses ahnend, in die Kamera.
Es gab Rehrücken auf Jägerart mit Apfelrotkraut und Kroketten, garniert mit einer Williamsbirne, deren ausgehöhlte Mitte mit Preiselbeeren gefüllt war. Begleitet von einem »Oestricher Lenchen« aus dem Rheinhessischen und gekrönt von einer »Crème Chantilly« war das ein Luxusmenü, das meinen Vater Otto pro Nase 20 Mark gekostet hat. Tischreden wurden gehalten und riefen ein Gefühl warmer Zusammengehörigkeit hervor. Brillanten blitzten, Orden funkelten an gestreiften Bändern, Gesichter strahlten voller Zuversicht.

Beim Betrachten dieser Bilder überfallen mich immer Sehnsucht und Beklemmung. All die guten und bösen Geister meiner Kindheit sind auf ihnen vereint. Wie viele sind inzwischen gestorben! Unsere Familie ist durch Erbschaftsstreitigkeiten völlig auseinander geraten. Magda, damals noch ein Kind, ist in Amerika verschollen, Mareilli im weißen Taftkeid, ein bisschen älter als ich, ist Alkoholikerin geworden. Tante Phoebe lebt zwar noch, bringt aber alles durcheinander. Paul denkt über seinen Lebensabend nach. Er hat seinen Wunschberuf, den eines Philosophen, nie ausüben können, und muss nach vielen Jahren voll von Abgrenzung und Anpassung feststellen, dass ihm nur ein Platz im letzten Drittel der Erfolgreichen vergönnt ist. Ein Platz, der sich mit dem Bild des genialischen Jünglings, als der er einmal galt, nur schwer vereinbaren lässt. Auch ich denke bei so manchem, was ich mache, dass es das letzte Mal sein könnte. Unsere Kinder lassen viele Wünsche offen. Und dazwischen liegen diese Jahre voller Geschichten, die noch eine Weile herumspuken, als Anekdoten herumliegen, um dann einzutauchen in die große Welt des Vergessens.

Nicht zuletzt wegen der Verspätung, mit der sie begonnen hatte, zog sich die Hochzeitsfeier bis zum Abend hin. Die Rosen auf meinem Haar ließen schon längst ihre Köpfe hängen, als wir uns auf den Weg in Richtung Süden machten. Paul hatte es plötzlich so eilig, die Feier mit ihren schläfrig gewordenen Gästen zu verlassen, dass nicht einmal mehr Zeit zum Umziehen blieb. Die Hochzeitsgeschenke, silberne Platten, ein Meißner Kaffeeservice, ein gusseiserner Fleischwolf, Kochbücher, Bettwäsche und noch einiger Krimskrams, blieben unter der Obhut meiner Schwiegermutter Alma zurück. Der MG war mit einer dicken Eisschicht bedeckt. Jeder kratzte zum Abschied ein bisschen daran herum. Durch das nicht ganz dichte Faltdach war sogar etwas Schnee ins Innere gedrungen. »Bleibt hier, es ist zu spät.« Aber Paul ließ sich nicht abhalten. »Wir machen keine Hochzeitsreise, wir beginnen ein neues Leben. Und zwar jetzt«, meinte er. »Hüte dich vor den Versöhnungskindern«, flüsterte ihm Onkel Bruno, vierfacher Vater, zum Abschied ins Ohr.
Wie frierende Hühnchen standen die Damen in ihren Pelzmänteln da und warteten auf ihren Abschiedskuss. In Pauls Familie wurde schon damals zum Abschied furchtbar viel herumgeküsst – lange bevor es Mode wurde. »Wo werdet ihr die Hochzeitsnacht verbringen?« »Wie Adam und Eva – im Paradies.« »Also servus. Nein: adios sagt man da unten, nicht wahr? Schreibt mal. Wir beneiden euch. Kommt gesund zurück. Die Semesterferien sind ja ziemlich lang. Lass sie dir nicht von den schönen Spaniern ausspannen!« Und meine ängstliche Mutter Betty umarmte mich mit den Worten: »Pass auf mit den Haien!« »Zum Schwimmen ist es noch viel zu kalt«, beruhigte ich sie.
Man sprach an diesem Tag nicht vom Studium und seinen Anforderungen, vom Beruf, von der Zukunft, von Geld. Die Hochzeit als Tag des Aus- und Aufbruchs, das ganze bishe-

rige Leben als Prolog vor diesem Tag. Künftig wird man uns nicht mehr als Sohn und Tochter in Anspruch nehmen dürfen. Alles war ganz einfach. Die Familie war vollzählig zur Hochzeit erschienen, voller Skepsis. Aber sie hatte geschwiegen, gelächelt und gratuliert.

Wir verließen die »Kaiserin Elisabeth« in westlicher Richtung. Die Dörfer, die wir durchfuhren, lagen in winterlicher Stille. Verschlafen waren sie noch, diese Dörfer mit ihren Zwiebelturmkirchen und ihren behäbigen Wirtshäusern. Straßenbeleuchtung gab es kaum und Tankstellen überaus selten. Das Wort Nostalgie war noch nicht in Mode, denn man sehnte sich nicht nach vergangenen Zeiten, sondern wollte vorwärts und nichts als vorwärts. Der Benzinpreis lag noch weit unter 50 Pfennig, vielleicht sogar unter 30, war jedenfalls kein Thema. Man jagte diesen billigen Sprit bedenkenlos durch den Vergaser und gewöhnte sich das Gehen ab. Noch hatte man beim Geruch der Abgase keine unangenehmen Assoziationen, sondern vermeinte, den betörenden Geruch von Abenteuer und Freiheit zu verspüren. An den Wochenenden fuhr man gewöhnlich hinaus aufs Land und wusch sein Auto mit viel Schaum an einem Bach.
Wir flogen in unserem weißen Schlitten, der noch ein Frankfurter Nummernschild trug und dessen Preis von 7.000 Mark der großzügige Geber im Verlauf des Abends einmal erwähnt hatte, durch die Nacht, wie berauscht von dem Gefühl endloser Freiheit. Wir ließen keine Probleme zurück und hatten keine vor uns. Unser Leben war ein nahezu leeres Blatt, unser Gepäck so leicht, dass es in dieser Streichholzschachtel von Wagen Platz fand, wenn ich auch die Furcht nicht los wurde, mein elegantes Kleid könnte durch die Enge Schaden nehmen.

Unterwegs bekam ich meine Periode. Voller Schrecken merkte ich, wie sich auf meinem Brautkleid ein feuchter Fleck bildete. Es war vor der üblichen Zeit und musste mit all den Aufregungen zusammenhängen. Ich verlangte eine Beendigung der Fahrerei und ein Zimmer.
Das Tagebuch vermerkt an dieser Stelle einen ersten und ernsthaften Disput. Damals gehörten »die Tage« zu den üblichen Ausreden der Mädchen, die sich in kritischer Lage aus der Affäre ziehen wollten. Paul setzte zu meinem Ärger die Fahrt ungerührt fort, bis wir Lindau erreichten.
Missmutig quartierte er mich im erstbesten Hotel ein und verschwand im Spielcasino. Es ist die Rede von tränenreichen Stunden in einem ungeheizten Hotelzimmer, in denen ich mein Hochzeitskleid mit Palmoliveseife wasche. Wieder fragte ich mich, womit ich das verdient hatte. Allerdings sind diese Zeilen durchgestrichen. Spät in der Nacht erschien Paul mit einem großen Strauß roter Rosen, beschwipst, voller Zärtlichkeit und Reue. Ein guter Teil unseres Reisebudgets war futsch. Aber er hatte mit dem Schicksal, das ihm diese Hochzeitsnacht bescherte, Frieden geschlossen.
Der Zwischenstopp in Lindau ist insofern von Bedeutung, als ich dort zum ersten Mal gegen eine Pauls Leben beherrschende Regel verstieß, nichts wegzuwerfen. Nachdem ich einen kurzen Blick in die mir von Tante Jutta und den anderen ausgehändigten Kartons geworfen und nichts weiter als uralte, von Motten zerfressene Klamotten, etwa zwanzig verschiedene Socken und einen ausrangierten Waschbeutel mit zwei leeren Zahnpastatuben gefunden hatte, stellte ich sie kurzerhand in einer dunklen Ecke des Flurs ab. Meine eigenmächtige Tat führte später in der Sahara zu einer ernsten Ehekrise.

Paul hatte sich gut auf diese Reise vorbereitet, so wie er sich auf alle Reisen, die er später noch unternahm, immer gut vorbereitete. Ganz im Gegensatz zu mir wusste er Bescheid über das Land, in das wir fuhren. Nicht nur, dass er auf Spanisch überzeugend radebrechen konnte, er war auch mit der blutrünstigen Geschichte des Falange-Gründers José Antonio Primo de Rivera vertraut. Demgegenüber konnte ich nur mit ein paar in einem Blitzkurs erlernten spanischen Vokabeln aufwarten, mit schauderhaft deutschem Akzent, wie Paul fand. Er verlangte, dass jeden Tag ein spanisches Sprichwort gelernt werden sollte. »Somos todos locos, los unos y los otros« war das erste.

Noch war es ein aufregendes Gefühl, ausländischen Boden zu betreten. Jedes Land war gleichermaßen fremdartig, roch anders, hörte sich anders an, strahlte, anders als die biedere Heimat, die unter der neuen Erfahrung einer demokratischen Ordnung wie in Filzpantoffeln ging. Die Deutschen hielten sich noch in jeder Weise zurück. Im Ausland versuchten sie, so wenig wie möglich aufzufallen. Wir hatten uns angewöhnt, auf die Frage, woher wir denn kämen, zu antworten: aus Bayern. Das klang weniger verfänglich als Deutschland.

Wir verließen ein amputiertes Land, das sich beflissen um eine neue Identität bemühte. Abgesehen von der beängstigenden Nachbarschaft zu einem tückisch anmutenden Gegner, den man kollektiv als den Osten bezeichnete, gab es aus heutiger Sicht nur wenige Probleme. Umweltschutz, Kriminalität, Drogen, Arbeitslosigkeit waren noch keine Themen. So gesehen könnte man fast von einer »guten alten Zeit« sprechen. Die Voraussetzungen für eine lange Epoche des Glücks waren schon allein deshalb gegeben, weil die Jungen aus den Fehlern ihrer Eltern gelernt zu haben glaubten und es auf jeden Fall besser machen wollten. Wie, das wusste keiner so recht. Die Jugend, die ja immer so etwas wie die Würze einer Gesellschaft ist, war noch weit davon entfernt, sich in der Öffentlichkeit zu artikulieren. John Osbornes »Blick zurück im Zorn« kam aus England und nicht aus Deutschland. Selbst dem exzentrischen Paul fiel nichts anderes ein, als möglichst jung eine Familie zu gründen, mit vielen Kindern, und sich beruflich nicht vereinnahmen zu lassen. Sein Protest richtete sich eher gegen alles, was er in Verbindung mit einer Restauration des alten Deutschland brachte, die Wiederbewaffnung

und die Hallstein-Doktrin, ebenso wie Vorhänge an den Fenstern oder Couchgarnituren. Dazu passte auch, dass er, statt das Geld für die Hochzeitsreise in wenigen Tagen zu verjubeln, lieber für drei Monate einen Bungalow im sonnigen Süden Spaniens mieten wollte. Dort sollte ein Fundament für unser neues Leben als Eheleute gelegt werden.
Die Fahrt dorthin glich eher einer Flucht denn einer verliebten Lustpartie. Es war Ende Februar und ein Blick auf die Karte erinnert an die Distanzen, die zurückzulegen waren. Die Reise durch die Schweiz erfolgte in einem Stück, abgesehen von einem kurzen Stopp bei einer Bank, wo Paul seine Deutschmarks in Peseten umtauschte. Ich hätte gern in einem der Nobelhotels in den Bergen Station gemacht. In meinem Gepäck befand sich ein neues schwarzes Spitzennachthemd von »Benger-Ribana«, für welches ich, eitel wie ich war, eine passende Umgebung suchte. Um Pausen zu vermeiden, ließ Paul mich sogar ans Steuer, um zu schlafen. Es war dies auf der Strecke zwischen Neuchâtel und Genf. Die Straße war kurvenreich, vereist und Gott sei Dank nahezu leer. Denn ich verwechselte in der Aufregung mehrmals Kupplung, Gaspedal und Bremse. Zusätzlich trugen zu meiner Verwirrung die anscheinend aus tiefem Schlaf kommenden Kommandos meines frisch angetrauten Mannes bei: »Fuß von der Kupplung! Dritter Gang! Weiter rechts fahren! Vorsicht, nimm den Kilometerstein nicht mit!«
Es war das erste und letzte Mal, dass ich auf dieser Reise ans Steuer durfte, wenn man davon absieht, dass ich noch einmal in Nigeria für eine halbe Stunde das Lenkrad ergreifen musste, als eine Handvoll Einheimischer unter Pauls Anleitung das Gefährt aus einer Schlammwüste schob.

Wir verließen das weiße kalte Land, die letzte Bastion des Nordens, des Eises, des Schnees, und passierten die französische Grenze. Das Land draußen konnten wir nur ahnen, es war bereits dunkel. Aber wir rochen nun eine andere, eine mildere Luft, und gleichzeitig alles, was wir mit diesem Land assoziierten: die Leichtigkeit des Lebens, das für unsere Gaumen luxuriöse Essen, die Parfums, die Liebe. Unterm Fahren tranken wir aus einer Flasche Rotwein und aßen Camembert vom Stück.

Paul, der nach seiner Spielbankerfahrung sparsam geworden war, mietete uns für die Nacht in einem bescheidenen Bauernhaus am Rand der Straße ein, dessen Schild »chambres à louer« im Scheinwerferlicht aufgetaucht war. Um dem Misstrauen der Bäuerin zuvorzukommen, hatten wir sofort auf die noch frische Schrift aus Lippenrot auf dem rechten Kotflügel gewiesen: »Just married«.

Das Zimmer, das wir bekamen, schien eines der besten im ganzen Haus zu sein, mit einem riesigen Bett, auf dem sich eine Fülle straminbestickter Kissen türmte. Auf einer Nussbaumkommode von ebenfalls enormem Ausmaß stand Waschgeschirr aus geblümtem Porzellan. Den Blickfang bildete jedoch ein breites Bild mit Goldrahmen über dem Bett, welches einen strahlenden Jesus zeigte, der mit dem rechten Zeigefinger auf sein blutendes Herz wies.

Als Ersatz für die längst fällige Hochzeitsnacht erfand Paul ein Spiel, bei dem es darum ging, den anderen unter Aufbringung von viel List und Tücke ins Ohr zu beißen. Da er auf jeden Fall der Stärkere war, sah ich mich genötigt, mich unlauterer Methoden wie Kratzen und Zwicken zu bedienen. Dass das nicht ohne Geräusche ablief, liegt auf der Hand. Die Palette reichte von haltlosem Gekicher und sanftem Flehen bis hin zu Schmerzensschreien und wüsten Beschimpfungen. Auf jeden Fall machten wir eine Menge zweideutigen Lärms. Schließlich rettete sich Paul, unter Mitnahme einiger Kissen, mit einem Sprung aus dem Bett. Er schleuderte eine purpurfarbene Nackenrolle gegen mich, traf aber den Jesus, der krachend zu Boden fiel. Rahmen und Glas zersprangen.

Als wir am nächsten Morgen zerknirscht zum Frühstück erschienen, sagte die Hausfrau mit eisiger Stimme: »Pas de chambre ce soir!« Die Rechnung, die wir zum Abschied überreicht bekamen, verschlang einen großen Teil unserer eiser-

nen DM-Reserve. Schweren Herzens holte Paul die Scheine aus seiner Brieftasche.
Die kleine Episode ist deshalb von Bedeutung, weil sie die Erklärung dafür liefert, weshalb wir unsere Reise ab Marokko sozusagen in bitterer Armut zurücklegen mussten, bis wir in Kamerun einen Mann aus Fernando Po fanden, der uns unsere restlichen Peseten umtauschte.
Relativ früh am Morgen erreichten wir die spanische Grenze. Paul betrat endlich vertrauten Boden. Er, der in Frankreich darauf gedrungen hatte, in meine Französisch-Konversationen einbezogen zu werden, war jetzt in seinem Element. Unter dem Vorwand, nach dem Weg fragen zu müssen, hielt er immer wieder an Bars an und ließ sich auf Diskussionen ein. Anfänglich hatte ich noch gehofft, ich könnte durch Sitzenbleiben im Auto diese Exkursionen abkürzen. Einige der Einträge aus »Voyage de noces« entstanden in Situationen, in denen ich verärgert im Auto wartete. So finde ich unter dem 28. Februar:

Nun warte ich seit einer dreiviertel Stunde vor SALTA SI PUEDES. Ich wette, er diskutiert wieder wie heute Morgen irgendein »hochwichtiges« innenpolitisches Thema. Der Mann an meiner Seite kommt mir vor wie ein Hund, der, sobald er mich nicht mehr sieht, die Fährte verliert und zu streunen beginnt.

An der Costa Brava, die in einem sanften Vorfrühlingslicht erstrahlte und deren Küste noch nicht verbaut war, nahmen wir an einer Löschaktion der Freiwilligen Feuerwehr von Tossa del Mar teil. Paul war auf die dichten Rauchschwaden, die aus der Macchia links der Straße kamen, aufmerksam geworden. Wasser gab es nicht. Man versuchte, dem Feuer mit Hilfe von Rutenbündeln und durch Trampeln beizukommen. Ich büßte bei dieser Aktion ein paar rote Bally-Pumps und meine Kunert Perlonstrümpfe Marke Soraya ein. Ein Schwarzweiß-Foto, nach gelungener Arbeit aufgenommen, zeigt uns mit wirrem Haar und rußgeschwärzten Gesichtern inmitten einer

Gruppe grinsender Feuerwehrleute. Unter dem Foto steht mit Pauls Handschrift vermerkt: Zapatos Thomas – una vez, nada mas.
Was macht man an der Costa Brava im Februar, wenn das Meer stürmisch bewegt und noch sehr kalt ist? Auf einmal hatte es Paul gar nicht mehr eilig, in den Süden zu kommen. Wir saßen in schummrigen Kneipen, tranken Rotwein und aßen eingelegten Tintenfisch und marinierte Muscheln. Das alles war neu für uns, das alles gab es in Deutschland damals noch nicht. Wo immer wir in unserem weißen Cabrio parkten, jung, fremdartig und, nach den Fotos zu urteilen, umgeben von der Aura versprengter Märchenkinder, standen wir sofort im Mittelpunkt des Interesses. Namentlich Paul, dessen knabenhaftes Aussehen in verblüffendem Gegensatz zu seinem Intellekt stand, einem Gegensatz, der ihn damals noch als eine Art Wunderkind erscheinen ließ, hatte immer einen Kreis von Leuten um sich, mit denen er über Federico Garcia Lorca oder den Status von Gibraltar diskutierte. Franco sparte er nach einigen misslichen Erlebnissen aus. Spanier durften sich kritisch über ihren Diktator äußern, einem Deutschen wurde das verübelt.
Irgendwo an der Costa Brava, in einem burgähnlichen Privatquartier, hat dann die eigentliche Hochzeitsnacht stattgefunden. Der Eintrag lautet lakonisch: *Tausendundeinenacht.* Die Diskretion, mit der ich das Thema behandelt habe, entspricht den Gepflogenheiten der damaligen Zeit. Ich möchte es auf altmodische Weise dabei belassen.
Wir sagten dem beginnenden Frühling an der Küste ade und fuhren hinauf in die Hochebene, wo die Straßen holprig wurden und ein kalter Wind wehte. In einem zur Mittagszeit fast ausgestorbenen Dorf zwischen Lerida und Zaragoza überfuhr Paul aus Versehen einen Hund. Seine kleine zottige Leiche blieb auf dem Asphalt liegen. Der MG bekam eine erste Delle, an der noch lange Blut und Haare klebten. »Fahr langsam, um Gottes Willen«, schrie ich. »Es gibt keinen Grund zum Rasen.«

Es war einer der vielen vergeblichen Versuche, auf Pauls Fahrstil Einfluss zu nehmen. Jetzt, wo die Straßen mit Schlaglöchern übersät waren, glaubte er, ein gewisses Tempo durchziehen zu müssen, um nicht in den Löchern zu versacken. Gleichzeitig lauschte er wie die Mutter eines kleinen Kindes besorgt auf jedes verdächtige Geräusch. »Was klappert da? Hörst du das Brummen? Ich fürchte, der Auspuff hat eins abgekriegt.«

Wir hielten uns oft in Werkstätten auf, wo Paul, ohne viel davon zu verstehen, im Motor herumstocherte und den Mechanikern auf seine herrische Art Anweisungen gab. Gemessen an den Krankheiten, die den MG später befielen, waren das noch Bagatellen, die sich schnell beheben ließen. Ich maulte, das sei keine Hochzeitsreise, sondern eine Werkstatttour, und Paul erwiderte strahlend und verliebt, ich solle erst mal lernen, die Landkarten richtig zu lesen. Ich sei nämlich keine Beifahrerin, sondern eine Beischläferin, als solche allerdings unübertroffen. Ja, solche Witze pflegte Paul damals zu machen. »Voyage de noces« füllte sich mit der Beschreibung ölverschmierter Werkstätten, in denen der Wagen auf geradezu obszöne Weise breitbeinig über einer Grube steht und von unten bearbeitet wird.

In Madrid kostete das Doppelzimmer in einem Luxushotel weniger als 30 Mark. Zum ersten Mal in meinem Leben schlief ich in einer solchen Nobelherberge. Das Schwarze kam zu Ehren. Auf einem Foto sieht man die Trägerin des guten Stücks von einem Balkon aus träumend über die Dächer der Stadt blicken. Man sieht einen feinen dekolletierten Rücken, der in einen gut gepolsterten Hintern mündet.

Um meine Hausfrauenqualitäten endlich unter Beweis stellen zu können, bestand ich darauf, für ein festliches Abendessen bei Kerzenschein auf dem Zimmer zu sorgen. Dazu hatte ich mir einen Salat aus Datteln und englischem Cheddar ausgedacht. Wahrscheinlich gab es damals keine abwegigere Idee, als in Madrid nach englischem Käse zu suchen. Es spricht für meine Halsstarrigkeit, dass wir einen Nachmittag lang, umsonst, wie man sich denken kann, durch die Altstadt liefen, um diesen gelben Käse zu bekommen.

Wenn etwas bei Paul unweigerlich zu schlechter Laune führt, so ist es das stundenlange Gehen auf Asphalt und die Beschäftigung mit einer in seinen Augen trivialen Sache wie Abendessen auf dem Zimmer. Wütend sagte er: »Eines Tages wacht man auf und stellt fest, dass man nichts weiter als eine Köchin geheiratet hat.« Er ist ein Meister im Formulieren von pointierten Sprüchen.

Wir befanden uns auf einer belebten Straße in der Innenstadt von Madrid. Köchin war in meinen Augen so ziemlich alles, was ich nicht sein wollte. Herrin von hundert Dienstboten ja, aber Köchin nein. Dann schon lieber Halbweltdame. Unterm Gehen griff ich blitzschnell in Pauls Sakkotasche und holte mir eine Roth-Händle heraus. Rauchen war für Frauen verpönt, Rauchen auf offener Straße ein grober Verstoß gegen die Etikette. Ich tat alles, um ihn zu ärgern. »Gib mir Feuer«, sagte ich, die Zigarette seitlich im Mund hängend, mit träger Stimme und halbgeschlossenen Augen. Als er nicht reagierte, hielt ich einen Passanten an. »Fuego, por favor.« So viel hatte ich in meinem Spanischkurs gelernt.

Als das Feuerzeug aufflammte, schoss Paul wie ein Habicht aus dem Hinterhalt hervor und sagte unmissverständlich auf Spanisch: »Verzeihung, mein Herr, ich möchte nicht, dass meine Frau raucht.« »Es tut mir leid, Ihr Mann will nicht, dass Sie rauchen«, wiederholte der Mann wie ein Papagei und blies die Flamme vor meiner Nase aus.

Es war eine tiefe Demütigung für mich. Am meisten ärgerte mich, dass der Spanier Paul zuzwinkerte und dieser das Zwinkern erwiderte. Die Kumpanei hatte über die Ritterlichkeit gesiegt. Paul war allerbester Laune. So stellte er sich seine Ehe vor. Es musste vorangehen, und er würde den Kurs bestimmen. Missstimmungen, sofern sie nicht eigenen Interessen dienten, passten sowieso nicht in seine Inszenierung einer glücklichen Reise.

Warum habe ich nicht etwas Verrücktes getan? Ihn geohrfeigt, die Datteln in die Luft geworfen oder die Schuhe auf die Fahrbahn geschleudert, was in Spanien sicherlich Aufsehen erregte hätte. Die Antwort ist ganz einfach die, dass ich unter den Peinlichkeiten mehr gelitten hätte als Paul, dem nur selten etwas peinlich ist. Aufgewachsen in einer Familie, in der, angefacht durch Schwiegermutter Alma, eine gesunde Streitkultur herrschte, überall und zu jeder Zeit, gehören verbale Auseinandersetzungen für ihn sogar zu den Stimulanzien, derer er dringend bedarf, um seinen chronisch niedrigen Blutdruck auf gesunde Werte zu bringen. Außerdem liebte ich ihn, ja, ich war geradezu verrückt nach ihm.

Am nächsten Morgen fuhren wir weiter. Noch bevor wir Malaga erreichten, wurde die Luft lau. Paul zog die Schuhe aus und fuhr barfuß. Er schwärmte von Françoise Sagan, die auch barfuß gefahren war. »Kennst du die Stelle aus ›Bonjour tristesse‹, wo es um die Zeit geht?«, fragte er. »›Ich ließ den Sand durch die Finger rinnen. Er verrinnt wie die Zeit, dachte ich. Ein einfacher Gedanke! Und wie angenehm war es, einfache Gedanken zu haben. Es war Sommer ...‹«
Rechts und links von der Straße reiften Orangen und Zitronen, ein Anblick wie aus dem Märchen. Denn obwohl es in Deutschland wieder Südfrüchte in den Läden zu kaufen gab, weilten die Sehnsüchte noch in den Ländern der Blüte und der Reife. Mehrmals hielten wir an und luden das Auto mit Fallobst voll, das wir unterm Fahren verzehrten.
Und dann lag das Meer vor uns, wie ein silberner Teppich, auf dem die Lichter einer noch etwas kraftlosen Sonne tanzten. Wie erwartet war es zum Baden noch zu kalt.
Ich weiß nicht, ob es Absicht war, dass Paul sich unter all den Logiermöglichkeiten ausgerechnet für einen Hangbungalow in Torrequebrada entschied, der noch für drei Tage von einer amerikanischen Familie belegt war. Er hatte zwei Schlafzimmer, ein großes Wohnzimmer mit Terrasse, Küche, Bad und Zugang zum Meer. Andere Häuser, weitaus reizvoller und

nicht teurer, wären ab sofort zur Verfügung gestanden. Er aber bestand auf diesem Bungalow und meinte, in den drei verbleibenden Tagen könne man sich ein bisschen in Marokko umschauen.
Das Gepäck ließen wir zurück, auch das Schwarze blieb dort, fein säuberlich gefaltet zuunterst in einem Koffer, zusammen mit Cocktailkleidern und goldenen Sandaletten für laue Abende am Mittelmeer. Erst ein Jahr später, nach Ndunges Geburt, ließen wir die Sachen nach Deutschland schicken. Sie passten nicht mehr und schienen mir altmodisch, wie aus einem anderen Leben.

Paul setzte die Idee mit Marokko schon am nächsten Tag in die Tat um. Der MG war nun frei von Gepäck. Wir führten nur mit uns, was wir auf dem Leib hatten, Hose, Hemd, Turnschuhe. Aus Zufall befand sich in einer Papiertüte hinter dem Beifahrersitz das ungebügelte Hochzeitskleid, welches in Ermangelung anderer Kleidung noch einmal gute Dienste leisten würde.
In Gibraltar kehrten wir zum Tee in ein kleines Restaurant ein und schrieben, den Blick auf eine Horde Affen gerichtet, unsere letzten Ansichtskarten aus Europa, die keinen Hinweis auf den bevorstehenden Trip enthielten. Ich ahnte ja selber noch nichts davon. Später hinderte Paul mich daran, nach Hause zu schreiben. Seine Motive lagen auf der Hand: völlige Inbesitznahme der ihm angetrauten Frau, Durchtrennung dessen, was sie noch mit ihrem alten Leben verband, und eine Vorliebe für Überraschungseffekte. Tatsache ist, dass wir ab März wie vom Erdboden verschwunden waren und unsere Eltern im Mai eine Vermisstenmeldung aufgaben. Das war 14 Tage, bevor mein Schwiegervater von einem Fremdenlegionär aus Colomb Béchar einen Brief erhielt, in dem dieser voller Sorge von einem jungen Paar berichtete, das, in keiner Weise ausgerüstet und völlig unerfahren, beabsichtige, in einem englischen Sportwagen die Sahara zu durchqueren. Am Schluss stand unterstrichen das Wort: Selbstmordaktion.

Bei Algeciras fuhren wir auf die Fähre. Beim Einparken rammte Paul den linken Kotflügel eines Peugeots, der einem marokkanischen Ingenieur gehörte. Eine ganze Horde finster blickender Männer, eindeutig die Seite des Ingenieurs vertretend, versammelte sich alsbald um die beiden Autos. Es war eine Situation, der selbst der gewiefte Paul nicht entkommen konnte. Um Zeit zu gewinnen, fotografierte er den Schaden von allen Seiten. Das beeindruckte niemanden sonderlich, aber es gibt heute noch eine Reihe hübscher Fotos, die den MG, der übrigens dabei seinen rechten Scheinwerfer einbüßte, in inniger Umarmung mit einem Peugeot zeigen. Vielleicht haben die vielen dunklen Hände, die den MG neugierig befingerten, auch die Lippenstift-Schrift auf ihre Haltbarkeit hin überprüft. Zu lesen ist jedenfalls nur noch: »Just ma...d.« Die Entschädigung, die Paul dann nach langem Feilschen schweren Herzens und dem Druck der Situation gehorchend zahlen musste, erlegte dem Abenteuer Marokko von vornherein das Gebot zur Mäßigung auf. Notfalls, so dachten wir, müssten wir den Urlaub abkürzen und früher nach Deutschland zurückkehren.
Ich stand an der Reling des schmutzigen Schiffes und sah die Felsen der spanischen Küste verschwinden. Allmählich tauchte in der Ferne der neue Kontinent auf – wie eine auf dem Wasser schwimmende Plattform aus Sand und hohem, schneebekröntem Gebirge. Schnee, dachte ich, mein Gott, schon wieder Schnee.
Paul tat alles, um mir das Abenteuer schmackhaft zu machen. Den Arm um mich gelegt schrie er euphorisch gegen den Wind an. »Hier war die alte Welt zu Ende. Man kann sich das heute gar nicht mehr vorstellen. Die Säulen des Herakles nannte man diese Meerenge früher. Dahinter breiteten sich das Inselreich der Toten, die Elysischen Gefilde und die Gärten der Hesperiden aus. Ewiges Leben für die Lieblinge der Götter! Madeira, die Kanaren, alles war damals noch in Dunkelheit gehüllt. Mach die Augen zu und versetze dich ins Jahr 400 vor Christus!«

Am 9. März 1958 betraten wir afrikanischen Boden. Die seltsame innere Erregung, die uns beim Verlassen des Schiffes befiel, teilte anscheinend niemand mit uns, wenn man davon absieht, dass sich vor der Zollstation mehrere Händler, die uns Kupfergeschirr, Teppiche und Schmuck verkaufen wollten, an unsere Fersen hefteten. Es war früher Nachmittag und kein Wölkchen am Himmel zu sehen. Auch die schneebedeckten Berge waren verschwunden. Alles schien bis in den letzten Winkel ausgeleuchtet von einer grellen, nackt anmutenden Sonne. Noch war die Wärme angenehm, obgleich die trockene, wie von Sand erfüllte Luft sich bald wie ein rauer Mantel auf Haut und Schleimhäute legte.

Nichts von dem, was wir sahen, entsprach unserem inneren Bild von Afrika, das von Urwäldern, wilden Tieren und halb nackten Menschen bevölkert war. Wie auf einem gewebten Teppich die Bilder gegen den Rand hin meist undeutlich, ausgefranst und verblichen sind, so war es anscheinend auch mit diesem Land am nördlichen Rand des Kontinents: alles trug die Merkmale dessen, was vielleicht typisch war, und doch auf eine irritierende Weise verfremdet. Paul sagte denn auch, Marokko habe mit Afrika nichts zu tun.

Dieser erste Eindruck genügte, dass wir uns weit weg von zu Hause fühlten. Die dunkel lauernde Trägheit der herumstehenden Männer, ihre langen weißen Engelsgewänder, die leidenschaftlichen Gesichter, das Fehlen von Frauen im Straßenbild, das alles war für uns neu.

Vor den Toren der Stadt in Richtung Süden gerieten wir in einen Wochenmarkt. Die Flut neuer Eindrücke machte uns so trunken, dass wir alles Mögliche einkauften: Gewürze, die in kleinen Häufchen und ungewohnt farbenfroh auf Decken ausgebreitet waren, Datteln, weißen Schafskäse und auf mein Drängen hin ein rundes farbiges Lederkissen. Selbst für unseren schmalen Geldbeutel war alles noch unglaublich billig. Der Markt schien ohnehin nur aus Verkäufern zu bestehen, die ziemlich gleichgültig neben ihren vollen Körben standen und sich höchstens bewegten, um die Fliegen zu verscheuchen. Auch die Esel und Kamele waren in Trägheit erstarrt. Die Datteln erwiesen sich als hart, trocken und ohne die gewohnte Süße, der Käse als sehr salzig. Einem Wasserverkäufer kauften wir zwei Becher lauwarmes Wasser ab, welches angenehm nach Pfeffer und Erde schmeckte.
In einem kleinen weißen Zelt wurde Tee ausgeschenkt. Ein Mann goss den Tee aus einer Kanne in kleine, henkellose Gläser, wobei er den Strahl tief ansetzte und dann nach oben zog. Aus 30 bis 40 Zentimeter Entfernung plätscherte die hellgrüne Flüssigkeit in die Gläser und kühlte dabei ab. Die Prozedur ist heute jedem Marokkoreisenden geläufig, damals gehörte sie noch zu den Urerlebnissen.
Die Leute waren trotz ihrer finsteren Mienen durchwegs freundlich. Wir saßen eine Weile neben ihnen auf dem Boden und gaben uns dem Rausch des Fremdartigen hin. Einige der Anwesenden sprachen französisch. Eine kleine Konversation kam in Gang. Paul wusste von dem Land, dass es seit seiner Unabhängigkeit vor zwei Jahren von einem König namens Mohammed V regiert wurde und etwa elf Millionen Einwohner hatte und dass diese zu einem Viertel aus Berbern und der Rest aus Arabern bestanden. Selbst ein altes Sprichwort fiel ihm ein: »Sprich im Hause eines Berbers nicht Arabisch.« Ich übersetzte.
Die Männer nickten zustimmend. Das Wissen ihres Gastes beeindruckte sie über alle Maßen. Tatsächlich ist es Paul von jeher gelungen, die Menschen durch ein Gespräch in seinen

Bann zu ziehen, auch wenn er lange Denkpausen einlegt, in denen er an einer Haarsträhne zwirbelt, und selten einen Satz zu Ende spricht. Wenn er guter Laune ist, kann er umwerfend schlagfertig und komisch sein. Keine Kultur ist ihm dabei zu fremd und keine Sprache zu kompliziert. An seinem ersten Tag in Marokko hatte er sich in Windeseile eine Folge von bellenden Lauten angeeignet, die er heute noch beherrscht und die ihm in jedem arabischen Land Tür und Tor öffnen. »Al mah o el chadra o el waji al hassan«, oder so ähnlich. Es handelt sich dabei um ein Sprichwort, das besagt, dass die drei schönsten Dinge auf Erden das Grün, das Wasser und das Gesicht einer schönen Frau seien. Man kann über den Sinn eines solchen Satzes streiten, eines ist jedoch sicher: Unter Männern schafft er sofort ein Gefühl der Zusammengehörigkeit. Ich kam mir völlig überflüssig vor. Die Araber waren jedenfalls von Paul so angetan, dass sie ihn nicht weiterziehen lassen wollten, doch als Paul bewusst wurde, wie wenig Zeit wir zur Verfügung hatten, drängte er zur Eile.

Schon drei Tage lebe ich jetzt mit Paul in Frieden. Um seiner ständig in ihm schlummernden Streitlust nachzugehen, spart er nicht mit Bemerkungen, die mir vor Augen führen sollen, wie ungenügend meine Beiträge zu einer kultivierten Unterhaltung doch sind. So bemängelt er unter anderem Ausdrucksweisen, wie »schön« und »süß«. Eine Landschaft wie diese hier sei nicht einfach schön, sondern einsam, karg, entfleischlicht usw. Und die Esel seien nicht süß, sondern räudig, verwahrlost oder durchtrieben. Ein wenig geistige Hygiene könne nicht schaden, meint er.

Fez erreichten wir bei Einbruch der Dunkelheit. Das Geschäftsleben schien gerade erst zu erwachen, als wir uns auf die Suche nach einem Hotel machten. Eine Bande von halbwüchsigen Schleppern begleitete uns. Alles, was wir besichtigten, war gleichermaßen heruntergekommen. Schließlich landeten wir im »Royal«, einem schmuddeligen Etablisse-

ment, dessen Zimmer um einen nahezu luft- und lichtlosen Innenhof gebaut waren. Wie sich nachträglich herausstellte, war der für uns vorgesehene Raum der einzige mit Wasseranschluss. Wohl aus diesem Grund fiel vonseiten des Besitzers mehrmals das Wort »Suite«. Diese musste erst von einem anderen Gast geräumt werden. Der bereits im Pyjama befindliche Herr wechselte unter Mitnahme seiner Habe und leisem Protest in das gegenüberliegende Zimmer.
Die Suite erwies sich als ein etwa acht Quadratmeter großes Loch, in dem nur ein einziges Möbelstück Platz hatte, ein riesiges Bett aus Drahtgeflecht, dessen Mitte trichterförmig bis zum Boden durchhing. Auf dieses Bett fiel man aus Platzgründen unweigerlich, sobald man das Zimmer betrat. Denn von den vorhandenen acht Quadratmetern waren noch einmal zwei durch einen mannshohen Bretterverschlag abgetrennt, hinter dem sich Klo und Dusche befanden. Das erklärte auch den strengen Geruch, denn obwohl die Dusche unmittelbar über der Kloschüssel angebracht war und man beim Duschen, auf der Schüssel sitzend, diese praktischerweise gleich hätte mitreinigen können, schien, nach dem Zustand der Schüssel zu urteilen, das letzte derartige Ereignis weit zurückzuliegen. Der Wirt sagte denn auch sofort, dass die Wasserleitung defekt sei.
Zu diesem Zeitpunkt hatte uns die wohltuende Schludrigkeit des Landes bereits erfasst. Die Bitte um frische Bettwäsche kam mir nur noch halbherzig über die Lippen. »Selbstverständlich«, sagte der Wirt und zog das ehemals weiße Laken vom Bett. Gleich darauf sahen wir einen kleinen Jungen zum gegenüberliegenden Laden laufen und mit zwei Laken zurückkehren.
Die Sonne fiel von oben steil in die engen Gassen, als ich am nächsten Tag durch die Altstadt schlenderte. Paul war unterwegs, um den Scheinwerfer reparieren zu lassen. Was am Abend mysteriöser, dunkler Wirrwarr gewesen war, entpuppte sich bei Tageslicht als ein Nebeneinander von Auslagen, die den ohnehin schon engen Raum für Fußgänger ein-

schränkten. Auch hier standen offene Säcke mit Datteln, Bohnen, Getreide und Reis, lagen die Gewürze in Häufchen zum Kauf bereit. Fahle Fetzen von Fleisch, um die sich die Fliegen tummelten, hingen neben bunten Stoffbahnen und Lederwaren. In Körben leuchtete Tomatenrot neben dem wollüstigen Schwarz der Auberginen.

An einem Stand kaufte ich eine jener kupfernen Teekannen, die ich auf dem Wochenmarkt gesehen und die zu kaufen Paul mir nicht erlaubt hatte. In Gedanken richtete ich schon unsere künftige Wohnung ein, in der diese Kanne einen prominenten Platz erhalten sollte. Tatsächlich gelangte sie, wenn auch etwas verbeult, nach Deutschland. Paul jedoch, als Feind aller dekorativen Arrangements, stellte sie eines Tages in den Keller, wo sie noch heute steht.

Mit der Kanne unter dem Arm, besah ich weiter die Auslagen, immer im Kopf behaltend, dass ich bereits einmal nach rechts und zweimal nach links abgezweigt war. An einem Stand garten über einer Holzkohlenglut kleine Fleischspießchen. Freundlich lud mich der Verkäufer zum Probieren ein. Das Fleisch war hart und sehnig, aber gut gewürzt. An der nächsten Ecke spuckte ich den Klumpen, der sich in meinem Mund gebildet hatte, wieder aus. Mehr und mehr belebten sich die Gassen. Noch glaubte ich, den Rückweg zum Royal im Kopf zu haben, als das passierte, was dem Tag seine Unschuld nahm.

Es begann damit, dass ein Halbwüchsiger mich im Laufschritt überholte und, sich im Zickzack einen Weg suchend, im Gewühle der Passanten wieder verschwand. Kurz danach kam er wieder zurück. Zwei Meter vor mir hob er den Blick und schaute mich an. Ich sah in ein Paar dunkler Augen, die mich ohne Hemmungen fixierten. An meinem rechten Arm spürte ich das Entlangstreifen einer fremden Hand. Dann war der Junge wieder in der Menge verschwunden.

Niemand hatte anscheinend diese kleine Episode bemerkt und doch war sie der Auftakt zu einer ganzen Reihe von seltsamen Begebenheiten. Denn gleich darauf wurde ich von

einem Mann hastig überholt, der neben mir zu stolpern schien und im Fallen meinen Körper umklammerte. Ein paar andere sprangen hinzu, offensichtlich um ihm zu Hilfe zu kommen, und hielten mich fest. Geflüsterte Satzfetzen drangen an mein Ohr. Waren es Entschuldigungen, Verwünschungen oder Obszönitäten?
An meinem Körper spürte ich hastig tastende fremde Männerhände. Mühsam riss ich mich los. Was bedeutete das alles? Ich war nicht die Art von Frau, bei der das Blut von Südländern gewöhnlich in Wallung gerät. Weder war ich blond noch blauäugig noch üppig. Noch ein paar Tage Sonne, und ich hätte mich kaum von den einheimischen Frauen unterschieden. Aber noch war meine Haut winterlich blass. Vielleicht waren meine nackten weißen Arme eine Herausforderung für diese düsteren Blicke. Um mich schauend bemerkte ich mit Schrecken, dass ich weit und breit die einzige Europäerin war. Ich beschleunigte meine Schritte. Wie einem Kommando folgend drängten sich die Menschen vor mir zusammen und ließen nur einen schmalen Durchgang frei, durch den ich mich kämpfte, immer diese verstohlenen, prüfenden Berührungen an meinen Armen spürend. Einige besonders Verwegene strichen den Arm entlang und verfingen sich in meinem Haar oder berührten meine Hüfte, um sofort wieder in der Menge zu verschwinden. Ein Wort, dem Zischen einer Schlange nicht unähnlich, drang immer wieder an mein Ohr. Was mochte es bedeuten?
»Hotel Royal, s'il vous plaît, Hotel Royal?«, rief ich immer wieder, doch niemand gab eine Antwort. Auf den Gesichtern glaubte ich so etwas wie Schadenfreude zu erkennen. Es ist ein Ort der Verschwörung, dachte ich voller Panik. Warum ist Paul nicht bei mir?
Mir einen Weg durch die langen Gewänder bahnend wie eine Taucherin durch die Wassermassen eines tiefen Sees, vorbei an Moscheen, Handwerkerläden und überfüllten Bazaren, bemerkte ich am Ende erleichtert, dass ich in eine neue Gegend geraten war. Es roch angenehm nach Leder und Farben und

in der Tat sah ich zu meiner Rechten eine große Anzahl mit verschiedenen Flüssigkeiten gefüllter Bottiche, zwischen denen Tierhäute zum Trocknen aufgespannt waren. Der mich begleitende Menschenstrom riss ab und ich fand mich nahezu allein in diesem Viertel, in dem es anscheinend nichts mehr zu kaufen gab. Es war mir, als hätte die Masse der Flaneure mich ausgespuckt, als hätte der tiefe See mich mit einer letzten Woge an Land gespült. Wäre nicht hinter meinem Rücken das allmählich verebbende Gemurmel der Stadt gewesen, ich hätte geglaubt, einem Spuk aufgesessen zu sein.

Die träge Zeit des Nachmittags begann. An meine Fersen hatte sich ein etwa zwölfjähriger barfüßiger Junge geheftet, der einen Pappkarton mit Schmalzgebackenem trug. Er war dunkelhäutiger als die meisten Menschen, die ich in der Stadt gesehen hatte, seine Lippen wulstiger und sein Haar krauser. Zu meiner Überraschung sprach er mich auf Französisch an. Ob ich ein Gebäck kaufen wolle? Ich schüttelte den Kopf. Ob ich ihm eines kaufen wolle, er habe Hunger.

»Kennst du das Hotel Royal? Kannst du mich hinführen?«, fragte ich. Das koste zwei Stück, entschied der Junge nach kurzem Nachdenken. »Wie viel kosten zwei Stück?«, fragte ich. »50 Sous.« Ich gab ihm eine Münze, die er in die Tasche seiner zerlumpten Hose gleiten ließ. Dann suchte er mit Bedacht die zwei größten Stücke aus und begann langsam zu essen. Nach der Anzahl der noch verbliebenen verschrumpelten und unappetitlich aussehenden Gebilde im Karton hatte er nicht viel verkauft an diesem Vormittag. Es war das erste Mal seit zehn Jahren, dass ich wieder einen Hauch von Not zu sehen bekam.

Nachdem er fertig gegessen hatte, bugsierte er mit einem Schwung den Karton auf seinen Kopf und setzte sich in Marsch. Die Straßen, die er wählte, waren wenig bevölkert. Frieden breitete sich aus, die Sonne hatte ihren höchsten Stand überschritten, die Schatten lösten sich sanft und eilten voraus. Wie er so vor mir herschritt, den Karton auf dem Kopf balancierend, kam er mir wie ein aus dem Paradies ver-

triebener staubiger Engel vor, dem man die Flügel gekappt hatte. Er schien sich auszukennen in der Stadt. Plötzlich standen wir vor dem Royal, das, wie sich jetzt herausstellte, in der Nähe gelegen hatte.
Paul wartete schon vor dem Eingang und begrüßte mich gut gelaunt mit den Worten: »Noch keine 24 Stunden in einer fremden Stadt und schon hast du einen Verehrer.« »Wundert dich das?« Noch immer zitterten mir die Knie. »Und nun beeil dich und pack zusammen. Schließlich wollen wir noch mehr sehen von diesem Land«, drängelte Paul. »Willst du nicht von diesem himmlischen Manna kosten?«, fragte ich. Er warf einen Blick in den Karton und sagte: »Fastnachtskrapfen auf Arabisch. Nein danke!«
Der rechte Kotflügel des MG war notdürftig ausgebeult und die Birne ersetzt worden. »Mehr wollte ich nicht machen lassen«, sagte Paul. »Ich trau denen nicht. Stell dir vor, sie wollten die schadhafte Stelle mit weißer Ölfarbe anmalen.« Wie sich in der Werkstatt gezeigt hatte, war auch die Handbremse blockiert oder defekt, auf jeden Fall nicht mehr zu bewegen. Zurück in Spanien sollte alles repariert werden.
»Also, was ist jetzt mit den Krapfen?«, fragte ich, als wir mit dem wenigen Gepäck aus dem Zimmer zurückkamen. Der Junge wartete noch immer. Den Karton hatte er auf den Boden gestellt. Ich griff in meine Hosentasche, zog einige Münzen hervor und händigte sie dem Jungen aus, der sie mit unbewegter Miene in seine Tasche steckte.
Der Karton wechselte den Besitzer. »Was sollen wir mit dem Zeug«, maulte Paul, »uns den Magen verderben?« Wir klappten das Verdeck herunter und verließen die Stadt. »Was ist? Du bist so blass.« Ich schlang beide Arme um ihn und sagte: »Du wirst mich nie wieder allein lassen, versprich es!«

Wir fuhren eine Straße in Richtung Süden, auf der es ständig bergan ging. Prächtige Zedernwälder wechselten ab mit wüstenartigen Hochebenen, auf denen außer grobem Geröll und anspruchsloser Vegetation nichts zu finden war. Fuhren wir durch einen Wald, so sog ich die Luft tief ein und sagte: »Hier ist es wie zu Hause, gar nicht afrikanisch, hier möchte ich bleiben«, und Paul stöhnte, es sei langweilig, mit einer Frau durch die Welt zu reisen, die es nur da schön fände, wo es wie zu Hause sei.

Schnell wurde es kühler. Wir mussten anhalten und das Faltdach wieder schließen. Von Zeit zu Zeit sahen wir abseits der kaum befahrenen Straße kleine Dörfer, die sich in Struktur und Farbe kaum vom Boden unterschieden, aus dem sie unvermittelt auftauchten, lehmfarbene, ineinander geschachtelte Gebilde, die an Festungen erinnerten. Und manchmal sahen wir in dieser Landschaft von heroischer Schönheit auch Menschen, immer allein, immer unbeweglich, Symbole der Einsamkeit.

Plötzlich sahen wir auch Schnee. Wir waren auf fast 2.200 Metern Höhe angekommen. Verwaschene Schilder irgendwelcher Skiclubs aus der französischen Vergangenheit wiesen in Gegenden, die hinter einer Schicht von Nebel verborgen lagen. Ein Mann trieb eine Herde Schafe durch den Schnee. Paul sprang aus dem Auto und wollte fotografieren. Ein Schwall unfreundlich klingender Worte empfing ihn, hinter dem der simple Wunsch nach Bakschisch stand. 50 Francs waren eine Menge Geld. Paul handelte auf 20 herunter, vergaß dann in der Aufregung über dieses sensationelle Foto allerdings, die Entfernung einzustellen. Der Fotoapparat sollte bald keine Sorge mehr bereiten, er löste den Motivsuche-Konflikt, indem er wenige Tage später in Beni Abbès wegen Versandung den Filmtransport einstellte.

»Wohin fahren wir eigentlich?«, fragte ich, als Paul wieder im Auto saß. »Großes Geheimnis«, antwortete Paul. Er hatte den Arm um mich gelegt und steuerte mit einer Hand. Die Straße führte jetzt in steilen Serpentinen bergab ins Tal des Moulouya, und wenn es auf der nördlichen Seite des Mittleren Atlasgebirges mit jedem Meter kälter geworden war, so wurde es jetzt wieder etwas wärmer, obwohl die Sonne schon beinahe hinter den Bergen verschwunden war.

Es war ein Blick auf die Wüste, den Paul mir als Höhepunkt der dreitägigen Tour schenken wollte, und seine Absicht war es, an diesem späten Nachmittag noch möglichst weit in den Süden vorzudringen. Das wäre ihm mit Sicherheit auch gelungen, wenn nicht in den letzten Kurven vor Erreichen der Talsohle die Bremsen versagt hätten. Plötzlich machte er mit dem linken Fuß hektische Bewegungen und presste zwischen den Zähnen hervor: »Die Bremse, es ist aus!!!«

Es herrschte nicht mehr das starke Gefälle wie noch ein paar Minuten zuvor, aber wir fuhren mit ziemlich hoher Geschwindigkeit und hatten ein paar Kurven vor uns. »Hättest du nur die Handbremse richten lassen«, gelang es mir noch hervorzustoßen.

Dann lief alles in dramatischer Weise ab. Irgendwie brachte es Paul fertig, während er nur knapp der Berührung mit den den Straßenrand säumenden Bäumen, Felsen und Gräben entging, unter entsetzlichem Krachen in den nächstniedrigen Gang zu schalten. Entgegen allen Erwartungen hatte er offenbar doch etwas von den Rennfahrergenen seines Vaters geerbt, denn instinktiv schlug er einen den wild gewordenen Wagen besänftigenden Zickzackkurs ein. Die Räder quietschten, Staub wirbelte auf.

Mit Erreichen des Tals belebte sich die Straße. Die ersten Häuser von Midelt waren zu sehen und noch immer kam der MG nicht zum Stehen. »Soll ich die Tür aufmachen und versuchen, mit den Füßen zu bremsen?«, fragte ich. »Halt dir lieber den Karton vors Gesicht, für alle Fälle!«

So fuhren wir in Midelt ein. Als Pufferzone hatte ich den Karton mit den Krapfen zwischen mein Gesicht und die Windschutzscheibe geklemmt. Zugute kam uns, dass eine leichte Steigung begann. Wir rollten allmählich aus und kamen exakt vor einem Haus zu stehen, das, von außen zumindest, einen gepflegteren Eindruck machte als die übrigen Gebäude. Ein Mann trat heraus und sagte nach einem kurzen Blick auf das Nummernschild: »Gott schütze uns vor Sturm und Wind und Deutschen, die im Ausland sind. Wo brennt's?«

Zufällig hieß der Mann auch noch Engel. Der zweite Engel an diesem Tag war Dreher in den Bleiminen von Midelt und als solcher Chef der Bleiwäscherei und Boss von hundert Arabern. Ein wichtiger Mann also. Er fand schnell heraus, dass ein Schlauch defekt und die Bremsflüssigkeit ausgelaufen war. Höchst angeregt durch den Umstand, in diesem gottverlassenen Nest Landsleuten zu begegnen, entwickelte Engel eine für einen Deutschen geradezu erstaunliche Gastfreundschaft. Nicht nur, dass er den Defekt am kommenden Tag zu beheben versprach, er lud uns auch zum Abendessen ein.
Engel erzählte, dass vor Marokkos Unabhängigkeit alle Europäer mit Pistole zur Arbeit gegangen seien. Auch jetzt gebe es noch genug Zündstoff. Die Löhne für schwerste körperliche Arbeit lägen sehr niedrig, solange sie von Arabern geleistet würden, Europäer dagegen bekämen bis zu 1.200 Mark monatlich, hätten Wohnung, Licht, einen Boy und alle zwei Jahre sechs Monate bezahlten Urlaub, Flug inklusive.
Ich bin überzeugt, dass Paul das Leben in dieser Wildweststadt – die Moskitonetze über den Betten, die Gitter an den Fenstern, der Kurzwellenempfänger, das Wasserfiltriergerät, die Pistolen – über alle Maßen beeindruckt hat. Wie er mir später gestand, tauschte er bei Engel heimlich einen kleinen Teil seiner Peseten in CFA-Francs um. Der CFA-Franc war die offizielle Währung in den französischen Kolonien und entsprach dem 50. Teil eines französischen Franc.
Wir übernachteten im örtlichen Hospital, wo ich mein Nachthemd vergaß. War es eine Freudsche Fehlleistung? Ich bemerkte es erst, als wir Midelt schon verlassen hatten. Ich hoffte, dass wir am nächsten Tag sowieso zurückkommen würden, doch Paul wollte den gleichen Weg nicht zurückfahren. »Warum nicht?« »Die gleichen Strecken langweilen mich.« »Aber warum denn? Wenn man zurückfährt, sieht doch alles ganz anders aus!« »Und doch ist es dasselbe.«
Am Nachmittag hatten wir vor Er Rachidia eine Reifenpanne. Es dauerte eine Weile, bis Paul herausgefunden hatte, wo Ersatzreifen, Wagenheber und Werkzeug aufbewahrt waren.

Männer und Kinder, die aus dem Nichts aufgetaucht waren, betatschten den MG. Ihre unverständlichen Kommentare begleiteten Pauls Bemühungen, die in Englisch geschriebene Bedienungsanleitung in die Praxis umzusetzen. Ich, aufgewachsen mit der festen Überzeugung, dass Technik nur etwas für Männer sei, aß zum Zeitvertreib einen Krapfen.
Als nach einigen Fehlschlägen der Wagen hochgebockt, die Radschrauben gelockert und der Ersatzreifen zutage befördert worden war, stellte sich heraus, dass dieser keine Luft hatte. Wir standen also mit zwei platten Reifen am Straßenrand und versuchten, Hilfe zu bekommen. Genauer gesagt: ich wedelte mit meinen inzwischen leicht geröteten, aber für dortige Verhältnisse noch immer provozierend weißen Armen wie eine Windmühle, bis ein Auto anhielt. Später hat Paul einmal gesagt, ich hätte mir das, was dann passierte, selber zuzuschreiben, denn man laufe als Frau in einem arabischen Land einfach nicht in einer ärmellosen Bluse herum. Was die zwei folgenden Tage betrifft, so sind aus »Voyage de noces« zehn Seiten herausgerissen, zerknüllt und dann wieder geglättet und eingeklebt worden. Ich nehme an, ich wollte mich auf diese Weise von meinen Erinnerungen trennen.

Ein Mann in einem dieser hier viel gefahrenen Geländewagen hält an. Ich kenne diese fremden Marken nicht, aber solche Autos sind eindeutig besser für diese katastrophalen Straßen geeignet als das unsere. Ein Araber. Er trägt aber keines von diesen Nachthemden, sondern einen europäischen Anzug. Er spricht recht gut Französisch. Ich erkläre ihm unser Problem und er sagt, in der Stadt gebe es eine Werkstatt, wo man die Reifen flicken würde. Er sei auf dem Weg dorthin und könne uns mitnehmen. Paul will, dass ich beim Auto bleibe, damit nichts geklaut wird. Also fährt Paul mit diesem Mann weg, während ich den MG bewache.

Kurz vor Einbruch der Dunkelheit kehrten Paul und der Herr im grauen Anzug zurück. »Stell dir vor, als ich bezahlen woll-

te, hieß es, es sei schon bezahlt. Das nenne ich arabische Gastfreundschaft«, sagte Paul.
Der Mann, dessen Namen wir jetzt erfuhren, Hassan, half auch bei der Montage. Paul fragte, ob es in der Nähe eine Übernachtungsmöglichkeit gebe. Eingedenk unserer knappen Mittel hütete er sich, das Wort Hotel in den Mund zu nehmen. Es stellte sich heraus, dass Hassan ohnehin vorhatte, in der Gegend zu übernachten. Er bat uns, seine Gäste zu sein. Hinter ihm herfahrend verließen wir die Asphaltstraße. Straße war für das, was dann folgte, nicht der richtige Ausdruck. Eher ramponierter Feldweg. In Sand eingebettetes, wie Kohlenschlacke anmutendes Gestein. Zum ersten Mal merkten wir, was es bedeutet, wenn ein Wagen nur 15 Zentimeter Bodenfreiheit hat. Dauernd berührten wir irgendwelche Hindernisse und jedes Mal machte Paul ein Gesicht, als hätte er Schmerzen. Der Weg nahm kein Ende. Inzwischen war es stockdunkel geworden. Nirgendwo waren Anzeichen für eine menschliche Ansiedlung zu sehen, weder Verkehrsschilder noch Gebäude noch Lichter. Wir bekamen es mit der Angst zu tun. Was hatte Hassan vor? Noch während wir überlegten, ob es nicht ratsamer wäre umzukehren, tauchte vor uns ein zweistöckiges Gebäude auf. Auf Hassans Klopfen öffnete ein alter Mann mit einer Taschenlampe in der Hand die Tür und führte uns nach einem kurzen Palaver über eine Treppe hinauf in den zweiten Stock. Im flüchtigen Schein der Lampe sahen wir überwältigend schöne Mosaikböden und edles Mobiliar in maurischem Stil.
Das Hotel, ein solches war es allem Anschein nach, schien seit der Unabhängigkeit dahinzuschlummern. Wir waren die einzigen Gäste. Das Wasser kam spärlich und braun aus den vergoldeten Hähnen der Marmorbäder. Es gab auch kein Frühstück am nächsten Morgen, der alte Mann ließ sich nicht mehr blicken. Die Türen zu den Zimmern standen alle offen. Durch die wie Bischofsmützen geformten Fenster war hellgelber Staub ins Innere gedrungen. Ich beugte mich hinaus, um einen Blick in den Garten zu werfen. Plötzlich stand Has-

san hinter mir und fragte mich, ob es mir gefiele. Ich erschrak etwas, denn nun trug auch er eines dieser Engelsgewänder. »Natürlich«, antwortete ich klopfenden Herzens und fragte, ob der bis zum Horizont reichende Sand hinter dem Haus schon die Sahara sei. Er lachte und sagte, er würde mir die Sahara zeigen, wenn Monsieur damit einverstanden sei.

Eigentlich war für diesen Tag schon die Rückfahrt geplant, aber Hassans Vorschlag schien Paul willkommen zu sein. Im Auto stürzten wir uns auf die Krapfen. Sie schmeckten ranzig. Paul konnte nicht umhin, meine weise Voraussicht zu loben. Den MG ließen wir in Er Rachidia in der Werkstatt zurück und bestiegen den Wagen von Hassan. Er legte Wert darauf, dass ich zwischen ihm und Paul Platz nahm, aus Sicherheitsgründen, wie er sagte.

Die Straße wurde nun sehr holprig. Wenn uns ein Auto begegnete, was allerdings selten vorkam, waren wir noch eine gute Weile in eine Staubwolke gehüllt. Doch abgesehen von diesen gelegentlichen Staubbädern war die Luft von seltsamer Transparenz, die Sonne zeigte sich gleichsam unbekleidet, ohne den Dunst, der sie bei uns an manchen Tagen umgibt. Ab und zu überquerten wir nicht sehr tiefe steinige Gräben, die wie Bachläufe aussahen. Sie waren trocken und man konnte sich bei aller Phantasie nicht vorstellen, dass jemals Wasser in ihnen fließen würde. Und doch musste es Niederschläge geben, denn rechts und links dieser famosen Straße hielt sich, der Hitze zum Trotz, eine uns fremde Vegetation, aus der nur die Palmen wie alte Bekannte grüßten. Alles war mit einer Schicht von Staub bedeckt und je weiter wir in den Süden vordrangen, desto mehr ergriff der Sand Besitz von dieser herrenlos anmutenden Landschaft, als hätte die Wüste, die vor uns lag, schon die Zunge danach ausgestreckt. Natürlich wurden wir furchtbar durchgeschüttelt. Da ich mich bemühte, zu Hassan Abstand zu halten, saß ich bald völlig verkrampft und bekam Kopfschmerzen. Paul wollte unentwegt Konversation betreiben und benutzte mich auf seine hartnäckige Art als Dolmetscherin. Wir erfuhren, dass

Hassan verheiratet war, zwei Kinder hatte und als Landvermesser für die Regierung arbeitete.
Wie viele Frauen er habe, wollte ich wissen. Die Frage war scherzhaft gemeint, aber er bekam sie in die falsche Kehle und antwortete unfreundlich: »Natürlich nur eine!« Dann schickte er einen hektisch klingenden Monolog auf Arabisch hinterher. Paul zischte mir zu, ich solle gefälligst den Mund halten und nur noch das fragen, was er mir sage. Diese mit europäischer Kultur in Berührung gekommenen Araber seien oft in ihrem Selbstverständnis gestört und reagierten mimosenhaft auf Fragen, die ihnen ihre gespaltene Identität bewusst werden ließen.
Eine ganze Weile sagte niemand etwas. Im Wagen wurde es unerträglich heiß. Mit einem Blick auf seine Armbanduhr meinte Hassan schließlich, bald würden wir in Erfurt sein. »Erfurt?«, fragte ich und lachte. »Warum lachen Sie?« »Weil es in Deutschland, das heißt in der Ostzone von Deutschland, eine Stadt gleichen Namens gibt«, antwortete ich, »und weil dort jetzt wahrscheinlich Schnee liegt, während wir hier schwitzen.« Erfurt, das Wort ist durchgestrichen und später durch Erfoud ersetzt worden, war, wie sich bald herausstellte, noch nicht das eigentliche Ziel.

Eine Stadt wie ein zusammengekratztes, verschanztes Stück Leben fast am Rand der Wüste. Da das Wort malerisch auf alles zutrifft, was man hier sieht, will ich Erfoud lieber vollendetes architektonisches Chaos nennen. Ein Chaos, dessen Bewohner auf wunderbare Weise über Jahrhunderte Kriege, Krankheit, Schmutz und sonstige Not überlebt haben.

Wir trieben etwas Käse und Datteln auf und tranken dazu diesen süßen Tee, dessen durststillende Wirkung nicht lange anhält. Dann führte Hassan uns durch das, was er Ghetto nannte. Es war kaum zu glauben. Aber tatsächlich lebten dort mitten in der kleinen Stadt auf engstem Raum noch Juden, getrennt von der übrigen Bevölkerung. Ob es ihnen schlechter gehe als den Arabern, deren Verhältnisse schon schlecht genug seien, wollte ich wissen, aber Hassan schien meine Frage nicht zu verstehen. Er trat in eines der Gebäude ein und stieg mit uns viele Steintreppen hinunter, bis es dunkel und kühl wurde. Auf dem Grund des Raumes stand in einer Art gemauertem Kanal unbeweglich das Wasser. »Es ist für die Frauen zur Reinigung«, flüsterte er. »Wieso, waschen sich die Männer etwa nicht?«, fragte ich. Paul gab mir einen Stoß in die Rippen. »Es ist – einmal im Monat. Madame wissen es genau«, sagte Hassan.

Es überkommt mich ein Frösteln und ich habe das Gefühl, die Zeit habe sich seit Beginn unserer Reise um hunderte von Jahren zurückbewegt. Ich rechne aus, wann meine Periode fällig ist. Ich weiß, dass sich Paul viele Kinder wünscht, beim Durchblättern des Stammbuchs anlässlich der Trauung hatte er enttäuscht festgestellt, dass für Kinder nur sechs Seiten vorgesehen sind, wohingegen er sich doch zwölf wünscht. Mir geht das alles viel zu schnell. Ich will erst zur Ruhe kommen.

Wir verließen den Ort und fuhren weiter in Richtung Süden. Während der Fahrt beugte sich Paul über die Landkarte. Ob von Rissani, unserem Zielort, ein Weg durch die Sahara führe, wollte er wissen. Hassan erwiderte, dass der Ort ein alter Karawanenstützpunkt sei. Aber Karawanen gebe es nicht mehr viele. Sie seien längst durch die Lastwagen der »Compagnie La Mer-Niger« abgelöst worden. »La Mer-Niger«. Ich ließ die Worte ein paarmal auf der Zunge zergehen. Es klang ungeheuer exotisch. »Was bedeutet es?«, fragte ich. »Es ist eine Transportgesellschaft, die die Güter vom Fluss Niger durch die Wüste ans Meer transportiert«, antwortete er und fügte hinzu: »Vielleicht kann man Kamele mit alten Segelschiffen vergleichen und die Lastwagen mit Dampfern. Afrika ist erwacht, Madame.«
Bei diesen Worten sah ich die Wüste wie einen riesigen Ozean vor mir und die Länder dort unten, Kamerun, Nigeria,

Dahomey, Französisch Äquatorialafrika, Kongo – das Wort allein war eine dunkle Verheißung! –, wie unerreichbare Inseln, deren Geheimnisse wir nie ergründen würden. Rissani, der letzte Ort an den Ufern der Wüste, sollte unser südlichster Punkt sein.

Wir kamen am Spätnachmittag in dieses Dorf am Ende der Welt. Und wenn die Sahara das große Meer ist, das die Zivilisation von den primitiven Kulturen trennt, so ist man versucht zu sagen: am Ende der zivilisierten Welt. Ein paar Häuser, die sich in ihrer Farbe nicht vom Boden unterschieden, Ocker in wenigen Schattierungen, kärgliche Vegetation, streunende Hunde, neugierige Kinder. Am Himmel zogen eigenartig geflockte Wolken auf und die Sonne sank als riesige glühende Scheibe auf die Wüste, wurde buchstäblich Stück für Stück von ihr verschlungen. Etwa zwei Minuten lang blieb der Himmel noch schwach erhellt. Die Dunkelheit kam so plötzlich, wie einem müden Kind die Augen zufallen.
Wir waren im Haus des Sheiks untergebracht. Sheik bedeutet so viel wie Bürgermeister, ein wichtiger Mann also. Dementsprechend war sein Haus das stattlichste am Platz. Vielleicht war es einmal Sitz der französischen Obrigkeit gewesen. Beim Betreten allerdings wurden, wie fast überall im Land, Zeichen der Verwahrlosung sichtbar: schadhafte Böden, abbröckelnder Putz, herunterhängende Elektrokabel. Der Strom war ausgefallen. Kerzen tauchten alles in ein zauberhaft warmes Licht und ließen fast den Eindruck entstehen, als befände man sich im Palast des Kalifen von Bagdad. Es sah aus, als hätte man uns erwartet, obwohl das eigentlich gar nicht möglich war. Oder hatte unser rätselhafter Begleiter heimlich einen Boten vorausgeschickt? Paul flüsterte mir zu, ich solle darauf achten, welche Hand ich zur Begrüßung bekäme. Die rechte sei die reine, die linke die unreine, ich könne mir wohl denken, warum.
In einer Art Innenhof sahen wir von ferne Frauen am offenen Feuer mit der Zubereitung eines Mahls beschäftigt. Es waren

seit drei Tagen die ersten Frauen, die wir zu Gesicht bekamen. Ihre Rolle bei dem folgenden Gastmahl schien sich aufs Kochen und Servieren zu beschränken, denn als wir uns etwas später in einem der Räume zum Essen auf dem Teppich niederließen, waren wir nur noch in Gesellschaft von vier Männern in weißen Gewändern.

Zu Beginn des Mahls konzentrierte sich das Interesse unserer Gastgeber ausschließlich auf das Essen. Nach einer mehr symbolischen Handwaschung unter dem dünnen Strahl einer Messingkanne stürzten sie sich auf das aus einer Art Hirse, Gemüse und Fleischbrocken bestehende Gericht, das auf einer großen runden Platte aufgehäuft war. Sie holten sich mit den Fingern der rechten Hand – irritierenderweise gab es auch einen Linkshänder – von dem Hirsebrei eine kleine Menge und formten daraus in der hohlen Hand einen Kloß, den sie mit Hilfe des Daumens geschickt in den Mund katapultierten. Uns gelang es erst nach einer Weile, dieses Kunststück einigermaßen zu beherrschen. Dazwischen nahm man sich von den zähen Brocken eines streng schmeckenden Hammelfleisches, dessen Zerkleinerung den Männern mit ihren prächtigen Zähnen offenbar keine Schwierigkeiten bereitete.

Als der erste Hunger gestillt war, kam auch ein Gespräch in Gang. Wir erfuhren, dass unsere Gastgeber mit dem marokkanischen Königshaus verwandt waren. Das erklärte den Luxus des Hauses, nicht aber dessen Verwahrlosung. Ich übersetzte vom Deutschen ins Französische und Hassan ins Arabische. Dann wollten sie wissen, ob ich die erste Frau meines Mannes sei. »Ja, die erste und einzige und ihr Name ist Mavie«, antwortete Paul und ließ dann seinen arabischen Spruch von den drei schönsten Dingen der Erde los, worauf er brüllendes Gelächter erntete. Der Sheik hatte vier Frauen, der Linkshänder nur zwei. Wahrscheinlich waren es die stillen Wesen in der Küche. Der Dritte lachte nur, als ich ihn fragte. Paul hielt beim Essen wacker mit. Mir ließ der Bürgermeister die fettesten Stücke zukommen. So fett, dass mir allein beim

Anblick schlecht wurde. Ich lehnte höflich ab, aber Paul raunzte mich an, dies sei eine besondere Auszeichnung und ich solle mich nicht so anstellen. Widerwillig aß ich gegen meine Übelkeit an. Einmal hielt ich ein Stück in Händen, das zweifellos vom Kopf des Tieres stammte, mit Wimpern und allem Drum und Dran. Ich bewegte es lange von einer Hand in die andere, bis ich es unauffällig Paul zuschieben konnte, der es, ohne eine Miene zu verziehen, aufaß.
Abgesehen von meiner Übelkeit wurde es ein lockerer Abend. Zu fortgeschrittener Stunde ahmten die Männer die Schreie des Streifenflughuhns und des Waldkauzes nach. Sie wurden immer übermütiger. Auch wir lachten viel und fühlten uns wie betrunken, obwohl es keinen Alkohol gab.
Lange Zeit verbot ich mir die Frage nach einer Toilette. Meine abendländische Erziehung verfolgte mich bis in den letzten Winkel dieser Erde. Als ich es dann doch tat, führte mich der Hausherr persönlich mit einer Kerze in der Hand durch das dunkle Haus an eine Tür. Dort ließ er mich stehen, nicht ohne mir vorher die Kerze überreicht zu haben.
Ich trat ein und fand mich in einem mit weißem Marmor ausgekleideten, sehr großen Badezimmer. Dessen optische Eleganz wurde gemindert durch einen beißenden, üblen Geruch nach menschlichen Exkrementen. Böses ahnend, die Kerze in der Hand, näherte ich mich der Kloschüssel. Sie war bis zum Rand gefüllt mit Würsten. Ebenso das Bidet daneben wie auch die Badewanne mit ihren Goldhähnen. Nichts hätte mehr Platz gehabt.
Der Anblick war zu viel für meine dahinbrütende Übelkeit. Ich lief in den Hof und übergab mich. Am Himmel war der Mond zu sehen und eigenartigerweise lag er auf dem Rücken wie eine kleine Nussschale. Das ist Afrika, dachte ich und bekam einen Lachanfall, während mir vor Anstrengung die Tränen in die Augen stiegen.
Als ich zu der kleinen Gesellschaft zurückkehrte, hatten die Herren sich bereits erhoben. Einige Hunde fraßen die Reste von der Platte. Wir wurden in unser Schlafgemach geführt, ei-

nen großen, dunklen Raum, der, so viel sahen wir im Kerzenlicht, an den Seiten mit üppigen Polstern ausgelegt war. Hassan wünschte uns eine gute Nacht und legte sich ohne ein Wort der Erklärung zum Schlafen nieder. Natürlich wunderten wir uns etwas, dann aber sagten wir uns, dass es sich wohl um eine marokkanische Gepflogenheit handelte, Gäste in ein und demselben Raum zu beherbergen, wie es offensichtlich auch Gepflogenheit war, Kacke in Badewannen zu lagern. Wir legten uns in die entgegengesetzte Ecke des Zimmers und schliefen bald ein.

Am Morgen der geruhsamen Nacht stand Paul als Erster auf und fragte nach einer Waschgelegenheit. Sei es nun, dass Hassan sich am Vorabend selbst vom Zustand des Badezimmers überzeugt hatte, sei es, dass er Paul möglichst weit weg schicken wollte, auf jeden Fall beschrieb er ihm den etwas umständlichen Weg zu einer Wasserpumpe im Garten des Hauses.

Als Paul verschwunden war, stand er schnell auf und näherte sich meinem Lager. Nichts Böses ahnend rief ich ihm ein fröhliches »Bonjour« entgegen. Er antwortete nicht, sondern ließ sich blitzschnell auf mich herabfallen, wobei es ihm gelang, vorher noch meine Decke wegzuziehen. Es wurde dunkel über meinem Gesicht und schwer auf meinem Körper. Ähnlich mag einem Feldhasen zumute sein, der aus der Luft von einem Adler angefallen wird. Der Angriff kam so überraschend, dass es mir unmöglich war, mich zu wehren. Hassan hatte sich sofort meiner sich ihm entgegenstemmenden Arme bemächtigt und meinen Mund mit etwas verschlossen, was man gewöhnlich Kuss nennt, in diesem Fall aber eher einem gierigen Biss glich. Die Fleischbrocken vom Vorabend fielen mir ein. An seinem Mund haftete noch immer der Geschmack von Hammelfleisch und Knoblauch. Durch einige Textilschichten, weder hatte er über Nacht seine Djellabah abgelegt noch ich meine Jeans, spürte ich seine starke Erregung. Was will er, um Gottes willen, was will er, dachte ich. Er ist wahnsinnig.

Nach wenigen Sekunden hörte man draußen Schritte. Hassan sprang auf und glättete mit der Hand seine Kleidung. Paul war zurückgekommen, weil er seine Seife vergessen hatte. Gelobt sei seine Vergesslichkeit! Hassan schlüpfte unauffällig, als sei nichts gewesen, neben ihm durch die Tür und verschwand. Ich zitterte am ganzen Körper, als ich Paul die Geschichte erzählte. Er sagte nur: »Wir dürfen jetzt keinen Fehler machen.«

Nach einer Weile kam auch Hassan wieder zurück. Paul sagte ganz beiläufig in erstaunlich gutem Französisch: »Sie haben meine Frau berührt.« »Ich weiß nicht, wovon Sie sprechen«, entgegnete Hassan. »Sie wissen nicht, wovon er spricht?«, rief ich in so aufgebrachtem Ton, dass Paul mich warnend ansah. »Wollen Sie leugnen, dass Sie – auf diesem Bett –?« »Sie haben viel Phantasie, Madame«, sagte Hassan und lächelte mich an. »Gott wird Sie strafen für diese Lüge«, rief ich, und weil mir sofort einfiel, dass unser Gott nicht der seinige ist, fügte ich stotternd hinzu: »Ich meine, Allah wird Sie strafen.«

Die Erwähnung von Allah hatte zur Folge, dass Hassan mich drohenden Blicks fixierte und mir einen Schwall arabischer Sätze entgegenschleuderte, von denen ich natürlich nichts verstand. Allah kam mehrmals darin vor. Ich fürchte, er hat mich verflucht. Er packte seine Siebensachen und ging aus dem Zimmer, wobei er die Tür hinter sich zuschlug. Gleich darauf hörten wir sein Auto wegfahren. Es war sieben Uhr morgens und wir saßen in Rissani fest.

Paul begab sich seelenruhig ein zweites Mal auf den Weg zum Waschen und kam nach einer Weile mit einem unserer Teppichgenossen vom Vorabend zurück. Dieser wirkte nun ausgesprochen unfreundlich. Hätte es sich um ein nächtliches Alkoholgelage gehandelt, so hätte man meinen können, er sei verkatert. Aber wir hatten alle nur Tee getrunken. Es konnte sich also nur um eine morgendliche Verstimmung handeln. Oder hatte Hassan noch Zeit gefunden, ihm irgendeine Lügengeschichte aufzutischen?

Der Mann war in eine Art Mantel mit Kapuze gehüllt und trug ein Gewehr. »Ich weiß nicht, was er will«, sagte Paul. Wir waren ziemlich ratlos. Nachdem unser Dolmetscher abgereist war, konnten wir uns mit unseren Gastgebern nicht mehr verständigen. Aber der Wink des Mannes war eindeutig. Wir sollten ihm folgen.

Draußen warteten mehrere Männer. Alle hatten die Kapuze über den Kopf gezogen und ein Gewehr in der Hand. Sie sahen wie Scharfrichter aus. »Sag jetzt gar nichts, und vor allem schau sie nicht an«, flüsterte Paul. Die Männer nahmen uns in die Mitte und machten sich auf den Weg in den Garten. Niemand sprach ein Wort. Es war noch relativ kühl. Der Horizont war gesäumt von einem Rest Kumuluswolken, aber die Sonne schickte sich bereits an, die Alleinherrschaft am Himmel zu übernehmen.

Der Garten war größer, als wir gedacht hatten. Eine grüne Schneise, wahrscheinlich einem unterirdischen Wasserlauf folgend, führte vom Haus weg in Richtung Süden. Sie war der Wüste mühsam abgerungen und offensichtlich immer wieder aufs Neue von ihr bedrängt. Hinter einem Zaun aus geflochtenem Rohrgras dehnte sie sich aus, seltsam unbeteiligt und unberührt. Im Garten selbst herrschte ein prächtiges Miteinander von Oleander, Hibiskus, Feigen und Bougainvilleas, am Boden rankten Wassermelonen neben Zwiebeln und Bohnen. In einer Voliere sahen wir im Vorübergehen eine große Anzahl bunter Vögel.

Klopfenden Herzens dachte ich: Der Ort ist viel zu schön zum Sterben. Und niemand wird uns hier finden. Denn dass auf der Stelle etwas Furchtbares passieren würde, davon war ich überzeugt. Paul schien Ähnliches zu denken, er hatte meine Hand genommen.

Am Ende des Gartens blieben die Männer stehen und luden die Gewehre. Mich überfiel Panik. Ich hatte vor, mich ihnen zu Füßen werfen und um unser Leben zu bitten. Da hoben sie alle fast gleichzeitig den Kopf und blickten nach oben. Eine Schar Flughühner durchkreuzte den blassen Morgenhimmel.

Einige Schüsse fielen. Aus dem friedlichen Gebilde lösten sich zwei der Tiere und fielen in einiger Entfernung wie Steine herunter. Angefeuert durch die Rufe der Schützen drängten die sie begleitenden Hunde durch eine Lücke im Zaun hinaus in die Wüste. Kleine Wolken von Sand begleiteten ihren Weg. Nach einer Weile kamen sie mit den Hühnern zurück und legten sie den Männern zu Füßen. Auf dem hellen Blut klebte Sand.
Der Bann schien gebrochen. Die Männer schossen nun auf alles, was sich in der Luft bewegte, vor allem auf kleinere Vögel, die aufgeregt durch den Garten flatterten, aber auch auf hochgeschleuderte Blechbüchsen. Lachend überreichten sie uns zwei Gewehre und forderten uns auf, es ebenfalls zu versuchen. Paul schoss auf eine aufgestellte Blechbüchse und traf sogar. Jetzt, da ich wusste, dass uns nichts passieren würde, schoss ich zum Abschied weit hinaus in das leere Land und malte mir aus, dass die Kugel irgendwo ihre Bahn beenden und in den Sand plumpsen würde, unauffindbar für alle Zeiten.
Wir nutzten die allgemeine gute Laune und gaben zu verstehen, dass wir ein Fahrzeug benötigten, um nach Er Rachidia zurückzukehren. Wunderte sich überhaupt jemand, dass Hassan nicht mehr da war?
Der Vormittag verging mit Warten. Wir wussten nicht einmal, ob man uns verstanden hatte. Eines schien in diesem Land ebenso reichlich vorhanden zu sein wie Sand: die Zeit. Um die Mittagsstunde erschien ein ramponierter Geländewagen mit Fahrer, der uns irgendwo auf halber Strecke wieder auslud. Warum er dann plötzlich zurückfahren musste, konnte er uns nicht begreiflich machen. Bis Er Rachidia waren es noch 100 Kilometer. Es gab so gut wie keinen Verkehr.

Ich sitze irgendwo am Straßenrand zwischen Rissani und Erfoud und beeile mich, die Ereignisse nachzutragen.
Zu unserer gegenwärtigen Situation: Wir versuchen per Anhalter zu unserem Auto zu gelangen, nachdem Hassan heute

Morgen aus verständlichen Gründen einfach ohne uns abgereist ist. Ein Europäer ohne Auto ist in diesem Land so gut wie verloren. Wir treiben wie auf einer Luftmatratze hilflos dahin und warten darauf, dass eines der extrem selten vorbeifahrenden Fahrzeuge uns aufnimmt, wobei wir weniger auf Mitleid als auf Neugierde setzen.
Es ist sehr viel heißer als gestern. Zum ersten Mal erlebe ich die Sonne nicht als wohltuende Kraft, sondern als Bedrohung. Dazu kommt das Gefühl zunehmender körperlicher Unsauberkeit. In der Tat habe ich mich seit Spanien nicht mehr richtig waschen können, und das scheint mir Jahre zurückzuliegen.

Natürlich machte ich mir dauernd Gedanken über den morgendlichen Zwischenfall. Hatte ich etwas falsch gemacht? Hatte ich mich so verhalten, dass Hassan daraus schließen konnte, ich sei empfänglich für seine Annäherung? Vielleicht genügte allein die Tatsache, dass die Gespräche wegen der Übersetzungsschwierigkeiten sich ausschließlich zwischen ihm und mir abgespielt hatten. Dadurch war eine gewisse Vertraulichkeit entstanden. Oder war mein Lachen vom Vorabend daran schuld? War Lachen ein Zeichen dafür, dass eine Frau zu haben ist? Jedenfalls erleichterte mir dieser Vorfall den Abschied von Marokko. Am nächsten Tag schon konnten wir wieder in Spanien sein! Baden, Haare waschen, endlich raus aus den schmutzigen Kleidern.

Um zu verstehen, was sich in der Nacht nach dem kurzen Intermezzo im Haus des Sheiks von Rissani abgespielt hat, nimmt man am besten die Michelin-Karte von Nordafrika zur Hand und sucht den Ort Er Rachidia, wo unser Auto stand. Dorthin brachte uns ein marokkanischer Regierungsbeamter zurück, der auf dem Weg in den Norden war. Wir fanden im MG noch drei Krapfen, die inzwischen auf die Hälfte ihres Volumens geschrumpft waren und verschlangen sie heißhungrig.

Etwa 400 Kilometer trennten uns von der Küste. Wir hätten dazu die nördliche Richtung einschlagen müssen und wären bei einer angenommenen Geschwindigkeit von 60 Stundenkilometern höchstwahrscheinlich am nächsten Morgen bei der Fähre angekommen.
So wollte ich es. Aber wie so oft, und in Zukunft immer häufiger, wollte Paul das Gegenteil. Er hatte überhaupt keine Lust mehr, den von ihm gerade entdeckten Kontinent gegen einen Bungalow an der Costa del Sol einzutauschen. Oder war es etwas anderes? Wollte er mich testen? Suchte er nach einem Schauplatz, auf dem Gemeinsamkeit im Spiegel einer gänzlich fremden Umgebung erlebt wird?
Vorerst behielt er sein Geheimnis für sich. Er tat so, als träte er den Heimweg an. Tatsächlich fuhr er aber wieder ein Stück in die Richtung, aus der wir soeben per Anhalter gekommen waren. Dann bog er im 90-Grad-Winkel nach Osten ab. Einen Atlas brauchte er dazu nicht. Im Unterschied zu mir besitzt er einen geradezu phänomenalen Orientierungssinn. Lange genug hatte er die Landkarten studiert und sich die Route zurechtgelegt. Ich, die ich als Beifahrerin gewöhnlich still vor mich hinträume, merkte nichts. Nur einmal, wir waren schon ein Stück unterwegs, sagte ich: »Seltsam, die ganze Zeit war der Mond zu unserer Rechten, jetzt ist er hinter uns.« »Er wandert«, entgegnete Paul und ich gab mich für eine Weile zufrieden.
Wir hatten eine schlechte Straße vor uns. Im Scheinwerferlicht ragten die steinigen Unebenheiten wie kleine Gebirge auf, die wir im Zickzackkurs umfahren mussten. Wenn die Wagenunterseite Kontakt mit ihnen bekam, traten ohrenbetäubende Geräusche auf. »Ich kann mich an diese Straße überhaupt nicht erinnern«, sinnierte ich. »Doch, doch«, beruhigte mich Paul. »In der Nacht sieht alles anders aus. Jetzt schlaf ein bisschen.«
Wahrscheinlich bin ich wirklich eingeschlafen, denn selbst einer so ahnungslosen Person wie mir hätte es auffallen müssen, dass wir, statt die Höhen des Atlasgebirges zu erklimmen, ei-

ne schnurgerade Piste ohne nennenswerte Steigungen befuhren. Irgendwann fragte ich: »Sind wir schon über den Atlas?« »Er liegt hinter uns«, antwortete Paul und sagte damit sogar die Wahrheit. Plötzlich wurde ich hellwach. »Wir sind doch eine Teerstraße gekommen, oder? Und jetzt ...« »Also, mein Liebes, ich muss dir etwas gestehen.« »Wo sind wir?«, schrie ich voller Panik. »Wir befinden uns auf dem Weg nach Algerien«, sagte Paul im Ton eines Pressesprechers des Weißen Hauses, der den Beginn einer Invasion ankündigt.

»Nein, das ist nicht wahr!« »Versteh doch, mein Liebes, es ist eine nie wiederkehrende Gelegenheit, mit den algerischen Aufständischen zu sprechen. Als angehender Soziologe ...« »Halt sofort an, ich möchte zurück.« »Ich verspreche dir, in drei Tagen sind wir in Spanien.« »Halt an!« Der MG hielt, ich ergriff mein kleines Gepäck und stieg aus. »Wo willst du hin?« »Nach Hause.« Eine dunkle Nacht umfing mich, als ich mich aus dem Umkreis des Autos entfernte.

Am Himmel hing, umgeben von Myriaden unruhig blitzender Sterne, wieder diese Nussschale von Mond, die kaum Licht spendete. Der Himmel sah aus wie ein dunkles Sieb, durch dessen Löcher von außen ein heller Schein drang. Fast konnte der Eindruck entstehen, als herrsche hinter diesem dunklen Firmament eine andere Welt von gleißender Helligkeit.

»Na dann viel Spaß«, rief Paul mir nach.

Allmählich, als meine Augen sich an das Dunkel gewöhnt hatten, gab die nähere Umgebung ihre Geheimnisse preis. Eine weite, von kleinen, langgezogenen Schotterhalden unterbrochene Ebene breitete sich rechts und links der Straße aus. Weder Baum noch Strauch waren zu sehen. Steine, wohin ich blickte. Felsen. Schotter. Sand. Am Horizont vielleicht Gebirge.

»Schade um dich.« Pauls Stimme war noch gut zu hören. »Hüte dich vor den Schlangen!« Ich blieb abrupt stehen. »Was hast du gesagt?« »Hüte dich vor den Schlangen.« »Gibt's hier denn welche?« »Aber sicher. Hornviper, Sandviper, Korallennatter. Nicht zu vergessen die Skorpione.«

Auf der Stelle machte ich kehrt und bewegte mich wie auf Stelzen gehend wieder auf das Auto zu. »Du versprichst, dass wir in drei Tagen zurück sind.« »Ich verspreche es.« Der Motor sprang an und wir setzten unsere holprige Fahrt fort.
Zwei Ortschaften lagen schlafend auf der Strecke, angekündigt durch verwitterte Schilder mit arabischen Schriftzeichen. Es muss sich um Boudnib und Bouanane gehandelt haben. Die erdfarbenen Mauern der Häuser leuchteten einen Moment im Scheinwerferlicht auf und sanken dann wieder in die Nacht zurück. Es war kaum vorstellbar, dass in dieser Einöde Menschen lebten.
Einmal gabelte sich der Weg. Hinweisschilder jedweder Art fehlten. Paul musste die Landkarte zu Hilfe holen. Es zeigte sich, dass er nun doch etwas die Orientierung verloren hatte. Auf gut Glück fuhr er nach rechts weiter. Die Piste, die einigermaßen gut begonnen hatte, verlor nach und nach ihre Konturen und verästelte sich in immer mehr Nebenpisten. Der Grund lag darin, dass die Fahrzeuge, die hier gefahren waren, der immer schlechter werdenden Straße ausgewichen waren und sich neue Wege gesucht hatten. Dadurch war ein Wirrwarr von Spuren entstanden. Sandlöcher wechselten sich ab mit blank gefegtem Gestein. Das, was im Scheinwerferlicht wie ein ausgetrocknetes Bachbett aussah, gebot dann allen diesen Spuren Einhalt. Der Weg zurück zur Gabelung war in diesem zerpflügten Boden nur mit Mühe zu finden. Eine Stunde ging darüber verloren.
Mitternacht war längst vorüber. Durch die Aufmerksamkeit, die wir dem Weg widmen mussten, waren wir jedoch noch hellwach. Ich wollte wissen, wie weit es bis Algerien sei, und Paul erklärte mir, dass die Grenze in unmittelbarer Nähe parallel zu unserem Weg verlaufe. Er müsse nur nach einem geeigneten Übergang suchen.
Aus den Tagebuchaufzeichnungen ist nicht ersichtlich, wo dieser dann tatsächlich erfolgt ist. Ich gehe davon aus, dass Paul den offiziellen Grenzübergang Figuig – Beni Ounif tunlichst vermeiden wollte. Aus gutem Grund: Wir hatten kein

Visum. Andererseits versperrten uns die Monts de Ksour den Weg in den Süden. Es gibt deshalb nur zwei Möglichkeiten: Wir benutzten die damals wie heute gesperrte Piste zwischen Ain Ech Chair und Figuig und entdeckten kurz vor dem offiziellen Übergang einen Schleichweg, der direkt auf die Piste Beni Ounif – Colomb Béchar führte. Oder aber wir schafften es, uns an den vermutlich schlafenden Grenzbeamten vorbeizuschmuggeln. Ich kann mich nicht mehr erinnern. Jedenfalls muss dieser Übergang völlig unspektakulär und in ziemlicher Ahnungslosigkeit erfolgt sein, denn erst eine ganze Weile später, als wir ein einsames Verkehrsschild sahen, wurde uns bewusst, dass wir das Land gewechselt hatten. Ein paar Autowracks am Pistenrand ließen mich vermuten, dass es sich um eine viel befahrene Strecke handelte.

An dieser Stelle sind ein paar Anmerkungen zur politischen Situation des Landes im Jahr 1958 notwendig. Algerien war in der Vergangenheit abwechselnd von Vandalen, Arabern, Spaniern und Türken heimgesucht worden, als 1830 die Franzosen die Stadt Algier eroberten. Nach und nach schoben sie die Südgrenze bis tief in die Sahara vor. Im Zweiten Weltkrieg wurde das Land Sitz der französischen Widerstandsbewegung und Durchzugsgebiet der Amerikaner. Zu der Zeit, als wir es bereisten, wurde es als Bestandteil des französischen Mutterlandes betrachtet. Man kann sich vorstellen, dass die mohammedanische Bevölkerung von der Fremdherrschaft die Nase voll hatte und die Forderung nach Unabhängigkeit mit zunehmend härteren Mitteln stellte.
Seit 1954 tobte ein offener Bürgerkrieg. Es waren vor allem die Fellagha, die Bauern, die sich in der FLN, der algerischen Befreiungsfront, zusammenfanden. Der Kampf wurde seit Januar 1958 mit zunehmender Heftigkeit geführt, nachdem sich die FLN zu einer modern ausgerüsteten Algerischen Befreiungsarmee umorganisiert hatte. Es war ein Kampf, welcher sich der Methoden bediente, derer sich die Schwächeren im Allgemeinen bedienen: der Anonymität, der Tücke, des Ter-

rors und der heimlichen Vergeltungen. Insofern dürfte es damals nicht anders ausgesehen haben als im heutigen Algerien. Nur dass sich damals der Hass gegen die Fremden richtete und heute gegen die eigenen Landsleute.
Ein beliebtes Mittel, um den verhassten Gegner zu liquidieren, waren die im Sand vergrabenen Minen. Diese vergrub man natürlich nicht irgendwo in der Wüste, sondern auf den Pisten. Und die Autowracks, die wir im Vorüberfahren sahen, gespenstisch beleuchtet von den Scheinwerfern unseres eigenen Wagens, waren natürlich keine Verkehrsunfälle, wie ich dachte, sondern Opfer dieser Minen, ebenso wie die zerrissenen Reifen, die bisweilen aus dem Sand ragten. Es handelte sich auch um keine viel befahrene Strecke. Tatsächlich fuhr niemand diese Piste aus reinem Vergnügen, sondern nur aus zwingender Notwendigkeit. Und diese Fahrzeuge waren in der Regel für alle Eventualitäten besser gerüstet als ein Sportwagen mit 15 Zentimeter Bodenfreiheit.
Es muss zu meiner Ehrenrettung gesagt werden, dass auch Paul nichts von der Gefahr ahnte. Er war hauptsächlich mit der Frage beschäftigt, ob das Benzin ausreichen würde. Wo war die nächste Tankstelle? Würde der Sprit länger reichen, wenn man schnell führe, oder wäre eine langsame Fahrweise besser? Wie nicht anders zu erwarten, entschloss er sich für Ersteres. Vielleicht hat uns das das Leben gerettet.
Als die Morgendämmerung anbrach, bekamen wir einen ersten Eindruck von der Gegend. Zwischen zwei Ausläufern des Sahara-Atlasgebirges, immerhin noch bis zu 1.500 Meter hoch, führte die Piste langsam hinab auf eine Art Hochebene. Dahinter konnte man die Wüste ahnen. Wir befanden uns etwa 250 Kilometer östlich von Erfoud.
Unmittelbar nach Sonnenaufgang gibt es dort eine kurze Zeitspanne, in der sich die Kühle der Nacht und die Hitze des Tages die Waage halten. Es ist die Zeit, in der man denkt, man könne es in diesem Land gut aushalten. Genau zu diesem Zeitpunkt fuhren wir mit den letzten Tropfen Benzin in der kleinen Garnisonsstadt Colomb Béchar ein.

Eine Stadt in unserem Sinn war Colomb Béchar allerdings nicht, sondern eine kunterbunte und wenig gepflegte Ansiedlung von Menschen an einer Stelle, wo Wasser vorhanden war. Das Wasser zauberte Grün aus dem Wüstenboden. Im Schatten der staubigen Palmen standen die alten, schäbigen Häuser der Einheimischen, aber auch die neueren der Kolonialherren und die allerneuesten, wie in Eile gebauten Kasernen für die Soldaten.
Vor allem aber war dieses Colomb Béchar einer der wichtigsten Häfen am Rand des großen Wüstenmeeres. Von hier aus führte eine etwa 2.000 km lange Piste zum Niger, ins Innere Afrikas.
Ein Sammelsurium von Menschen bevölkerte den Ort: Französische Soldaten, Fremdenlegionäre aller Nationen, Beduinen, arabische Händler, Huren, Juden, die Lastwagenfahrer der Compagnie La Mer-Niger und schließlich eine Handvoll Auswanderer, die auf dem Weg nach Schwarzafrika waren. Wie allen Städten, in denen die Menschen sich nur eine begrenzte Zeit aufhalten, mangelte es auch Colomb Béchar trotz seines lieblichen Namens an Schönheit und Gediegenheit. Dafür war es von einer Art trotzigen Lebens erfüllt. In den Straßen, die keine waren, sondern nur sandige Zwischenräume zwischen den willkürlich hingestellten Häusern, standen Armeefahrzeuge und Lastwagen neben ihren langsamen Verwandten, den Eseln und Kamelen. Dementsprechend hing in der Luft ein Geruch von Tierkot und Benzin. Aus den Transistorradios klangen die verwehten Fetzen jener arabischen Endloslieder, die immer von den Qualen der Liebe zu handeln scheinen. Händler boten ihre Waren feil, die gegenüber der Vielfalt in der Medina von Fez bescheiden, dafür aber umso kostbarer waren.
Wenn ich mir von der ganzen Reise einen Ort und Zeitpunkt auswählen dürfte, um als unsichtbarer Gast noch einmal dabei zu sein, so wäre es der Moment, als wir in aller Unschuld in den frühen Morgenstunden Einzug in Colomb Béchar hielten und die Leute vor Staunen den Mund nicht mehr zubeka-

men. Denn eines war dieser Ort mit Sicherheit nicht: ein Ziel von Abenteuerreisen. Dafür war die politische Lage viel zu angespannt und im Übrigen waren Abenteuerreisen damals noch kaum in Mode.

Auf der Suche nach einer halbwegs anständigen Bleibe stießen wir ausgerechnet auf die französische Kommandantur, wo man zuallererst nach unseren Reisedokumenten fragte. Der Kommandant starrte fassungslos in meinen neuen Pass, in dem nur ein spanisches Visum und der Eingangsstempel von Ceuta zu finden waren. »Wo ist das Visum für Algerien?«, fragte er.

Da ich mich für die französische Konversation zuständig fühlte, wollte ich antworten, aber Paul hielt mich mit einer Geste zurück. »Welches Visum?«, fragte er. Der Kommandant erwiderte ungeduldig: »Das Visum, um hierher zu kommen.« Paul, der offensichtlich das Gespräch verlangsamen wollte, fragte mich: »Was will er?« »Das Visum für Algerien.« »Gut«, sagte er auf Deutsch zu mir. »Jetzt hör gut zu! Sage dem Kommandanten bitte, wir würden in Westdeutschland jeden Tag in der Zeitung lesen, Algerien sei ein Teil des französischen Mutterlandes, ein Teil Frankreichs also.« Für Frankreich benötigten wir Deutsche aber kein Visum mehr. Wie es also komme, dass er nach einem Visum frage. Ich übersetzte, wobei mein Blick die Augen des Kommandanten tunlichst vermied.

Dieser fuhr mich an: »Und es steht nicht in der Zeitung, dass es in Algerien Krieg gibt? Und Sie wissen nicht, dass Sie sich hier im Kriegsgebiet befinden und ich für Ihre Sicherheit verantwortlich bin? Ich habe etwas anderes zu tun, als mich um die Sicherheit verrückter Deutscher zu kümmern. Sie haben also kein Visum?«, fragte er abschließend. Paul schüttelte den Kopf. »Visum non.« »Bon«, sagte der Kommandant, »Sie können hier bleiben, hier in dieser Stadt. Und nirgendwo sonst.«

In diesem Moment wurde ich von hemmungslosen Gähnanfällen überwältigt. Paul war das ausgesprochen peinlich. Indem er auf mich wies, sagte er mehrmals: »Pardon.« Schon früher waren meine Gähnanfälle, die leider zu den unpassendsten Gelegenheiten auftraten, Anlass zu Kontroversen zwischen uns gewesen. Paul interpretierte sie als reine Boshaftigkeit. Den Kommandanten schienen sie auf eine Idee gebracht zu haben. Die beiden Pässe in einer Schublade verwahrend meinte er, Madame brauche jetzt unbedingt ein wenig Schlaf. Er führte uns in die Wachstation, wo zwei schmale Eisenbetten standen.

In das Erstaunen, welches unsere Ankunft in Colomb Béchar hervorgerufen hat, dürften sich auch Misstrauen und nicht zuletzt Verärgerung gemischt haben. Da gingen diese Soldaten an einem der abgelegensten Orte dieser Welt ihrem Job nach, sorgten für Ruhe, Ordnung und Sicherheit und hatten es plötzlich mit zwei Grünschnäbeln zu tun, die alles Gerede um die Gefahren auf der Piste ad absurdum geführt hatten, indem sie in einer Blechbüchse von Wagen wie Kängurus einfach über die Minen gehüpft waren. Noch keine zwei Wochen waren seit dem dramatischen Unfall vergangen, bei dem der Wagen eines englischen Journalisten-Ehepaars in die Luft geflogen war. Die Frau hatte es in Stücke gerissen und der Mann war nach einem 20-Kilometer-Marsch halb wahnsinnig und nahezu verdurstet in Colomb Béchar eingetroffen.
Normalerweise wurden Leute, die in einem derart sensiblen Gebiet unbefugt die Grenze überschritten, sofort verhaftet. Vielleicht waren die drei Tage, in denen wir Gäste des Kommandanten waren, auch wirklich eine Art von Arrest. Aber die Franzosen wären keine Franzosen gewesen, wenn die Geschichte von der Hochzeitsreise ihre Gemüter nicht besänftigt und sie zu Mitverschwörern gemacht hätte. Bald wusste es die ganze Stadt: »T'as vu les allemands? Hochzeitsreise! Die sind verrückt, oder?«
Bereits am nächsten Morgen bekam ich von der Frau des Kommandanten ein Bügeleisen geliehen, damit ich mein Hochzeitskleid bügeln konnte. Denn um meine Bluse und die

Jeans zu waschen, musste ich noch einmal in dieses weiße Gewand schlüpfen, das wie in weiser Voraussicht in schlichter Eleganz geschneidert war. So spazierte ich mit Paul durch Colomb Béchar und holte mir meinen ersten Sonnenbrand.

Auf einem kleinen Platz hinter der Benzin-Zapfstelle standen einige beeindruckend ausgerüstete Geländewagen, denen man schon von weitem ansah, dass sie demnächst die Reise über den sandigen Ozean antreten würden. Um einen Wagen mit belgischer Nummer hatten sich die Einheimischen geschart. Ein junger Mann mit dem verwegenen Aussehen Fidel Castros saß auf dem Trittbrett und gab sich in die Vene seines linken Arms eine Injektion, nachdem er den Stauschlauch mit den Zähnen gelockert hatte. Daneben briet eine junge Frau auf einem Benzinkocher Spiegeleier.

Paul, der nirgendwo stehen kann, ohne die Leute anzuquatschen, erfuhr alsbald, dass es sich bei dem Mann um den Flamen Joss van Steenakker aus Antwerpen handelte, der mit seinen Eltern und seiner Ehefrau Annie unterwegs in den Belgischen Kongo war, wo er sich, obwohl gelernter Automechaniker, als Bäcker niederzulassen gedachte. Im Übrigen war es Penicillin, was er sich wegen einer Infektion am Schienbein in den Arm spritzte.

Etwas unwillig ließ er uns einen Blick in seinen Wagen werfen. Alles war vorhanden: Vier Pritschen mit karierter Bettwäsche, über die Moskitonetze gespannt waren, staubdichte Blechkisten für Kleidung und Geschirr, Wassertank, Benzinkanister, Spaten fürs Ausbuddeln, sowie eine Art Eisenteppich als feste Unterlage für den Fall des Steckenbleibens im Sand. Dazu befand sich auf dem Dachträger des großen Fahrzeuges unter einer Armeeplane ein großer Teil des Antwerpener Haushaltes. Dieses Fahrzeug war zweifellos unbesiegbar. Weder Sonne noch Sand noch Wasser würden seinen Weg nach Schwarzafrika stoppen, zumal Joss van Steenakker mit seinem biblischen Bart und seinem entschlossenen, wettergegerbten Gesicht neben seiner Ähnlichkeit mit Fidel Castro auch Assoziationen zu Moses wachrief, dem es ja

auch gelungen war, die Meere zu teilen und trockenen Fußes durchzumarschieren.
Man kann sich vorstellen, dass der sportliche Flame einer Frau im weißen Klöppelkleid gegenüber so etwas wie Verachtung an den Tag legte und das Gespräch nach kurzer Zeit abbrach, um sich dem Genuss seiner Spiegeleier hinzugeben.
Im Weggehen nahm ich Pauls Hand und sagte: »Sei nicht traurig. Ich verspreche dir, in ein paar Jahren, wenn wir erst einmal auch einen solchen Wagen haben, werde ich mit dir die Wüste durchqueren.«

Was den Fortgang der Geschichte betrifft, so gibt es zwei sich widersprechende Aussagen. Paul behauptet, der Kommandant habe ihn am zweiten Tag zu sich gerufen und ihm eröffnet, eine Rückfahrt auf der gleichen Piste würde er ihm wegen der damit verbundenen Gefahr nicht gestatten. Der Weg nach Deutschland könne nur über die Sahara führen. Einmal an der Küste Westafrikas angekommen, würde sich mit Sicherheit eine Rückfahrmöglichkeit per Schiff ergeben.

Ich hingegen halte die Entscheidung für die Wüstenroute noch heute für ein abgekartetes Spiel unter Männern. Es erinnert mich an die Madrider Episode mit der Zigarette. Nicht nur, dass auf der vor uns liegenden Strecke die Minengefahr keineswegs gebannt war, die Strecke selbst bedeutete die ungleich größere Strapaze und war etwa um ein 20faches länger. Die Sahara lag vor uns wie ein ungeheures Maul, das uns verschlucken würde, wie viele andere vorher, so fürchtete ich jedenfalls. Aber alles Jammern half nichts. Ich beschloss, ganz still zu sein und bei nächster Gelegenheit umzukehren. Von einem Besuch bei den algerischen Rebellen war jedenfalls keine Rede mehr. Wo hätte man sie auch finden sollen?

Paul beschäftigte sich nun mit Reisevorbereitungen. Sein dürftiges Schulfranzösisch hatte sich unter dem Druck verschwörerischer Notwendigkeit erstaunlich verbessert. Der MG wurde vorschriftsmäßig mit Sandsäcken ausgepolstert. Sand gab es ja in Hülle und Fülle. Von Sandsäcken versprachen sich die Franzosen Schutz im Falle einer Minenexplosion. Der Militärarzt impfte uns gegen Cholera und Gelbfieber und drückte uns eine Dose Malaquin in die Hand. Morgens und abends je eine Tablette, außerdem sei ein Moskitonetz zu empfehlen.

Wie es mit Schlangen sei, wollte ich wissen. Lang genug seien sie alle, um gesehen zu werden, mit Ausnahme der »serpent trois minutes«, der Dreiminutenschlange. Diese sei klein, von guter Tarnfarbe, und ihr Biss führe innerhalb von drei Minuten zum Tod, sagte der Arzt und verdrehte dramatisch die Augen. Mir war nicht klar, ob er mich nur erschrecken wollte. Immerhin setzte mich die Erwähnung dieser Schlange, die vielleicht nur in der Phantasie der Leute existierte, auf der Stelle in allergrößte Alarmbereitschaft. Ich bestand auf der Anschaffung von einem Paar Gummistiefeln. In einem Ort, dessen durchschnittliche jährliche Regenmenge bei Null liegt, hatten die örtlichen Läden jedoch etwas Besseres zu verkaufen als Gummistiefel. Erst sehr viel später, in Niamey, fand ich ein Paar roter Stiefel, von dem ich mich nicht mehr trennte.

Wir fanden stattdessen verbeulte Büchsen mit grünen Bohnen, Libbys Fruchtsalat, Corned Beef und Ölsardinen mit Haut und Gräten sowie Trockenmilch. Paul trieb irgendwo auch noch Zwiebeln auf. Zwiebeln, so hatte er einmal gelesen, seien auf entbehrungsreichen Reisen das beste Mittel gegen Skorbut. Seefahrer schützten sich mit Zwiebeln vor Krankheiten, und waren wir nicht so etwas wie Seefahrer? Wir fanden auch eine kleine Pfanne aus Aluminium und billiges Armeebesteck.

Das größte Problem aber war die Versorgung mit Wasser. Pro Person und Tag waren sieben Liter Wasser vorgeschrieben, und das für jeweils mindestens drei Tage. Das bedeutete: 42 Liter Wasser mussten neben einem Benzinvorrat in dem engen Wagen Platz finden. Paul löste das Problem, indem er eine Gerba erstand, in der 20 Liter Platz hatten. Die Gerba ist das traditionelle Wassertransportmittel in der Wüste, das Fell einer Ziege, das an den sechs Öffnungen zusammengebunden und außen ans Auto gehängt wird. Durch den Fahrtwind und die Verdunstung bleibt das Wasser zumindest lauwarm. Für die restliche Wassermenge besorgte er einen Blechkanister. Wir führten nun drei Kanister mit uns, einen mit Wasser und zwei mit Benzin. Das Wasser aus dem Blechkanister war tagsüber heiß, wenig erquickend und konnte nur zum Teekochen verwendet werden. Mehr Geld wollte Paul nicht ausgeben, weil er noch eine Reserve fürs Tanken und Notfälle brauchte. Noch immer trug er ein Bündel spanischer Peseten in der Tasche, aber selbst im bunten Völkergemisch von Colomb Béchar fand sich dafür kein Interessent.

Vielleicht gibt es auf dieser Welt sogar einige Frauen, die mich um dieses Abenteuer beneiden. Frauen, denen es nichts ausmacht, kein Nachthemd mehr zu besitzen, wochenlang in ein und derselben Jeans herumzulaufen, Corned Beef zu essen und am Ende mit einer Mine hochzugehen. Frauen, die besser zu Paul passen würden als ich. Ich gestehe: Ich habe Angst. Nicht nur die Wüste ängstigt mich, sondern alles, was danach noch kommen wird, wenn wir diese Reise mit Gottes Hilfe überstanden haben werden. Ich habe heute ganz Colomb Béchar nach Fahrzeugen abgesucht, die in Richtung Norden fahren, aber keines gefunden.
So bleibt mir nichts anderes übrig, als mit diesem Wahnsinnigen zu ziehen. Und vielleicht wird man irgendwann dieses Tagebuch neben unserem zerfetzten Auto finden und sich wundern.

Entgegen den kursierenden Schauermärchen von Sandstürmen, Tod durch Verdursten, von Irrfahrten, Überfällen und Schlangenbissen, war eine Wüstendurchquerung in den 50er Jahren jedoch mit keinem allzu großen Risiko verbunden. Denn es gab zwischen den Stationen Beni Abbès, Adrar, Reggan, Bidon V und Tessalit Funkverkehr. Jedes abfahrende Fahrzeug wurde der nächsten Station gemeldet. Traf es dort nicht ein, wurde eine Suchaktion gestartet. So sollte es zumindest sein. Zum Glück kamen wir nie in eine Situation, in der wir diese Verordnung auf ihre Zuverlässigkeit hin hätten prüfen können. Freilich gab es Ereignisse, die mit ein bisschen weniger Glück ebenso gut als Katastrophe hätten enden können. Nicht von Schlangen und vom Verdursten werde ich also erzählen, sondern von diesen gefiederten himmlischen Wesen, die wir Schutzengel nennen.

Am 18. März verließen wir in einem aus mehreren Lastwagen und Verwaltungsjeeps bestehenden Konvoi die Stadt in Richtung Süden. Aus Sicherheitsgründen durfte nur im Konvoi gefahren werden.
»Vor allem, sprechen Sie nie von Negern!«, hatte der Kommandant zum Abschied gesagt. »Das Wort ist verpönt und könnte Sie in Schwierigkeiten bringen. Die Tage der Kolonien sind gezählt. Leider. Es heißt jetzt: die Schwarzen.«
Der MG war der einzige Privatwagen und fuhr, eingehüllt in eine dichte Staubwolke, an letzter Stelle. Zwei Stunden waren wir etwa unterwegs, als plötzlich ein Lämpchen am Armaturenbrett rot aufleuchtete. Paul, der seinem Wagen gegenüber das Gehabe einer besorgten Mutter entwickelt hatte, hielt sofort an. Die anderen fuhren ahnungslos weiter. Die Staubwolke wurde kleiner und kleiner und verschwand schließlich ganz.
Der Keilriemen war gerissen. Noch während Paul ziemlich ratlos unter der Motorhaube herumfummelte, stiegen von den die Straße in etwa 100 Meter Entfernung säumenden Höhenkämmen bewaffnete Männer herunter, etwa zwanzig an der Zahl. Durch ihre Tarnanzüge unterschieden sie sich kaum vom felsigen Untergrund. Sie bewegten sich gemächlich, ganz Herr der Lage, und kamen, die Gewehre im Anschlag, näher. Paul sah ihnen gelassen entgegen, obwohl ihm angeblich das Herz bis zum Hals klopfte. Schon legte er sich den arabischen Satz von den drei schönsten Dingen auf Erden zurecht, als er merkte, dass es sich um eine französische Patrouille handelte.

Auch den Männern sah man die Erleichterung an. Sie schienen sogar ausgesprochen zufrieden, dass sie einmal etwas anderes tun konnten, als in dieser trostlosen Gegend nach Aufständischen Ausschau zu halten. Es fand sich zur größten Überraschung aller Beteiligten in der Werkzeugtasche des MG auch noch ein Ersatzkeilriemen. Wir hatten unwahrscheinliches Glück. Nach kurzer Zeit sprang der Motor wieder an, wir konnten weiterfahren.
Aber wir hatten den Anschluss verloren. Während wir den Konvoi wieder einzuholen versuchten, gerieten wir in einen Sandsturm, den einzigen auf der Reise. Zuerst hielten wir die hellgelbe Wand am Horizont für eine neue Wolkenvariante. Wie viele derartige Himmelszeichen hatten wir nicht schon gesehen in den vergangenen Tagen! Noch hatten wir es nicht gelernt, den afrikanischen Himmel zu deuten.
Die Wand kam schnell näher, plusterte sich auf, änderte die Farbe, wurde ocker, dann dunkelbraun. Zugleich kam Wind auf, der den Sand in kleinen Rinnsalen durch das schwarze Geröll vor sich herfegte.
Wir stellten den Wagen an den Rand der Piste, die an dieser Stelle eine Art schwarzer Schlackenbahn war, und starrten ungläubig auf die Gebilde, die das Element Luft erobert hatten: Strudel, Wirbel, Säulen von Sand. Es wurde fast finster. Wie in einem verdunkelten Kinosaal vor einer flimmernden Leinwand saßen wir und spürten mit Entsetzen, dass das Auto uns keineswegs vor diesen wirbelnden Massen schützte. Der Sand drang durch die Ritzen, er erwies sich als unbarmherziger als Regen und Schnee. Sofort spürten wir ihn in Nase und Mund, die Augen begannen zu tränen. Zu der Angst vor dem Ersticken kam die Angst vor Verwehungen. Und wenn wir die Piste nicht mehr fänden, was dann?
Etwa eine Stunde lang dauerte der Sturm. Er verschwand so plötzlich, wie er gekommen war, und ließ die Landschaft scheinbar unberührt zurück. Unberührt von dem Spektakel stand auch die gleißende Sonne am Himmel. Es war so heiß wie vorher. Nur die Anhäufungen von Sand um das Auto he-

rum, dem einzigen aufragenden Objekt weit und breit, zeugten von dem stattgefundenen Chaos, das im Nachhinein einer großen Kehraktion glich. Wie leer gefegt lag die Piste vor uns. Ich kauerte im MG und brüllte Paul an. »Ich habe Angst. Angst, verstehst du? Merkst du nicht, dass die Wüste uns nicht haben will? Zeichen über Zeichen, und du verstehst sie nicht zu deuten.« Paul nahm mich in die Arme. »Aber es ist doch überhaupt nichts passiert, mein kleines Mädchen. Alles nur wegen der blöden Panne! Wir müssen den Anschluss zu den anderen wieder herstellen, dann sind wir in Sicherheit!«
Der Sand, mit dem wir in den kommenden Wochen in einer bösen Schicksalsgemeinschaft leben mussten, hatte sich auf seine Weise vorgestellt. Er überzog das Wageninnere mit einer feinen Schicht Staub, drang in den Fotoapparat und die kleine Reiseschreibmaschine ein und verband sich mit allem, was feucht und ölig war, zu einer schmierigen Paste. Der Charakter des bis dahin eleganten Wagens änderte sich so schlagartig, dass ich nur noch vom M-Jeep sprach.
Wegen der unerträglichen Hitze schlugen wir das Verdeck zurück. Paul hatte seinen Kopf mit einem Frotteehandtuch umhüllt und darüber eine Motorradbrille gezogen. Als Sonnenblende diente ein angeheftetes Stück Pappe mit der Aufschrift Maggi. Ich trug ein blau-weiß gepunktetes seidenes Kopftuch, das seltsam extravagant wirkte in dieser Landschaft ohne Farben. Unsere Gesichter waren mit einer dicken Schicht Staub bedeckt.
Vom Konvoi war weit und breit nichts zu sehen. Einmal sahen wir sehr hoch über unseren Köpfen ein Flugzeug in nördlicher Richtung fliegen, zurück in die Gegend, aus der wir gekommen waren. Da war mir zumute, als seien wir die letzten Bewohner eines gestorbenen Planeten. Mir fiel ein, dass ich meinen Vorsatz, bei nächster Gelegenheit auszusteigen, ganz vergessen hatte. War dies der richtige Augenblick? Bevor ich einen Entschluss fassen konnte, waren wir wieder unterwegs.
Die Piste hatte eine gleichmäßig geriffelte Oberfläche. Die Franzosen nennen sie »tôle ondulée«. Entstehen die kleinen

horizontalen Wellen, die an Wellblech erinnern, durch den Autoverkehr oder den Wind? Sie sind jedenfalls typisch für diese Sandpisten und erfordern ein spezielles Tempo; langsames Fahren erzeugt unweigerlich ein unangenehmes Rütteln. Wir hatten keine andere Wahl, als mit hoher Geschwindigkeit über die Piste zu fliegen, so wie man auch mit einem schnellen Motorboot über die Wellen fliegen muss, um nicht den Erschütterungen ausgesetzt zu sein.

Mit dieser schnellen Fahrweise gerieten wir nach einiger Zeit in die Staubwolke eines einzelnen Militärfahrzeugs. Das Gefühl, nicht mehr allein zu sein, machte Paul übermütig. Vielleicht erzeugen solche Situationen Stimmungen, aus denen heraus man Vabanque spielt. Er brachte den Sportwagen zur Geltung und überholte mit hoher Geschwindigkeit. Die beiden Franzosen schüttelten nur verständnislos den Kopf. Hier kam erstmals ein Effekt zur Geltung, der uns später noch oft aus brenzligen Situationen helfen sollte. Wo immer der Sportwagen auftauchte, wurden ihm Verkehrssünden vergeben. Paul verstand es prächtig, diesen Joker immer wieder auszuspielen.

Von der Talsenke gelangten wir in eine Art sandige Hochebene, die fast steinlos und mit Gebüschen niederer Art bewachsen war. Zu unserer Rechten zog sich die »Hamada du Guir« hin, zur Linken erstreckte sich über fast 700 Kilometer der »Grand Erg Occidental«. Das entnehme ich jedenfalls der Michelin-Karte.

Während im Tal das Gelände den Verlauf der Piste vorgeschrieben hatte, waren die Fahrer in ihren riesigen Transkontinental-LKWs auf der Hochebene frei, sich eine eigene Piste zu suchen und somit dem »tôle ondulée« auszuweichen.

Ein Netz von Spuren durchzog den Sand, wobei die Lastwagen mit ihren großen Rädern sich nicht um das Gebüsch geschert hatten und einfach darüber hinweggefahren waren. Tatsächlich erblickte man jetzt auch in der endlosen Ebene, isoliert und scheinbar verloren, einzelne Wagen aus dem aufgelösten Konvoi.

Uns wäre die Strecke beinahe zum Verhängnis geworden, denn auch wir konnten der Versuchung nicht widerstehen, eine scheinbar bessere Piste der alten vorzuziehen. Diese führte uns in ein Labyrinth von kreuz und quer verlaufenden Nebenpisten, die oft abrupt endeten. Bald hatten wir nicht nur die alte Piste, sondern auch jede Orientierung verloren.
Wir schienen uns im Zentrum einer runden Scheibe zu befinden, deren Rand, so sehr wir uns auch bemühten, unerreichbar war. Wohin sollten wir uns bewegen? Außer den in weiter Ferne schwimmenden Fahrzeugen gab es nichts, woran wir uns orientieren konnten. Natürlich führten wir keinen Kompass mit uns. Und mit jedem Meter wurde die Piste unwegsamer. Plötzlich blieb der Wagen stehen wie ein Pferd, das ein Hindernis scheut. Oder wie jemand, der erschöpft ist und nicht mehr weiterkann. »Und jetzt?«, fragte ich.
Je weniger Verlass auf den Wagen war, desto mehr richtete sich meine Hoffnung auf Paul. Dieser freilich war mit seinem Latein am Ende. Der Keilriemen war es nicht, die Batterie schien in Ordnung zu sein, jedenfalls funktionierten Licht und Scheibenwischer. Im Tank war noch Benzin. Paul holte die Handkurbel hervor und drehte ein paarmal. Den MG konnte man damals nicht nur mit dem Anlasser starten, sondern auch mit einer Handkurbel, einem wackeligen, schwierig von vorne einzuschiebenden Gestänge, mit dem man die Mitte einer Antriebsscheibe treffen musste. Der Wagen sprang nicht an.
Über dem Sand lag flirrend die nachmittägliche Hitze. Vom Horizont war nichts mehr zu sehen, so sehr glichen sich in diesem Milchglaslicht Himmel und Erde. Die Sonne schien um ein Vielfaches vergrößert, wie auseinander gelaufen. Sie beherrschte alles. Noch nie hatten wir eine solche Hitze erlebt. Die Lastwagen schwebten als kleine zitternde Punkte über dem Boden, weit, weit weg. Es hätte sich ebenso gut um eine Fata Morgana handeln können.
Wir ließen uns aus der Gerba Wasser in den Mund laufen. Es war warm und schmeckte nach Harz und Gerbstoff. Auch

brachte es keine Erfrischung. Schon jetzt wurde uns klar, dass der Durst all unsere anderen Bedürfnisse überlagerte, nicht Hunger, nicht Müdigkeit, sondern ein ewig fordernder und nie restlos stillbarer Durst.

»Nun müssen wir sterben«, sagte ich. Ich erinnerte mich daran, dass der nächste Konvoi erst in einer Woche starten würde. Unser Wasservorrat reichte, wenn überhaupt, nur für drei Tage. Geschichten fielen mir ein von Reisenden, die zuletzt das Kühlwasser und dann ihren Urin getrunken hatten. Es gab zwar noch die Hoffnung, dass man uns in Beni Abbès vermissen und eine Suchaktion starten würde. Aber wie zuverlässig waren die Franzosen und vor allem: würden sie das kleine weiße Auto in der weißen Wildnis überhaupt entdecken?

Paul, der in ausweglosen Situationen immer zuerst eine Tasse Tee braucht, um nachdenken zu können, setzte in dem schmalen Schatten, den das Auto warf, unseren kleinen Benzinkocher in Betrieb und brühte zwei Tassen Tee auf, in die er je einen Löffel Milchpulver warf. Der edle Twinings Jasmine war längst aufgebraucht. Stattdessen führten wir jetzt eine in Colomb Béchar eingekaufte billige Mischung mit uns, die wie schwarzer Tabak aussah und nicht viel anders schmeckte. Auf dieser alles in allem sehr belebenden Brühe schwammen die weißen Klümpchen des Milchpulvers.

Während wir also diesen Tee tranken und darauf warteten, dass uns irgendetwas anderes zu dieser Situation einfiel als Tod durch Verdursten, geschah ein kleines Wunder. Zwei LKWs, die das Erreichen des Hochplateaus anscheinend für eine Pause genutzt hatten und in schier endloser Entfernung an uns vorbeizuziehen schienen, änderten plötzlich ihre Route und kamen wie Ozeandampfer auf uns zu. Wir waren gerettet.

Die Männer, die aus ihrer Kabine sprangen, waren zwar nicht mit dem Innenleben eines englischen Sportwagens vertraut, aber sie kannten sich aus mit den Tücken der Wüste. Hitzige Debatten auf Arabisch begleiteten diverse Versuche, dem De-

fekt auf die Spur zu kommen. Endlich waren sie sich einig in ihrer Diagnose: »C'est la pompe d'essence«, die Benzinpumpe musste es sein.
Nicht ohne Misstrauen beobachtete Paul, wie sie sich an seinem Wagen zu schaffen machten. Schließlich handelte es sich um Algerier. Auf wessen Seite standen sie? Sympathisierten sie mit den Aufständischen? Wollten sie sein Auto reparieren oder demolieren? Wie auch immer, er war ihnen ausgeliefert. Mit einer gewissen Ohnmacht, die seiner Natur zuwiderlief, verfolgte er ihre Bemühungen, die Benzinpumpe zu lokalisieren. Sie befand sich, englisch-unüblich, nur von unten zugänglich in der Nähe des Tanks. Der Messingfilter, klein wie ein Fingerhut, war versandet. Die Männer reinigten ihn in einer kleinen, mit Benzin gefüllten Schüssel. Paul schaute aufmerksam zu. Die Treffsicherheit der Diagnose hatte ihn überzeugt. Es war seine erste Unterweisung in Automechanik. Tatsächlich sollte er dann später nichts so gut beherrschen wie den Aus- und Einbau des Benzinfilters.
Darüber verging der Nachmittag und bald brach der Abend mit der nun schon gewohnten Plötzlichkeit herein. Ein bombastischer Sonnenuntergang beendete diesen Tag und verwandelte ihn unverzüglich in eine sternenhelle, sich rasch abkühlende Nacht. Die acht Männer aus den Lastwagen schlugen mit einer Machete kleine verholzte Äste aus den Büschen und machten damit ein Feuer, um sich zu wärmen. Paul fiel der Karton mit den alten Pullis ein, den ich in Lindau gelassen hatte. Bisher hatte er ihn nicht vermisst, aber jetzt wollte er ihn sehen, sofort. Ich gab eine ausweichende Antwort und folgte in der Hoffnung, das Thema würde wieder in Vergessenheit geraten, dem Wink eines der Männer, der mir etwas zeigen wollte.
Hinter den Lastwagen ließ der flackernde Schein des Feuers den Wüstenboden bizarr aufleben. Die wenigen Büsche wuchsen zu gigantischen, phosphoreszierenden Monstern heran. Jede Unebenheit, jeder Stein litt an einer Art Größenwahn und das tänzelnde Feuer schien den kärglichen Boden zu hek-

tischen Bewegungen zu verführen. Kleine Maulwurfshügel entstanden, wo tagsüber nichts zu sehen gewesen war. Mein Begleiter schien den Boden nach etwas abzusuchen. Plötzlich bückte er sich, lockerte den Sandboden mit der Hand und holte einen weißen Pilz hervor. »Un champignon«, sagte er. Der Pilz war ohne Stiel und von fleischig-elastischer Konsistenz. Er sah einem Bovist ähnlich. Der Mann grub noch andere aus. Eine unmerkliche, mit feinen Rissen sich abzeichnende Erhöhung verriet die Pilze.

Ihr unvermutetes Auftauchen setzte die Serie von Wundern an diesem Tag fort. Woher nahmen die Pilze das Wasser, woher kamen sie überhaupt? Waren sie Relikte aus der Zeit, als die Wüste noch keine Wüste war, oder hatte der Wind ihre kleinen Sporen hierhergetragen? Auf jeden Fall widerlegten sie die Vorstellung von der unbelebten Wüste und davon, dass Pilze nur in unseren Breiten gedeihen.

Diese Pilze waren Teil eines Abendessens, das die Lastwagenfahrer über dem offenen Feuer kochten. Im Tagebuch folgen zwei Rezepte über das Zubereiten von Fladenbrot und Pilaf. Ich äußerte meine Verwunderung darüber, dass die Männer alles Nötige mit sich führten, vom Hammelfleisch über Gelbwurz bis hin zu den Aluminiumtöpfen. Jetzt, wo wir mit jedem Pfennig rechnen mussten, waren wir für jede Einladung dankbar. Im Vergleich mit diesen ritterlichen Algeriern, so fand ich, schnitten die Marokkaner schlecht ab.

Nach dem Essen setzten wir unsere Fahrt nach Beni Abbès fort. Um uns nicht zu verlieren, nahmen uns die Lastwagen in ihre Mitte. Von der Piste war nichts mehr zu erkennen, einzig die zwei roten Schlusslichter des vor uns fahrenden Wagens dienten zur Orientierung. Ein bisschen erinnerte es an eine Fahrt im Nebel. Wir fühlten uns ausgeliefert, aber sicher. Und sehr, sehr müde.

Kurz vor Erreichen des Ziels streikte die Benzinpumpe abermals. Die Algerier hielten sich dieses Mal begreiflicherweise nicht lange mit Reparaturarbeiten auf, sondern banden den MG an ein Seil und zogen ihn wie ein Spielzeugauto hinter sich her. Auf diese Weise trafen wir in der Oase Beni Abbès ein. Aber es war schon Mitternacht und niemand mehr wach, um das seltsame Spektakel zu beobachten.

Beni Abbès liegt 15 Kilometer abseits der Piste an einem kleinen Rinnsal genannt Saoura, welches seine Bewohner mit einer vergleichsweise üppigen Vegetation und ausreichend Trinkwasser versorgt und sogar den Bau eines kleinen Schwimmbades durch die Franzosen ermöglicht hat. Es gibt kein Gebirge mehr, das den Blick über den großen Erg Occidental und den kleineren Erg Er Raoui versperren könnte. Damit fand auch das Aktionsfeld der algerischen Aufständischen ein natürliches Ende. Was jetzt begann, könnte man die Talsohle der Sahara nennen, denn die Piste wies für mehr als tausend Kilometer keine nennenswerten Steigungen mehr auf. Die Vorschrift, im Konvoi zu fahren, wurde aufgehoben. Die nächtliche Abschlepperei der Lastwagenfahrer hatte am Marktplatz ihr Ende gefunden. Dann waren alle, in ihren Fahrzeugen sitzend, in einen tiefen Schlaf gefallen. Wir erwachten am Morgen durch drei Ereignisse, die etwa gleichzeitig eintraten. Erstens waren einige besonders dreiste Fliegen durch einen kleinen Spalt ins Innere des Wagens gedrungen und vollführten freudetrunken unsinnige Tänze, zweitens hörten wir verhaltenes Geflüster und Gekicher, das bald crescendoartig anschwoll. Die männliche Jugend von Beni Abbès klebte an den Fenstern und kommentierte auf Arabisch die Situation, wobei einige sich nicht scheuten, auf die Motorhaube zu klettern, um einen besseren Einblick zu haben. Drittens brannte die Sonne auf unsere Gesichter.
Es dauerte eine Weile, bis wir begriffen, wo wir uns befanden. Zugleich mit dem Erwachen meldete sich der Durst zurück. Wir stiegen aus dem Auto und wollten Tee kochen. Die Jugendlichen wichen einen Schritt zurück, um sich bald darauf umso dichter heranzudrängen. Weder durch Bitten noch durch Drohgebärden ließen sie sich verscheuchen. Sie waren alle barfuß und steckten in schmutzigen Kleidern, aber ih-

re Gesichter, auf denen sich die Fliegen tummelten, waren wach, neugierig und kapitulierten nicht vor der Hitze. Paul schickte einige von ihnen um Milch und Eier. Dabei bediente er sich der Zeichensprache, meckerte wie eine Ziege und gackerte wie eine Henne. Großes Gelächter war die Folge, aber ein Junge kam tatsächlich nach einer Weile mit einem Ei und einem Glas Milch wieder.
Es hätte ein durchaus gemütliches, wenn auch nicht sehr intimes Frühstück werden können, wäre Paul nach dem ersten Schluck Tee nicht auf die Idee gekommen, noch einmal nach der Schachtel mit seinen mottenzerfressenen Klamotten zu fragen. Habe ich schon erwähnt, dass er das Gedächtnis eines Elefanten hat? Von Elefanten erzählt man sich, dass sie ein phänomenales Gedächtnis für erlittenes Unrecht besitzen. Paul hat nicht nur ein ähnlich funktionierendes Gedächtnis, er hat vor allem eine geradezu perverse Neigung, dieses in den unmöglichsten Situationen unter Beweis zu stellen. Oder wie soll ich es nennen, wenn einer bei 30 Grad im Schatten, seinen heißen Tee schlürfend, an seine Wollpullis denkt?
In die Enge getrieben, gestand ich schließlich, dass sich der Karton in Lindau befände. Wahrscheinlich gab ich das, was Paul eine patzige Antwort nennt. Jedenfalls war ich weit davon entfernt, Reue zu zeigen, was ihn noch mehr erboste als die eigentliche Untat. Großmütig zu vergeben ist sowieso nicht seine Sache. Ein Wort gab das andere. Da die Ereignisse der vergangenen Tage wenig Raum für Uneinigkeit gelassen hatten, war das Streitpotential angewachsen und drängte nach Entladung.
Auf dem Höhepunkt der Auseinandersetzung griff Paul in meinen Waschbeutel und holte eine bauchige Parfumflasche hervor. Diese Flasche schleuderte er in hohem Bogen auf den noch leeren Marktplatz, aus Gründen der Belehrung, wie er sagte. Dabei traf er einen der wenigen herumliegenden Steine, was in einer Gegend, die zu 99,9 Prozent aus Sand besteht, wirklich eine Leistung ist. Paul hat in solchen Sachen immer Glück. Die Flasche zersprang, und der süße, wollüsti-

ge, leicht pudrige Duft von »Femme« breitete sich über der Oase von Beni Abbès aus. Die Knaben, die der Auseinandersetzung nicht ohne Interesse gelauscht hatten, brachen in Jubel aus. Seit der akustischen Einlage von Henne und Ziege galt dem blonden Mann sowieso ihre Bewunderung.
In meinem Herzen aber zogen Mordgedanken auf. Ich packte wieder einmal meine Siebensachen, um in die Heimat zurückzukehren. Da die Hitze bereits an diesem frühen Morgen ein unerträgliches Maß erreicht hatte, kam ich nicht weiter als bis zum Schwimmbad, das noch leer war.

Soll ich weiter mein Leben mit einem Verrückten teilen? Dieses Mal hat er mein Parfum zerschmissen – was wird es das nächste Mal sein? Ich hasse ihn, ich hasse ihn. Er hat es nie gelernt, auf eine Frau Rücksicht zu nehmen.
Es ist mir inzwischen klar geworden, dass Paul überhaupt nicht nach Deutschland zurück will, weil ihm nichts mehr zuwider ist als ein bürgerliches Leben. Es wird bei uns nie einen Kleiderschrank geben. Er hat Angst vor jeder Art von Ordnung. Man braucht nur einen Blick in seinen Waschbeutel zu tun. Wenn es nach ihm ginge, würden wir ein Leben lang herumzigeunern. Das ist das Erbteil seiner unsteten Mutter, das hätte ich wissen müssen.
Ich sitze allein in einem Bad wie aus Tausendundeiner Nacht, offensichtlich reserviert für die Franzosen, das um diese Zeit noch leer ist. Dass die Bewohner dieses Ortes sich jemals einer Waschung unterziehen, und sei es nur zum Vergnügen, ist ohnehin schwer vorstellbar.

Ich kam mit meinen Tagebucheintragungen nicht weiter, weil in diesem Moment ein Mann in weißer Kutte das Schwimmbad betrat. Er war, wie sich herausstellte, ein belgischer Missionar, von seinem Orden ausgesandt, um in der Oase von Beni Abbès das Christentum zu verkünden. Sein Tagwerk begann er mit ein paar Runden in diesem Schwimmbad, das ein verzauberter Ort war, mit seinem halbhohen grauen Ge-

mäuer, über das sich ein Bougainvillea-Blütenmeer ergoss, und mit seinem kunstvollen Tor, das hinaus in die Wüste führte.
Unter der Kutte kam ein braungebrannter Körper in einem für damalige Verhältnisse sehr knapp bemessenen Badehöschen zum Vorschein. Ich schlug verschämt die Augen nieder und hängte mir instinktiv meine Bluse über die Schultern.
»Was treibst du alleine in der Wüste, meine Tochter?«, fragte der Missionar, als er aus dem Wasser stieg. Ich fühlte mich wie bei einer Sünde ertappt und errötete. Leider gehörte ich zu den Frauen, die bei jeder Gelegenheit erröten. Ich stotterte etwas von einer Hochzeitsreise und einem kaputten Auto auf dem Marktplatz.
»Es ist nicht üblich, dass Frauen hier leicht bekleidet herumsitzen«, sagte der Pater streng. »Mein Mann und ich, wir haben uns gestritten. Wegen eines Pullis. Und er hat mein Parfum weggeworfen.« »Parfum, was ist das?« »Nun, es duftet. Es ist eine duftende Flüssigkeit, mit der die Frauen sich betupfen, um gut zu riechen. Sie wissen nicht, wovon ich spreche?« »Das meine ich nicht. Wir sprechen von einer Metapher der Vergänglichkeit, meine Tochter. Was ist das schon, ein Parfum! Ein Seufzer von einem Nichts! Vergänglich wie du und ich! Und vergänglich wie dieser Ort, an dem sich einst Flusspferde und Krokodile getummelt haben. Die Wüste ist kein Ort für Eigenmächtigkeiten. Geh zu deinem Mann, meine Tochter. Wo Gott ist, ist Liebe. Und wo Liebe ist, ist Gott.«
Seufzend packte ich meine Sachen zusammen und verließ den kühlen Ort. Aus meiner Zeit als Klosterschülerin war mir eine gewisse Hörigkeit gegenüber priesterlichen Worten geblieben.
Wieder wurde ich von einer quälenden Durstattacke heimgesucht. Das seltsame an diesem Wüstendurst war, dass er sich immer nur für kurze Zeit befriedigen ließ. Man schwitzte nicht, man ging nicht aufs Klo, sondern hatte von Zeit zu Zeit und in immer kürzeren Abständen eine unstillbare Sehnsucht nach einem See voll eiskalten Wassers.

Der Plan, die Rückreise anzutreten, zerschmolz buchstäblich unter der Sonne. Außerdem hatte ich nur ein paar Francs in der Tasche. Der ganze Kontinent hatte sich gegen mich verschworen. Also musste ich zu diesem Mann zurück, der mich mit seiner Unberechenbarkeit noch weiß Gott wohin bringen würde. Liebte ich ihn noch? Ja, aber er hatte mich gekränkt und ich wollte ihn zappeln lassen. Ich hatte meinen Stolz. Auf keinen Fall wollte ich den ersten Schritt zur Versöhnung tun. Beni Abbès, kaum erwacht und schon wieder ermattet, lag unter einer dicken Schicht Staub. Im Schatten eines Baumes wühlten zwei Esel mit ihren Mäulern in den Abfällen. Daneben saßen zwei Männer im Sand und spielten ein Brettspiel. Sie ließen sich Zeit mit ihren Bewegungen. Andere schauten zu. Der ganze Ort schien von Müßiggängern bevölkert. Rauch stieg aus den Höfen auf und beizte die trockene Luft mit dem Geruch von Holzkohle und gut gewürztem Essen. Es war heiß, so unerträglich heiß, dass ich Höllenluft einzuatmen glaubte.

Auf der Suche nach etwas Trinkbarem stieß ich auf ein Auto, das mir bekannt vorkam. Es waren die Steenakkers, die wegen einer Diarrhoe hier seit zwei Tagen festsaßen. Annie schnitt gerade Zwiebeln, Kohl und Tomaten für eine Suppe. Woher hatte sie nur diese Schätze? Voller Neid schielte ich auf den großen Kochtopf, in dem ein Huhn köchelte.

Annie erzählte, dass sie sich die Krankheit wahrscheinlich in Colomb Béchar von verunreinigtem Wasser geholt hätten. Seither benutzten sie ihre Filteranlage. Angefangen habe es mit Kopfschmerzen und Fieber, dann seien die Durchfälle gekommen. Die Nächte seien schlimm gewesen. Bauchkrämpfe wie von bohrenden Messern verursacht und alle zehn Minuten raus in den Sand. Am schlimmsten habe es Papa und Mama erwischt. Mama mussten sie zu dritt ins Bett zurücktragen. Sie wies ins Innere des Wagens, wo die beiden Alten matt und bleich auf ihren Pritschen lagen.

Annie sprach leidlich Französisch. Sie plapperte vor sich hin. Joss habe das Ganze am besten überstanden. Er sei unter-

wegs, um Motoröl zu kaufen. Flüsternd fügte sie hinzu, dass Joss sie schlecht behandle, weil sie schon seit über fünf Jahren verheiratet seien und sie noch immer kein Kind bekommen habe.
Dieses intime Bekenntnis vermittelte mir das Gefühl, am richtigen Ort gelandet zu sein. Annie würde Verständnis für mich aufbringen. Annie war die Marke »Femme« nicht unbekannt. Ein sehr teures Parfum, meinte sie kopfschüttelnd. Schade. »Das Letzte, was mich noch an die Zivilisation erinnert hat«, jammerte ich. Ich bat, mich für eine Weile in Annies Nähe verstecken zu dürfen, und Annie sicherte mir ihre Unterstützung zu. Unser Geplauder fand jedoch schon nach kurzer Zeit ein Ende, weil Paul auftauchte. Er hatte in der Zwischenzeit seine zweite Lektion im Säubern einer Benzinpumpe absolviert, das lokale Brettspiel erlernt und sich von einem Friseur die Haare schneiden lassen. Dabei war sein Ärger allmählich verraucht und in strahlend gute Laune umgeschlagen. Sorgen um mich hatte er sich keinen Moment lang gemacht, Beni Abbès war wie eine Insel, von der es kein Entrinnen gab. Es hatte nur einiger Spione und der Hilfe seiner neuen halbwüchsigen, rotznasigen Freunde bedurft, um das Versteck seiner Frau ausfindig zu machen. Als er am Steenakkerschen Wagen eintraf, war gerade die Hühnersuppe fertig.
Sagte ich nicht, dass er immer Glück hat? Annie vergaß bei seinem Anblick alles, was sie über ihn gehört hatte, und bot ihm einen Teller davon an. Etwas später kam auch Joss zurück und ließ sich, seine Suppe löffelnd, von Annie einen Dorn aus dem Fuß ziehen. Er erzählte Paul, dass er seine Autowerkstatt in Antwerpen aufgegeben hatte, um noch etwas von der Welt zu sehen. Die Bäckerei in Buta kenne er nur vom Foto. Er habe sie billig bekommen, weil sich sonst kein Käufer fand.
»Im letzten Sommer hat der Bäcker seine Frau in flagranti erwischt ...« »... auf dem Wohnzimmersofa«, ergänzte Annie, »... und mitsamt ihrem griechischen Liebhaber erschossen«,

sagte Joss. Seither würde das Haus von allen gemieden, aber er, Joss, fürchte sich nicht.
Paul bekam spitze Ohren. »Wie heißt der Ort gleich wieder?«, fragte er. Joss holte eine Landkarte aus dem Wagen. Sein Zeigefinger fuhr den Kongo entlang bis zu der Stelle, wo er einen Knick machte. »Hier ist Stanleyville und nordwestlich davon Buta. Mitten im Busch«, erklärte Joss. Er zündete sich eine Zigarette an und hieß Annie eine Cola holen. Ich fand, dass er ruhig hätte selber aufstehen können. »Es gibt seit dem Mord keine Bäckerei mehr in Buta. Wir können eine Menge Geld machen und in ein paar Jahren als reiche Leute nach Belgien zurückkehren, was meinst du, Papa?«
Aus dem Wagen kamen zustimmende Laute. Paul schaute gedankenvoll in die Ferne. »Ich beneide euch«, sagte er nach einer Weile. Dann stand er abrupt auf und reichte Annie und Joss die Hand. »Also dann, viel Glück beim Brötchenbacken. Wir werden uns wohl nicht mehr sehen.« »Ja, ihr seid schneller als wir. Gute Reise«, sagte Joss zum Abschied.
Paul hatte es eilig, weil er mit zwei französischen Soldaten zum Würfelspiel verabredet war. Es hatte sich herausgestellt, dass der Wagen auf den Pisten sehr viel mehr Benzin brauchte als veranschlagt. Er wollte die Reisekasse etwas auffüllen mit einem Spiel namens »Generala«, einer Art Pokerspiel, in welchem er in der Vergangenheit wunderbarerweise immer wieder große Glückssträhnen gehabt hatte.
Um mich zu trösten und unseren Zwist beizulegen, hatte er eine Frau ausfindig gemacht, die ihm den Rest ihres Parfums verkaufte, ein halbvolles Fläschchen mit einer nach angebrannter Zwetschgenmarmelade riechenden dicken braunen Flüssigkeit namens »Bint el Sudan«. Als ein Meister unkontrollierter Wutanfälle beherrschte er auch das ganze Ritual der Versöhnung. Am Ende seiner langen Rede, bei der er die Einmaligkeit von »Bint el Sudan« gegenüber der Allerweltsmarke »Femme« pries, musste ich glauben, ich hätte einen besonders guten Tausch gemacht. »Dieses ›Femme‹« habe ich nie gemocht«, sagte Paul. »Es roch nach Bordell.«

Weil mir nichts anderes übrig blieb, begleitete ich ihn in eine Art Kaserne, wo die beiden Männer bereits auf ihn warteten. An der Decke des kahlen, mit blauer Ölfarbe gestrichenen Raumes wirbelte ein Ventilator die heißen Luftmassen durcheinander und hielt die Fliegen in Bewegung. Durch die schräg gestellten Glasrippen der Fenster sah man auf einen staubigen Baum, unter dem ein Einheimischer seinen Mittagsschlaf hielt.

Einer der beiden Soldaten, ein Elsässer namens Till, brachte einige Flaschen lauwarmes Bier. Mit ihm konnte man sich auf Deutsch unterhalten. Im Verlauf des Nachmittags verlor er an Paul 150 CFAs, was ihn nicht sonderlich zu reuen schien. Im Gegenteil: die Abwechslung, die wir in dieses von Untätigkeit und Langeweile erfüllte Haus brachten, ließ er sich gerne etwas kosten.

Paul gefiel der Name Till so gut, dass er versprach, seinen ersten Sohn so zu taufen. Die beiden Franzosen gaben mächtig an mit ihren Kenntnissen von Land und Leuten. »Und? Wie finden Sie unser liebliches Beni Abbès, die Blume aller Oasen?«, fragten sie. »Haben Sie schon einen Bummel über die Champs Elysées gemacht?«

»Die Bewohner sind freundlich«, entgegnete ich. »Wir haben mit den Algeriern bisher nur gute Erfahrungen gemacht.« Ich berichtete von unserem nächtlichen Erlebnis. »Seien Sie lieber vorsichtig«, warnte Till. »Ein falsches Wort bringt sie sofort in Rage. Ehe Sie sich versehen, sind Sie von Feinden umringt.« »Du kannst hundert Jahre unter ihnen leben und wirst nie erfahren, was sie wirklich denken«, pflichtete ihm der andere bei.

Till nahm den Würfelbecher, schüttelte und warf eine Straße. »Sie sind faul, schmutzig und verschlagen«, fing er wieder an. »Aber wissen Sie, was sie wirklich stark macht?« Paul schüttelte den Kopf. »Das ist ihr Fanatismus und der hat mit dieser gottverdammten Religion zu tun.«

Fünf Francs in die Mitte des Tisches werfend, fuhr er fort: »Uns hat man weisgemacht, wir müssten hier eine Heimat verteidigen. Aber eine Heimat wird diese Wüste für uns nie sein. Niemand von uns hat das Gefühl, eine Heimat zu verteidigen. Meine Heimat ist Straßburg. Wir können uns in diesem Drecksloch nur unsere eigenen kleinen Oasen schaffen, wie diesen blauen Prachtsalon.« Er spuckte in hohem Bogen auf den roten Boden.

»Wir leben, wenn Sie so wollen, in einer alle Beteiligten auszehrenden Schicksalsgemeinschaft zusammen«, fügte der andere hinzu. »Aber auf Dauer können wir das Land nicht halten.« Ich hörte aufmerksam zu. Über Kolonien hatte ich mir noch nie Gedanken gemacht. Dass Deutschland früher welche hatte und jetzt keine mehr, empfand ich allenfalls als bedauerlich. Welche Schätze mein Land doch verloren hatte! Gold, Edelsteine, Straußenfedern, Elfenbein. In meiner Jugend hatten die Lebensmittelgeschäfte noch Kolonialwarenhandlungen geheißen. Kaffee, Schokolade, Pfeffer und Bananen kamen aus diesen dunklen, fernen Ländern.

In der Kirche wurde für die Äußere Mission gesammelt. Auf der Sammelbüchse war ein Negerkind abgebildet, das dem Betrachter bittend die Hände entgegenstreckte. Ein armer kleiner Wicht. War er wirklich arm oder nur des Christentums bedürftig, wie uns die Kirche weismachen wollte? Die Franzosen, Engländer, die Portugiesen und Belgier hatten noch ihre Kolonien. War es nicht wundervoll, dass es auf diesem Kontinent Bastionen europäischer Zuverlässigkeit gab?

»Cafard«, nahm Till das Gespräch wieder auf, nachdem Paul ein »fullhouse« gewürfelt und das Geld abgeräumt hatte, »cafard ist das Wort, das man hier unter den Kameraden am häufigsten hört. J'ai le cafard heißt: Es reicht mir. Ich habe die Nase voll. Was mich betrifft, so zähle ich jeden Tag bis zum Heimaturlaub.«

»Kennen Sie den Witz? Ein Skorpion kommt zu einem Hippo und fragt: Bringst du mich auf deinem Rücken ans andere Ufer?«, erzählte Tills Freund und schenkte sich Bier ein. »Dumm werde ich sein! sagt das Hippo. Wenn du mich stichst, dann geh ich doch unter! Wenn ich dich steche und du gehst unter, dann ertrinke ich doch auch, entgegnet der Skorpion. Also, was ist? Da nimmt das Hippo den Skorpion auf den Rücken und schwimmt los. Genau in der Mitte des Flusses sticht der Skorpion zu. Aber, aber du hast doch gesagt ..., ruft das Hippo, bevor es in den Fluten verschwindet. Und der Skorpion antwortet hämisch: C'est l'Afrique, das ist Afrika.« Alle lachten.

Dann wurde Paul sehr ernst. Als Adornoschüler war er, wie viele junge Menschen in Deutschland, von der Idee des Sozialismus überzeugt und glaubte an die Gleichheit aller Menschen, egal ob schwarz oder weiß. Er fand es ungehörig, dass auf Kosten der Unterdrückten auch noch Witze gemacht wurden. »Ich lasse mir Afrika lieber von Afrikanern erklären«, sagte er und zündete sich eine Zigarette an. Paul rauchte jetzt statt der starken Roth-Händle die nicht minder starken Gauloises. »Im Übrigen spüre ich bereits den ›wind of change‹, der durch euer Kolonialreich bläst. Freiheit, Gleichheit, Brüderlichkeit für alle Menschen!« »Passen Sie nur auf, dass Sie nicht von einem Skorpion gestochen werden«, sagte Tills Freund und schlug Paul auf die Schulter.

Man tauschte Adressen aus. Paul erkundigte sich nach dem Zustand der Piste nach Adrar. »Bis Kerzaz dürfte es keine Probleme geben. Welchen Wagen fahren Sie? Wie bitte? Na dann, gute Nacht.« Sie warfen einen mitleidigen Blick auf mich. »Ich glaube, wir fahren tatsächlich besser in der Nacht, wegen des Verkehrs«, sagte Paul und grinste.

Nach Sonnenuntergang flaute die Hitze nur langsam ab. Der Sand, der tagsüber dem Gluthauch der Sonne ausgesetzt war, nahm sich zum Abkühlen Zeit. In den Morgenstunden wurde es sehr kalt. Dann glaubte man sogar einen Hauch von Feuchtigkeit in der Luft zu spüren. Aber das war ein Irrtum, die Sinne spielten verrückt.

Etwa 400 Kilometer waren es bis Adrar, wir brauchten mehr als zehn Stunden dafür. Die Piste war gesäumt von Bidons, mit Sand gefüllten Benzinfässern, die im Abstand von fünf

Kilometern den Weg markierten. Auch hier begleitete ein Wirrwarr von Nebenpisten die Hauptpiste, Spuren, die sich nicht selten im Sand verloren. Oder es gab Abzweigungen, die auf der Karte nicht verzeichnet waren und die vermutlich bei französischen Atomanlagen endeten. Von einem Bidon zum nächsten fuhr man immer in der Ungewissheit, ob man sich noch auf der Hauptpiste befand oder sie bereits verloren hatte.
In gewissen Abständen wurde der relativ feste Untergrund abgelöst von sandigen Flächen, in denen die Räder keinen Halt mehr fanden und der Wagen unweigerlich stecken blieb, wenn er nicht genug Schwung hatte, um über die kritische Stelle hinwegzuschlingern. Was die Fahrt zudem erschwerte, waren die großen Steine, die völlig unerwartet immer wieder auftauchten und denen man nicht mehr ausweichen konnte. Müdigkeit kam gar nicht erst auf, die Sinne waren hellwach, in den Köpfen hatte nur ein Gedanke Platz: Weiter, weiter, nichts wie durch! Unsere Gesichter klebten buchstäblich an der Windschutzscheibe, um eine bessere Sicht zu haben. Der schmale, helle Radius, den die Scheinwerfer aus der Nacht schnitten, zeigte die geriffelte Oberfläche der Piste und ab und zu ein Benzinfass, sonst nichts, zehn Stunden lang. Die ungewohnte Grenzenlosigkeit des Raums machte uns unsere Verlorenheit deutlich. Nur nicht daran denken! Einzig das Auto umgab uns mit seiner blechernen Hülle, es wurde Bett, Tisch, Schrank, Haus, Heimat.
Eine ganze Weile fuhren wir ohne Licht. Der Mond war noch immer im Zunehmen und legte eine fahle Neondecke über das Land. Paul hielt an und wir stiegen aus. An den Wagen gelehnt sagte er: »Nach Hegel ist die Revolution immer unbewusst, geschieht immer ohne Wissen und Zutun. Jetzt sind wir hier und wissen nicht warum und wissen nicht wo und wissen nicht wohin. Aber merkst du, wie wundervoll ruhig es ist, Mavie? Revolutionär!«
»So stelle ich mir die Stille nach dem Tod vor«, flüsterte ich.
»Wir haben die Wasserdosen, und wenn wir uns verfahren,

muss man uns suchen und wird uns finden«, sagte Paul zuversichtlich. »Solange nichts schief geht, ist alles ganz einfach, glaub mir.«
Ich klammerte mich an solche Prophezeiungen. Pauls unerschütterlicher Optimismus, seine Phantasien, die immer da ein gutes Ende fanden, wo die meinen in Katastrophen mündeten, gaben mir die nötige Kraft. Ein Zurück gab es sowieso nicht mehr, zumindest nicht zu diesem Zeitpunkt. Die Wüste kettete uns aneinander, mehr noch als der Goldring, den ich trug und der an meiner schmaler und schmaler werdenden Hand inzwischen so locker saß, dass ich ständig Sorge hatte, ihn zu verlieren.
Ganz ohne Ängste war auch Paul nicht. Er hütete sich nur, davon zu sprechen, spielte lieber den Unbekümmerten. Als wir wenig später wieder im Auto saßen, erblickten wir am Horizont ein diffuses Licht. Damit hatte er nicht gerechnet. Es musste gegen drei Uhr morgens sein. Was kam da auf uns zu? Für Feuer war es zu beständig, es war auch keine menschliche Ansiedlung zu erwarten. Es fielen ihm nur Aufständische ein, algerische Wegelagerer, die sich die Nacht zu Nutze machten. Verwirrend war, dass das Licht sich nicht veränderte, obwohl wir uns doch mit jedem Kilometer näherten. Wie auch immer, es konnte nichts Gutes bedeuten.
Später wurde uns klar, dass wir die Lichter eines sehr fernen Autos sahen, das durch die Erdkrümmung noch verborgen war. Nach einer Stunde erst bündelten sich die Strahlen, kamen näher und näher, wurden stechend gelb, überfluteten den MG und ließen mich vor Angst erstarren. Zwei Männer stiegen aus, offenbar eine französische Patrouille, gingen einmal um den Wagen herum und bedeuteten Paul, das Fenster herunterzukurbeln. Einer sagte mit strenger Stimme: »Monsieur, vos phares sont mal reglés.«
Paul atmete einmal tief durch und versprach, seine Scheinwerfer bei allernächster Gelegenheit überprüfen zu lassen. Die Franzosen legten die Hand an ihre Mütze, stiegen ein und fuhren weiter. Bald hatte die Nacht sie geschluckt. Später ha-

ben wir uns oft gefragt, ob wir das Ganze vielleicht nur geträumt haben. Unter all den möglichen Ereignissen dieser einsamen Nacht – eine polizeiliche Verwarnung.

Es tagte bereits, als wir in Adrar einfuhren. Ein kurzes Zwischenspiel von mattem Gelb am Himmel, dann stieg in Sekundenschnelle die Sonne auf und bereitete der nächtlichen Abkühlung ein Ende. Adrar dürfte die Pforte zu einem der heißesten Gebiete dieser Erde sein. Wir hatten weder Uhr noch Thermometer, aber nach dem Sonnenstand musste es sechs Uhr morgens und unserem Gefühl nach um die 30 Grad heiß gewesen sein.
Hatte Beni Abbès noch einen Anflug von gastlichem Flair besessen, so gab sich Adrar nicht einmal mehr den Anschein, es mit seinen Bewohnern gut zu meinen. Die wahre Herrscherin über den Ort war die Sonne, und da es kaum Vegetation gab, hielten sich Mensch und Tier vorwiegend in ihren Behausungen auf. Bereits am Morgen machte sich Apathie breit, waren die Straßen so gut wie menschenleer.
Wir quartierten uns in einer Art Herberge ein, um uns von den nächtlichen Strapazen auszuruhen. Der Raum, den uns der Wirt zuwies, war heiß, stickig und dunkel. Die Dunkelheit rührte von tausenden von Fliegen her, die sich auf der einzigen Fensterscheibe tummelten. Das Zimmer starrte vor Schmutz. Paul meinte, für umgerechnet vier Mark könne man nichts anderes verlangen. Er holte die Reisepässe hervor, um sich wie vorgeschrieben beim Chef d'Annexe zu melden.
Ich schlug die Zudecke zurück und fand das Laken zerknittert, voll mit eingetrocknetem Blut. Unter dem eisernen Bettgestell lag ein eitriger Verband. Sand war ins Innere des Raumes gedrungen und knirschte unter jedem Schritt. Ein wackeliges Eisentischchen mit drei Beinen lehnte an der Wand. Als ich meinen Waschbeutel darauf abstellte, krachte es zusammen, der Inhalt flog auf den Boden. Das war zu viel für mich. Ich hätte gerne geweint, aber mein Körper ging sparsam mit dem vielen Wasser um, das ich in den letzten 24

Stunden getrunken hatte. Erst jetzt fiel mir auf, dass ich trotz der großen Hitze nicht schwitzte und schon lange nicht mehr auf dem Klo war. Es kamen auch keine Tränen.
Als Paul zurückkehrte und mir stolz den Eintrag im Pass zeigte: »Vue à Adrar le 20. 3. 1958, Annexe du Touat«, schrie ich ihn an: »Einen Monat sind wir jetzt unterwegs. Wo ist der Strand, den du mir versprochen hast? Wo ist das Meer?« Ich riss den Michelin auf. »Hier: Bei Adrar steht ›bonne eau‹. Wo ist das gute Wasser? Schau dir die Brühe an, die der Wirt gebracht hat. Soll ich mir in diesem Bett die Pocken holen?«
Paul, mit dessen Nerven es auch nicht zum Besten stand, schrie zurück: »Du weißt genau, dass mir zu einem Badeurlaub nichts einfällt. Da hättest du dir einen anderen suchen müssen. Statt hier in dieser Situation zu mir zu halten, stellst du jeden Tag neue Ansprüche. Ein sauberes Bett. Meer. Sandstrand. Als ob es hier nicht genug Sand gäbe, verdammt noch mal.« Er bückte sich nach der Seife und schleuderte sie gegen das Fenster. Die Fliegen stoben träge auseinander und für kurze Zeit wurde es heller im Zimmer. Dann fuhr er fort: »Frisches Wasser. Hier leben alle von diesem Wasser. Nur gnädige Frau brauchen gechlortes Leitungswasser. Hier: Damit du siehst, wie gut dieses Wasser ist!« Er nahm ein blindes Zahnputzglas, tauchte es in den Eimer und leerte es mit einem Zug.
»Ich wünsche dir Typhus, Krätze und Cholera«, murmelte ich bebend vor Zorn, während ich ihm zuschaute. »Und weißt du was? Mit dem nächsten Auto, das uns entgegenkommt, fahre ich zurück.«
»Herzlich gerne«, erwiderte Paul. »Ich steure sogar was dazu bei, damit sie dich wieder bei deinen Eltern abliefern. Die werden sich freuen, dass sie Recht behalten haben. Dass wir nämlich nicht zusammenpassen.« Mit diesen Worten warf er sich auf das dreckige Bett und schlief ein. Er hatte die beneidenswerte Gabe, sich nach solchen Szenen, die mich noch stundenlang mit Gram erfüllten, übergangslos in den Schlaf retten zu können.

Ich holte aus dem Hof drei wackelige Stühle, stellte sie nebeneinander und legte mich mit angewinkelten Beinen darauf. Die Hitze war unerträglich. Fliegen erkundeten mein Gesicht, meine Arme, meine Beine. Von draußen drang ein bellender Wortwechsel auf Arabisch ins Zimmer, offenbar zwei Männer, die im Streit lagen.
Nach mehreren Stunden stand Paul auf und besorgte von irgendwoher ein Ei. Es war klein und hatte eine dreckverschmierte Schale. Er warf den Benzinkocher an, brachte Wasser zum Kochen und rührte einen Teelöffel Marmite hinein. Das Marmite hatten wir in Gibraltar gekauft, es ging langsam zu Ende. Nachdem er das Ei in der Brühe verquirlt hatte, stellte er mir einen Blechnapf davon hin. Es dürfte das erste und letzte Mal gewesen sein, dass Paul für mich gekocht hat. Der Streit tat ihm leid. Alles tat ihm leid.
Er hatte sich alles so schön vorgestellt. Er betete mich an. Ich war in seinen Augen wie ein roher Diamant, den er noch formen musste. Meine kindlich-runden Wangen eine Herausforderung. Erst ein Kulturschock würde mich zu der Frau machen, die er sich wünschte. Er liebte nicht die, die ich war, sondern die Vorstellung von dem, was ich werden könnte. Er liebte das, was von mir übrig bliebe, wenn ich die sieben Kleider meiner sogenannten guten Erziehung abgelegt hätte und dazu noch meine Bequemlichkeit, meine Anspruchshaltung, meine Oberflächlichkeit. Er hatte jung geheiratet, um ein junger Vater sein zu können. Er hatte mich als die Mutter seiner Kinder ausgesucht. Und er hatte auf den holprigen Pisten das Gefühl, auf dem richtigen Weg zu sein. So sagte er jedenfalls.
Mit seiner wieder gewonnenen guten Laune und seiner Argumentation, die jeden Einwand sofort entkräftete und nicht zuletzt mit seinem unwiderstehlichen Charme brauchte er nicht lange, um mich umzustimmen. Ich könne mir doch ausrechnen, dass so schnell kein Fahrzeug in nördlicher Richtung fahren würde. Wollte ich wirklich in diesem trostlosen Raum warten und am Ende gar in einem Harem ver-

schwinden? Wollte ich das Schicksal auf den verminten Pisten ein zweites Mal herausfordern?
Nein, das wollte ich wirklich nicht. Am sichersten fühlte ich mich doch noch in seiner Nähe, obwohl er nichts unversucht ließ, das Unglück herauszufordern.

Nach Sonnenuntergang machten wir uns wieder auf den Weg. Die Fahrt begann damit, dass sich in Pauls Jackentasche eine volle Streichholzschachtel von selbst entzündete. Im Nu stand seine Jacke in Flammen und das keinen halben Meter entfernt von einem Benzinkanister. Es gelang ihm noch, den Wagen anzuhalten, hinauszuspringen und sich im Sand zu wälzen. Die Jacke, ehemals helles Leinen, hatte nun ein großes Loch mit versengtem Rand. Es war seine einzige und er musste mit dem Loch bis nach Gao fahren, wo ihm ein Straßenschneider in Ermangelung hellen Leinens einen geblümten Stofffetzen darüber steppte. »Siehst du«, sagte Paul, »so schnell kann das zu Ende gehen mit uns.« Er legte den Arm um mich und sang »A tisket a tasket I lost my yellow basket«. Dann begann er von den Männern zu erzählen, die im vorigen Jahrhundert aufgebrochen waren, um die Sahara auf dem Kamel zu durchqueren. »Gordon Laing, Heinrich Barth, Hugh Clapperton, und wie sie alle hießen. Sie hatten keine Ahnung, was sie erwartete. Die Angaben von Herodot und Leo Africanus waren ungenau. Auf den alten Karten war die Wüste als eine phantastische Landschaft voller Fabeltiere und exotischer Städte dargestellt. Timbuktu, hast du schon mal von Timbuktu gehört? Sie hofften, eine blühende Stadt zu finden. Vor allem suchten sie Gold. Als sie Timbuktu schließlich erreichten, war ihre Märchenstadt nur eine Ansammlung armseliger Lehmhütten. Aber viele sind schon vorher umgekommen. Barth saß einmal zwei Tage ohne Wasser fest und trank sein eigenes Blut.«
»Mir scheint, du hast dich gut auf diese Reise vorbereitet«, sagte ich spitz. »Jetzt wundert mich nichts mehr. Du wusstest also immer schon, dass wir hierher fahren würden.« »Als

Kind schon habe ich von der Wüste geträumt«, fuhr Paul unbeirrt fort. »Von der Fata Morgana. Der Durst zaubert Bilder, wo keine sind. Tatsächlich ist die Wüste der Ort, wo alles ›nicht‹ ist. Kein Wald, kein Fluss, kein Wasser, kein Mensch. Eigentlich sind wir gar nicht hier. Bis wir recht begriffen haben, sind wir schon wieder zurück. Später mal, in vielen, vielen Jahren, wirst du dich sehnen nach einem Augenblick wie diesem, wo ›nichts‹ ist und wir einzig kraft unserer Vorstellung leben.«

Die Strecke führte in eines der unwirtlichsten Gebiete der Erde, den Tanezrouft. Nur die Oase Reggane trennte uns noch von der immensen Kieswüste, die bis zu den Savannen des tropischen Afrikas reichte, mehr als 800 Kilometer lang. Die Franzosen führten dort am 13. Februar 1960, unbehelligt von Umweltschützern, die sich damals noch nicht organisiert hatten, ihren ersten Atombombentest durch. Atombombentests waren damals an der Tagesordnung. Von Zeit zu Zeit sah man in der Wochenschau das bekannte und immer gleiche Bild: eine graue Wolkenfontäne, die sich spielerisch zu einem Pilz aufbläht und eine Größe erreicht, vor der die Phantasie halt macht.
Von Adrar bis Reggane waren es nur 147 Kilometer. Es sollte eine kurze Fahrt werden, aber wir hatten eine Reifenpanne, unerklärlich bei all dem Sand. Lange Zeit verbrachte Paul damit, den Wagen hochzubocken, was durch den Sand erschwert wurde. Schließlich stellte er den Wagenheber auf einen Benzinkanister, der aber unter der Last des Fahrzeugs einen Riss bekam, durch den das Benzin auslief. Es war der zweite Reifenwechsel am MG, den Paul durchführte. Er fand bei Mondlicht statt und dauerte noch länger als der erste.
Kleine, blumenkohlförmige Wolken standen an einem rosafarbenen Himmel, als wir Reggane erreichten. Die Sonnenwärme löste sie rasch auf, und der Himmel nahm wieder seine blasse Tagesfarbe an. Reggane verfügte über den Luxus eines öffentlichen Waschhauses, eines weiß gestrichenen Be-

tonbaus gleich neben der Benzinhandpumpe. Während Paul versuchte, einen Mann ausfindig zu machen, der den Reifen flicken konnte, entledigte ich mich im Inneren des stickigen Raumes meiner Kleider und wusch sie mit einer Prise Omo unter dem dünnen Strahl eines ausgeleierten Wasserhahnes. Ich reichte die nassen Sachen hinaus an Paul, der sie auf dem Sand ausbreitete. Begutachtet und kommentiert von einer sich rasch ansammelnden Männerhorde trockneten Jeans, Bluse, Höschen und Büstenhalter in der Sonne.

Dann hörte ich den Motor des MG aufbrausen, Paul fuhr weg. Ich stellte mich unter die Dusche, eine einfache Vorrichtung, bestehend aus einem aufgehängten Blecheimer, dessen Unterseite einen doppelten Boden hatte. Zog man an einer Strippe, so hob sich der obere Boden, und das Wasser konnte durch ein Sieb nach unten tropfen. Endlich gab es genug Wasser. Auch wenn es lauwarm war, so brachte es doch Erfrischung und das lang entbehrte Gefühl von Sauberkeit. Geckos huschten über die Betonwände, auf dem feuchten Fußboden tummelte sich Ungeziefer, größer, langsamer und bedrohlicher als gewohnt.

Der Raum war fensterlos, hatte aber in Augenhöhe schmale Mauerschlitze, durch die das Sonnenlicht fiel. Die lauten Kommentare zu meiner Wäsche waren verstummt. Die Männer klebten jetzt an den Sehschlitzen und versuchten, einen Blick ins Innere des Waschhauses zu werfen. Ich zählte mindestens acht Köpfe, die sich gegen den gleißenden Himmel abhoben. Konnten sie etwas sehen? Ich kauerte mich, notdürftig bedeckt mit einem Handtuch, in einer Ecke nieder. Jemand versuchte, die Tür zu öffnen. Panik befiel mich und schließlich maßlose Wut. Ich stand auf, holte den Eimer von der Decke, füllte ihn mit Wasser und schleuderte es gegen die Mauerschlitze. Schreie der Entrüstung ertönten, dann verschwanden die Köpfe, das Rütteln an der Tür hörte auf. Als Paul zurückkam und mir die trockenen Kleider hereinreichte, hatte sich in Reggane eine feindselige Stimmung gegen uns breit gemacht. Wir fanden keine Unterkunft und niemand sah

sich im Stande, den Reifen zu flicken. Niemand verkaufte Eier oder Milch, überall nur teilnahmsloses Schulterzucken.
Wir fuhren an den Rand der Oase, klemmten das blutige Leintuch, das wir in Adrar geklaut hatten, in die Autotür und fixierten es mit Hilfe eines Lederriemens an einem dürren Strauch, um wenigstens etwas Schatten zu haben. Zum Schlafen war es zu heiß. Wieder hielten sich Unmengen von Fliegen bei uns auf und stürzten sich wie Kamikaze-Flieger auf eine geöffnete Dose Corned Beef.
Bei der Fahrt durch die Oase hatte ich einen Dodge 44 mit einem englischen Ehepaar entdeckt, das auf dem Rückweg von Nigeria nach England war. Sie hatten ihre Kakaofarm verkauft, weil sie sich im Zuge der seit 1952 ständig erweiterten Selbstverwaltung des Landes in ihren Geschäften mehr und mehr behindert sahen. Ich hatte staunend einen Blick ins Innere des Wagens geworfen. Ein Thermometer zeigte fast 50 Grad an.
Die Gegenstände, die ich sah, sehr praktisch und sehr englisch, zeugten von viel Erfahrung im Umgang mit diesem Kontinent. Allein das Mittagessen, welches das Paar einnahm – Toastbrot mit einer Scheibe Büchsenschinken und Mixed Pickles belegt, dazu eine Tasse HEINZ tomatoe soup – bewies, dass es sich weder von Sand noch Hitze noch lauernder Gefahr von seinen kultivierten Gewohnheiten abbringen ließ. Ich überlegte, ob ich die Engländer um eine Mitfahrgelegenheit bitten sollte. Ich würde, genügsam wie ein Hündchen, auf dem Fußboden schlafen und das Geld für alle Unkosten in Deutschland zurückzahlen. In zwei Wochen könnte ich in Deutschland sein und Afrika als einen bösen Traum alsbald vergessen. Ich überlegte lange. In mir hatte sich etwas geändert. Es war mir klar geworden, dass ich Paul jetzt nicht allein lassen konnte. Hinzu kam die Empörung über die Voyeure von Reggane, die Erinnerung an die grabschenden Hände von Fez, den gierigen Mund von Hassan und weiter die heillose Unzuverlässigkeit von Land und Leuten. Ich wollte nicht als Besiegte abtreten. Jetzt erst recht nicht!

800 Kilometer waren es bis Tessalit. Nur Sand, Piste, Bidons, Menschenleere. Nichts anderes als bisher, nur länger. Reiner Wahnsinn! Nur gemeinsam würden wir es schaffen. Es war mir, als habe meine innere Magnetnadel, die bisher nach Norden ausgerichtet war, dem sagenhaften Magnetberg am Pol zugewandt, nun eine Wendung um 180 Grad nach Süden gemacht. Die Wüste hatte wie ein riesiger Teppich meine Spur nach Norden, in die Heimat, zugedeckt. »Wir werden es schon schaffen«, sagte ich voller Zuversicht.

Dieses Mal war es Paul, der zögerte. Er, der seine Absichten immer nur am Widerspruch zu seinem Gegenüber ausrichtet, der also ja sagt, wenn ich nein sage und umgekehrt, bedachte jetzt die vor uns liegenden Probleme. Er brütete über dem Michelin, vermaß die Strecke und rechnete den Benzinverbrauch aus. Für den kaputten Kanister hatte er keinen Ersatz auftreiben können.

Das bedeutete, dass die 40 Liter, die wir noch mit uns führten, neben dem aufgefüllten Tank, bis zum 520 Kilometer entfernten Bidon V reichen mussten. Erst dort, hieß es, könne man sich wieder mit Benzin versorgen. Bei einem Verbrauch von zehn Litern pro 100 Kilometern wäre das kein Problem gewesen. Aber bisher hatten wir immer mehr gebraucht als vorgesehen. Und was war, wenn wir uns verfuhren? Also besser doch umkehren! Aber würde er dann nicht eingestehen, dass sein bisheriger Plan falsch war? Dass er sich geirrt hatte?

Er konnte sich, wie so oft, nicht entscheiden. Als ich in kurzen Abständen Sätze fallen ließ wie: »Also, meinetwegen fahren wir weiter! Ich hab mich damit abgefunden! Schlimmer kann's nicht kommen! Jetzt haben wir schon ein Drittel hinter uns, also los!«, nahm ich ihm völlig den Wind aus den Segeln. Er hatte sich so an meine Motzerei gewöhnt, dass er sie als Treibstoff brauchte. Ohne Widerspruch kein Weiterkommen. Er versank in eine nachmittägliche Depression, Tee trinkend und Haare zwirbelnd, während die Sonne über den Himmel wanderte. Womöglich wären wir wirklich umgekehrt, wenn nicht gegen fünf Uhr aus einer Wolke von flirrendem Sand der Steenakkersche Wagen aufgetaucht wäre und sich neben uns gestellt hätte. Wie eine Henne neben ihr Küken.

Für die Zeit vom 21. bis 26. März, bis wir Tessalit erreichten, gibt es nur wenig Eintragungen. Ab diesem Zeitpunkt wirkt das Tagebuch ziemlich mitgenommen. Blätter haben sich abgelöst, die Schrift mutet hastig und erschöpft zugleich an und man vermeint noch Spuren von Sand wahrzunehmen. Es war, auch unter dem Schutz und mit Hilfe der Steenakkers, eine mörderische Fahrt.
Das Erste, was Joss Paul beibrachte, war, dass man einen Reifen auch selber flicken kann. Für Paul, der sich nicht gerne die Hände schmutzig macht und lieber Prinz Bestimmer spielt, begann eine harte Zeit. Wenn man ihn heute fragt, was ihm von der Sahara in Erinnerung geblieben ist, so antwortet er: »Dieses kleine Messingsieb der Benzinpumpe in einem Schüsselchen voll Benzin.«

Wir rumpeln neben den unleserlichen Schriftzeichen dahin, die der Wind in den Sand geblasen hat – geriffelte Zeichen wie die Schuppen von riesigen Fischen oder die Rippen von zugewehten Dinosauriern. Man hat den Eindruck, als habe es der Natur hier an Phantasie gemangelt, als sei ihr nichts anderes eingefallen, als immer wieder das gleiche Muster zu wiederholen: Dünen, Kies, Dünen.
Wenn ich auch nur mit halbem Herzen dabei bin, eines weiß ich schon jetzt: das Bild wird in meinem Kopf überleben. Auch die ratlose Stille heute Morgen, die eintrat, als ich spaßeshalber zweimal laut um Hilfe rief, auch sie werde ich nie vergessen.

Da Joss lieber am Tag fuhr, trotz der hohen Temperaturen – er legte einmal ein Thermometer in den Sand: es zeigte 70 Grad! – blieben zum Schlafen nur die kalten Nächte. Paul, der in jeder Körperstellung und Lebenslage einen gesunden Schlaf

findet, richtete sich auf dem Beifahrersitz des MG ein und schlief im Sitzen, den Kopf ans Seitenfenster gelehnt.
Da ich im Sitzen kein Auge zutun kann und mich wegen der Dreiminutenschlange auch beharrlich weigerte, auf dem Sand zu liegen, blieb mir nichts anderes übrig, als mich schlecht und recht auf der Motorhaube des MG einzurichten, die Gott sei Dank lang genug war, wenn ich mit angewinkelten Beinen lag und als Kopfkissen die Windschutzscheibe benutzte. Zugedeckt mit allem, was die Steenakkers noch erübrigen konnten, verbrachte ich so mindestens fünf schlaflose Nächte, in denen ich den Orion und die Plejaden über den funkelnden Himmel wandern sah, den gleichen Himmel, der tagsüber so bleich, so unbeteiligt schien.
In der Nacht nahm die Wüste wieder überschaubare Dimensionen an. Der Große Bär, der Polarstern, dem die Nomaden folgten – ich kannte sie noch aus dem Geografieunterricht. Aber wie viel näher waren sie hier, wie viel klarer! Wie viel heller leuchtete der Mond und wie viel wunderträchtiger waren die Verheißungen!
Aus dem Steenakkerschen Wagen dröhnte das Geschnarche der Alten, unterbrochen von schlaftrunkenem Gebrabbel und kräftigen Pfürzen. Einmal wurden wir, ungewollt und peinlich berührt, Zeugen einer ehelichen Beischlafszene zwischen Joss und Annie auf dem Sand. Ich beneidete Annie, dass ihr jeden Morgen ausreichend Wasser zur Verfügung stand, um sich waschen zu können. Der Steenakkersche Wagen hatte sogar so etwas wie eine primitive Duschvorrichtung. Freilich wurde das Wasser anschließend noch einmal zum Geschirrspülen benutzt.
Paul geizte mit jedem Tropfen, weil er immer fürchtete, am Tage X nicht genügend zur Verfügung zu haben. Das sah ich überhaupt nicht ein. Eine Handvoll Wasser, um sich wenigstens Hände und Gesicht zu waschen, müsse erübrigt werden. Es handele sich sowieso nur noch um eine symbolische Waschung. Der Waschlappen war in der Aufregung im Waschhaus von Reggane liegen geblieben, mein Lieblingsparfum am

Markt von Beni Abbès verdampft und die Palmoliveseife, von der es hieß, dass neun von zehn Filmstars sich mit ihr wuschen, war nur noch ein dünnes, mit Sandkörnern gespicktes Blatt. Paul meinte, dass jemand, der das Bedürfnis habe, sich jeden Tag zu waschen, unter Waschzwang leide, und am Ende setzte er sich durch. Ich rächte mich, indem ich mich den »ehelichen Pflichten« entzog. So etwas sei eine Zumutung, wenn ich mich nachher nicht waschen könne. Und wo bitte das Ganze überhaupt stattfinden solle? Auf der Motorhaube? Oder im Auto mit den Steenakkers vor den Fenstern?

Vor Bordj Mokhtar wurde Paul sehr krank. Wir hatten Bidon V hinter uns gelassen, jenes legendäre Bidon V, das auf allen Afrikakarten eingezeichnet ist, obwohl es damals nur aus einer mit zwei Männern besetzten Funkstation und einem kleinen Lager mit Benzin- und Dieselfässern bestand und heute leer stehen dürfte, wie der Zusatz »ruines« auf einer neueren Karte zeigt. Fast alles, was uns damals begegnete, dürfte inzwischen zerfallen sein: Bauten, Blechfässer, Autos und nicht zuletzt die Menschen. Und doch muss es in dieser unvorstellbar großen Wüste noch Sandkörner geben, die von den Reifen unseres Wagens berührt worden sind und nie mehr von etwas anderem danach, die davongetragen wurden vom Wind oder von dem gewaltigen Sog der französischen Atombombe und nun seit fast vierzig Jahren irgendwo liegen in der großen Anonymität der Dünen.
Irgendwann passierten wir auch den Wendekreis des Krebses, fassungslos, dass da mitten in der Wüste ein Schild stand: »Tropique du Cancer«. Wir standen davor wie vor einer persönlichen Botschaft, als wollte jemand uns daran erinnern, dass wir noch auf dieser Welt waren.
Vor Bordj Mokhtar hielt Paul plötzlich an, wankte ein paar Schritte durch den Sand und erbrach das wenige, das er im Magen hatte – Wasser. Vor Schwäche zitternd setzte er sich wieder ans Steuer. Es quälten ihn Darmkoliken und Durchfälle. Alle paar Kilometer musste er anhalten.

Das ist die Strafe für Adrar, dachte ich nicht ohne Schadenfreude. Joss meinte, es könnte die Diarrhoe sein, die seine Familie in Beni Abbès durchgemacht hatte. Aus Angst, sich erneut anzustecken, hielt er Abstand, sagte nur: »Du musst viel trinken, damit du nicht austrocknest.«
Mir fielen die Büchsen mit Vichywasser ein, die wir in Colomb Béchar geschenkt bekommen hatten, feines Wasser aus Frankreich, das als eiserne Reserve unter den Sitzen herumrollte. Paul weigerte sich jedoch, davon zu trinken, mit der Begründung, es sei für Notfälle gedacht. »Aber das ist doch ein Notfall«, rief ich verzweifelt. »Heilwasser!«
Noch bevor wir Bordj Mokhtar erreichten, hatte er eine längere Attacke von Schüttelfrost. Es war der Auftakt zu einem drei Tage währenden Fieber. Inzwischen behaupteten auch die alten Steenakkers, sich schlecht zu fühlen. Vermutlich kam ihnen Pauls Krankheit gelegen, um eine Ruhepause einzulegen. Denn für ihre verbrauchten Körper dauerte die Reise schon viel zu lange. Moeder klagte über Kopfschmerzen und Bauchweh. Da sie um den Vorrat an Vichywasser wusste, wollte sie davon haben. Paul fand, dass es noch genug anderes Wasser gebe. Wenn Wasser fürs Duschen da sei, dann müsse auch Wasser fürs Trinken da sein. Er selbst trank die lauwarme Brühe aus der Gerba. Das Vichy sei für den Notfall des Verdurstens gedacht.
Moeder machte ihrem Ärger lautstark auf Flämisch Luft und Joss sprach von Undankbarkeit und mangelnder Hilfsbereitschaft. Ich ergriff die Partei der Steenakkers, aber alle miteinander kamen wir gegen Pauls Sturheit nicht an. Annie und ich kochten Tee und versuchten, unter primitivsten Umständen eine Art Reisschleim herzustellen.
Wir kampierten am Rande von Bordj Mokhtar in einer Ruine ohne Dach, von der die Wüste bereits Besitz ergriffen hatte. Wogen von Sand waren durch die Türen und Fenster ins Innere gedrungen. Auf einer Seite war die Mauer eingefallen, aber die anderen Mauern boten ein wenig Schatten. Ein fast nackter Hund mit triefenden Augen leistete uns Gesellschaft.

Ausgehungert stürzte er sich auf alles, was wir ihm hinwarfen, und fraß auch unsere Exkremente und das Erbrochene. Die Stimmung war schlecht, unser Bedarf an Abenteuern gedeckt.
Annie sagte, ihre Schwiegereltern seien zwar Hypochonder, aber sie zweifle nicht daran, dass es ihnen wirklich schlecht gehe, und sie fände es nicht in Ordnung, dass Paul das Vichy nicht herausrücke, nach allem, was Joss für ihn getan habe. Ich meinte, wenn es nach mir ginge, dann könnten sie die Büchsen haben, aber leider ginge es ja nicht nach mir.
Im Stillen war ich entsetzt über Pauls Unerbittlichkeit. War er etwa herzlos? Konnte er nichts abgeben? Ein Geizkragen? Am meisten wunderte ich mich über die Unbekümmertheit, mit der er riskierte, sich unbeliebt zu machen. Und er machte sich unbeliebt!

Wie ein Refrain tönt die Stimme des evangelischen Pastors in meinen Ohren: Ich sehe wilde Kämpfe um die erste Stimme entbrennen, denn keiner will sich mit der zweiten zufrieden geben.
Es ist hundekalt gewesen, damals, und jetzt ist es so heiß wie nie zuvor in meinem Leben. Der Pastor hat sich geirrt. In Wahrheit hat es nie die Chance einer ersten Stimme für mich gegeben. Paul hat einen Schädel hart wie Granit. Und die Umstände sprechen immer gegen mich. Aber vielleicht hat er Recht mit seiner Vorsicht, wer weiß? Ist nicht alles gut gegangen bisher? Lasse ich mich nicht immer allzu leicht von diffusen Gefühlen dazu verleiten, Dinge zu tun, die mir dann zum Nachteil gereichen?
Meine Bereitschaft, Kompromisse einzugehen, nimmt zu. Später, wenn wir zu Hause sind, werde ich ihn mir zurechtbiegen.

Mit dem Vichy nahm es ein unerwartetes Ende. Der Tag X trat nie ein, was bedeutet, dass es zum Trinken nie gebraucht wurde. In Gao, wo wieder Wasser in Hülle und Fülle vor-

handen war, leerte ich die zehn Büchsen in ein Waschbecken und wusch mir damit die Haare, weil mir das Wasser aus der Leitung zu schmutzig war. Die Büchsen stellte ich in den Hof des kleinen Hotels, in dem wir wohnten, wo sie alsbald von kohlrabenschwarzen Kindern entdeckt und in Windeseile zerlegt wurden. Sie bastelten daraus kleine, autoähnliche Fahrzeuge, die sie an langen Stangen vor sich herschoben.
Selbst in diesem Zustand durchgemachter Metamorphose erkannte der wachsame Paul bei einem Spaziergang seine Vichybüchsen sofort wieder. Der Frevel regte ihn über alle Maßen auf. Am meisten muss ihn meine Bemerkung geärgert haben, dass wir das Wasser wohl nicht mehr gebraucht hätten. Woher ich das wissen wolle? Wahrscheinlich hatte er vor, die Büchsen nach Deutschland mitzunehmen, für den Fall einer Dürreperiode.
Paul beruhigte sich erst wieder, als ich einen von ihm aufgesetzten Text unterschrieb, wonach ich mich verpflichtete, nach unserer Rückkehr zur Strafe zehn Mark an eine caritative Organisation zu zahlen, Rotes Kreuz, Tierschutzverein, Caritas, egal was. Ich unterschrieb widerstrebend und vertraute darauf, dass der Zettel bis zur Rückkehr nach Deutschland verloren gegangen sein würde.
Aber merkwürdigerweise hat er die Jahre überlebt. Kariert, verblichen, zerfranst, liegt er zwischen den Seiten des Tagebuchs als untrügliches Zeichen weiblichen Ungehorsams.

Wir befanden uns noch vor Bordj Mokhtar, in dieser Art von Notlazarett, wo alle traurig dahinsiechten und Pauls fröhliche, zuversichtliche Stimme für eine Weile verstummte und seine verqueren Ideen unter einer Fieberglocke dahinschlummerten. Tagsüber lag er in dem schmalen Schattenstreifen, den die Hauswand warf, nachts nahm er seine Sitzstellung im MG ein, geschwächt vom Fieber und den Durchfällen.
Am zweiten Tag setzte Joss mit seinen kranken Eltern die Reise fort, nicht ohne Verbitterung. Sein Wasservorrat ging jetzt wirklich zu Ende. Paul fühlte sich außerstande, seinen Platz

hinter dem Steuer wieder einzunehmen. Er starrte liegend auf den bleichen Himmel und sagte: »Jetzt ist mir der Zusammenhang klar geworden zwischen Nietzsches Gedicht ›Töchter der Wüste‹ und seinem Satz: ›Vielleicht ist Leben nur eine Spielart des Todes – und eine sehr seltene‹. Die Wüste als Erfahrung des Zustandes, der dem Leben vorgeordnet ist. Da muss eine Absicht dahinterstecken.« Er nahm eine Handvoll Sand und ließ ihn durch die Finger rieseln.

Das war vor dem Hintergrund der desolaten Situation nicht der richtige Text. Ich sagte denn auch sofort in heller Aufregung, dass Nietzsche mit seinen Sprüchen nicht immer Recht habe und dass das Gegenteil genauso stimme. Dass nämlich der Tod vielleicht nur eine Spielart des Lebens sei, zwar keine seltene, aber auch nicht häufiger als das Leben selbst. Wenn Paul sich seinen philosophischen Stimmungen hingab, dann erschöpfte sich mein Beitrag meistens in Anmerkungen, die das Gesagte auf eine lebensnahe Weise entkräfteten. In Wahrheit hatte ich damals, in dieser Hölle aus Hitze und Sand, panische Angst, er könne mich zur Witwe machen, viel zu früh, und mich in unendlicher Verzweiflung zurücklassen.

Noch eine Nacht verging, in der der triefäugige Hund wie in einem Stoßgebet den Mond anheulte. Unablässig durchkreuzten Sternschnuppen den Himmel wie geheime Botschaften aus dem All, die niemand entziffern konnte. Am nächsten Morgen war die Krankheit überwunden. Paul sprach von einer Katharsis. Er sagte, er habe die Wüste wie einen Filter passiert und dabei allen Ballast abgeworfen. Er fühle sich leicht wie eine Gazelle.

Die Michelin-Karte ist bei Bordj Mokhtar gefalzt. Hatten wir bisher beim Blick auf die Karte noch immer Nordafrika und die Sahara im Auge gehabt – einen riesigen gelben Fleck mit nur wenigen Ortschaften und Verkehrswegen und schon gar keinen Flüssen – so sahen wir jetzt ein Gewirr von Grenzen, Gewässern, Straßen und Punkten, eingebettet in Farben, die die Landschaft charakterisieren sollten, Savannen, Gebirge,

Sümpfe, Urwälder. Länder rückten näher und ließen eine Ahnung von veränderter Szenerie aufkommen. Alles deutete auf eine dichte Besiedlung hin, so als hätte die Sahara ihre Menschen einfach an den Rand des Kontinents gespült. Und am unteren Ende leuchtete blau der Golf von Guinea. Einfach unvorstellbar!
Mit unserem telegrafischen Visum passierten wir die Grenze zum Sudan, dem heutigen Mali. Unter dem Sand machte sich wieder Gestein bemerkbar, bizarre Hügelformationen tauchten in der Ferne auf und verschwanden im Vorüberfahren. Sie gaben uns das Gefühl, endlich am Rand des Sandmeeres angelangt zu sein, endlich wieder festen Boden unter den Füßen zu haben. Tatsächlich bedeutet das Wort Sahel im Arabischen Strand oder Küste. Zugleich mit dem Gestein erschien der eine oder andere Dornbusch, gekrümmt von Stürmen und ausgelaugt von der Sonne, eher bleich als grün, aber voll zäher Geduld – einsame Vorposten der Savanne. Bisweilen täuschten Vexierspiele auf dem Sand menschliche Siedlungen vor, die sich beim Näherkommen auflösten und als das herausstellten, was sie waren: nichts als Luft und flirrende Hitze.
Einmal sahen wir sehr hoch einen Schwarm kleiner Vögel in Richtung Norden fliegen, und das erinnerte mich daran, dass in der Heimat jetzt der Frühling begann. Es war nur ein flüchtiges Gefühl von Sehnsucht, das mich befiel und das ich sofort wieder abschüttelte. Die Heimat lag weit zurück. Zu atemlos waren unsere Tage geworden, zu aufregend unsere Abenteuer. Wir waren dankbar um jeden Kilometer ohne Panne.

Als wir schließlich Tessalit erreichten, hatten wir das Gefühl, dass nun nichts mehr passieren könne. Dabei bedeutete Tessalit keinesfalls das Ende der Wüste. Aber hier setzte wieder eine, wenn auch spärliche Besiedlung ein. Man könnte Tessalit als das Gegenstück zu Colomb Béchar bezeichnen, eine Art Karawanserei, in der die Menschen nur kurz verweilten – Ankömmlinge und Abreisende.

Es gab eine von einem Franzosen betriebene Herberge, die nur daran zu erkennen war, dass ein paar staubige Fahrzeuge vor ihr parkten. Denn so wie der Eiffelturm kein Hinweisschild nötig hat, weil er einmalig ist und jeder ihn kennt, so war auch dieses Hotel in der Sahara eine einmalige Sache und der kleinen, eingeschworenen Gemeinde von Lastwagenfahrern als solches bekannt. Dabei hätte Monsieur Michel Beauvoir, der Besitzer, statt dieser Reisenden, die immer nur eine Nacht blieben, bevor sie die Fahrt über das große Sandmeer antraten oder von ihm zurückkehrten, gerne Gäste gehabt, die ein paar Tage blieben, um ihn für seinen tristen Alltag zu entschädigen. Denn sein Traum war ein Hotel in Paris mit gutem Service, gepflegter Küche und einer kultivierten Kundschaft, die das alles zu würdigen wüsste, und nicht diese Lastwagenfahrer, Auswanderer und Heimkehrer, die beim Essen die Hühnerknochen auf den Boden spuckten und die Servietten zum Schnäuzen benutzten.
Deshalb stürzte Monsieur, als er des MGs ansichtig wurde und ihn sofort als Wagen der Luxusklasse einstufte, vor die Tür, um uns zu begrüßen, wobei ein kleines Missverständnis mit im Spiel war, denn er hielt uns wegen des F auf dem Nummernschild für Landsleute. Doch die Tatsache, dass wir Deutsche waren, »krauts« oder »boches«, wie man damals häufig noch sagte, hielt ihn nicht davon ab, uns das beste Zimmer anzubieten. Hinter dem abgerissenen Aussehen seiner neuen Gäste glaubte er, einen guten Stall zu wittern, eine Vermutung, zu der Pauls souveränes Auftreten beitrug.
Die Zuvorkommenheit, mit der der Chef uns behandelte, übertrug sich alsbald auch auf seine finster blickenden Angestellten, weniger, weil sie beeindruckt waren, sondern weil der Chef es tat. Denn in ihren Augen war das Cabrio vor der Tür, verglichen mit den »camions«, nichts als ein auf Kleinformat zusammengeschrumpftes Krüppelauto, dem sogar das Dach fehlte.
Spätestens beim Abendessen jedoch, als Paul auf weltmännische Art nach Speisen und Wein fragte und schließlich völ-

lig ungeniert eine Portion Pommes frites mit Spiegelei und zwei Gabeln bestellte, muss Monsieur Beauvoir klar geworden sein, wie es um die Finanzen seiner Gäste bestellt war. Er bot uns zwei Liegestätten auf der Terrasse an, mit Moskitonetz und Armeezudecke, und ließ uns ein köstliches Menu servieren, bestehend aus pâté de foie, soupe d'oignons, beefsteak, pommes frites und crême caramelle brûlé.

Wo immer in Afrika die Franzosen sich auch befanden, nie hätten sie ihren Speiseplan dem Land angepasst, sondern alles daran gesetzt, heimatliche Gewohnheiten aufrecht zu erhalten. Die »pâté« schwitzte vor sich hin, schmeckte aber unverkennbar nach Frankreich.

Monsieur saß an unserem Tisch und schaute voller Wohlwollen und Zufriedenheit zu, wie wir, hungrigen Wölfen gleich, sein Menü verschlangen. Er wollte alles von uns wissen, gab Tipps für die Weiterfahrt und kritzelte schließlich seinen Namen und die Adresse auf ein Blatt Papier. Er nahm uns das Versprechen ab, von unterwegs eine Karte zu schreiben. Er bekäme so gerne Post.

Monsieur Beauvoir war einer der vielen Wohltäter, die unseren Weg kreuzten. Ob wir ihm je geschrieben haben? Wir waren schnell im Vergessen, nicht weil wir undankbar gewesen wären, sondern weil uns die Tage zu viel abverlangten und unsere Gedanken immer vorauseilten.

Wir verbrachten die Nacht in einer langen Reihe von friedlich schlafenden Chauffeuren der Compagnie La Mer-Niger auf der Terrasse. Im Mondlicht sahen die Moskitonetze über den Betten wie silbernes Spinnweb aus. Das Bild erinnerte in seiner Unwirklichkeit an einen verzauberten Schlafsaal, in dem die Patienten einen hundertjährigen Schlaf schlafen.

Die Nacht ist mir unvergesslich, denn sie bedeutete das Ende der kalten Wüstennächte. Kaum merklich hatten wir eine Region erreicht, in der sich vom Süden her der erste laue Hauch der Tropen bemerkbar machte. Zum ersten Mal wurde uns bewusst, wofür wir jeden Tag unser Malaquin einnahmen. Denn trotz des friedlichen Bildes war die Luft erfüllt vom Unheil bringenden Sirren der Moskitos, die durch schadhafte Stellen in den Netzen Zugang zu unseren Körpern fanden. Vor allem ich war Opfer ihrer Gier nach menschlichem Blut. Paul kam in dieser Nacht, wie in allen folgenden, ziemlich ungeschoren davon.

Die Wüste gab ihr Terrain nur nach zähem Ringen auf. Noch mehrere 100 Kilometer lang zog sich der Kampf hin, bei dem die Vegetation auf dem Sandboden Fuß zu fassen versuchte und immer wieder Rückschläge erlitt. Neben dem Dornbusch erschienen Bäume, die wir nie zuvor gesehen hatten. Die ersten Akazien tauchten auf. Unter den extremen klimatischen Bedingungen konnten sich die Pflanzen nur dadurch am Leben erhalten, dass sie während des Hochstands der Sonne Transpiration und Photosynthese einstellten. Dadurch wirkten sie wie versteinert. Es wehte ein trockener Ostwind, der sich seinen Gluthauch auf dem langen Weg durch den Kontinent geholt hatte.
Die kümmerliche Vegetation setzte sich auf diesem glühenden Boden, umtost vom Wind, in zäher Kleinarbeit durch. Die Pflanzen wurden höher und höher. Einige unter ihnen, Graminéen, erreichten schließlich eine Höhe von drei Metern, Grasbüschel stachen durch den Sand, ein lockerer Baumbestand breitete sich aus. Es waren Bäume mit dicker, korkartiger Rinde. Paul wusste, dass die Nomaden in dieser Gegend alljährlich die Gräser abfackelten. Vielleicht hatten diese Bäume dank ihrer Rinde das Feuer überstanden.
Und dann sahen wir auch wieder Menschen, zwei Kinder, die eine aus Rindern und Ziegen bestehende Herde über die Straße trieben und dem Auto fassungslos nachblickten.
Eines Nachts tauchte im Scheinwerferlicht vor uns eine Giraffe auf. Sie lief auf der schnurgeraden, schmalen Piste eine Weile mit weit ausholenden, zeitlupengleichen Bewegungen vor uns her, bevor sie wieder im Busch verschwand.
Das allmähliche Auftauchen von Leben nach der langen Zeit, in der unsere Augen sich an das Nichts gewöhnt hatten,

schärfte unsere Sinne. Wir begrüßten jeden Busch, jeden Termitenhaufen, jeden Vogel mit dem Enthusiasmus von kleinen Kindern.
Ich verbrachte meine letzten Nächte auf der Motorhaube. In einem kleinen Dorf namens Tabankort, wo wir bei unserem nächtlichen Eintreffen neben dem Ziehbrunnen geparkt hatten, erwachte ich vom fröhlichen Geschnatter wasserschöpfender Frauen, die offenbar Vermutungen darüber anstellten, was es mit dieser Frau auf dem Auto wohl auf sich habe. Als Paul den Motor startete, sprangen sie auseinander und schlugen die Hände vors Gesicht.

In den letzten Märztagen erreichten wir Gao, die 2.000 Kilometer lange Wüstenfahrt war zu Ende. Vor unseren Augen erschien der Niger mit seinen trüben Wassermassen, die sich verschwenderisch von Norden nach Süden bewegten, dem Golf von Guinea zu. Fast abrupt wechselten die Farben. Die farblose Savanne machte einer Vielfalt an Grün in allen Schattierungen Platz. Zugleich wimmelte es von buntgekleideten Menschen mit dunkler Hautfarbe, die alle dem Fluss entstiegen zu sein schienen. Kinder tummelten sich im Wasser, sprangen in die Höhe wie Fische und tauchten wieder unter. Ein Geruch von Holzfeuern lag in der Luft, Rauchschwaden zogen am Ufer entlang. Lärm machte sich breit, Hundegebell, Hahnenschreie, Ziegengemecker, Kindergebrüll, Autohupen. Nach der langen Zeit der Stille verkündeten diese Laute den Anbruch einer neuen Normalität, die bald Traumcharakter annahm. Wir hatten es geschafft.
Ich hielt mich im Tagebuch nicht lange mit der Beschreibung dieser Stadt auf, die einst Mittelpunkt des legendären Reiches Gao gewesen war. In den letzten Tagen hatte ich mir eingeredet, schwanger zu sein, obwohl für Liebesnächte wenig Gelegenheit gewesen war.
Meine Periode war ausgeblieben und in meiner Unerfahrenheit deutete ich die in Gao heftig einsetzenden Blutungen als Fehlgeburt, verursacht durch die Strapazen, die ich allein Paul zu verdanken hatte. Eine Sturzflut von Tränen brach aus mir heraus. Er sei an allem schuld. Dabei hätte ich mich so auf ein Kind gefreut.

Oder war es vielleicht doch nur die Periode? Ich hatte den gesamten Vorrat eines für diesen Fall unentbehrlichen Hygieneartikels, dessen Markennamen ich in Apotheken nie aussprechen konnte ohne zu erröten, zuunterst in meinem Koffer in Torrequebrada versteckt, im guten Glauben daran, sie dort zu gebrauchen und nirgendwo sonst. Und nun musste ich Paul, dem ich das Ganze aus Scham am liebsten verschwiegen hätte, losschicken, damit er in dieser kleinen Wildweststadt am Fluss, in der es – so viel hatte ich beim Durchfahren gesehen – weder Drogerie noch Apotheke gab, mir mit seinem schlechten Französisch die Unaussprechlichen besorgte.

Paul sah da überhaupt keine Probleme. Er notierte sich den Namen auf einem kleinen Zettel und versprach, sofort wieder zurück zu sein. Natürlich vergaß er sein Versprechen, sobald er das Hotel verlassen hatte. Paul in einer fremden Stadt loszuschicken, bedeutet nichts anderes, als einer Kugel einen Schubs zu geben.

Ermattet lag ich auf dem durchgelegenen Bett wie in einer Hängematte, alle erreichbaren Textilien zwischen die Beine geklemmt, und wartete auf Geräusche, die Pauls Rückkehr ankündigen würden. Aber ich hörte nur das ferne, einschläfernde Stadtgemurmel. Die Zeit tröpfelte dahin, die Sonne wanderte über meinen Bauch, über den Steinfußboden, zu dem tropfenden Wasserhahn in der Ecke. Gegen Abend riss Paul strahlend und in bester Laune die Tür auf und rief: »Mein Schatz, mein Liebling! Ich lege dir den Garten Eden zu Füßen.«

Er näherte sich meinem Bett, die Hände hinter dem Rücken versteckt, und fragte: »Rechts oder links?« »Links.« Drei Limonen landeten auf dem Bett. »Ich wette, du hast so etwas noch nie gesehen. Ich sage dir: Die ganze Stadt ist ein Wunder. Ich habe Bananen an den Bäumen wachsen sehen und Männer, die Cola-Flaschen mit den Zähnen öffnen.« Ich fiel ihm ungeduldig ins Wort. »Rechts.« Er händigte mir ein kleines Päckchen Waschpulver aus.

»Und nun kommt meine große Überraschung. Du wolltest doch immer einen Dienstboten haben. Le voilà!« Er ging zur Tür, öffnete sie und schubste einen etwa zwölfjährigen kohlrabenschwarzen Jungen ins Zimmer. »Das ist Mohammed und er wird unsere Sachen waschen.«
Ich richtete mich mühsam im Bett auf. »Und? Wo sind die Dinger?« »Welche Dinger?« »Großer Gott, du weißt schon.« Paul schlug sich mit der flachen Hand an die Stirn. »Du lieber Himmel! Dass ich das vergessen konnte! Verzeih! Aber ich habe einen französischen Veterinär getroffen, der hier den Viehbestand statistisch erfasst hat. Stell dir vor! Elf Millionen Rinder in Französisch Westafrika, davon fünf Millionen zur Zeburasse gehörig, der Rest Kurzhornrinder. Und genau hier in Gao verläuft die Grenze. Ein breiter Gürtel von Rinderzucht bis zum Tschad. Vielleicht schreibe ich später einmal eine Arbeit mit dem Titel ›The Beef Belt‹«. Aber was ist denn, meine Prinzessin? Du weinst ja. Was habe ich denn jetzt schon wieder falsch gemacht?«
»Du nimmst mich nicht ernst«, antwortete ich unter Schluchzen. »Ich nehme dich nicht ernst?« »Ja, du denkst immer nur an dich.« »Das stimmt nicht. Ich habe unentwegt an dich gedacht. Wie ich mit dir zum Tschad fahren werde, wie wir zusammen eine Forschungsarbeit schreiben. Ich liebe dich so sehr, dass mir manchmal angst wird. Komm, hör auf zu weinen. Ich hole dir, was du brauchst, und wenn ich noch einmal durch die Sahara fahren müsste.«
Mit diesen Worten ging er aus dem Zimmer und ließ mich mit meinem neuen Dienstboten allein, nicht ohne ihn vorher mit Gesten in seine Arbeit eingewiesen zu haben. Mohammed schüttete das ganze Waschpulver ins Waschbecken und ließ Wasser nachlaufen. Ich sah, wie alsbald ein riesiger Schaumberg aus dem Becken quoll und an den Rändern herunterlief. In diesen Schaum tauchte Mohammed ein Wäschestück nach dem anderen, im Vertrauen darauf, dass man sich bei einem europäischen Waschmittel die Mühe des Rubbelns ersparen könne.

Mit Bedacht arbeitete er sich durch den kleinen, am Boden liegenden Wäscheberg durch. Büstenhalter und Unterhosen, auch Pauls Unterhosen, legte er zur Seite. Wahrscheinlich war es ihm als Moslem nicht erlaubt, sich damit zu beschäftigen. Die ausgewrungenen Wäschestücke hängte er, ohne sie zu spülen, im Hof auf. Ich wollte protestieren, aber ich war zu erschöpft. Mohammeds lautlose Emsigkeit, mit der er seine Aufgabe erledigte, ließ mir die Augen fast zufallen. Ich sah noch, wie er sich meines Waschbeutels bemächtigte. Er ließ nacheinander Kamm, Spiegel, Deostift und Zahnbürste in die Brühe gleiten, um sie einer Reinigung zu unterziehen. Auch das schmale Stückchen Seife befreite er auf diese Weise vom Wüstensand. Zum Schluss drehte er den Waschbeutel nach außen und bürstete ihn mit meiner Zahnbürste sauber. »Amor fati«, dachte ich. »Die Liebe zum Schicksal. Wo habe ich das nur gelesen?«
Nach getaner Arbeit setzte sich Mohammed auf den einzigen Stuhl im Raum und wartete auf Paul, der ihm noch seinen Lohn schuldete. Er vermied es, meinen schläfrigen Blicken zu begegnen. Es war ihm sichtlich unangenehm, mit einer im Bett liegenden Frau in einem Raum allein zu sein. Durch das offene Fenster rief eine Kinderstimme in einer fremden Sprache etwas herein und Mohammed antwortete mit einem krächzenden Laut. Als Paul zurückkam, war es schon dunkel. Die Stadt verbarg sich hinter wenigen, spärlich glimmenden Lichtern.
Ich war eingeschlafen, und als ich erwachte, wollte ich sofort wissen, was es mit diesem Begriff des »amor fati« auf sich habe. Und Paul, als wolle er dieser außergewöhnlichen Situation etwas Vertrautes entgegenstellen, antwortete mit einer Geste, die unschwer das Zitat verriet: »Auf die Liebe zu Steinmauern und vergitterten Fenstern verfällt jener, der nichts anderes zum Lieben mehr sieht und hat.«
Nun erst schien er den schwarzen Jungen zu bemerken. Er griff in seine Tasche und holte eine Münze hervor. Mohammed huschte wortlos zur Tür und verschwand. »Beide Male«,

fuhr Paul fort, »waltet die gleiche Schmach der Anpassung, die, um nur überhaupt im Grauen der Welt ausharren zu können, dem Wunsch Wirklichkeit zuschreibt ...«

»Bitte«, sagte ich und stopfte mir die Finger in die Ohren. Er unterbrach mich fast ungehalten. »Lass mich! Nach zwei Wochen Benzinpumpenproblematik sehne ich mich nach einer Wiederbelebung meiner grauen Zellen. Also, wo war ich? Dem Wunsch Wirklichkeit zuschreibt und dem Widersinn des Zwangs Sinn. Nicht weniger als im credo quia absurdum kriecht Entsagung im amor fati, der Verherrlichung des Allerabsurdesten, vor der Herrschaft zu Kreuz.«

Wenn ich mir eines von dieser Hochzeitsreise erhofft hatte, dann war es die Aussicht, ohne Adorno-Zitate auskommen zu können. Paul legte mir ein Päckchen der Unaussprechlichen aufs Bett. Sie sahen hier ganz anders aus als zu Hause, viel armseliger, in einer durch lange Reisen schäbig gewordenen Verpackung.

»Es würde mich nur interessieren, wie die Frauen hier bisher dieses Problem gelöst haben«, sagte er versöhnlich und bedeckte mein Gesicht mit Küssen. »Vielleicht kommen wir dem Rätsel noch auf die Spur. Back to the roots. Auf jeden Fall werde ich auf meine Weise dafür sorgen, dass du auf dieser Reise nicht mehr von deiner Periode behelligt wirst.«

Nach längerem Studium des Michelin wählten wir die Route über Niamey nach Cotonou. Sie war kürzer und erschien uns zuverlässiger als die über Bobo-Dioulassou nach Abidjan. Auch eine nördliche Durchquerung von Nigeria war zur Diskussion gestanden. Aber in Gao hatte man wegen der sehr schlechten Straßenverhältnisse davon abgeraten.

Wir fuhren den Niger flussabwärts, die gelbbraunen Wassermassen mit ihren lang gestreckten Inseln, die wie mit Bäumen überladene, tief im Wasser liegende Frachtkähne aussahen, immer zu unserer Rechten. Das Wasser ließ sich viel Zeit, verspielte sich in Strudeln, umspülte Inseln und hielt sich in Buchten auf.

Der französische Veterinär hatte Paul erzählt, dass es für die 3.000 Kilometer von Koulikoro bis zur Mündung etwa anderthalb Jahre benötige. So langsam schlich der Niger dahin! Und überall, wo Menschen lebten – und es handelte sich um eine dicht besiedelte Gegend –, spielte sich ein großer Teil des Lebens im und am Wasser ab, dort, wo ein breiter Saum von Bäumen, in der Mehrzahl Palmen, den Fluss begleitete. Anfangs widerstrebte es mir, Palmen als Bäume anzuerkennen. Sie wirkten eher wie überlange, mit einem Wedel versehene Strünke. Am Niger aber standen sie so beherrschend am Ufer, dass kein Zweifel mehr aufkommen konnte. Obwohl noch immer vorwiegend moslemischen Glaubens, waren diese am Wasser lebenden Menschen von dunkler Hautfarbe. Da die Nomadenvölker nur die Viehzucht kannten, waren sie genötigt gewesen, in Gemeinschaft mit schwarzen Ackerbauern zu leben. In dieser ethnischen Mischung aus schwarzen Hilfsvölkern und ursprünglich weißen, von Arabern oder Berbern abstammenden Völkern hatten die Gewieftheit und die Distanzlosigkeit der Araber die Oberhand behalten.
Hielt der MG irgendwo an, war er alsbald umringt von Männern – Kindern und Erwachsenen –, die mit ihren Händen den Lack befühlten, die Hupe betätigten oder sich auf den Gepäckträger setzen wollten. Der Wagen wurde so bedrängt von Menschen, dass das Aussteigen oft erst dann möglich war, wenn Paul in die Hände klatschte und sie mit Gesten wegscheuchte. Aber es gab so viele von ihnen! Sie kamen von überall her, aus dem Busch, vom Fluss, und betatschten den weißen Wagen, der stellenweise ganz braun wurde, so dass man hätte meinen mögen, die Hautfarbe dieser Menschen sei nicht echt und färbe ab. In Wahrheit aber war es nur die Farbe der Erde auf ihren Händen, die dunkler wurde, je tiefer wir in den Süden kamen.
In einem kleinen Dorf kurz nach Famalé lief uns ein Huhn vor den Wagen. Natürlich war Paul wieder zu schnell gefahren. Das Huhn war tot, blutete am Hals, ein staubiges, armseliges Büschel von Federn. Der Besitzer wollte eine Ent-

schädigung und Paul blieb nichts anderes übrig, als zu bezahlen. Aber wenn er schon bezahle, so wolle er das Huhn auch behalten, gab er zu verstehen. Das wiederum lehnte der Besitzer ab. Immer mehr Leute fanden sich ein. Schließlich einigte man sich auf ein Palaver vor den Dorfältesten. Erstaunlicherweise sprachen alle gut Französisch. Da Frauen nicht zugelassen waren, musste ich im Auto warten, umlagert von einer Gruppe von Kindern, die jede meiner Bewegungen beobachteten.
Erst nach langer Zeit kam Paul zurück, strahlend wie ein Großwildjäger. In einer Hand hielt er das armselige Huhn. Er hatte sich durchgesetzt und erreichte sogar, dass eine der Frauen es rupfte und ausnahm. Und er wollte das Huhn essen, auf der Stelle. Meinen Protest wischte er mit einem Satz vom Tisch: »Du wolltest doch immer kochen, jetzt tu's!«
Tatsächlich hatten wir großen Hunger auf Fleisch. Am Straßenrand setzte Paul den Benzinkocher in Betrieb. Als Pfanne diente ein kleines, rechteckiges Aluminiumgeschirr, eine Frau brachte etwas Palmöl und Salz. Meinem ersten Versuch, mir als gute Hausfrau und Köchin einen Namen zu verschaffen, war kein Glück beschieden. Erst einmal trotzte das Huhn allen Bemühungen, es mit einem Taschenmesser zu zerschneiden. Mehr oder weniger wurde es zerrissen. Offensichtlich war es mindestens so betagt wie die alten Frauen, die sich nach und nach einfanden und meine Anstrengungen mit leisem Gurren kommentierten. Es schien, als hätten sie sich anlässlich des Ablebens einer Leidensgenossin eingefunden.
Einmal in die Pfanne geworfen, nahmen die Stücke rasch ein verkohltes Aussehen an. Die Flamme war nicht zu regulieren. Der aufdringliche Geruch verbrannten Palmöls vermischte sich mit dem von Federstoppeln. Innen blieb das Fleisch halb roh und so zäh, dass man nur davor kapitulieren und es den Hunden vorwerfen konnte. Der eigensinnige Paul, der nie zugegeben hätte, dass das mit dem Huhn keine gute Idee war, fand es gar nicht so schlecht. Er meinte, es schmecke natürlich anders als zu Hause, auf jeden Fall aber interessant.

Wir befanden uns nun im Territorium Niger und fuhren in Richtung Dahomey. Der Monat April ist in der südlichen Savanne der heißeste Monat des Jahres. Temperaturen über 40 Grad sind hier keine Seltenheit. Im Unterschied zur Sahara sind auch die Nächte warm und stickig. Hohe Gräser, ideale Brutstätten für die Tsetsefliegen, wechselten ab mit Flächen, denen durch Auswaschung jeglicher Humus entzogen war und auf denen nichts mehr wuchs.
Die Dörfer lagen relativ weit auseinander und die Menschen, die von einem Dorf zum anderen wollten, gingen meistens zu Fuß. Es gab wenig Verkehr. Vereinzelt standen Anhalter am Straßenrand. Immer dann, wenn Paul hinsichtlich der Wegführung nicht ganz sicher war, nahm er einen Mann als Lotsen mit, obgleich der Wagen kaum Platz dafür bot. Wir fuhren dann zu dritt vorne, ich zwischen den Schalthebel und einen schwitzenden Afrikaner geklemmt. Mager genug war ich ja inzwischen.
Ein Auto, in dem nur zwei Menschen saßen, war in afrikanischen Augen noch lange nicht voll. Scheu vor Körperkontakt gab es nicht und es war nicht einfach, den Leuten klarzumachen, dass für eine vierte Person beim besten Willen kein Platz war. Manche wollten auf dem Gepäckträger mitfahren. Diese Anhalter erzählten Geschichten und stellten eine Verbindung her zur vorüberschaukelnden, weitgehend anonymen Landschaft. Sie waren verheiratet oder auch nicht, hatten fünf Geschwister oder zwanzig und waren unterwegs nach Tillabéri, um Getreide, ein Huhn oder Petroleum zu kaufen. Oder aber sie reisten ohne Sinn und Zweck, einfach weil das Blut ihrer nomadischen Vorfahren es ihnen gebot.
Sich mit ihnen unterhaltend eignete sich Paul, der nur ein paar Jahre Schulfranzösisch aufzuweisen hatte, rasch das »petit nègre«-Französisch an, das mit wenigen Worten auskommt und an seinem müden Singsang zu erkennen ist. Er beherrschte diesen primitiven, aber durchaus gemütlich wirkenden Slang bald so perfekt, dass die Verständigung mit Afrikanern für ihn kein Problem mehr darstellte. Ich mit mei-

nem auf der Alliance Française erlernten Schriftfranzösisch konnte da nicht mithalten. Später dann, in Yaoundé, sollte ein schwarzer Marktverkäufer Paul fragen, wo er sein gutes Französisch gelernt habe. Er spräche so viel besser als die Franzosen. Ihn wenigstens könne man verstehen.
Niamey mit seinen damals 20.000 Einwohnern bedeutete den vorläufigen Abschied vom Niger. Noch zweimal, an der Grenze zu Dahomey und in Nigeria, würden wir ihn überqueren.

In unseren Köpfen ist Deutschland nun bereits sehr weit weg. Zwar führt eine durchgehende, auf der Landkarte nachzeichenbare Linie zurück, aber Deutschland ist nur noch vage Erinnerung, ein geografisches Gebilde, auf dem man sich einen allmählich erwachenden Frühling vorstellen kann. Besitzen wir überhaupt noch so etwas wie ein Heimatgefühl? Unsere Heimat ist der kleine Wagen geworden, in dem alles durcheinanderfliegt – Büchsen, Flaschen, Kanister, Landkarten, Essensvorräte, Werkzeug und Kleidung. Unsere Heimat ist das pure Chaos.
Alle meine guten Vorsätze, auf diesem engen Platz Ordnung zu halten, sind durch Pauls Unbekümmertheit im Umgang mit dem, was tagtäglich durch seine Finger geht, zum Scheitern verurteilt. Langsam merke ich, dass in der Praxis des Zusammenlebens Dinge eine Rolle spielen, deretwegen man gewöhnlich nicht heiratet: Ordnung, Verlässlichkeit, Rücksichtnahme – Eigenschaften, mit denen es Paul offensichtlich nicht so genau nimmt.
Ich hatte gute Vorsätze! Ich wollte es so halten wie Annie, in deren Wagen alles aufgeräumt und stets greifbar ist. Betttücher, Streichhölzer, Klopapier. Ich bräuchte die Ordnung, gleichsam als Fixpunkt, um mir in diesem riesigen Kontinent, in den ich gefallen bin wie eine Münze in einen Automaten, einen Platz zu sichern.
Aber was macht Paul? Er pflegt seine dürftigen Mahlzeiten unterm Fahren einzunehmen, weil er keine Zeit verlieren will. Warum ist er in Eile? Wohin treibt es ihn?

Er stellt die halb volle Teetasse auf meinem Schoß ab, legt sich in die Kurve, und schon fällt sie um. Milchpulver rieselt aus der Büchse, Brot bröselt, Rasierseife geht mit Zahncreme eine zähe Verbindung ein, Sardinenöl fließt übers Lenkrad. Und wenn ich einen Tobsuchtsanfall bekomme und alles hinter mich auf den Notsitz werfe, dann hält Paul an, legt die Arme um mich und sagt mit sanfter Stimme: »Nicht doch, mein Liebling! Hier kann nur einer schlampig sein, und das bin ich!«

In Niamey quartierten wir uns in einem Hotel ein, dem anzusehen war, dass die Besitzer den Kampf gegen die zerstörerische Kraft von Hitze, Feuchtigkeit und gleichgültigen Besuchern schon vor langer Zeit aufgegeben hatten.
Natürlich gab es in Französisch Westafrika, anders als etwa in der Sahara, Hotels, in denen ein europäischer Regelstandard aufrechterhalten wurde. Aber diese Hotels waren zugeschnitten auf Leute, die entweder viel Geld besaßen oder nicht auf eigene Kosten unterwegs waren. Für uns kamen sie nicht infrage. Nach den Aufzeichnungen zu urteilen, haben wir ab Niamey ohnehin nicht mehr viele Hotels von innen gesehen. Wir blieben auch nur eine Nacht, mehr wollten und konnten wir uns nicht leisten. Die Cola war so teuer, dass wir uns lieber drei Straßenecken weiter durch die Hitze schleppten, um an einem Kiosk eine zu besorgen, die nur ein Drittel kostete, aber nicht gekühlt war. Die Cola klebte süß und zäh am Gaumen und stillte den Durst nur für wenige Minuten.
Die zwei Tage in Niamey waren gekennzeichnet durch extrem starke Hitze und quälenden Durst. Immer wenn wir vom Kiosk zum Hotel zurückkamen, überfiel uns der Durst von neuem. Wir mussten kehrtmachen und sofort wieder zum Kiosk zurück, durch die staubigen Straßen, in denen es keinen Schatten gab und in denen die Einheimischen, scheinbar unberührt von dem mörderischen Klima, dahinschlenderten. Das wiederholte sich viele Male. Wir waren regelrecht Colasüchtig.

Man kann sich den ungeheuren Erfolg dieses Getränks in Schwarzafrika nur damit erklären, dass es viel Zucker enthält und für viele so etwas wie eine flüssige Nahrung ist, immer gleich bleibend in der Qualität und fast überall zu haben, ein Luxusartikel, den man sich leisten kann. Außerdem waren die zerkratzten, blinden Flaschen fast unzerbrechlich und deshalb gefragt zum Aufbewahren von Öl und Petroleum. Wo auch immer man sich befand, man konnte diesem Getränk nicht entkommen.
Wenn wir nicht in Sachen Cola unterwegs waren, dann lagen wir, von der Hitze gelähmt, in den schäbigen Sesseln der Hotel-Eingangshalle. Dort fanden wir eine alte »Le Monde«, die davon berichtete, dass die Mehrheit des Deutschen Bundestages einer von der CDU/CSU eingebrachten Entschließung zur Ausrüstung der Bundeswehr mit Atomwaffen zugestimmt hatte.

Einen Moment lang taucht die Vision eines dritten Weltkrieges vor uns auf. Aber alles ist sehr weit weg. Ich empfinde die Lektüre dieser Zeitung sogar als ausgesprochene Störung in einem Tagesablauf, bei dem es nur noch um die Fragen geht: Wo schlafen wir? Was essen wir? Reicht der Sprit? Reicht das Geld? Trotzdem gibt Afrika uns ein Gefühl von Sicherheit im großen Weltgefüge – eine Sicherheit, die davon herrühren mag, dass niemand sich wirklich für diesen Kontinent zu interessieren scheint.

In weniger als einer Woche durchfuhren wir Dahomey. Je weiter wir in den Süden vordrangen, desto unzuverlässiger wurde der Himmel. So, wie in der Savanne ein stiller Kampf zwischen dem Sand und der Vegetation stattgefunden hatte, so kämpfte jetzt der blaue Himmel gegen die Wolken an. Obwohl die Regenzeit dem Kalender nach noch nicht begonnen hatte, kam es doch bisweilen vor, dass sich die Wolken zu einer schwarzen Masse verdichteten und in einem kurzen, kräftigen Guss entluden.

Als es das erste Mal geschah, fuhren wir an den Straßenrand und warteten. Seit Deutschland der erste Regen! Er kam warm in dicken Tropfen vom Himmel, trommelte auf die Windschutzscheibe und hinterließ helle Rinnen auf dem staubigen Blech. Die Spuren der schwarzen Hände aber wusch er nicht weg.
Nach jedem Regenguss wurde die Piste, die allmählich ein rostfarbenes Aussehen bekommen hatte, schmierig und erschwerte das Weiterfahren. Überhaupt gab es nun neue und ganz andere Probleme. Tiefe, hart gewordene Spurrinnen zogen sich kreuz und quer über die Fahrbahn. Sie waren Überbleibsel und Zeugen der Versuche von Autos, sich während der Regenzeit einen Weg durch den Schlamm zu bahnen. Ständig begleitete Paul die Angst, der Tank könnte von unten aufgeschlagen werden.
Und was in der Sahara die Sandlöcher gewesen waren, die das Fahren erschwerten, das waren hier die riesigen Schlaglöcher, die oft von einer Straßenseite zur anderen reichten. So war die Fahrerei auch hier immer von der Ungewissheit begleitet: Werden wir es schaffen oder versacken wir in einem Loch? Berühren wir den Boden oder kommen wir gerade noch einmal durch?
Da in Niamey der Fotoapparat instand gesetzt worden war, gibt es ab Dahomey wieder ein paar Bilder: Eines, wie Paul vor einer Reihe großer, mit Wasser gefüllter Schlaglöcher steht, die sich quer über die Fahrbahn erstrecken, und versucht, mit einem Stock deren Tiefe zu ergründen. Das andere, aus einiger Entfernung aufgenommen, zeigt den Wagen, wie er diese Löcher passiert, wobei er mit der rechten Seite fast zur Hälfte verschwindet, während eine braun-rote Fontäne sich in hohem Bogen über das am Straßenrand wachsende Elefantengras ergießt.
Noch war die Vegetation von monotoner Kargheit, aber nach jedem Regenguss schienen die Pflanzen ein Stückchen zu wachsen. Aus dem lockeren Unterholz tauchten mehr und mehr Bäume auf, deren Namen wir nicht kannten. Mit der

Zunahme der Bäume änderten sich das Licht und die Farben. Das Grün entfaltete sich in wollüstiger Vielfalt und ließ die Erde fast violett erscheinen. Es gab nur noch diese beiden Farben, darüber einen zunehmend bleichen Himmel.

Manchmal begegneten wir Menschen, die barfuß auf der Piste dahinzogen. Die Frauen waren meistens schwer mit einem Wasserkanister oder Brennholz beladen. Kunststoff war damals in Afrika noch unbekannt. Sie transportierten das Wasser in Blechbehältern, Kalebassen oder einfach nur in einer Flasche, alles auf dem Kopf. Oft hatten sie auch noch ein Kind auf den Rücken gebunden. Die Männer hielten sich, damals wie heute, von jeglicher Schlepperei fern. Einmal überholten wir eine alte Frau, die ein ganzes Bündel Bananen auf dem Kopf trug. Paul hielt an und gab mit Zeichen zu verstehen, dass er zwei Bananen kaufen wolle.

»Combien ça coute?« Sie machte mit dem Finger ein Zeichen. Paul gab ihr einen Franc, worauf sie ihm das ganze Bündel ins Auto reichte. Das war eine überwältigende Erfahrung. Mindestens 30 Bananen für umgerechnet fünf Pfennige! Sie waren klein und grün und ich wollte gerade zu motzen anfangen, als ich merkte, wie wundervoll sie schmeckten. Noch nie hatte ich so süße Bananen gegessen!

Für Paul bedeutete das die Lösung aller Versorgungsprobleme. Von nun an gab es jeden Tag Bananen zu essen. Bananen zum Frühstück mit einer Tasse Tee. Gebratene Bananen zum Mittagessen und Bananen pur zur Nacht. Bananen dazwischen für den kleinen Hunger. Und Hunger hatten wir immer. Wen wundert es, dass ich noch Jahre später beim bloßen Anblick von Bananen dankend abwinkte?

Das uns zur Verfügung stehende Geld wurde langsam weniger. Nach guter alter Patriarchenart ließ Paul mich darüber im Ungewissen, wie viel noch vorhanden war. Ich wusste nicht, was ich davon halten sollte. Einerseits war ich beleidigt, andererseits nahm mir diese Geheimnistuerei alle Sorgen und stellte mich frei von jeglicher Verantwortung. Solange Paul in

seiner Brieftasche noch einen Schein fand oder in seiner Hosentasche eine Münze, solange war alles gut.
Ich hatte auch keine Ahnung, wohin die Reise ging. Wahrscheinlich ließ Paul, was das Reiseziel betraf, sich von Intuitionen treiben. Wenn ich einen Versuch machte, die Landkarte zu studieren, nahm er sie mir weg und sagte: »Großes Geheimnis. Hab Vertrauen zu deinem Guide Bleu!«
Vor Bembereke hatten wir deswegen einen Riesenkrach. Paul sagte unterm Fahren: »Schau mal bitte im Werkstatt-Verzeichnis nach, ob Cotonou eine MG-Vertretung hat. Es gibt da ein Geräusch, das mir nicht gefällt.« Ich blätterte das zerfledderte Heftchen durch und fand nichts. »Das kann nicht sein. Lass mal sehen.« Er hielt an und schaute selber nach. Das ärgerte mich. Die Dämmerung brach herein, die ersten Moskitos schwirrten im Wagen herum.
»Glaubst du mir etwa nicht? Bin ich zu blöd um zu lesen?«
»Vertrauen ist gut, Kontrolle ist besser«, antwortete Paul eisig. Er war schlechter Laune, weil er auch nichts fand, es aber nicht zugeben wollte.
Ich äffte ihn nach: »Ein Geräusch, das mir nicht gefällt. Und was ist mit mir? Ich habe Kreuzschmerzen vom ewigen Sitzen. Und schau dir meine Haut an!« Voller Wut zeigte ich ihm meine nackten Arme, die von Moskitostichen übersät waren. »Sollen wir heute Nacht wieder im Auto am Straßenrand schlafen? Ich bin es leid, leid und nochmals leid. Was bezweckst du eigentlich mit dieser Reise? Wohin fahren wir? Ich wette, du weißt es selbst nicht. Du willst mich nur ärgern. Mit dem Kopf durch die Wand. Haha. Mit dem Kopf durch Afrika«, schrie ich und lachte schrill ob meines Einfalls.
»Besser mit dem Kopf durch Afrika als von Null ins Nichts wie du«, sagte Paul. »Danke für die Liebenswürdigkeit«, entgegnete ich wutentbrannt. »Ich bin dir also zu dumm. Dann frage ich mich nur, warum du mich geheiratet hast.« »Das frage ich mich allerdings auch.«
Er ließ den Motor wieder an und fuhr tatsächlich »in Schlafposition« an den Straßenrand. Angelockt von meinem Geze-

ter, umschlich ein Afrikaner den Wagen und spähte durchs Fenster. Paul versuchte ihn wegzuscheuchen. »Allez! Lass uns schlafen!« Aber der Schwarze ließ nicht locker.
»Monsieur, das ist nicht gut! Monsieur!« »Lass uns in Frieden!« »Monsieur! La route c'est pas bon pour les blancs pour dormir!« »Was sagt er?« »Dass die Piste für eine weiße Frau zum Schlafen nicht geeignet ist.« »Und? Hat er was Besseres anzubieten?« »Es gibt hier keine Hotels«, sagte ich in die Dunkelheit hinaus. »Madame, folgen Sie mir. Ich werde Ihnen einen besseren Platz zeigen als diese Piste.«
Ich nahm mein Gepäck und schrie Paul zum Abschied zu: »Ich finde meinen Weg allein nach Hause. Viel Spaß noch und gute Reise! Hoffentlich fehlt dem Kleinen nichts Ernsthaftes! Vielleicht die Benzinpumpe. Oder ist's der Spurstangenhebel? Am Ende gar ein kleiner Rahmenbruch? Aber du hast ja deine Werkstatt in Cotonou!« Wütend schmiss ich die Tür zu und nahm aus Rache das Werkstattverzeichnis mit.
Durch die rasch einsetzende Dunkelheit folgte ich dem Afrikaner. Wir gingen ein Stück die Piste entlang und bogen dann in einen schmalen Seitenweg ab. Es ärgerte mich, dass Paul keine Anstalten traf, uns zu folgen. Wahrscheinlich schlief er bereits. Zweige von niederem Gebüsch schlugen mir hart ins Gesicht. Mein neuer Begleiter hieß Eusebius. Damals wunderte ich mich noch über diesen seltsamen, in Europa nicht gebräuchlichen Namen. Aber je weiter wir in die französischen Kolonien vordrangen, desto mehr fiel mir auf, dass die Franzosen dazu tendierten, ihren Täuflingen Namen zu geben, die in Europa einen altmodischen, ja lächerlichen Klang hatten.
Die Frage nach seinem Namen ermunterte Eusebius zum Reden. Er sagte, dass die Gegend sehr rückständig sei. Die Leute glaubten nämlich, die kleinen Autos seien die Kinder von Lastwagen. Er selbst könne darüber nur lachen, schließlich sei er ja ein »évolué«, ein Gebildeter. Aber dieses Auto gebe ihm doch Rätsel auf. So ein weißes Auto habe er noch nie gesehen. Und er frage sich, wer wohl die Mutter von diesem

Auto sei. Ich sagte auf Deutsch: »Eusebius, ich hoffe du verhilfst mir zu einer Machete, damit ich diesen Mann umbringen kann. Ich habe mich getäuscht. Ich hatte keine Ahnung, wen ich da heirate. Ich schwöre dir, ich hatte keine Ahnung.«
Wir kamen an eine Lichtung, auf der fünf, sechs Hütten standen. Genau konnte man das in der Dunkelheit nicht sehen. Ein kleines Feuer brannte in der Mitte und erhellte einen sauber gefegten Waldboden. Zwei Frauen hockten auf niedrigen Holzhockern davor. Eine war damit beschäftigt, der anderen eine neue Frisur zu machen. Ein Teil der eng am Kopf liegenden Zöpfchen war bereits aufgelöst und mit einem Holzkamm gekämmt. Die gekämmte Krause stand wie Struwwelpeters Haar vom Kopf ab.

Eusebius sprach in einer unverständlichen Sprache auf die beiden ein. Es gab ein längeres, immer wieder von Gekicher unterbrochenes Palaver. Dann stand die Friseuse auf und bedeutete mir, ihr zu folgen.

Wir betraten eine der Rundhütten, in deren Inneres durch die Ritzen eines Bastgeflechts schwacher Feuerschein drang. Das Dach war spitz und strohgedeckt, einige leere Konservendosen, die als Vorratsgefäße dienten, hingen an einem Holzbalken. Eine Pritsche aus zusammengebundenen Ästen und Strohgeflecht stand in der Mitte der Hütte. Ich dachte: »Paul würde jetzt sagen: Glück ist, wenn Raum, Zeit und Fügung sich die Hand reichen.«

Die Luft war feucht und stickig. Wegen der Moskitos und auch wegen der ungewohnten Situation zog ich mich nicht aus, obwohl ich mich meiner Kleidung, die an mir klebte wie eine zweite Haut, am liebsten ganz entledigt hätte. Um nicht gestochen zu werden, legte ich sogar mein gepunktetes Kopftuch übers Gesicht.

Allmählich verebbte das eintönige Gebrabbel der Frauen draußen, das Feuer brannte nieder und die Tropennacht mit dem unaufhörlichen Zirpen ihrer Insekten, in das bisweilen herrisch anmutendes Gekreische einfiel, so als wollte ein Lehrer seine außer Rand und Band gebrachte Klasse zum Ver-

stummen bringen, diese auf Europäer wie eine tiefe Narkose wirkende Tropennacht sank auf mich nieder.
Die Tiere, die tagsüber zum Rückzug, zum Stillhalten verurteilt waren, begannen ihr gefräßiges Werk. Ein Fetzchen Stoff, das am Morgen neben dem Bett lag, erwies sich als der Rest meines Kopftuchs. Es waren Termiten, die sich darüber hergemacht hatten. In einer einzigen Nacht! Das Tempo war erschreckend.
Als ich am Morgen aus der Hütte trat, war die Lichtung belebt mit zahllosen Kindern jeden Alters, Halbwüchsigen in zerrissenen, ehemals weißen Unterhemden, nackten Kleinkindern mit abnorm großen Bäuchen, an denen der Nabel wie ein Tennisball vorstand, und Säuglingen, die von ihren kaum größeren Geschwistern auf der Hüfte mitgeschleppt wurden – Produkte dieser stickigen Nächte, in denen die Menschen immer wieder neues Leben zeugten, während die Termiten ihr zerstörerisches Werk verrichteten. An der Stelle, wo am Vorabend das Feuer gebrannt hatte, lag ein Häufchen weißer Asche. Von Eusebius keine Spur. Ich schenkte meiner Gastgeberin zum Dank eine der Münzen, die sich noch in meiner Hosentasche befanden. Ich wollte auf gut Glück zur Küste, nach Cotonou, mich verdingen als Tellerwäscherin auf einem Dampfer zurück in die Heimat.
An der roten Piste angekommen, war ich mir nicht mehr sicher, in welcher Richtung das Meer lag. Nach meiner Schätzung musste es noch hunderte von Kilometern entfernt sein. Aber wo? Nachdem sowieso kein Auto kam, war es ziemlich egal. Ich setzte mich an den Straßenrand und malte mir, wartend und weinend, die hämischen Gesichter meiner Eltern aus. Wir haben es dir immer gesagt. Aber nein, ausgerechnet der musste es sein!
Eine alte Frau, ein Bündel Zuckerrohr auf dem Kopf balancierend, kam gemächlichen Schritts die Piste entlang und blieb vor mir stehen. Sie redete in ihrer fremden Sprache auf mich ein. Ich schüttelte mehrmals den Kopf und bedeutete ihr weiterzugehen. Da nahm sie ihr Bündel ab und setzte sich

neben mich. Sie befühlte meinen rechten Arm, wie die Hexe im Märchen von Hänsel und Gretel den Arm ihres vermeintlichen Bratens befühlt: zu dünn.
»Ich weiß, ich bin nicht mehr das, was ich einmal war«, sagte ich auf Deutsch. »Kaputt gemacht von diesem Verrückten. Aber das Schlimmste ist, dass ich ihn noch immer liebe.« Sie deutete auf meinen Ehering und gab zu verstehen, dass sie ihn haben wolle. Ich sagte, dass ich ihn gerne behielte, weil ich nicht wüsste, was noch auf mich zukäme. Vielleicht würde ich ihn in Cotonou verscherbeln.
In diesem Moment hörte man ein Motorengeräusch. Das erste Auto, das nach einer Stunde kam, war der verfluchte MG. Paul hielt vor uns an und sagte grinsend in seinem schauderhaften Französisch: »Comment vous allez, Madame? Madame Cotonou? Mein Wagen sehr schnell und nicht teuer, und ich netter junger Liebhaber. Madame wird zufrieden sein. Je me merci!«
Er benahm sich wie der Fuchs im Hühnerstall, der die friedlich und sicher auf der Stange sitzenden Hühner so lange durch seine Faxen irritiert, bis sie aufgeregt zu Boden flattern und er sie fressen kann. Keine fünf Minuten später saß ich wieder im Wagen.

Als wir tiefer in den Süden vorstießen, wurden wir von der großen Regenzeit überrascht. Oft glich die Piste mehr einem Flussbett denn einer Fahrbahn. Wir rutschten auf dem schmierigen Untergrund dahin, vorbei an den vor Nässe triefenden Bäumen und Straßengräben, in denen braunes Wasser gurgelte.
Das Wasser drang auch in den Wagen ein und vermengte sich mit dem Straßenstaub zu einer rötlichen Paste. Zuerst waren wir dieser glitschigen Straße gegenüber völlig ratlos. Nach ein paar Schrecksekunden merkten wir jedoch, dass es sich damit nicht anders verhielt als mit Glatteis. Und für Glatteis galt die Regel: keine abrupten Lenkradbewegungen und Bremsmanöver und vor allem kein Anhalten!

Auch wenn es nicht regnete, war die Luft gesättigt mit Feuchtigkeit, die nie verging, weder tags noch nachts. Der tropische Regenwald trug seinen Namen zu Recht. Die Sonne war nur noch selten zu sehen, versteckt hinter einer dicken Dunstschicht, wie eine blinde Silberplatte, so als gehöre sie nicht zu dieser Welt, als ginge sie der Planet Erde nichts mehr an.

Die Besiedlung nahm zu, je mehr wir uns der Küste näherten. Und immer wieder sahen wir das gleiche Bild: vier, fünf strohgedeckte Hütten auf einer sauber gefegten Lichtung, überquellend von Kindern jeden Alters. Der uralte Rhythmus von Werden und Vergehen schien nicht mehr zu funktionieren. Die Waagschale hatte sich zugunsten des Lebens gesenkt, die Kinder sprossen aus dem Boden wie die Masse immergrüner Pflanzen rechts und links der Piste.

Afrika war damals noch kein Entwicklungsland im heutigen Sinne, das den reichen Ländern viel Kopfzerbrechen bereitete, und doch musste dieser Nachwuchs ein Gefühl von Bedrängnis aufkommen lassen, damals schon, auch bei uns. Eine Stelle im Tagebuch berichtet davon, dass ich einmal mit einer nervösen Krise reagierte, als ich beim Warten im offenen Wagen von hunderten von Augen beobachtet wurde. Paul fand mich bei seiner Rückkehr von einer seiner langatmigen Wegbefragungen weinend vor. Etwas könne mit mir nicht stimmen, meinte ich. Ich könne es nicht ertragen, von so vielen Menschen angestarrt zu werden.

Paul rezitierte, um mich zu beruhigen, ungefähr eine Seite aus der »Minima Moralia« und sagte zum Schluss: »Geliebt wirst du einzig, wo du schwach dich zeigen kannst, ohne Stärke zu provozieren. Adorno.«

Es war einer von Pauls Lieblingssprüche und er brachte ihn bei jeder passenden und unpassenden Gelegenheit an. Ich haderte mit diesem Spruch, weil er mir unlogisch erschien. Gerade wenn ich mich schwach fühlte, war ich dankbar für seine Stärke und fühlte mich geliebt. Seine Stärke und sein Mut waren das Rückgrat dieses Abenteuers, wohingegen ich mit meiner ganzen Jammerei, meinen Ängsten und meiner Ver-

zagtheit in seinen Augen eine Art Bremsklotz gewesen sein muss.
Wo haben wir uns geliebt auf dieser Reise, wo lag sein Arm, wenn er die kerzengeraden Pisten entlangfuhr? Um meine Schultern gelegt oder am Lenkrad, immer in Alarmbereitschaft? Worüber unterhielten wir uns? Ging es um Liebe, um Philosophie oder um die letzte Reifenpanne? Ich weiß es nicht mehr.
Alle Worte, die ich uns, Paul und mir, in den Mund lege, könnten wir so gesagt haben – oder auch nicht. Sie sind verpufft über der roten Piste und für immer verloren. Aber ich kenne uns zur Genüge, kenne Pauls gelegentliche Anfälle von Logorrhoe, in denen die Sätze von verblüffender Originalität und Verquertheit aus seinem Mund quellen, während ich in leicht blasierter Haltung lausche, nicht etwa, weil ich gelangweilt wäre, sondern weil es mir schwer fiele zuzugeben, dass ich nur die Hälfte verstehe.
150 Kilometer vor Cotonou stand der Anzeiger für die Wassertemperatur im Alarmbereich. Das war etwas völlig Neues und riss Paul abrupt aus seinem Monolog. Er blätterte die Betriebsanleitung durch und kam zu dem Schluss, dass der Motor überhitzt sei. Eine Weiterfahrt erschien ihm zu riskant, wir stellten uns an den Straßenrand und warteten auf ein Fahrzeug.
Erst jetzt merkten wir, wie wenig befahren die Strecke war. Nach längerer Zeit kam ein Wagen mit einem Franzosen am Steuer. Wegen des Nummernschildes hatte auch er uns zuerst für Landsleute gehalten. Er tüftelte eine Weile am MG herum, und weil auch er, wie er mehrmals betonte, kein Fachmann war, meinte er, dass es besser sei, den Wagen abzuschleppen. Die Franzosen in den Kolonien dürften ihrer Natur nach größtenteils Abenteurer gewesen sein. Wer sich freiwillig ins tropische Fegefeuer begab, dem war entweder in der Heimat die erträumte Karriere versagt geblieben oder er gehörte zu den Menschen, die stets die Herausforderung brauchen, um sich lebendig zu fühlen. In den Kolonien konnte man zu jeder

Zeit ein neues Leben beginnen und es zu etwas bringen. Infolgedessen waren es vor allem Angehörige der lower middle class und der upper lower class – eine Definition aus der englischen Gesellschaftshierarchie, die Paul immer viel Spaß bereitet hat –, die sich in Afrika niedergelassen hatten, als Pflanzer, beim Straßenbau, in der Verwaltung, als Kaufleute. Allen gemeinsam war das Gefühl, dass Weiße in diesem gottverdammten Land, das sie liebten und verfluchten zugleich, zusammenhalten müssten.

Es war nur zu verständlich, dass Monsieur Le Denmat, Vertreter für Schädlingsbekämpfungsmittel, sich entschloss, uns schräge Vögel, Ausbeute einer Strecke, auf der sich gewöhnlich nichts tat, mit nach Hause zu nehmen. Er schleppte den MG mit seinem Simca 150 Kilometer weit bis Cotonou, über Rillen, Pfützen und Schlaglöcher, vorbei an ängstlich zur Seite springenden Frauen und verschreckten Kindern, unter einem Himmel, der immer suppiger wurde, so dass man hätte meinen können, man brauche nur eine Handvoll Luft nehmen, sie auswinden und es käme Wasser heraus.

Wir saßen wie ein Monarchenpaar auf Staatsbesuch in unserer Kalesche und winkten nach allen Seiten. Die Gegend war dicht besiedelt. Paul genoss es, dass er sich um nichts mehr kümmern musste, und am meisten genoss er, dass ihn die Fahrt keinen Pfennig Sprit kostete. Auf diese ungewöhnliche Weise erreichten wir das Meer.

Das Haus der Denmats lag ebenerdig in einer Europäer-Enklave am Rand von Cotonou, umgeben von einem Garten, in dem sich die einmalige Pracht tropischer Pflanzen entfaltete, lauter Unbekannte für uns, bis auf die Bananenstauden. Es unterschied sich kaum von den anderen Häusern, die alle leicht gebaut waren, fast behelfsmäßigen Charakter hatten, wie überall dort auf der Welt, wo es keinen Winter gibt. Dafür hatten sie beständig gegen die beizende Salzluft des Meeres zu kämpfen und gegen die sintflutartigen Regenfälle, die die Erde hochspritzen ließen und den Mauern bis Kniehöhe einen braunen Saum verpassten. Anders als etwa im Kongo

waren die Behausungen der einheimischen Dienstboten nicht aus dem Gesichtskreis der Weißen verbannt, sondern standen am Ende des Gartens – leicht heruntergekommene kleine Hütten, vor denen ein paar Hühner in der Erde scharrten.
Gleich nach unserer Ankunft führte Paul mich ans Meer. Es sollte die große Überraschung werden, aber ich stand am Strand und brachte vor Schreck kein Wort hervor. Eine riesige bleigraue Fläche und in großer Entfernung eine Brandung, haushoch und wie Donner grollend. Darüber ein zürnender Himmel, der den nächsten Regenguss ankündigte. Der Sand weiß, unberührt und einsam. So einsam, dass das Auge sich unwillkürlich an die wenigen Palmen klammerte, die sich leicht im Wind bewegten. Der Wind war nichts weiter als ein Herumrühren in feuchten Massen.
»Nun«, fragte Paul, »wie gefällt es dir?« Immer noch fassungslos, gab ich keine Antwort. »Also sag schon! Du wolltest doch ans Meer.« »Es sieht so anders aus. Nicht wie das Meer, das ich wollte.«
Paul warf sich in den Sand und schrie gegen die Brandung an: »Manntje, Manntje, Timpe Te, / Buttje, Buttje in der See, / Meine Frau, die Ilsebill, / Will nicht so, wie ich gern will.«
»Ich meinte so etwas wie die Adria. Ein Meer, in dem man baden kann, mit Menschen und Liegestühlen. Und Eisverkäufern. Und Sonnenschirmen. Wie in Jesolo-Lido. Aber meinetwegen bleiben wir hier. Ich bin des Reisens müde.«
»Hier bleiben wir ganz bestimmt nicht, denn unser Visum läuft ab«, entschied Paul. »Dann fahren wir also mit dem Schiff zurück?« »Siehst du hier etwa ein Schiff, einen Hafen?« Nein, es war absolut nichts zu sehen auf diesem bewegten Wasserteppich, der den Namen Atlantik trug. Seltsam, es war immer noch der Atlantik! »Der nächste große Hafen ist in Lagos, meine Liebe! Ich hoffe, wir bekommen ein Visum für Nigeria!«

In den zwei Tagen, in denen wir Gäste bei den Denmats waren, nahm sich ein Autobastler des MGs an und reparierte die

defekte Kopfdichtung, indem er aus einer Art Dachpappe einfach ein Stück zurechtschnitt und einsetzte.
Während dieser Zeit bemühte sich Paul in einer hinter rosa Blüten verborgenen kleinen Villa, die als englisches Konsulat fungierte, um ein Visum für Nigeria, das er nach hartnäckigem Feilschen schließlich auch bekam. Freilich berechtigte es nur zu einem einmaligen, auf zwei Tage begrenzten Besuch von Lagos. Irgendwie schien die Zeit in diesem Gebäude still gestanden zu sein. Dazu passte auch die Stempelmarke mit dem Kopf von König George VI., der bereits seit sechs Jahren tot war.
Pauls Aufenthalt im Konsulat dehnte sich etwas länger als nötig aus, weil ihm, als er zehn Schillinge bezahlen musste, ein »Oh Jesus!« entfuhr. Der strenge englische Vizekonsul unterzog ihn einer längeren Belehrung über angemessenes Benehmen, übergab ihm eine Bibel und ließ ihn zur Strafe in einem Nebenraum warten.
Unter einer an der Wand hängenden Fotografie der damals noch bezaubernd jungen Elizabeth II. vertiefte sich Paul ins Erste Buch Moses und war geradezu ungehalten, als ihm der Konsul nach genau einer Stunde bedeutete, dass er jetzt gehen könne. Was als Strafe gedacht war, erwies sich für ihn als höchst anregende Lektüre. Von da ab kehrten seine Gedanken immer wieder zu Esau zurück, jenem rötlichen, rauen Esau, der seinem Zwillingsbruder Jakob seine Erstgeburt für ein Linsengericht verkauft hat. Hatte man nicht den Afrikanern mit der christlichen Botschaft das Bewusstsein eingeflüstert, von Esau abzustammen? Wie konnten sie dann mit dem Eintopf unzufrieden sein, der ihnen von der Welt aufgetischt wurde?
Die Denmats wollten sich die Gelegenheit nicht entgehen lassen, uns ihren Freunden vorzustellen und hatten zu einem Abendessen geladen, welches, da man die Vorlieben der Deutschen zu kennen glaubte, aus einer Art Schlachtplatte bestehen sollte. Madame Le Denmat sagte jedoch sofort, dass ich die Zubereitung dieses Gerichts sicherlich besser beherr-

sche als sie und bat mich, dem Boy Boniface in der Küche etwas zur Hand zu gehen.
Es wurde eine ziemlich misslungene Angelegenheit. Boniface war etwa 16 Jahre alt und hüpfte wie ein munterer Vogel vor dem Herd auf und ab. In Windeseile öffnete er vier Büchsen Sauerkraut. Sein großer Traum war Paris. Immer wieder sagte er: »Quand j'irai à Paris!«
Bei der Zubereitung schien jeder beim anderen Kenntnisse vorausgesetzt zu haben, die dieser nicht hatte. Ich verließ mich im Wesentlichen auf Boniface. Das Einzige, was ich vom Sauerkraut wusste, war, dass Wacholderbeeren hineingehörten. Aber der französische Name fiel mir im Moment nicht ein. Ich tat so, als ob ich etwas zwischen den Fingern verriebe und sagte: »Un épice, petit, noir, Wachol ...« »Oui, Wachol«, echote Boniface und schüttete strahlend einige rote Gebilde ins Kraut.
»Achtung, das ist scharf, Madame!« »Piri piri«, wie er es nannte, machte aus dem Sauerkraut eine Art Höllenschmaus, dessen Schärfe auch durch die Salzkartoffeln und die kleinen Blutwürste aus der Dose nicht gemildert werden konnte.
Die Gäste nahmen es mit Gelassenheit. Sie waren Pannen durch afrikanische Küchenboys gewohnt und versuchten, das Ärgernis mit Bière d'Alsace hinunterzuspülen. Madame sagte, das Problem mit diesen schwarzen Boys sei, dass man ihnen ständig auf die Finger schauen müsse. Severin, der Waschboy, habe neulich ein Hemd ihres Mannes beim Bügeln versengt. Sie habe es ihm geschenkt und jetzt würde er ein Hemd nach dem anderen versengen.
Ähnliche Geschichten machten die Runde. Es war unschwer zu erkennen, dass die private Meinung der Franzosen über ihre afrikanischen Mitbürger von der offiziellen Ideologie abwich. Diese besagte, dass von Geburt alle Menschen gleich seien und nach Lehrplan zu guten Franzosen mutieren konnten. War man unter sich, wie etwa in dieser Gesellschaft, so waren sich alle einig, dass die Schwarzen eben doch anders seien, schlitzohrig, verlogen und der Arbeit abhold. Man

müsse sie ständig beaufsichtigen wie Kinder. Es klang weniger feindselig als resigniert, so, als habe man einen riesigen Kindergarten zu betreuen.
»Boniface Hetchily, Carré 497, Cotonou, Dahomey, AOF.« Der kleine Zettel, den Boniface mir verstohlen beim Abschied zusteckte, hat die Jahre überlebt. Auf vornehm-zurückhaltende Weise wollte er zu verstehen geben, dass er des Lesens und Schreibens mächtig war. Geistesgegenwärtig antwortete ich: »Was für eine schöne Schrift, Boniface!«, worauf er kichernd in seine Küche zurückhüpfte. »Wäre er nicht schwarz, so wäre er jetzt rot geworden. Rot wie deine ›piri piris‹«, sagte Paul.

Wir fuhren eine einigermaßen gute Uferstraße die 30 Kilometer bis zur nigerianischen Grenze, ohne eine genaue Vorstellung davon, was diese Grenze hier zu bedeuten hatte. Schließlich waren es die gleichen schwarzen Gesichter auf beiden Seiten, die gleichen Bananenstauden, die gleichen Ölpalmen. Tatsächlich aber erlebten wir den kulturellen Unterschied zwischen Frankreich und England nie so deutlich wie an diesem abgelegenen Grenzposten zwischen Dahomey und Nigeria. Während man auf der französischen Seite unseren Pass betont lässig durchblätterte und wir mit einer eleganten Handbewegung und einem nasalen »Bon Voyage« verabschiedet wurden, mussten wir auf nigerianischer Seite erst einmal warten.
Es war drückend schwül. Die Nähe des Meeres brachte keine Abkühlung, im Gegenteil. Das Meer wirkte wie ein riesiger, dampfender Bottich, von dem sich dicke Luft über das Land ausbreitete. Ausnahmsweise regnete es nicht. Nach und nach hatten wir erleichtert wahrgenommen, dass es in der Regenzeit nicht unbedingt jeden Tag regnen musste. Aber der Regen war allgegenwärtig, in Pfützen, in ausgewaschenen Spurrinnen, in abgebrochenen Ästen, die auf dem Boden lagen.
Unsere Pässe wurden von schwarzen Grenzbeamten in steif geplätteten kurzen Khaki-Hosen und auf Hochglanz polierten

schwarzen Schnürstiefeln kontrolliert, deren Verhalten so herablassend war, dass man sich dahinter unwillkürlich den englischen Ausbilder vorstellen konnte, der mit dem Schicksal haderte, auf einen solch gottverlorenen Posten versetzt worden zu sein.
Es war das erste Mal, dass wir Schwarzafrikaner mit Verwaltungsaufgaben betraut sahen. Die Männer taten es mit der höflichen Unnahbarkeit und dem arroganten Gestus der britischen »upper class«. Erst als Paul, der sich längst über das nigerianische Presseangebot informiert hatte, mit bestem Oxford-Akzent nach dem »Daily Service« fragte, ging einer von ihnen beschleunigten Schritts in eine windschiefe Bretterbude und brachte den »Daily Success«, ein offensichtlich durch mehrere Hände gegangenes und am Ende als Einwickelpapier für einen Räucherfisch benutztes nationalistisches Blatt, unter dessen Kopf das Motto stand: »Die Wahrheit kommt, die Falschheit verschwindet«. Er wollte es verkaufen und trug die Weigerung Pauls, der dafür keine zwei Pennies bezahlen wollte, mit Fassung.

Lagos, an einer Lagune gelegen, wirkte damals schon wie eine Pestbeule, die kurz davor stand, ihren Inhalt ins Meer zu entleeren. In der Stadtmitte stießen wir auf ein großes Elendsquartier, in dem die Menschen, zerlumpt, schmutzig und schicksalsergeben, in grotesk verfallenen Buden hausten. Es grenzte an ein Wunder, wie diese Hütten aus allem nur verfügbaren Material – Holz, Schilfmatten, Lumpen, rostigem Wellblech und Karton – dem Regen trotzen konnten. Noch verwunderlicher war, dass das ganze Gefüge nicht in sich zusammenbrach. Wie ein perverser Refrain tauchten immer wieder Coca-Cola-Reklamen auf. Nackte Kleinkinder saßen neben den offenen Abflussrinnen, in denen eine graue, fettige Brühe stand, durchmischt mit Exkrementen und Abfällen, und spielten mit abgenagten Maiskolben. Einige zerlumpte Halbwüchsige hefteten sich an unsere Fersen und riefen: »Dash, dash.« Paul gab ihnen, um sie loszuwerden, einen

Penny. Die Folge war, dass einer von ihnen vorstürmte und ihm einen Wrighleys Spearmint Gum anzudrehen versuchte, der sich auf den ersten Blick als ein bereits benutztes, notdürftig geglättetes und wieder in die Originalpackung eingewickeltes unappetitliches Etwas herausstellte.
Ein feiner Rauchschleier lag über den Verschlägen von glimmender Asche, die anscheinend nie erlosch. Deshalb gewann man den Eindruck, als ob unentwegt gekocht würde. In Wahrheit aber sah man kaum etwas Essbares und es schien, als würden die Menschen sich von diesem Rauch ernähren. Frauen standen schwatzend herum, den jüngsten Nachwuchs auf dem Arm, Männer lungerten vor den Eingängen ihrer Hütten, die ein trostlos leeres Innenleben preisgaben, und zeigten die schmutzverkrusteten Sohlen ihrer Füße. Einer machte einen Umzug, von einer Bleibe in die andere, und trug seine ganze Habe auf dem Kopf – eine Schilfmatte.

Wir befinden uns im Zentrum der Hauptstadt der größten britischen Kolonie der Welt. Hier kann man nicht durchgehen, ohne sich zu schämen. Dass man weiß ist, in ein weißes Auto steigt und davonfährt. Angesichts dieser Armut muss jeder verschenkte Penny wie Hohn und Spott wirken. Und man fragt sich unwillkürlich, ob das geduldige Verharren der Menschen in diesem Slum ein Zeichen von Passivität ist oder geschickte Überlebensstrategie, Amor fati? Dieser 12. April im Jahre 1958 ist jedenfalls ein ganz gewöhnlicher Tag im Leben von Lagos.

Als wir dieses düstere Viertel, in dem der Penny die Zahlungseinheit war, verlassen hatten, mussten wir voller Schrecken feststellen, dass Lagos der teuerste Ort war, der uns auf der Reise bisher untergekommen war. Es ging auf den Abend zu. Ein Zimmer im Hotel kostete umgerechnet 70 Mark. Das war für damalige Verhältnisse ungeheuer viel Geld. Diese Preise waren umso erstaunlicher, als im Straßenbild kaum Weiße zu sehen waren. Nicht mehr als 6.000

sollen es damals gewesen sein, gegenüber knapp einer halben Million Schwarzer. Es sah so aus, als hätten die Engländer nach der Installation primitivster sanitärer Anlagen – offene Rinnen am Straßenrand zur Abwasserbeseitigung – und nach der Errichtung einiger schmuckloser Verwaltungsbauten die heiße, schmutzige Stadt schleunigst wieder verlassen.
Wenn er schon in dieser abstrus hässlichen Stadt übernachten und wegen der teuren Preise nun wiederum im Auto schlafen müsse, so solle das zumindest in der besten Gegend, vor dem schönsten Haus geschehen, entschied Paul.
Wir erfuhren, dass es ein kleines, Ikoyi genanntes Europäerviertel am Rande von Lagos gab und fragten uns durch das Menschengewühl. An den Straßenrändern saßen, von Öllämpchen spärlich beleuchtet, ambulante Händler und verkauften einzelne Rasierklingen, Zigaretten, Kerzen und kleine Seifenstücke. Aus den Hafenkneipen ertönte »highlife«, eine laute, scheppernde Adaption europäischer Tanzmusik mit unverwechselbar afrikanischem Charakter. Doch nach Einbruch der Dunkelheit übersah man all die Hässlichkeiten dieser Stadt und fühlte sich aufgehoben wie in einem riesigen Dampfbad.
Am dunklen Nachthimmel braute sich ein Gewitter zusammen. Als der MG vor einem kunstvoll geschnitzten Eingangstor zum Stehen kam, fielen die ersten Tropfen. Das Haus hinter dem mit riesigen Bäumen bewachsenen Garten war nicht zu sehen. Paul meinte jedoch, zu solch einem Tor könne nur ein Herrschaftshaus gehören, und er hatte Recht.
Hier nun beginnt meine Lieblingsgeschichte. Kaum dass wir die Augen geschlossen hatten, wurde der Himmel von einem unbeschreiblich heftigen Blitzschlag erhellt, unmittelbar gefolgt von Donner. Es war der Auftakt zu einem mehrere Stunden dauernden Gewitter. Nie zuvor hatte ich ein Gewitter von solcher Intensität erlebt. Es spielte sich unmittelbar über der Stadt ab. Ein Blitz folgte dem anderen so rasch, dass der Himmel mehr hell als dunkel war. Ganze Äste brachen unter der Gewalt des Regens ab und fielen auf die Straße. Diese

glich mehr und mehr einem Flusslauf, in dem braunes Wasser tobte und gurgelte. Wir hatten Angst, dass der MG weggespült werden könnte. Er war diesem Ansturm von Wasser nicht gewachsen, es rann durch die Türspalten und durchs Verdeck.

Mitten in diesem Inferno ging langsam das Tor zum Paradies auf und es erschien ein barfüßiger schwarzer Boy mit einem großen Regenschirm. Er watete durch die Fluten zum Auto und schaute misstrauisch durchs Fenster. Dann bedeutete er uns mit einer Handbewegung, dass wir wegfahren sollten. Paul schüttelte stumm den Kopf. Einen Moment lang schien der Junge ratlos. Er erspähte mich, drehte sich zum Haus um, als wolle er überlegen und gab uns dann ein Zeichen, ihm zu folgen. An der Haustür wurden wir von weiterem schwarzen Hauspersonal empfangen. Einer der Boys hatte einen Putzlappen in der Hand und beeilte sich, die nassen Spuren aufzuwischen. Unser Retter sagte denselben Satz, den Eusebius vor ein paar Tagen gesagt hatte, dieses Mal auf Englisch: »Die Straße ist nichts für Weiße zum Schlafen.«

»Aber wo sind wir?«, fragte ich, überwältigt von dem Anblick, der sich uns bot. Wir standen in einer großen Halle im englischen Landhausstil, von der aus eine Treppe zu einer Balustrade im ersten Stock führte. An den Wänden waren beleuchtete Schaukästen angebracht, in denen Schätze aus Afrikas Vergangenheit ausgestellt waren, bunte Masken, kunstvolle Figuren aus Messing und Elfenbein, Schmuck aus Perlen, Straußeneier, geschnitzte Holzschalen, geflochtene Strohmatten.

Davor befanden sich auf makellos gepflegtem Boden aus dunklen Hölzern, der mit kostbaren Teppichen bedeckt war, einzelne Sitzgruppen mit Lehnstühlen und polierten Tischchen. Über einem schwarzen Flügel hing das riesige Gemälde einer Meute englischer Jagdhunde, die über einen Keiler herfielen. Silber glänzte im gedämpften Licht von seidenen Lampenschirmen. Offenbar hatte der Besitzer des Hauses seinen luxuriösen Hausstand von England nach Afrika verfrachtet,

anders als etwa die Denmats, die sich mit den tristen Kolonialmöbeln zufrieden gaben. Aber wo war er selbst? Und wer war er? Etwa der Gouverneur höchstpersönlich?
Die Boys kicherten geheimnisvoll und führten uns in den ersten Stock in ein prächtiges Schlafzimmer. Unter einem rotgoldenen Baldachin stand ein voluminöses Bett. Auch hier machte sich verschwenderischer Luxus breit. Auf zierlichen Mahagoni-Tischchen und Kommoden mit Intarsienarbeit standen Silberleuchter, die die Boys jetzt voller Stolz anzündeten. An der Wand wurde das Ölportrait einer dunkelhaarigen, blauäugigen Frau hoch zu Ross sichtbar. Endlich lüfteten sie das Geheimnis um das schöne Haus. Mister und Mrs. Hughes Hallet seien zur Zeit auf Heimaturlaub in England. Sie grinsten dabei vielsagend übers ganze Gesicht. Anscheinend hatten sie keine Skrupel, in Abwesenheit ihrer Herrschaften fremde Gäste ins Haus zu laden.
Dieses Mal war Paul die Angelegenheit peinlich. Sich in einem fremden Haus mit dem Personal einzulassen, entsprach nicht seinem Stil. In dieser Beziehung wusste er genau, was sich gehört und was nicht. Schließlich handelte es sich nicht um ein Gästezimmer, sondern um ein sehr privates Schlafzimmer. Doch dann sagte er sich, dass die Afrikaner wahrscheinlich davon ausgingen, Europäer würden sich gegenseitig helfen. Somit glaubten sie im Sinne ihrer Herrschaft zu handeln. Er konnte die Einladung also beruhigt als eine standesgemäße Einladung betrachten und sie in aller Form annehmen.
Ich ließ zögernd und nicht ganz frei von schlechtem Gewissen Wasser in die Badewanne und gab einen Schuss von Mrs. Hughes Hallets »lavender bubble bath« dazu. Das erste Bad nach Beni Abbès! Ich wusch mein Haar in einem Berg von Schaum und trocknete mich mit einem rosafarbenen Badetuch ab. Dann inspizierte ich den Kleiderschrank der Hausherrin. Ich wählte ein meergrünes dekolletiertes Abendkleid aus Chiffon, das zu meinen Augen passte, dazu hochhackige goldene Pumps.

Paul ließ beinahe die Platte fallen, die er aus Mister Hughes Hallets Schallplattensammlung ausgesucht hatte. Ella Fitzgerald – A tisket a tasket I lost my yellow basket. Es gab auch einen altmodischen Plattenspieler, der mit der Hand angekurbelt werden musste.
»Bist du verrückt, Mavie? Lass sehen! Ich habe ganz vergessen, was für einen schönen Busen du hast.« »Weißt du überhaupt noch, wie es geht?« »Lass mich überlegen. Ich glaube schon.« Wir tanzten eng umschlungen zu Ellas vibrierender Stimme. »Blas lieber die Kerzen aus.« »Hast du Angst, dass uns jemand zuschaut.« »Ich glaube, die hängen alle am Schlüsselloch.« »Na wenn schon.« »Pass nur auf, dass dem Kleid nichts passiert.«
Am nächsten Morgen, nach einem englischen Frühstück, standen die Boys zum Abschied Spalier. Das Trinkgeld schlugen sie nicht aus. Auf Pauls Frage, ob sie jetzt nicht Schwierigkeiten bekommen könnten, antwortete unser Retter mit maliziösem Lächeln: »Why? We wash it, we dry it and nobody can prove it!«
Das Gewitter hatte die Luft gereinigt, aber kühler war es nicht geworden. Wir fuhren zum Immigration Office, in der Hoffnung, das Zwei-Tage-Besuchsvisum verlängern zu können. Von einer Rückkehr per Schiff war keine Rede mehr. Wie hätten wir eine solche auch bezahlen sollen? Und wie lange hätten wir womöglich warten müssen? Lagos legte alle Wünsche lahm bis auf den einen: es so schnell wie möglich wieder zu verlassen. Vielleicht waren wir bereits vom »bacillus africanus« befallen, der diesen liederlichen Gleichmut hervorruft, mit dem sich nur der nächste Tag planen lässt, keinesfalls aber der übernächste. Paul stand vor einem hünenhaften Afrikaner in Khaki-Uniform und bat um eine Verlängerung unseres Visums.
Im Immigration Office hatte die Stunde der Afrikaner geschlagen. Die britischen Verwaltungsbeamten hatten ihre Sessel hinter den Schreibtischen nach und nach geräumt und den schwarzen »clerks« Platz gemacht. Obwohl noch nicht

voll unabhängig, hatte das Land seit 1952 zunehmend an Selbständigkeit gewonnen.
Nachdem die Afrikaner für uns anfangs alle gleich ausgesehen hatten, waren wir inzwischen in der Lage, etwas zu differenzieren. In dem riesigen Mann mit den Narben im Gesicht ließ sich unschwer ein Yoruba erkennen. Der Yoruba ließ Paul seine Macht spüren. Mit dem Gestus der Langeweile blätterte er die Pässe durch. »Warum wollen Sie hier bleiben?« »Weil Lagos eine wunderschöne Stadt ist.«
Das war zu dick aufgetragen. Diese Behauptung musste auch dem einfältigsten Beamten als Lüge erkennbar sein. Aber dieser Yoruba war alles andere als einfältig. Er klappte die Pässe zu, lehnte sich zurück und schaute Paul durchdringend an. »Was ist an dieser Stadt schön?« Paul, sonst um keine Antwort verlegen, fing zu stottern an. »Die Häuser, die Straßen, die Leute ...« »Vermutlich haben Sie ein ›slum sightseeing‹ hinter sich. Haben Sie auch Leute fotografiert?« »Ja – ich meine nein! Wir haben das Armenviertel besichtigt, aber niemanden fotografiert.«
Der Afrikaner richtete sich in seinem Stuhl auf. »Ich werde Ihren Fotoapparat beschlagnahmen lassen, weil ich Ihnen nicht glaube. Sie vergessen, mit wem Sie es zu tun haben. Wir Afrikaner sind nicht mehr die Sklaven der Weißen. Wir sind ein stolzes Volk. Wir haben mit Hannibal die Alpen überschritten. Unser Blut floss in Kleopatras Adern. Wir haben die Pyramiden am Nil erbaut und Höhlenmalereien zurückgelassen ...«
»Wie schön, dass Sie die Alpen überschritten haben«, unterbrach ihn Paul verärgert. »Alles, was ich will, ist eine Verlängerung dieses Visums, um Nigeria zu durchqueren.«
»Können Sie nicht lesen, was hier steht?« Der Beamte hielt ihm einen aufgeschlagenen Pass vor die Nase. »Gültig für einen einmaligen 48 Stunden dauernden Besuch von Lagos. Sie werden das Land also heute wieder verlassen.«
Ich kannte inzwischen Pauls strategisches Schweigen, kannte diese unheimliche Ruhe vor dem Sturm. Ich versuchte noch,

ihm einen warnenden Blick zuzuwerfen, aber es war bereits zu spät.
»Sie wagen es, mich als einen Lügner zu bezeichnen, Sir? Mich, den unbescholtenen Bürger eines Landes, in dem friedliche Menschen wohnen? Meine Väter haben Hannibal aufgenommen, in Frieden und Freundschaft, und Sie wollen mir eine Reise durch Ihr Land verwehren? Ich habe es nicht nötig, arme Menschen zu fotografieren, ihr Anblick ekelt mich. Ich lasse einen großen Teil meines Geldes in diesem Land zurück für Benzin, für Bananen, für ›dash‹. Und was machen Sie? Sie setzen mich in den Augen meiner ersten Frau herab.« Er sagte tatsächlich »my first and acting wife«. Seine Stimme war immer lauter geworden. Die Sätze prasselten wie Hagelschauer auf den Beamten ein. Der war, nachdem er sich anfänglich drohend aufgerichtet hatte, ratlos in sich zusammengesunken. Paul fuhr fort: »In Europa, einem zivilisierten Land, in dem ich zu Hause bin, können sich die Bürger frei bewegen. Und das Gleiche verlange ich hier für mich.«
Um seiner Forderung Nachdruck zu verleihen, schlug er bei jedem Wort auf die polierte Schreibtischplatte, wobei jedes Mal Füllfederhalter, Bleistifte, Lampe und Papiere, ein ganzes armseliges Arsenal, einen kleinen Tanz vollführten. Instinktiv legte ich meine Hand auf einen schwarzen Locher, so als hätte ich damals schon geahnt, dass Paul auf dem Höhepunkt seiner Wutausbrüche Kaffeetassen, Zuckerdosen und schwarze Locher gegen die Wand zu schleudern pflegte.
Es waren ziemliche Lügen, die er dem Immigration Officer auftischte. Die Wände hallten wider von heiligem Zorn. Die Tür ging einen Spalt weit auf, ein zweites schwarzes Gesicht erschien, um vorsichtig die Lage zu erkunden. »Gibt es denn hier in diesem Haus keinen einzigen Engländer mehr?«, schnauzte Paul ihn an, und es klang verdammt nach Kolonialherrenart. »Jawohl, ich verlange einen Engländer zu sehen.« Der Yoruba nutzte die Gelegenheit, um das Weite zu suchen. »Du wirst sehen, jetzt sperren sie uns ein«, flüsterte ich. Aber nach einer Weile erschien er wieder, in Begleitung von Mister

George Hayward, anscheinend einem der letzten im Hause verbliebenen Europäer, die Hilfestellung auf dem Weg in die Unabhängigkeit zu leisten hatten.
Mister Hayward gab eine eindrucksvolle Demonstration seiner Kenntnis von Land und Leuten, indem er sich mit dem »clerk« in einer unverständlichen Sprache unterhielt. Es war aber nicht zu überhören, dass der Afrikaner empört Pauls Wutanfall nachzuahmen versuchte. Das klang so komisch, dass es um Mister Haywards Mund kurz verräterisch zuckte. Dann wandte er sich an uns. Indem er den Pass durchblätterte, sagte er: »Ich sehe einige Stempel, aber kein definitives Visum für irgendein Land. Afrika eignet sich nicht für eine Reise ins Blaue, junger Mann. Weshalb haben Sie sich so schlecht vorbereitet? Was haben Sie vor?«
Paul stotterte etwas vom Belgischen Kongo. Als er meinen entsetzten Blick bemerkte, presste er die Lippen zusammen und bedeutete mir zu schweigen.
»Das sind noch mehr als 2.000 Kilometer, Sir. Die Straßen sind sehr schlecht. Darf ich fragen, wie Sie reisen, Sir?« Als Paul den MG ins Gespräch brachte, schaute ihn Mister Hayward einen Moment lang sprachlos an. »Sie meinen das neue Modell mit der langen Motorhaube? Wie? Sie sind mit diesem Wagen gekommen?« »Ja«, beeilte ich mich zu sagen, »weiß mit roten Streifen.« Insgeheim hoffte ich, dass dieses lächerliche Detail den Ausschlag geben würde, die Weiterfahrt zu verbieten.
»Ist es nicht ein wunderbarer Wagen«, rief Hayward voller Begeisterung aus. »Wie die Sonderausgabe einer Briefmarke. Sie wissen, dass wir hier in Lagos eine Werkstatt haben, die auch für MG zuständig ist?«
»Es ist ein Hochzeitsgeschenk«, sagte Paul strahlend. »How very, very romantic! Und nun wollen Sie in den Kongo. Viel Vergnügen! Aber wenn Sie bis hierher gekommen sind, dann kommen Sie auch in den Kongo. Danken Sie den britischen Konstrukteuren! Und vergessen Sie nicht, sich ein Durchreisevisum für Kamerun zu besorgen.«

Mister Hayward setzte eine Brille auf, nahm den Füller aus der Westentasche und schrieb mit Tinte, auf die irgendwann der Regen fiel und die deshalb kaum mehr leserlich ist: »7 days transit pass issued valid until 18th April 1958. George Hayward, Principal Immigration Officer, Lagos.«

Zugegeben, wir waren vom Glück verfolgt. Aber sieben Tage waren damals verdammt wenig, um Nigeria zu durchqueren. Wir schlugen den Atlas auf und legten uns die kürzeste Route mit den verschiedenen Etappen zurecht. 1. Tag Ibadan, 2. Tag Akure, 3. Tag Benin City, 4. Tag Onitsha, 5. Tag Enugu, 6. Tag Grenze Kamerun. Ein Tag war als Reserve vorgesehen.

Wir ließen die Mangrovensümpfe von Lagos hinter uns. Unter unzähligen kleinen Brücken gurgelten schmale Wasserläufe dem Meer zu. Mageres, ausgezehrt wirkendes Vieh stand auf Sumpfwiesen, unentwegt damit beschäftigt, sich der Fliegen zu erwehren.

Wieder hatten wir diese rote Piste vor uns, das rote launische Band, das uns jeden Tag neue Geschichten erzählte. Sie war jetzt stärker befahren und in einem schlechteren Zustand denn je. Häufig mussten wir hinter Dutzenden von kleinen, mit Menschen und Gütern überladenen Lastwagen herfahren, die mit grellen handgemalten Aufschriften versehen waren wie »Gott sieht dich« oder »Wir glauben an die United Africa Company«.

Die Märkte, bei denen wir manchmal anhielten, um uns mit Lebensmitteln einzudecken, waren ein unbekümmertes Durcheinander von Menschen, Tieren und Waren. Der Handel lag, damals wie heute, vorwiegend in Frauenhand. Bunt gekleidete mit voluminös ausladenden Hinterteilen ausgestattete Mamies saßen hinter einem Warenangebot, dessen Palette so bunt, so vielfältig, so exotisch war, dass man unwillkürlich begann, die Menschheit in zwei Gruppen zu teilen: solche, die davon aßen, die daran glaubten, und solche, die es nicht taten. Ich spreche von den bitteren roten Palm-

nüssen, der giftigen Kassava, die erst nach langem Kochen genießbar wird, von den harten grünen Platanen, dem höllischen Piri piri, dem Trockenfisch, auf dem die Fliegen ihre Eier ablegten und von vielem anderem. Ich spreche von den Dschudschu-Fetischen, den getrockneten Mäusen, den zu kleinen Ballons aufgeblasenen Vogelmägen, den Schlangenköpfen in verschiedenen Verwesungsstadien und den Schafseingeweiden.
Auf diesen Märkten waren wir in der Regel die einzigen Weißen, verloren und berauscht vom Sammelsurium fremder Eindrücke, auf der Suche nach Bekanntem, mit dem wir unseren Hunger stillen konnten. Und es fanden sich auch tatsächlich immer wieder kleine, verschmutzte Eier, Weißbrot, Ananas, Mais und natürlich Bananen. Es war auf einem dieser Märkte, dass wir zum ersten Mal von einer Mango kosteten, »Karottenersatz«, wie Monsieur Le Denmat sie genannt hatte, und sie köstlich fanden. Von nun an würde Paul bei jeder Gelegenheit Mangos kaufen statt Bananen und, nachdem er sich durch das weiche, süße Fleisch durchgearbeitet hat, stundenlang an dem flachen Kern lutschen, Lenkrad, Hände und Schoß bekleckernd.
Im Übrigen fanden wir auf diesen Märkten kaum Beachtung. Auch unterwegs, wenn wir irgendwo anhielten, stellten wir mit Erleichterung fest, dass die Menschenansammlungen, die bisher bei jedem Stopp das Auto umringt hatten, seit dem Überschreiten der Grenze zu Nigeria ausgeblieben waren. Wir konnten es uns nur damit erklären, dass die Nigerianer von den Engländern zu vornehmer Zurückhaltung erzogen worden waren und dass ihr Selbstbewusstsein es ihnen verbat, sich für Weiße zu interessieren.
Unser Zeitplan funktionierte bis zum dritten Tag und hätte vermutlich auch weiterhin funktioniert, wenn Paul nicht nachts zwischen Benin City und Agbor in einer scharfen Rechtskurve die Piste verfehlt und mit 70 Sachen in den Urwald geflogen wäre. Wir landeten mit einem harten Aufprall in einer etwa zehn Meter von der Piste entfernten Kuhle.

Holz splitterte, Wasser tropfte von den Zweigen. Nach einer ersten Schreckminute, in der wir uns nach Verletzungen abtasteten und gottlob keine fanden, sagte Paul: »So, mein Schatz, jetzt ist das passiert, was du dir immer gewünscht hast: Unsere Reise ist zu Ende.« Um uns herum, von den noch funktionierenden Scheinwerfern beleuchtet, Baumstämme, Lianen, fremdes grünes Allerlei.
Dass der Motor noch lief, war beruhigend, nützte aber wenig. Wir saßen fest wie in einer großen, mit Pflanzen ausgekleideten Badewanne. Gefühlsmäßig schwankte ich zwischen der Genugtuung, dass Paul endlich die verdiente Strafe für seine Raserei bekommen hatte, und der Sorge, wie es nun weitergehen würde.
Paul redete sich damit heraus, er habe nicht ahnen können, dass eine Piste, die endlos gerade verlief, plötzlich eine Kurve machte. Auf jeden Fall träfe nicht ihn die Schuld, sondern diese verdammten englischen Straßenbauer. Irgendwann in den frühen Morgenstunden kam ein Afrikaner des Weges, der Hilfe holte, zwölf Männer aus dem Busch, die den MG hochhoben und wieder auf die Piste setzten, wo er weiterfuhr, als sei nichts geschehen. Seine britischen Konstrukteure hatten ihm als Ausgleich für die anfällige Benzinpumpe eine robuste Karosserie geschmiedet.
Die zweite Verzögerung trat ein, als wir auf einer mehrere hundert Meter langen Straßenbaustelle, in die Paul sich ohne zu zögern hineinbegeben hatte, im Schlamm stecken blieben. Es gab ja so gut wie keine Asphaltstraßen, und es kann sich bei dieser Straßenausbesserung nur um eine Art Umpflügen der bereits bestehenden Piste gehandelt haben. Dementsprechend sehen die Fotos aus: Der MG, bis zu den Türen im gelben Erdreich steckend, vor sich wie einen gelben, im Fließen erstarrten Fluss die Piste. Ich am Steuer, während eine Handvoll Afrikaner das Gefährt zu schieben versuchen. Ein Schaufelbagger muss vor dem Wagen die Erdmassen wegschieben. Der MG wird an einem langen Drahtseil von einer Raupe aus dem Dreck gezogen.

Die dritte Verzögerung entstand dadurch, dass Paul aus Versehen einen großen Stein streifte, worauf das rechte Vorderrad zu eiern begann. Wir befürchteten eine längere Unterbrechung der Reise. Viele Kilometer mussten wir mit einem eiernden Rad im Schritttempo fahren, bis wir auf Europäer stießen, die alles Nötige dabei hatten, den Wagen aufzubocken und nach dem Rechten zu sehen. Der Spurstangenhebel war verbogen wie ein Krummdolch. Wieder einmal erwies sich die einfache Konstruktion als segensreich. Der Hebel wurde geradegeschmiedet und wieder eingebaut.
Die vierte Verzögerung dauerte eine Stunde lang. Am Markt von Abakaliki gab es auch eine Zapfstelle für Benzin. Während das Benzin langsam per Handbetrieb in den Tank gepumpt wurde, nahm Paul dankbar das Angebot an, den Reifendruck zu überprüfen. Ein kleiner Motor wurde angelassen und die Luft aufgefüllt. Er war höchst erstaunt, als sich herausstellte, dass dies keineswegs als kostenloser Service gedacht war. Offenbar handelte es sich um ein kleines selbständiges Sub-Unternehmen.
Der Preis ärgerte Paul auch deshalb, weil er in Lagos eine nicht gerade billige Handpumpe gekauft hatte. Entsprechend ungehalten wies er die Forderung ab, worauf sich sein Kontrahent lautstark beschwerte und sich im Nu ein Kreis von unbeteiligt-beteiligten Zuhörern bildete. Die Situation schien bedrohlich zu werden. Der englische Wortwechsel wurde in eine Vielzahl von Stammessprachen übersetzt und die Menge nahm deutlich Partei gegen den Weißen, der sich offenbar im alten Kolonialstil weigerte, eine berechtigte Forderung zu begleichen. Um sich vor dem Zorn der Menge zu retten, zog Paul eine seiner Shows ab.
Es handele sich hier doch um den Erwerb einer Ware, über deren Preis man sich nicht einig werden könne, nämlich Luft. Oder? Er schaute sich fragend um und alle gaben ihm Recht. Was macht man, wenn man sich nicht einig wird? Man gibt die Ware zurück! Er ergriff die Handpumpe, schwenkte sie in der Luft herum und sagte, der Mann solle die Luft wieder

zurücknehmen, einfach aus dem Reifen rauslassen. »Es sei denn«, er stemmte die Pumpe triumphierend in die Höhe, »er ist mit dem zufrieden, was ich ihm dafür bezahle, dass ich nicht selbst pumpen muss.«
Seine Argumentation führte zu kleinen Lachkaskaden der Zustimmung. Es war nicht ganz klar, ob den Leuten die Logik der Argumentation oder ihr Unterhaltungswert gefiel. Jedenfalls willigte auch der Luftverkäufer mit einem schmatzenden Lachen in den Handel ein. Zufrieden nahm er einen Betrag entgegen, der nur noch symbolischen Charakter hatte. Man schied als Freunde. Die Lehrzeit in der afrikanischen Palaverschule war erfolgreich abgeschlossen.

Mit Sorge näherten wir uns der Grenze Kameruns. Wir hatten um einen Tag überzogen, aus den sieben genehmigten Tagen waren acht geworden. Was war, wenn die Grenzbeamten ebenso strikt und arrogant waren wie bei der Einreise? Die Luft wurde klarer und womöglich würden wir diese freie Luft länger genießen dürfen. Eventuell in einem Gefängnis, oder wir hätten eine Strafe zu zahlen. Es gab in dieser entlegenen Gegend sicher keinen Europäer mehr, der uns aus der Patsche helfen würde.
Der Grenzübergang hieß Santa und war durch ein weiß gestrichenes Tor markiert, neben dem ein neu eingekleideter afrikanischer Posten stand. Paul schärfte mir ein, diesen sofort in ein Gespräch zu verwickeln und ihm dumme Fragen zu stellen, womit ich ja bekanntlich keine Schwierigkeiten hätte.
Wir wurden in eine kleine Hütte geführt, in der es nach herzlich wenig Arbeit aussah. Tatsächlich war es einer der am wenigsten benutzten Grenzübergänge der Kolonie. Ich fragte sofort, wie weit es noch bis in den Kongo sei, aber der Beamte hatte noch nie vom Kongo gehört. Während er mir die Antwort schuldig blieb, blätterte er ausgiebig in den beiden Pässen. Paul schob sofort die Frage nach, wie die Pisten auf der anderen Seite der Grenze beschaffen seien. Der Schwarze

ließ sich nicht ablenken. Er blätterte eine Seite nach der anderen um und schien alle Eintragungen auf ihre Richtigkeit hin zu überprüfen. Aber er hielt den Pass verkehrt herum. Als er einen Stempel nahm – außer einem Tisch und einem Stuhl der einzige Gegenstand in der Hütte –, griff Paul blitzschnell ein, drehte den Pass herum und zeigte, wohin der Stempel gehörte. So kommt es, dass die Eintragung »H.M. Customs & Excise Santa 19.4.1958« doch noch an richtiger Stelle zu finden ist.

Bafoussam, Dschang, Bafang. Warum müssen wir ewig weiterfahren? Hier gefällt es mir. Warum diese Eile? Können wir nicht irgendwo bleiben? Wir sind beinahe am unteren Ende der Michelin-Karte angekommen. Bald werden wir eine neue Karte kaufen müssen. Wo ist der Kongo? Ich habe einiges auf dieser Reise verloren. Das Nachthemd, mein Parfum, den Waschlappen, das Halstuch und am Ende noch ein silbernes Kettchen mit einem fächerförmigen Anhänger von Tante Erni, auf dem stand: Er liebt mich, von Herzen, mit Schmerzen, ein wenig oder gar nicht.
Fast alles, was mich an mein früheres Leben erinnert, ist auf der Strecke geblieben, ist eingetauscht gegen das Abenteuer, die Ungewissheit. Ich sehne mich nach Ruhe und Sicherheit.

Die Gegend bot sich zum Verweilen an. Die Nächte waren kühl, die Tage nicht zu heiß. Die hügelige grüne Landschaft unter dem selten wolkenlosen Himmel erinnerte uns an die Heimat.
Von Zeit zu Zeit hielt Paul an und erkundigte sich bei Einheimischen, ob irgendjemand in der Gegend noch Deutsch spräche. Aber die Leute schüttelten nur den Kopf. Der Erste Weltkrieg, in dem Deutschland seine Kolonien verloren hatte, lag 40 Jahre zurück, und die Menschen, die damals die Deutschen bewusst erlebt und Deutsch gelernt hatten, mussten jetzt 60 Jahre und älter sein. Aber 60 war für Afrikaner ein selten erreichtes Alter.

Dafür gab es noch Bauten aus der deutschen Kolonialzeit – stabile Ziegelgebäude mit Satteldächern, Erkern und Terrassen. Wie immer hatten die Deutschen für die Ewigkeit gebaut und ihre Vorstellungen von Romantik, gepaart mit Demonstrationen der Macht, fernab der Heimat zu verwirklichen gesucht. Die Landschaft forderte diesen Baustil geradezu heraus, denn sie glich in ihrer grünen Sanftheit, mit ihren abgeflachten Kuppen und den tiefen Tälern einer deutschen Mittelgebirgslandschaft.
Kamerun, von den Kolonialmächten wie ein Keil aus dem großen Kuchen Afrika geschnitten, ist eines der ältesten Missionsgebiete Afrikas. Das wusste Paul noch aus der Schule. Bereits Mitte des letzten Jahrhunderts hatte sich die Londoner Baptistenmission in Douala angesiedelt, gefolgt von der evangelischen Mission, den Presbyterianern und dem katholischen Orden der Pallotiner. Ein großer Teil des Erziehungs- und Gesundheitswesens lag in ihren Händen. Innerhalb der einem Europäer unwirtlich erscheinenden Welt Afrikas waren diese Missionsstationen Orte der Geborgenheit, der Stille und der Zuverlässigkeit.
Ich weiß nicht, ob es damals üblich war, dass Reisende die Gastfreundschaft dieser Missionen in Anspruch nahmen. Paul jedenfalls tat es. Er klopfte mit jugendlicher Unbekümmertheit nacheinander an die Pforten der Väter vom Sacré Cœur de St. Quentin, der Bruderschaft des Vaters Foucauld und der Oblaten und fand, obwohl protestantischen Glaubens, Aufnahme. Es gab weiß bezogene, klösterlich schmale Betten und zum Frühstück wunderbarerweise Baguette mit Butter und Confitüre und einen Café au lait. Dafür mussten wir erzählen, woher wir kamen und wohin wir fuhren. Noch immer hatten wir den Bonus der Jugend, der man einiges nachsieht. Zum Abschied malten uns die Väter mit dem Daumen ein Kreuz auf die Stirn.

Die Missionsstationen nahmen zu, je weiter wir in den Süden vordrangen, wie auch die Besiedlung allmählich zunahm.

In Nkongsamba erfuhren wir von einer etwas außerhalb gelegenen Station der Evangelischen Missionsgesellschaft Paris namens Ndunge. Der Name gefiel uns, er machte uns neugierig und wir beschlossen, dort nach Arbeit zu fragen.
Der Weg nach Ndunge führte auf einem extrem schlechten Fahrweg, der mehr den Charakter eines viel begangenen Bergpfades hatte, über das Bahngleis der noch von den Deutschen erbauten Strecke Nkongsamba – Douala hügelaufwärts. Bereits beim ersten Überqueren wurde deutlich, dass das neben den Gleisen befindliche, durch Auswaschung entstandene große Schlagloch den Fahrten nach Nkongsamba, so wir denn in Ndunge bleiben wollten, hinderlich sein würde. Tatsächlich wurde in den sechs Wochen, die wir in Ndunge waren, dieses Loch durch weitere Regenfälle so groß, dass wir, um über die Schienen zu kommen, manchmal warten mussten, bis genügend Afrikaner zur Stelle waren, um den Wagen darüberzuheben.
Auf einem Schwarzweißfoto zeigt sich die kleine Missionsstation von Ndunge unter einem dunklen Himmel, dessen tief liegende Wolken den lang gestreckten Berg im Hintergrund fast verdecken. Am Morgen kamen fast regelmäßig kurze Regengüsse und es sah immer so aus, als würde der Tag so grau und verhangen bleiben, aber bereits gegen neun Uhr brach die Sonne durch.
Dieser morgendliche Regen glich einem Zeremoniell, einer Waschung, die das Land von den Schatten der Nacht befreite. Zugleich mit der Sonne erwachten die Düfte – der kräftige Geruch gesättigter Erde und der betäubende Geruch fremder Pflanzen, von denen das hüfthohe Elefantengras die weitaus größte Fläche bedeckte. Myriaden von Insekten erhoben ihre Stimmen zu einem einmütigen Zirpen und Kreischen, das erst beim nächsten Regenguss wieder ein Ende finden würde.
Die ebenerdigen, weiß gestrichenen Häuser mit ihren grauen Wellblechdächern standen verstreut im Gelände. Als wir beim ersten anhielten und nach dem Leiter fragten, verwies man uns an Monsieur Hermann am anderen Ende des Weges.

Unsere Ankunft vor der Schreinerei von Monsieur Hermann, in der die schwarzen Lehrlinge an ihren Hobelbänken standen, erregte großes Aufsehen. Die Schreiner ließen alles liegen und umringten den Wagen. Angesichts der Abgerissenheit seiner Besucher in diesem in den Augen eines Missionars alles andere als seriösen Wagen – Deutsche noch dazu! – dürfte Monsieur Hermann die Antwort auf die Frage, ob er für uns Arbeit habe, nicht leicht gefallen sein. Andererseits konnte er evangelischen Glaubensbrüdern nicht gut die Tür weisen. Welches Metier wir denn beherrschten, wollte er wissen. Wir sagten, dass wir keine Handwerker seien, aber alle Art von niederer Arbeit annehmen würden.
Nach einer Stunde hatten wir ein kleines Haus für uns und eine Arbeit in der Druckerei. Vielleicht hat bei der Entscheidung die Neugier auf die neuen Gäste eine Rolle gespielt. Schließlich kam es nicht alle Tage vor, dass Europäer hereinschneiten. Immerhin erhielten wir aufgrund dieser Arbeit ein zweimonatiges Visum für Kamerun. Es war eine neue Erfahrung für uns, dass wir auf einer Behörde nicht weitergeschickt wurden.
Das Haus, eigentlich nur ein Häuschen mit zwei Zimmern, Küche und Bad, war schon längere Zeit leer gestanden. Um zur Haustür zu gelangen, musste erst eine Schneise durch ein Feld von Elefantengras geschnitten werden. Man gab uns zu verstehen, dass wir uns vor Schlangen in Acht nehmen sollten. »Endlich ein Haus! Das war es doch immer, was du wolltest, mein Schatz. Sag jetzt bitte nichts über dieses Haus!«
Der Boden bestand aus nacktem Beton, auf dem sich der Unrat eines verlassenen Hauses breit gemacht hatte. Die Wände waren grob verputzt, Türen und Fenster aus rohem Holz. Eine kleine Karawane von Einheimischen brachte Mobiliar aus dem Hospital: ein Bettgestell, Matratzen, einen Tisch mit zwei Stühlen. Es gab sogar einen aus Ziegeln gemauerten Kamin für kalte Abende. Das Bad bestand nur aus einer Dusche nach dem alten Reganne-Prinzip, einem von der Decke hängenden Blecheimer mit Strippe. Das Klo befand sich im Hin-

terhof, aber seine Tür hing aus den Angeln. Zwischen dem primitiven, nicht mehr funktionierenden Spülkasten und der Decke hatten Vögel Nester gebaut und ihre Jungen großgezogen. Ein breiter Saum von Tierkot zog sich die Wand entlang. Wir richteten uns ein, so gut es ging. Die beiden Ledersitze aus dem MG, eine karierte Decke über einer Matratze und eine Holzkiste dienten als Sitzgarnitur. Die Küche bestand aus einem alten Elektroherd und einer Spüle, deren Abfluss durch ein Loch in der Wand direkt in den Garten führte.
Es stellte sich bald heraus, dass das Kochen auf diesem Herd eine intime Kenntnis der Kochgewohnheiten der sechs Missionsfrauen Hermann, Cabrol, Mérillet, Arnera, Chassac und de Pury voraussetzte. Diese hatten sich, um den von einem Generator erzeugten spärlichen Strom gerecht untereinander aufzuteilen und ein Garwerden der Speisen zu erreichen, abgesprochen, dass Mérillet und de Pury ihre Mahlzeiten von 10 bis 11 zubereiteten, Chassac und Hermann von 11 bis 12, während sich Cabrol und Hermann, deren Männer erst später von der Arbeit zurückkehrten, mit dem letzten Platz beschieden. Nach Einbruch der Dunkelheit war das Kochen nicht gern gesehen, weil jeder, der seinen Herd benutzte, die Station abrupt in Dämmerlicht tauchte. Das Problem mit uns neu Hinzugekommenen wurde dadurch gelöst, dass sich die Familien Mérillet und Cabrol anboten, uns abwechselnd zum Mittagstisch zu bitten.
Bisher hatte es auf dieser Reise keine gemeinsame Lösung gegeben. Meistens war Paul für etwas gewesen und ich dagegen, aber immer hatte er sich durchgesetzt und ich mich unter Murren, und weil mir gar nichts anderes übrig blieb, gefügt. Nach und nach hatte ich jedoch ein Gefühl dafür bekommen, was in Afrika zu den vernünftigen Lösungen zählt. Ndunge erschien mir vernünftig. Ich wollte bleiben. Auch Paul hatte von der Herumfahrerei die Nase voll. Immer die gleichen roten Straßen mit ihren barfüßigen Wanderern, immer die gleichen vorüberziehenden Bilder. Das Exotische war zur Normalität geworden.

Um halb sieben Uhr morgens vernahm man das dünne Stimmchen der Kirchenglocke von Ndunge. Sie erinnerte die Menschen an die Pflicht des Aufstehens. Denn die Missionare waren nicht nur Verkünder von Gottes Wort, sondern sie waren auch davon überzeugt, dass eine gute Ausbildung den Afrikanern helfen würde, besser zu arbeiten und besser zu leben. Und zu einer guten Ausbildung gehörte die Pünktlichkeit.

Wir, die wir an ein Leben ohne Uhr gewöhnt waren, hoben das Moskitonetz und verließen schlaftrunken unser zerwühltes Lager. Wir wuschen uns mit dem lauen, braunen Wasser aus der Zisterne und tranken in Eile eine Tasse Tee. Um sieben Uhr betraten wir die Druckerei, einen lang gestreckten, barackenähnlichen Bau, in dem Monsieur Mérillet die Aufsicht führte.

Die Druckerei versorgte hauptsächlich die Schulen der Umgebung mit Schulheften, liniert und kariert. Aber ihre alten, vom Mutterland gespendeten Maschinen druckten auch eine kleine Broschüre, »Femmes Camerounaises«, mit einem glänzenden, vierfarbigen Titelblatt, welches leider abfärbte und sich nach ein paar Wochen geradezu auflöste.

Wir saßen an einem langen Tisch, zusammen mit unseren schwarzen Kollegen, und hatten die weißen Blätter für die Schulhefte in der Mitte zu falten, um sie anschließend mit einem Lineal zu glätten, damit sie in einer anderen Abteilung von Hand gebunden werden konnten. Berge von Papier lagen vor uns.

Mein Patent, auf das ich nach einer kurzen Zeit der Eingewöhnung kam und das mir den Rekord von 377 Bögen in zehn Minuten einbrachte, bestand darin, immer drei Bögen auf einmal zu falten. Paul übernahm schnell die neue Technik, mehr noch, er weitete sie schamlos aus. Drei Bögen waren ihm bald nicht mehr genug. Er steigerte die Menge auf sechs, zehn und schließlich auf zwanzig, unbekümmert das schlechtere Ergebnis in Kauf nehmend.
Es war das erste Mal, dass wir länger mit Afrikanern zusammen waren. Emanuel Dikoumé, Paul Toko Mabom, Théodard Toukam und Majo Mgatat gehörten zum Stamm der Bamiléké, einem fröhlichen, wachen und früh missionierten Volk. Sie hatten uns eine langjährige Berufserfahrung voraus. Obwohl uns der Status von Lehrlingen zugestanden hätte, genossen wir die Narrenfreiheit wilder Erfinder, und das einzig und allein aufgrund unserer Hautfarbe. Niemand hätte es gewagt, Pauls schlecht gefaltete Blätter zu bemängeln. Im Gegenteil. Wenn er die Werkstatt betrat, ging ein Strahlen über die Gesichter. Er sprach nicht das abgehobene Französisch der Kolonialisten, sondern ihr Französisch. Sie hatten sein Haus gesehen, es gab dort nicht viel: eine Matratze, Tisch, Stuhl, Teekanne. In ihren Augen war er ein armer Mann. Nicht einmal eine Armbanduhr hatte er. Aber wenn er etwas erklärte, dann leuchtete es ihnen ein.
Gemessen an dem Aufsehen, das Paul erregte, hielt sich die Beachtung, die ich fand, in Grenzen. Ich war die einzige Frau in der Druckerei und ungewollt, wie von selbst, war ich in die Rolle geglitten, die einer afrikanischen Frau zustand. An den Männergesprächen hatte ich kaum Anteil. Weiße Frauen waren für Afrikaner tabu. Es gab weder aufdringliche Blicke noch anzügliche Bemerkungen. Einmal, als Majo hinter mir stand und mir beim Arbeiten zuschaute, ließ ich aus Versehen einen ganzen Stapel Blätter fallen. Ich sagte spaßeshalber, das käme nur, weil er mich so verwirrt habe. Aber Majo schien weder die Anspielung noch meinen koketten Augenaufschlag zu verstehen. Er sagte »Merci, Madame« und ging weiter.

Nach einer Woche druckte Paul mit Hilfe von Emanuel Dikoumé ein paar Bogen Briefpapier und schrieb seinem Freund Klaus, unserem Trauzeugen, einen ersten Brief nach Deutschland.

Ndunge, ehemalig Deutsch Kamerun
Lieber Klaus, du siehst, man hat sich installiert. In der Freude über das Briefpapier mögen Psychoanalytiker den homo ludens erkennen. Nun weißt du also, wo wir sind. Es wird für dich unangenehm sein, den Leuten sagen zu müssen, dass ich nicht will, dass man weiß, wo ich bin. Muss ich zurückkommen? Ist in der Familie etwas passiert? Am besten ist vielleicht, wenn ich einen kleinen Telegramm-Code ausarbeite.
Krankheit in der Familie UN (dazu den Namen)
Tod in der Familie DEUX (dazu den Namen)
Die Bavaria-Film verlangt mich TROIS (dazu das Datum)
Eine andere Filmgesellschaft verlangt mich QUATRE (dazu das Datum)
Wir sind hier in einer aufrührerischen Gegend. Die Bassa haben Brücken in die Luft gesprengt. Jetzt ist die Straße bis Yaoundé von französischem Militär abgesichert.

Die Missionsstation blieb von diesen Ereignissen unberührt. In den grünen Tälern, die sich zu ihren Füßen hinzogen wie Altarstufen, hinunter bis zur Insel Fernando Po, die an klaren Tagen sichtbar wurde, schienen alle Unruhen dieser Welt zu versickern. Ndunge war ein Mikrokosmos, eine Welt für sich, und wenn jemand sich mit dem Pidgin-Satz »me go for chop Nkong« auf den Weg nach Nkongsamba machte, dann entfernte er sich zwar aus dem heimeligen Schoß der Station, konnte sich aber immer noch in Sicherheit wiegen. Die Unruhen waren weit weg und fanden höchstens bei Tisch Erwähnung.
Die Mérillets hatten drei Kinder. Mindestens die Hälfte der Tischgespräche widmete sich der Befriedung des dreijährigen

Bruno, der ein kleiner bockiger Teufel war und nicht essen wollte. Dabei war gegen Madame Mérillets Küche nichts einzuwenden. Die Speisenfolge entsprach der eines gut bürgerlichen französischen Haushalts, wenngleich der örtliche Markt Beschränkungen auferlegte. Das Fleisch stammte von zähen kleinen Rindern, die der Tsetsefliege entkommen waren, oder von Zwergziegen. Es schmeckte würziger als europäisches Fleisch, war aber nicht jedermanns Sache. Den Stockfisch weichte der Küchenboy in Wasser ein und krönte ihn mit einer Haube selbstgemachter Majonnaise aus dem blassen Dotter eines einheimischen Hühnereis. Es gab Coque au Vin mit einem Püree aus Bataten, Quiche Lorraine, Käsesoufflé oder Pot au feu.
Bei einigen dieser Gerichte führte der kulinarische Ehrgeiz von Madame Mérillet einen erbitterten Kampf gegen die eigenwillige Konsistenz und den exotischen Geschmack einheimischer Produkte. Es gab täglich frisches Gemüse, das die Hausfrau an der Tür gekauft hatte, hauptsächlich Karotten, Bohnen, Zwiebeln und Kohl. Worauf die Familie nie verzichtete, war das Glas Rotwein. Sogar die Kinder bekamen einen Spritzer davon in ihr filtriertes Wasser.
Wir waren uns bewusst, dass diese fetten Zeiten nicht anhalten würden. Also aßen wir auf Vorrat, egal wie zäh das Fleisch war, wie ranzig die gesalzene Butter schmeckte. Und während Madame Mérillets Blick auf uns wie auf zwei verlorenen und wiedergefundenen Kindern ruhte, sandten wir ein Dankgebet zum Himmel, der es so gut mit uns meinte. Denn davon waren wir überzeugt: die grünen Hügel von Ndunge waren nichts anderes als der Tisch, den uns die Vorsehung bereitet hatte.
Und bei einem dieser von vielen »Halten Sie sich gerade, Michel!« und »Machen Sie beim Essen den Mund zu, Marie-France!« unterbrochenen Mittagessen konnte es vorkommen, dass Monsieur Mérillet sagte: »Haben Sie gehört? Bei Yabassi haben sie schon wieder eine Brücke in die Luft gesprengt.« »Wer?«, fragte ich. »Die Bassa. Sie können keine Ruhe geben.

Keiner weiß so recht, was sie eigentlich wollen. Es geht ihnen gut.« Paul sagte: »Der Mensch lebt nicht vom Brot allein.« »Sicherlich, jeder von ihnen will mindestens zehn Frauen heiraten. Nein, aber im Ernst! War nicht Frankreich über Jahrhunderte eine römische Kolonie? Wenn man eine Entwicklung zu schnell vorantreibt, werden die Ergebnisse oberflächlich und brüchig. Und in den Bruchstellen nistet sich der Spaltpilz des Kommunismus ein.«
»Aber ist es nicht auch eine Frage der Gerechtigkeit?«, warf ich beherzt ein. »Wenn Sie das neue Testament aufmerksam lesen, wo sehen Sie sich dann?« »Die Welt war nicht perfekt und wird nicht perfekt sein bis zum Jüngsten Tag«, antwortete Mérillet ein wenig ungehalten.
»Glauben Sie, dass Ihre Arbeit hier erfolgreich ist?«, wollte Paul wissen. »Letztlich interessiert mich nicht der Erfolg meiner Arbeit, aber ich glaube daran, dass Gott die Welt liebt. Deswegen arbeite ich hier.« Mit diesen Worten hob Mérillet die Tafel auf.

Wir hatten uns schon lange nicht mehr gestritten. Ich hatte mich mit den autoritären Entscheidungen meines Mannes angefreundet, zumindest hatte es den Anschein, so wie sich die Afrikaner mit den Franzosen abgefunden hatten. Dieser Vergleich ging mir manchmal durch den Sinn. Ich fühlte mich nach allen Regeln der Kunst kolonialisiert. Tief in meinem Inneren gab es noch vereinzeltes Wetterleuchten, aber meine Wut reichte nicht an die der Schwarzen heran, die ganze Brücken in die Luft sprengten.
Das Leben in Ndunge hatte einen besänftigenden Einfluss auf meine Wünsche, dass alles doch anders sein möge. Wenigstens hatte ich ein Dach überm Kopf und brauchte nicht mehr im Wagen zu schlafen. Es herrschte ein Klima der Brüderlichkeit, das zum Mitmachen verpflichtete. Und wahrscheinlich gab es nirgendwo auf der Welt einen Ort, an dem man einen Dienstboten für nur 25 Pfennige am Tag bekam. Der zwölfjährige Pierre hielt unser kleines Haus in Ordnung

und brachte uns jeden Tag Orangen aus dem Garten seiner Mutter.
Die Normalität der Tage erinnerte Paul daran, dass er dabei war, ein ganzes Semester zu versäumen. Was konnte er tun, um sein schlechtes Gewissen zu beruhigen? Was wäre für sein Studium von Nutzen? Das fröhliche Chaos, das in seinem Kopf herrschte, versammelte sich und gebar einen »Fragebogen zur Erforschung der öffentlichen Meinung in Afrika«, von dem es noch ein vergilbtes Blatt gibt.
Obwohl in Ndunge ein Geist der Brüderlichkeit gepredigt wurde, lebten Schwarze und Weiße in zwei verschiedenen Welten. Kein Schwarzer wurde schlecht behandelt oder auch nur gedemütigt, und doch gab es die große Kluft der Kulturen, der Herkunft und der Bildung.
Das war immer so gewesen, jeder Schwarze war mit diesem Gefühl der Minderwertigkeit aufgewachsen, so wie jeder Weiße sich dessen bewusst war, zu denen zu gehören, die wussten, wo es lang ging.
Pauls Fragebogen zielte darauf ab, eine repräsentative Meinung zu erhalten, vielleicht auch um die Franzosen ihrer Vorurteile zu überführen. Er stellte Fragen wie: »Glauben Sie, dass die französische Kolonialpolitik gerecht ist?« oder »Sie haben hier zehn afrikanische Angestellte. Wie viele europäische Angestellte bräuchten Sie für die gleiche Arbeit?« oder »Welche Regierungsform würden sich die Kameruner im Falle einer Unabhängigkeit geben? Demokratie? Diktatur? Zentrale Monarchie? Stammesregierungen?«
Anlässlich einer Fahrt nach Nkongsamba begannen wir mit unserer Befragung. Der Aktion war begreiflicherweise kein langes Leben beschieden. Bereits nach zwei Tagen erhielten wir eine Vorladung zur Kommandantur. Pauls Ausführungen zum wissenschaftlichen Charakter seiner Arbeit änderten nichts an der strikten Ermahnung, solche nicht genehmigten Recherchen zu unterlassen. Der junge französische Beamte gab nicht zu erkennen, ob er einer imaginären Gefahr vorbeugen wollte, seine Anweisungen waren entschieden.

Paul, der sich schon darauf gefreut hatte, zu Hause mit Aufsehen erregenden empirischen Daten aufzuwarten, war enttäuscht, während ich, die bei der Aktion von Anfang an kein gutes Gefühl hatte, aufatmete.

Nach drei Wochen Arbeit in der Druckerei war das Produktionssoll für die Hefte des kommenden Schuljahrs erfüllt, und Mérillet sagte, er habe für uns keine Arbeit mehr. Vielleicht war er aber nur besorgt, dass das Betriebsklima durch Pauls Verspieltheit außer Kontrolle geraten könnte. Wir wechselten unseren Arbeitsplatz und damit auch den Mittagstisch.

Madame Cabrol war die schlechtere Köchin, was aber wahrscheinlich nur mit ihrer Kurzsichtigkeit zusammenhing. Am Tisch der Cabrols ging es ungezwungen zu. Jedermann duzte sich, niemand musste zum Essen überredet werden. Tischtücher wurden bekleckert, Weingläser kippten, Besteck fiel klirrend zu Boden. Alle Cabrols trugen Brillen mit extrem dicken Gläsern.

Mit dem Doktor, der nicht nur wie Sartre aussah, sondern auch gerne philosophierte, führte Paul am Abend stundenlange Gespräche über den Existenzialismus. Eine Philosophie, die sich eines Kostüms bediene, sei nicht viel wert, meinte Cabrol. Paul hingegen schwärmte vom Lidstrich Juliette Grécos und ihrem schwarzen Rollkragenpulli. Meistens fanden die Gespräche dadurch ein Ende, dass Cabrol in seinem Sessel vor Erschöpfung einschlief.

Sein Krankenhausalltag begann bereits frühmorgens mit einer Reihe von Operationen, für die er sich erst durch die Praxis hatte qualifizieren müssen. Denn von seiner Ausbildung her war er Internist, Spezialist für Diabetes, den es hier so gut wie nicht gab. Das meiste, was er in Frankreich gelernt hatte, konnte er in Afrika wieder vergessen, so sagte er jedenfalls.

Die Arbeit, die Cabrol für mich hatte, bestand im Abtippen eines handgeschriebenen zwanzigseitigen medizinischen Artikels für ein französisches Ärzteblatt. In mühsamer Arbeit, mit Blaupapier zwischen drei Kopien und Radiergummi, lernte ich alles über den »pseudo-rhumatisme filarien«, jene

Krankheit, die er bei seiner Frau und manchen Patienten entdeckt zu haben glaubte.
Die Symptome glichen denen eines klassischen Rheumatismus, und doch lag die Ursache seiner Ansicht nach in einer Infektion durch Filarien, jene weißen Würmer, die sich nach dem Stich bestimmter Mückenarten im menschlichen Blut entwickeln. Die Folge war eine Entzündung und Erweiterung der Lymphgefäße, im schlimmsten Fall eine Elefantiasis.
Als ich mit dem Artikel fertig war, fragte ich ihn, ob es nicht im Krankenhaus Arbeit für mich gebe. »Natürlich gibt es Arbeit. Sie können die Möbel in der Entbindungsstation anstreichen, sie sind in einem desolaten Zustand.«
Auch Paul war inzwischen bei der Malerei gelandet. Wenn Cabrol dachte, dass er in diesem Metier am wenigsten anstellen könne, dann hatte er sich getäuscht. Paul malte auf seine eigensinnige Weise Verkehrsschilder, die weder der Straßenverkehrsordnung von Kamerun noch der irgendeines anderen Landes dieser Welt entsprachen. Auf den Fotos ist alles festgehalten.
Er sägte runde Platten aus Holz aus, malte sie weiß an und umgab sie mit einem roten Rand. Dann setzte er ein riesiges schwarzes P in die Mitte und schrieb darunter »Autorisée«. Ich sagte, das P allein berechtige zum Parken, er hätte sich das Wort Autorisée sparen können. Außerdem sei das e hinter dem »accent aigu« falsch. Unbeirrt malte Paul ein zweites Schild, auf dem er das P durchstrich und darunter schrieb »Ne pas autorisée«. Diese Schilder zierten die Vorderfront des Krankenhauses und zwangen die wenigen Autos, die sich nach Ndunge verirrten, zu eiserner Parkdisziplin.
Währenddessen kauerte ich auf dem Zementboden der Entbindungsstation und schmirgelte die rostigen, blutverspritzten Oberflächen von fahrbaren Liegen, Arzneimittelschränken und Bettgestellen ab. Es handelte sich um altes, vom Mutterland gespendetes Mobiliar. Ab und zu warf ich einen scheuen Blick nach oben, sah halbnackte Frauen mit ungeheuren Bäuchen, hörte das fröhliche Geplauder der schwar-

zen Geburtshelfer mit den schwarzen Krankenschwestern, untermalt von Instrumentengeklirr und dem Wimmern der schwarzen Wöchnerinnen.
Erst am zweiten Tag wagte ich richtig hinzuschauen. Fast immer waren alle vier Liegen im Saal besetzt. Die meisten Frauen kamen direkt aus dem Busch. Sie nahmen nicht selten lange Märsche in Kauf, um sich dieser Entbindungsstation anzuvertrauen. Manche von ihnen, vor allem die Erstgebärenden, lagen stundenlang auf dem Rücken, bevor sie entbunden werden konnten, aber es kam auch vor, dass Frauen, kaum dass sie die Schwelle überschritten hatten, das Fruchtwasser verloren und gerade noch rechtzeitig eine der Liegen besteigen konnten, wo das Kind wie eine überreife Frucht aus ihnen hervorquoll.
Mit der Zeit widmete ich dem, was sich auf den Liegen tat, immer mehr Aufmerksamkeit. Auch das Personal behandelte mich – mein weißer Malkittel wurde zum Ärztekittel – als eine der Ihrigen. Sie reichten mir das hölzerne Stethoskop und ließen mich die Herztöne der ungeborenen Kinder hören, die ungeduldig an die Bauchdecken stießen.
Ein mühsamer Kampf begann zwischen den Kindern und diesen engen Kanälen, die sich nur zaghaft und unter Schmerzen öffneten, so als wollten die Frauen ihren Nachkommen den Wechsel aus der behüteten Welt ihrer Bäuche in die Unberechenbarkeiten des Lebens so lange wie möglich ersparen. Die Geburtshelfer versuchten, den Fortgang zu beschleunigen, indem sie die Gebärenden am Bauch kitzelten. Sie schoben ihre behandschuhten Finger in die Scheiden, um die Lage der Feten zu kontrollieren.
Es entsprach dem Stand der Wissenschaft und war sicher auch notwendig, und doch hatte diese Prozedur demütigenden Charakter – die Frauen so ausgeliefert und die Männer so aktiv, so voyeuristisch! Aus den Höhlen, aus denen das neue Leben erwartet wurde und auf die alle wie gebannt starrten, rannen dünne Fäden von Schleim und Blut, seltsam hell und lebendig auf der dunklen Haut.

»Pousse, pousse!«, riefen die Hebammen und drückten von oben gegen die Bäuche. Beim Pressen hatten die Frauen ihre Körperöffnungen oft nicht mehr unter Kontrolle, Tränen standen in ihren Augen, Urin ging ab, manchmal Kot, und immer wieder Blut. Wenn das verklebte Kopfhaar des Kindes sichtbar wurde, griffen die Geburtshelfer zur Schere und vergrößerten mit einem entschiedenen Schnitt die viel zu kleine Öffnung, bei der es nie ein Durchkommen gegeben hätte, es sei denn, sie wäre zerrissen. Das geschah häufig.

Oft pendelte ich zwischen meinen Möbeln und den Wöchnerinnen hin und her. Ich grundierte mit weißer Farbe und strich dann alles hellgrau. Aber das Personal, unerfahren in der Handhabung frisch gestrichener Möbel, legte, ehe ich es verhindern konnte, Wachstücher über die Tische, die sofort festklebten. Ich hatte das Gefühl, dass alle Arbeit umsonst gewesen war. Neben mir kamen die Kinder zur Welt, und die kreisrunden Öffnungen zu den braunen Bäuchen der Frauen erschienen mir wie Öffnungen zum Inneren des Kontinents, aus dem unentwegt Kinder krochen.

Wenn ich am Mittag die Station verließ, um zum Essen zu gehen, musste ich an vielen kleinen Holzfeuern vorbei, auf denen die Angehörigen für ihre Patienten kochten. Ein dünner Schleier von Rauch hing über dem Hof. In den großen weißen Emailschüsseln wurde der giftige Maniok gewässert. Daneben wuschen Mütter ihre Babies in einer hellblauen Omo-Lauge. Die Frauen kochten stehend mit in der Hüfte abgeknicktem Oberkörper. Dem Anschein nach wurde überall das Gleiche gekocht. Es roch nach Palmöl, Kochbananen und getrocknetem Fisch. Für die Kranken wurde nur das Beste aufgetischt. Ein Krankenpfleger läutete die Glocke, um allen Interessierten zu zeigen, dass das, was Dr. Cabrol soeben aus dem Bauch eines Patienten entfernt hatte, ein Stück Darm und keine Hexerei war.

Das gültige Zeitmaß war der träge Schritt der Frauen, die barfuß oder mit Gummisandalen, deren Verschlüsse ebenfalls aus Trägheit offen standen, über das Terrain schlenderten, voll bepackt oder nur einen Schirm auf dem Kopf tragend, die bunten Baumwollstoffe lässig über den Hintern drapiert und in der Taille mit einem Knoten befestigt.

Wenn ich am Mittagstisch der Cabrols Paul wiedersah, nachdem wir beide einen Vormittag lang getrennt unserer Arbeit nachgegangen waren, ich als Hebamme und Anstreicherin, er als Maler verrückter Schilder, dann war ich voll von Geschichten, die ich unterwegs erlebt hatte. Und zwischen Dessert und Käse sagte ich auf Deutsch, damit die Cabrols mich nicht verstanden, dass das Kinderkriegen eine mühselige Sache sei und mich so mit Angst erfülle, dass ich darauf verzichten wolle. Anscheinend sei ich ohnehin unfruchtbar oder zumindest durch die Anstrengungen der Reise unfruchtbar geworden, da es drei Monate nach der Hochzeit noch immer kein Anzeichen einer Schwangerschaft gebe, Gott sei Dank!

Zu diesem Zeitpunkt aber muss Ndunge bereits existiert haben, gezeugt unter einem Moskitonetz auf dem schmalen Krankenhausbett, dessen dunkle Malaria-, Lepra-, Hernien- und Gelbfiebervergangenheit der Leidenschaft keinen Abbruch getan hatte. Gezeugt in der bürgerlichen Normalität des Alltags von Ndunge, vielleicht nach einem gemeinsam verbrachten Abend im Hotel Le Relais in Nkongsamba, wohin Paul mich gerne ausführte, weil der elsässische Besitzer Monsieur Klein, entzückt darüber, dass er wieder einmal deutsch sprechen konnte, uns stets zu einem kostenlosen Menü einlud, welches in der Regel mit den »petits crudités« begann, die in einer Glasvitrine ausgestellt waren, und mit delikatem Käse endete. Oder es war nach einem jener Abende, als wir selbst Gastgeber spielten für unsere Freunde aus der Druckerei, für Emanuel Dikoumé, Robert Elangué, Paul Toko Mabom, Théodard Toukam und Majo Mgatat.

Die Kollegen erschienen stets in ihren besten Hemden, nach Seife duftend, um beim Schein einer Kerze zu plaudern, »échanger des mots«, wie sie es nannten, während ich mir in der Küche den Kopf darüber zerbrach, wie ich Pauls Wunsch nach deutschen Pfannkuchen für sieben Personen erfüllen konnte, ohne dass es wieder zu einer Enttäuschung kam. Ich hatte eine vage Vorstellung über die Zutaten, aber nicht, in welchem Verhältnis diese zu mischen seien. Das Resultat war eine Art Mehlbrei, der die Afrikaner aber vollauf zufrieden stellte.

Seit ich mich mit dieser Reise beschäftige, erscheint das kleine Haus manchmal in meinen Träumen, aber es gerät mir alles durcheinander. Gab es wirklich diesen riesigen Avocadobaum links von der Eingangstür, über und über beladen mit reifen Früchten, die von Zeit zu Zeit mit einem dumpfen Knall zu Boden fielen und zerplatzten? Die Natur ging verschwenderisch um mit ihren Schätzen. Führte Paul wirklich ein Chamäleon an der Leine spazieren? Kamen eines Tages Schulkinder und kehrten singend und tanzend mit Elefantengrasbesen den Hof?

Es ist vor allem der Begriff der Unschuld, der immer wieder auftaucht. Diese kleine unschuldige Welt von Ndunge! Die fröhlichen Gesänge! Unser erstes Schwelgen in Papajas, die wir jeden Morgen von den Bäumen hinter dem Haus holten. Das bescheidene Angebot der Marktstände, verbeulte Sardinenbüchsen, Bananen, Brillantine für das Haar des schwarzen Mannes. Das unschuldige Vertrauen in die Europäer.

Wir schrieben das erste Kapitel unserer Ehe, spielten Mann und Frau, ungestüm, gedankenlos und nicht ahnend, in welche Stürme unser Lebensschiff noch einmal geraten würde. Wie ein kleines Kind, das seine Hausaufgaben rasch erledigt, um sich dem Spiel widmen zu können, durchlebte ich die Tage von Ndunge im Glauben daran, dass dies das wirkliche Leben noch nicht sei, anders als Paul, der ihren Charme und ihre Unwiederbringlichkeit erkannte, weshalb sie in seinen Erinnerungsschätzen auch immer einen wichtigen Platz einnehmen werden.

Ob es sie wohl noch gibt, die kleine Mission auf dem Berg oder zumindest ihre verstreut liegenden Gebäude? Die Missionare sollen nach der Unabhängigkeit in ihr Mutterland zurückgekehrt sein, ihrer Aufgaben müde und geschwächt vom Klima. Und ob über dem Krankenhaus, wenn ein solches noch existieren sollte, das Schild mit einem roten Kreuz auf weißem Grund hängt, das Paul gemalt hat, »Hopital Ndunge«, wobei er das »de« aus Platzgründen oder Eigensinn einfach unterschlagen hat.

Als wir nach sechs Wochen abreisten, ließen wir neben Bergen gefalzten Papiers, einer frisch gestrichenen Entbindungsstation und einigen Verkehrsschildern auch ein Stück Sicherheit und viele Sympathien zurück.

Alle unsere Freunde waren zum Abschied gekommen und brachten Geschenke. Doktor Cabrol deckte uns mit einer großen Anzahl von Medikamenten ein. Emanuel Dikoumé, der uns der liebste war, kam noch spät in der Nacht mit einem alten handgeschmiedeten, in einer kunstvoll gestalteten Lederhülse steckenden Dolch aus dem Norden des Landes, einem kleinen Museumsstück.

Auf unserem Gepäckträger türmten sich, durch das Abschleppseil zusammengehalten, vier gebrauchte Autoreifen, die Paul aufgetrieben hatte. Nicht alle waren als Ersatz für den MG geeignet, aber er hoffte, sie als Tauschartikel verwenden zu können.

Nach Douala ging es stetig bergab, von über 1.000 Meter auf Meereshöhe. Es wurde wieder sehr heiß, obwohl die Regenzeit auf ihrem Höhepunkt war. Die Gegend sah aus, als ob sie einstmals Urwaldgebiet gewesen sei. Jetzt ragten nur noch einzelne Baumriesen empor, unter denen sich der Sekundärurwald ausbreitete. Man sah diese vom Wanderhackbau der Einheimischen verursachte, vor allem aber durch Abholzaktionen der Europäer entstandene Zerstörung der Natur damals noch nicht mit kritischen Augen.

In Douala verdienten wir mit einem Artikel für die Zeitung »Presse du Cameroun« 4.000 Francs. Er entstand auf Pauls Betreiben und berichtete über die siebentägige Hetze durch Nigeria. Leider ließen wir das Geld, das wir dringend hätten

brauchen können, mitsamt einem belichteten Film aus Versehen in der Presbyterianischen Mission in Edea liegen.
Auf dem Markt von Douala verursachte Paul beim Kauf einer Ananas einen Volksauflauf, der von der Polizei aufgelöst werden musste. Der afrikanische Händler wollte für die Frucht 20 Francs, was selbst für das teure Douala ein übertriebener Preis war. Zwei Francs war Paul bereit zu bezahlen. Er hielt einen 50-Francs-Schein in die Luft und sagte, er würde ihn jetzt loslassen, und wenn der Verkäufer ihn auf dem Weg zum Boden auffangen könne, gehöre er ihm, wenn nicht, dann müsse er ihm die Ananas für zwei Francs verkaufen. Der Verkäufer, Gier in den Augen, willigte ein. So einfach es auch aussehen mochte, er konnte den Schein nicht fangen. Wahrscheinlich kann es niemand auf der Welt. Der Weg von den Augen zum Gehirn und der Befehl vom Gehirn in die Hand dauert einfach zu lang.
Schaulustige fanden sich ein, jeder wollte es probieren. Auf diese Weise verdiente Paul innerhalb kurzer Zeit 45 Francs, die er aber bei den zwei Polizisten, die eine Weile gespannt zugeschaut hatten, wieder abliefern musste. Man sah es ihnen an, dass sie in diesem Moment die Ernsthaftigkeit, die ihnen ihre Rolle abverlangte, verfluchten und gerne mitgespielt hätten.
Von Douala fuhren wir weiter nach Edea. Wir reisten wieder von einer Mission zur anderen, meistens mit einer Empfehlung in der Tasche, und wenn ich nichts mehr über Autopannen berichte, so nicht etwa deshalb, weil es keine mehr gegeben hätte. Fast jeder Tag brachte irgendein Problem, zwischen Douala und Edea hatten wir zum Beispiel ein Loch in der Ölwanne. Der Wagen gab uns auf seine Weise zu verstehen, dass er für diese schlechten Pisten einfach nicht geeignet war.
Von Edea aus unternahmen wir einen dreitägigen Ausflug auf der Sanaga flussabwärts. Hier gab es keine Fahrwege mehr. Die Sanaga ist an dieser Stelle, wenn sie ihre Flussschnellen hinter sich gebracht hat, weitgehend gezähmt und fließt als

träger, brauner Strom von unvorstellbarem Ausmaß dem Meer zu. Beim Blick über die enormen Wassermassen, deren Ränder von endlosen, keine menschliche Besiedlung verratenden Urwäldern gesäumt waren, konnte man sich nicht vorstellen, jemals wieder festen Boden unter den Füßen zu bekommen. Eine riesige Aluminiumfabrik, die ihre ganze Umgebung mit einem grauen Schleier überzog, wirkte wie ein aus der Zukunft herbeigeholter Fremdkörper.

Wir hatten ein Boot bestiegen, eines jener öffentlichen oder privaten Verkehrsmittel, genau konnte man das nie sagen, dem man bei der Zulassung mit Sicherheit Auflagen über die Beförderungskapazität gemacht hatte, über die sich der Fahrer jedoch, je älter das Boot geworden war, offensichtlich desto weniger den Kopf zerbrochen hatte.

Es handelte sich um eine Art Holzkahn größerer Bauart mit einem primitiven, auf Pfosten ruhenden Dach, welches mit dem Gepäck der Passagiere beladen war – Matratzen, Hühnerkäfige, Bananenstauden, Kleiderbündel. Als wir das ächzende Gefährt bestiegen, war es für europäische Begriffe bereits randvoll. In Afrika gilt ein Fahrzeug jedoch erst dann als voll, wenn alle, die mitwollen, auch tatsächlich Platz gefunden haben.

Ich saß eingekeilt auf dem Boden zwischen einer Ziege und einem alten Mann, der von Zeit zu Zeit wohlgezielt an seinen Nachbarn vorbei ins Wasser spuckte. Immer mehr Leute kamen, die letzten setzten sich an den Bootsrand. Mit jedem, der einstieg, rückte der Wasserspiegel ein kleines Stück näher. Als das Schiff schließlich in See stach, glich es einem Betrunkenen, der sich aufs Eis begibt. Mehrere Stunden lang fuhren wir in Richtung Süden, den Blick immer auf die Uferbänke gerichtet, auf denen sich Krokodile in versteinerter Ruhe sonnten.

Mit Schrecken dachte ich daran, dass niemand uns hier vermutete und folglich auch nicht suchen würde. Verschollen auf dem Schwarzen Erdteil, versunken in braunem Wasser!

Ich frage mich, wieso Paul immer wieder Situationen sucht, in denen ich Angst habe. Weil er immer nur seine Abenteuer im Sinn hat! Weil er mich für einen Feigling hält und mich von meiner Ängstlichkeit kurieren will! Weil er keine Rücksicht kennt!
Manchmal hasse ich ihn von ganzem Herzen. Ich bin entsetzt darüber, wie schnell sich meine Liebe in Hass verwandeln kann, wie schnell sich mein inneres Bild von Paul verändert, vom strahlenden Angelpunkt meines Lebens zum rücksichtslosen Beherrscher. Ich hätte sogar das Kentern des Bootes in Kauf genommen, nur um mit meiner Angst Recht zu behalten.

Aber das Boot hielt sich tapfer auf dem Wasser. Manchmal steuerte es aufs Ufer zu, an dem kleine, in den Wald führende Pfade sichtbar wurden. Einzelne Passagiere stiegen aus, luden ihr Gepäck auf den Kopf und verschwanden.
Paul entschied: »Beim nächsten Stop steigen wir auch aus!«
Wie alle Haltestellen, war auch diese ohne Namen oder Steg, und wir mussten durch das trübe Wasser waten. Nach einer kurzen Wanderung durch dichtes Gebüsch kamen wir auf eine kleine Lichtung, die nach all dem Wasser wie eine Insel des Lebens anmutete. Vor einigen strohgedeckten primitiven Hütten waren Frauen mit dem Stampfen von Mais beschäftigt. Sie hielten inne und blickten uns erstaunt entgegen, Kinder liefen kreischend davon. »Pass auf, Mavie, jetzt führe ich dich ins richtige Afrika«, flüsterte Paul. Zum Spaß rief er auf Deutsch: »Na, wer ist denn hier der Chef?«
Und dann passierte das, was wir heute noch als das Aufregendste der ganzen Reise betrachten. Ein hochgewachsener, sehr alter Afrikaner mit einem weißen Tropenhelm auf dem Kopf trat aus einer der Hütten und antwortete in fehlerfreiem Deutsch: »Ich bin hier der Häuptling, bitte meine Herrschaften, treten Sie näher!«
»Wieso sprechen Sie Deutsch?«, stammelte Paul. Es war eine völlig unnötige Frage, denn er hatte sofort erkannt, dass

das lange erwartete Wunder eingetreten war: Wir waren auf einen lebenden Zeugen aus der deutschen Kolonialzeit gestoßen.
Der alte Herr reichte uns die Hand und sagte: »Ich heiße Michael Ebobise. Ich war Chefkoch des Gouverneurs von Puttkamer. Deshalb kann ich Deutsch. Bitte kommen Sie in mein Haus!« Sein Haus war im Gegensatz zu den übrigen Hütten aus Holzbrettern gebaut und hatte sogar als einzigen Luxus ein Fenster aus Glas.
Draußen ging ein Platzregen nieder, der die kleine Lichtung im Nu unter Wasser setzte. Michael Ebobise rief etwas Unverständliches durch die Tür. Kurze Zeit darauf kamen zwei Frauen barfuß durch den Regen gelaufen und brachten einen Porzellanteller mit grünen Mangos.
»Wir haben hier ...«, er schien nach dem Wort zu suchen, »wir haben hier seltsam Besuch. Ich habe oft keine Weißen mehr gesehen. Sind Sie Deutscher?« Paul nickte. »Deutsche habe ich seit ...«, der alte Herr rechnete einen Moment nach, »Deutsche habe ich seit mehr als 40 Jahren nicht gesehen.« Er hatte eine etwas altmodische Aussprache, bei einiger Phantasie konnte man einen schnarrenden Offizierston heraushören. »Es wird heute kein Schiff mehr zurückfahren. Bitte betrachten Sie mein Haus als das Seinige!«
Ich glaubte zu träumen. Mit einem Mal war die Heimat ganz nahegerückt. Einen Moment lang dachte ich sogar, Kamerun sei noch deutsche Kolonie und ich befände mich auf heimatlichem Boden.
»Ich habe immer gewusst, dass die Deutschen einmal wiederkommen«, sagte Michael Ebobise. Er setzte sich, schlug die Beine übereinander und zündete sich eine Zigarette an. »Hauptmann von der Marwitz hat zum Abschied gesagt: ›Wir müssen gehen, aber wir kommen wieder.‹ Deshalb habe ich diese Decken gekauft. Für die Deutschen. Und jetzt sind sie gekommen.«
Er stand auf, öffnete einen hölzernen Kasten und holte ein paar neue, noch in der Verpackung steckende Baumwoll-

decken heraus. Wir verbrachten die Nacht unter diesen neuen Decken, seltsam bewegt von den Ereignissen. Gegen Morgen wurden wir durch aufgeregtes Flüstern vor der Hütte aus dem Schlaf geholt. Eine der Frauen war von einem Skorpion in die Ferse gestochen worden.

Bereits zu dieser frühen Stunde war es heiß und stickig. Beim Schein eines brennenden Holzes holte die Frau aus einer alten blechernen »Mokri«-Zigarettendose eine rostige Rasierklinge. Vor unseren entsetzten Augen schnitt sie sich an der Stichstelle kreuzweise ins Fleisch, das sofort heftig blutete. Eine andere Frau kniete auf dem Boden, saugte mehrmals an der Wunde und spie das Blut in hohem Bogen aus.

Michael Ebobise sagte: »So haben es die Deutschen gemacht. Das haben wir von ihnen gelernt. Wir haben vieles von ihnen gelernt. Als sie noch da waren, herrschte Frieden. Und jetzt kämpfen die Bassa im Busch gegen ihre Brüder.«

Wir blieben zwei Tage, in denen er uns die nähere Umgebung zeigte, die kleinen Felder auf den Lichtungen, auf denen seine Frauen arbeiteten. Bei all seiner Sehnsucht nach deutscher Vergangenheit, nach deutscher Kultur hielt er an der bequemen afrikanischen Tradition der Frauenarbeit fest. Er bat mich, ihm von Deutschland aus Gemüsesamen zu schicken, Möhren, Sellerie, Lauch. Er konnte sich an alles erinnern. Es stellte sich heraus, dass er keine Ahnung davon hatte, dass das Deutsche Reich nicht mehr existierte, dass Deutschland geteilt war und noch immer an den Folgen eines Krieges herumlaborierte.

Als wir nach zwei Tagen abreisten, reichte er uns seine faltige Greisenhand und nahm uns das Versprechen ab wiederzukommen. Wir gaben es, leichtfertig. Vielleicht glaubten wir in diesem Moment auch wirklich daran, eines Tages zurückzukehren in Michael Ebobises kleine Welt. Aber gleichzeitig streifte uns angesichts des alten Mannes zum ersten Mal in unserem jungen Leben der flüchtige Atem der Zeit als der Vorreiter des Todes. Ein Jahr später schrieb er uns nach Deutschland:

Liebe Freunde! Ich habe ihren Werten Packet bekommen trotz dem die Zeit zum Pflanzen vorbei ging. Wollen Sie mir noch eine Sorte von Medigament gegen das Zittern besorgen?? Ich brauche das notwendig. Sie wissen genau, dass ich viele Jahre habe. Bis heutzutage sind wir noch nicht sicher für unsere Indipendance.
Weiter habe ich nichts zu schreiben und wünsche Ihnen jederzeit sammt Familie gesundes Leben.
Ihr Michael Ebobise.

Yaoundé, Yoko, Tibati. Wir verließen die Küstenregion und fuhren wieder in den Norden. Am 23. Juni erst würde das Visum für Kamerun ablaufen, wir brauchten nicht zu hetzen.
Die Reise erfuhr eine gewisse Belebung – zumindest in Pauls Augen – durch die Gesellschaft eines Affen namens Pako, den wir anlässlich einer Einladung auf eine Kautschukplantage bei Dizangué von Franzosen geschenkt bekommen hatten. Pako saß hinten auf den vier aufgetürmten Reifen und ließ sich den Fahrtwind um sein kleines schwarzes Greisengesicht wehen. Es war ihm nicht anzusehen, ob er glücklich war, dem eintönigen Leben auf der Plantage entronnen zu sein. Mit Sicherheit aber dürften seine letzten Besitzer Erleichterung empfunden haben, dass sie ihn los waren, denn Pako erwies sich als eine boshafte, durch lange Gefangenschaft renitent gewordene kleine Kreatur. Die Bereitwilligkeit, mit der sich die Franzosen von ihm getrennt hatten, hätte uns misstrauisch machen müssen.
Der Affe richtete seine ganze Liebe auf Paul. Pauls Brust und Hals wurden Pakos neue Heimat. Er klammerte sich an ihn wie an einen großen Affen. Natürlich empfand er Eifersucht auf mich und biss und kratzte, sobald ich mich ihm nur näherte. In einem Hotel in Mankin versuchte ich ihn loszuwerden, indem ich in der Nacht heimlich aufstand und ihn losband. »Hau ab, Pako«, flüsterte ich ihm zu.
Als Paul ihn am Morgen nicht mehr fand, war der Teufel los. Er suchte den halben Vormittag und wollte gerade unverrich-

teter Dinge abfahren, ich unter geheucheltem Bedauern, aber mit erleichtertem Herzen, als das Tier auf dem Hoteldach erschien und sich nach kurzem Zuruf unter empörtem Gekecker wieder an Pauls Brust flüchtete. Von da an waren wir immer zu dritt.

Mit dem Verlassen des Regenwaldes verringerten sich auch die Niederschläge, die Vegetation wurde wieder karger. Auf den Märkten standen, feilgeboten von schmuckbehangenen Haussa-Frauen, Säcke mit Körnerfrüchten. Wir sahen jetzt viele Pferde, die von finster blickenden Männern geritten wurden. Tagelang begegneten wir keinem Europäer. Zwischen Matsari und Yoko erblickten wir etwas abseits von der Piste eine große Menschenmenge. Es handelte sich um eine Versammlung der Zeugen Jehovas. Drei Dolmetscher übersetzten simultan die Rede des Predigers in verschiedene Sprachen. Als bekannt wurde, dass wir Deutsche waren, brachte uns jemand zu unserer großen Verwunderung den Wachtturm auf Deutsch.

Wir passierten die Grenze zu Französisch Äquatorialafrika bei Baboua. Paul heimste noch zwei gebrauchte Reifen ein, Pako saß nun auf einem Stoß von sechs Reifen in luftigen Höhen. So fuhren wir durch die Dörfer, die jetzt wieder sehr weit verstreut waren.

Vereinzelt sahen wir einheimische Frauen mit nacktem Oberkörper und Röckchen aus grünen Blättern. Ihre Körper waren mit Schmucknarben übersät, die an Basreliefs erinnerten. Manche Frauen hatten, bedingt durch eine Bandagierung gleich nach der Geburt, enorme Hinterköpfe. Andere wiederum trugen ovale Lippenplatten, mit deren Hilfe die Lippen auf ein abnormes Maß ausgezogen waren. In den Ohrläppchen steckten erstaunlich große Schmuckstücke aus Holz oder Metall. Wo sie nicht mehr getragen wurden, hatten sie riesige Löcher hinterlassen.

Die Kinder liefen oft nackt herum oder hatten nur ein Perlenkettchen um den Bauch. Die wilde Nacktheit passte besser zu

ihnen als die zerrissene Kostümierung, in die afrikanische Kinder oft gesteckt werden.
Das Land galt als das ärmste und rückständigste Land der Französischen Union, und das hauptsächlich wegen seines bösartigen Klimas und seiner schlechten Verkehrsverbindungen. Wider Erwarten waren die Pisten aber, weil wenig befahren, in einigermaßen gutem Zustand. In diesem Gebiet, in dem die Menschen so spärlich vertreten waren, hatten die Tiere ihren Platz behaupten können. Auf dem Atlas, der Paul zur Orientierung diente, waren Büffel, Antilopen, Giraffen, Kudus, Strauße und Affen eingezeichnet. Auch Flusspferde und Löwen fehlten nicht. Als wir einmal in einer Baptisten-Mission in der Nähe von Bossembele übernachteten und ich nach der Toilette fragte, führte die amerikanische Missionarsfrau mich ins Freie, wo in einiger Entfernung ein kleines Häuschen stand. »Macht es Ihnen etwas aus, wenn ich mit hineinkomme?«, fragte sie. Und als ich sie befremdet anschaute, fügte sie hinzu: »Ich habe Angst vor den Löwen.« Wohl oder übel musste ich mein Geschäft im Beisein einer Fremden verrichten.

In Bangui beantragten wir auf dem Belgischen Konsulat ein Visum für den Kongo, welches wir ohne Schwierigkeiten sofort bekamen. Pauls kühne Behauptung, wir würden als Gäste eines gewissen Joss van Steenakker in Buta erwartet, dürfte dabei ebenso eine Rolle gespielt haben wie der Blick in die beiden Pässe, die nun schon ein buntes Durcheinander von »permits« zeigten. Wenn sie nun schon so weit gekommen sind, werden sich die Beamten gedacht haben, dann wollen wir ihnen keine Steine in den Weg legen.
Wir hatten eine ganze Reihe von Flüssen zu überqueren, die alle dem Kongo zuströmten. Auf den Karten sah es so aus, als würde der Kongo wie eine riesige Krake mit gierigen Fingern ins Land greifen und alles Wasser zusammenraffen. Die wenigsten dieser Flüsse hatten Brücken und das Übersetzen erfolgte mit Hilfe von Fähren, die nur in seltenen Fällen mo-

torbetrieben waren. Meistens handelte es sich um acht bis zehn parallel schwimmende Einbäume, die von einer hölzernen Plattform zusammengehalten wurden. Mehr als drei Autos hatten darauf nicht Platz, aber der Verkehr war ohnehin spärlich. In jedem der Einbäume saß ein Ruderer und manchmal auch ein Tamtam-Trommler, der das Tempo vorgab. Wir passierten tobende Wasserfälle von gigantischen Ausmaßen, von denen wir noch nie gehört hatten und deren Namen ein paar Dörfer weiter bereits niemand mehr kannte.
Da den Pisten im Belgischen Kongo ein schlechter Ruf vorausging, fuhren wir auf französischem Gebiet so weit wie möglich in Richtung Osten, parallel zur Grenze, den Lauf des Ubangui entlang. Zu unserer Linken, in einiger Entfernung, lagen die großen Sümpfe des Tschad. Ein Blick auf die Karte zeigte, dass es dort Flüsse gab, die auf ihrem Weg zum Kongo wieder versickerten. Ich stellte mir vor, dass uns das auch passieren könnte.

Hat die Küstenregion, von der wir uns längst entfernt haben, durch die Präsenz von Europäern und das Vorhandensein von Häfen, von denen aus Schiffe in die Heimat fahren, mir noch so etwas wie Geborgenheit vermitteln können, so nimmt jetzt wieder das Gefühl überhand, den Boden unter den Füßen zu verlieren. Das Land, durch das wir fahren, ist so entlegen, so wild, seine Bewohner so fremdartig und unvertraut, dass es scheint, als bewegten wir uns nicht nur von einem gewohnten Raum in einen ungewohnten, sondern auch von gegenwärtigen Zeiten in vergangene.
Ich bin von der Vorstellung besessen, dass wir den Weg zurück nicht mehr finden könnten. Manchmal rufe ich mir das Bild Afrikas vor Augen, als riesige Landkarte, der Michelin, den ich auf dem Schoß halte, nur sehr viel größer, und sehe von oben unsere Position mit einer Stecknadel markiert, so wie im Krieg die Stellung einer Truppe markiert wird. Kommen wir überhaupt noch vorwärts? Wir schlagen uns einen Tag lang auf der Piste herum, legen vielleicht 100 Kilometer

zurück, und die Stecknadel wandert um einen Zentimeter weiter. Der Kontinent schluckt alle Bewegungen mit maßloser Gefräßigkeit.

»He, was ist los mit dir?« Paul hielt den Wagen an, schaltete den Motor ab und bedeckte mein Gesicht mit Küssen. »Es tut mir so weh, wenn ich manchmal ungerecht zu dir bin. Glaube mir, niemand leidet darunter mehr als ich. Ich liebe dich mehr als alles auf der Welt, und doch tu ich dir immer wieder weh. Ich weiß auch nicht, warum. Bitte, bitte verzeih mir!«
Plötzlich brach es aus mir heraus: »Ich komme mir vor wie eine ausgerissene Pflanze, deren Wurzeln allmählich verdorren. Von Tag zu Tag werde ich matter. Meine Wurzeln verlangen nach Erde, nach Heimat. Ich habe niemanden mehr. Meine Eltern, meine Freundinnen – alles ist so schrecklich weit weg. Unerreichbar.«
»Aber du hast doch mich!« Paul umfasste meinen Kopf und drückte ihn voll hilfloser Zärtlichkeit an seine Brust. »Ich werde dich sicher zurückbringen. Zu deinen Eltern. Zu deinen Freunden. Wir werden eine wunderschöne Wohnung mieten ...« »... im Würmtal«, warf ich unter Tränen ein. »Muss es ausgerechnet das Würmtal sein, die teuerste Gegend?« »Oder was Ähnliches. Du versprichst es?« »Ja, ich bringe dich sicher zurück.«

Nirgendwo schlug das Schicksal so oft zu wie auf der Strecke zwischen Sibut und Bambari. Das rechte vordere Speichenrad barst auf einer Länge von zehn Zentimetern und machte ein Weiterfahren unmöglich. Es ging auf den Abend zu, wir standen am Straßenrand und warteten. Paul studierte die Landkarte. Nach seiner Berechnung musste es in fünf Kilometer Entfernung einen kleinen Ort geben. Mit Europäern? Das war unwahrscheinlich. Dennoch gab er einem vorbeikommenden Afrikaner einen auf Französisch geschriebenen Zettel mit und bat, diesen in Grimari einem Weißen zu übergeben.

Dem Afrikaner, der nur ein paar Brocken Französisch sprach, war nicht anzumerken, ob er irgendetwas verstanden hatte. Mit einem »Oui, Monsieur« machte er sich davon. Drei Stunden später standen wir immer noch und warteten.
Ich machte mich in der Dunkelheit auf den Weg, fünf Kilometer durch den Busch, schaute nicht rechts und nicht links, aber es begleiteten mich all die Bilder aus dem Atlas – der springende Panter, der schnaubende Büffel, die würgende Python. Ich gelangte zu einer Baumwollfarm, wo alle schon schliefen und keiner mehr Lust hatte, sich in die Nacht hinauszubegeben. Der verantwortliche Mann bot mir ein Gästezimmer mit einem sauberen Bett an und verlegte Abschleppaktion und Reparatur auf den nächsten Morgen.
Bereits zwei Tage später standen wir wieder ratlos am Straßenrand, »en panne«, wie die Franzosen es nannten. Es war Tag und wiederum bot ich mich an, Hilfe herbeizuholen. Ich bestieg einen Lastwagen, dessen griechischer Fahrer voller Neugier und Hilfsbereitschaft angehalten hatte, um mit ihm in den nächst gelegenen größeren Ort zu fahren. Der Wagen war unterwegs nach Bangassou, um dort Stromkabel zu laden. Wie alle Fahrzeuge führte er auf seiner Ladefläche eine große Anzahl reisender Afrikaner mit sich. Ich fand im Führerhaus Platz, eingepfercht zwischen der rechten Türe und einer dicken Afrikanerin, um die der Chauffeur den Arm gelegt hatte.
Misstrauisch verfolgte ich alle seine Bewegungen. Als ich merkte, dass die Schlangenlinien, die der Grieche auf der Piste fuhr, nicht der Vermeidung der Schlaglöcher dienten, sondern Folge seiner Trunkenheit waren, war es zum Aussteigen zu spät. Die Katastrophe geschah bereits nach einigen Kilometern. Der Fahrer, der zeitweise bedrohlich nahe an der rechten Böschung gefahren war, steuerte auf einmal in schlafwandlerischem Übermut auf dieselbe zu. Die beiden rechten Räder griffen ins Leere, dann kippte der Wagen wie im Zeitlupentempo um. Im Zeitlupentempo fielen auch die Menschen von der Ladefläche herunter, und als das Gefährt

schließlich auf der Seite landete, sah ich durch mein Seitenfenster Gras mit einigen Insekten, die sich noch nicht von ihrem Schreck erholt hatten. Die Afrikanerin und der Grieche lagen auf mir. Wir mussten alle durch das linke Seitenfenster herausklettern, wie aus einem Schützenpanzer. Niemand war verletzt, aber es dauerte Stunden, bis der Lastwagen wieder auf den Rädern stand und die Reise fortgesetzt werden konnte.

Nach Bondo tauchten wir unversehens in gigantische Urwälder ein, die kein Ende nahmen. Ich hatte den neuen Michelin auf dem Schoß, er reichte jetzt vom Äquator bis zum Kap der Guten Hoffnung.
Der Wald zog sich in einer Breite von mehr als 2.000 Kilometer bis tief in den Süden, ein riesiger grüner Fleck auf der Landkarte, durch den sich ein dichtes Netz von Flüssen zog, die alle dem Atlantik zuströmten. Der Anblick von so viel grüner Feuchtigkeit ließ eine Ahnung entstehen von dem, was Afrika früher gewesen sein könnte. Die Menschen wurden kleiner und dunkelhäutiger. Der arabische Einfluss in den Physiognomien, der sich, ausgehend von den Küstenländern, bis weit ins Innere des Kontinents geltend gemacht hatte, war jetzt völlig aufgehoben.
Das Auto kämpfte heldenhaft gegen die schlechten Straßen an. Die letzten 100 Kilometer vor Buta kamen wir wegen der vielen Reifenpannen nur noch langsam voran, manchmal nur ein paar Kilometer weit. Von den sechs Ersatzreifen, die sich auf dem Gepäckträger türmten, war keiner mehr zu verwenden. Mit ihren vielen Flickstellen glichen die Schläuche alten, schadhaften, oftmals ausgebesserten Strümpfen. Am schlimmsten hatte es das rechte Vorderrad getroffen. Die notdürftig zusammengeschweißte Felge war wieder aufgebrochen. Aus der Öffnung quoll der Schlauch. Eine Speiche war so weit nach innen gedrungen, dass sie diesen regelrecht aufgespießt hatte. Auch an den übrigen Rädern hatten sich einige Speichen selbständig gemacht.

Es gab weit und breit keine Werkstätten. Wenn wir einen Platten hatten, mussten wir das Loch an Ort und Stelle flicken und den Reifen mit einer Luftpumpe aufpumpen, umringt von Einheimischen, die wie von Geistermund gerufen aus dem Urwald aufgetaucht waren und sich darüber wunderten, dass Menschen weißer Hautfarbe sich so abplagen mussten.

Als wir an einem Juliabend in Buta einfuhren, lag der MG, was seine Räder betraf, so ziemlich in den letzten Zügen. Auch der Rest war in einem schlechten Zustand. Unter einem Frangipanibaum in der Steenakkerschen Einfahrt kam der Wagen vorläufig zur Ruhe. Gerne hätte ich jetzt geschrieben »zur letzten Ruhe«, denn es wäre kein übler Platz gewesen, um ein treues Butlerleben zu beenden. Die neugierigen schwarzen Hände der Brotkäufer hätten ihm nach und nach den Garaus gemacht, und das wäre ein rühmlicheres Ende gewesen als das, welches ihm ein paar Monate später zwischen Bor und Malakal widerfuhr.
Buta war nichts weiter als eine Rodung inmitten riesiger Urwälder. Einstmals von ein paar Eingeborenen besiedelt, wurde es später von den Belgiern im Lauf der Jahre zu einem Ort ansehnlicher Größe erweitert. Obwohl es sich mit seinen breiten roten Sandstraßen und seinen eintönigen, wellblechgedeckten Kolonialbauten, mit seiner kleinbürgerlichen Ordnung und Uniformität kaum von den anderen Orten unterschied, die wir passiert hatten, war es eine Ankunft wie im Paradies.
Wie oft hatte sich unsere Vorstellung vom Paradies geändert auf dieser Reise! Jetzt war es der Duft von Brot, dem wir nachspürten. Ja, in der Luft glaubten wir den Duft des Steenakkerschen Brotes wahrzunehmen, würziges flämisches Brot mit Kümmel und Koriander.
Die Steenakkers waren bereits im April eingetroffen und hatten die Bäckerei in Betrieb genommen. Wie alle weißen Ko-

lonialherren führten sie ein Leben, von dem sie in der Heimat nicht einmal geträumt hätten. Moeder Steenakker gebot über einen Hofstaat von neun schwarzen Boys, der sie aller Haushaltspflichten enthob. Lediglich das Kochen ließ sie sich aus Gründen der Gewohnheit, aber auch aus Angst, vergiftet zu werden, nicht nehmen.
Vader Steenakker arbeitete von zwei Uhr morgens bis in den Nachmittag hinein in der Backstube. Das Backen war ein Teil seiner Arbeit. Der andere bestand nach seinen eigenen Worten darin aufzupassen, dass seine Gehilfen nichts mitgehen ließen. Annie stand im Laden und verkaufte. Das eingenommene Geld fuhr Joss jeden Morgen zur Bank. Ansonsten hielt er sich von der Arbeit fern, wenn man davon absieht, dass er in den Wäldern von Buta auf Jagd ging und gelegentlich eine Antilope nach Hause brachte.
Buta war damals von 370 Europäern besiedelt, die größtenteils aus Belgiern, Griechen und Portugiesen bestanden. In den Augen der Belgier galten die Griechen und Portugiesen als minderwertig, weil die Männer offen Bindungen mit den einheimischen Frauen eingingen, was die Belgier nur verstohlen taten. Aber auch die Belgier untereinander grenzten sich ab. Natürlich schauten die Wallonen auf die Flamen herunter. Diesem labilen, im Großen und Ganzen aber funktionierenden Durcheinander aus Wallonen, Flamen, Griechen, Portugiesen und Mulatten stand eine Einwohnerschaft von 15.000 Afrikanern gegenüber, die außerhalb von Buta in einer Siedlung lebten und jeden Morgen in die Stadt kamen, um bei den Weißen zu arbeiten.
Nicht nur ihr neuer herrschaftlicher Status, sondern vor allem das gemeinsame Stück Sahara-Vergangenheit, so enttäuschend es für sie auch gewesen sein mag, verpflichtete die Steenakkers geradezu, uns mitsamt Pako als Gäste willkommen zu heißen. Außerdem schienen sie sich wirklich zu freuen. Die Auseinandersetzung um die Vichybüchsen in der Ruine von Bordj Mokhtar wurde mit keinem Wort erwähnt. Das Leben in den Kolonien war in gesellschaftlicher Hinsicht zur

Eintönigkeit verdammt, da freute man sich über jeden Besuch.
Gleich nach unserer Ankunft führte Joss uns durchs Haus. Seit der Mordnacht hatte sich nur wenig geändert. Die gleichen Möbel standen noch da, die typischen, aus einheimischen Hölzern gezimmerten tiefen Sitzmöbel mit ihren exotischen Stoffbezügen und die klobigen Tische. In einer Anrichte befand sich noch das Geschirr, von dem der Täter und sein Opfer gespeist hatten. Jetzt aßen die Steenakkers davon. Joss ging wie ein Museumswärter zu einem Gemälde, auf dem eine Windmühle zu sehen war, und schob es zur Seite. Es wurde das Einschussloch einer von der Polizei entfernten Kugel sichtbar, welche der Mörder in der Aufregung zu hoch angesetzt hatte. Erst die zweite und dritte Kugel hatten getroffen. Joss konnte die Tat gut verstehen. Sein Mitgefühl galt dem Mann, der seit Monaten im Gefängnis von Stanleyville auf seinen Prozess wartete.
Ob es noch dasselbe Sofa sei, wollte ich wissen. »Selbstverständlich«, antwortete Joss. »Ein tadelloses Sofa. Annie hat den Bezug gewaschen, nicht wahr mein Schatz?« Er gab seiner Frau einen Klaps auf den Hintern.
Nicht nur Möbel und Geschirr, auch die Hausangestellten waren noch dieselben. Einer der Boys hatte inzwischen den Tisch gedeckt. Wie sich bald herausstellte, verbrachte die Familie einen großen Teil ihrer Aktivitäten mit Essen, was uns nur recht sein konnte. Ausgehungert stürzten wir uns auf die Gemüsesuppe, in der Kohlstückchen, Tomaten und Sellerie schwammen, Kostbarkeiten, die wir lange entbehrt hatten.
»Eet mal«, sagte Moeder Steenakker und nahm sich zwei Schöpfkellen voll, »Grünzeug is gezond. Ist allemal von hier.« Hinterher gab es Unmengen von Kartoffeln und Rindsgulasch, dazu ein schneeweißes, gummiartiges Brot aus der eigenen Bäckerei. »Das Fleisch kommt vom Kivumeer«, sagte Vader Steenakker und wischte sich mit dem Handrücken die Sauce vom Mund. »Hier können wir keen Kühen halten wegens – wie heißt es wieder, die Fliege?« »Tsetse«, antwortete

Joss mit leicht verächtlicher Stimme. Vielleicht schämte er sich der Unwissenheit seines Vaters. Der war, obwohl es Abend war, noch immer mit einem weißen ärmellosen Unterhemd bekleidet. Im Gegensatz zu seinem Sohn, dessen Haut eine gesunde Bräune angenommen hatte, war er blass und aufgeschwemmt, so blass, als hätte er das heimatliche Antwerpen nie verlassen.
Vor den Fenstern senkte sich jäh die Tropennacht. Noch ein kurzes Aufflammen wilder, orgiastischer Farben am Horizont, dann wurde es dunkel. Annie machte das Licht an. Eine kahle Birne erhellte das triste Zimmer. Hinter den Fliegengittern starteten die Nachtfalter ihre hartnäckigen Versuche, in den beleuchteten Raum einzudringen. Bald erfüllte ein feines, Unheil bringendes Summen die Luft. Auf rätselhafte Weise war einigen Moskitos, von denen es mehrere Sorten gab – die kleinsten und schlimmsten nannte man »moutmout« –, der Durchschlupf gelungen.
Joss starrte wie gebannt auf seinen rechten Unterarm, bevor er zuschlug. Ein kleiner Blutfleck breitete sich auf seiner Haut aus. Er behauptete, es würde weniger jucken, wenn die Tiere sich sattgetrunken hätten. Ein Röhrchen mit Nivakine-Tabletten machte die Runde.
Annie sagte in ihrem schlechten Französisch eine alte Kolonialistenweisheit auf: »Ce sont pas les grosses bêtes qui sont dangereuses, ce sont les petites, – nicht die großen, sondern die kleinen Tiere sind gefährlich.«
Zum Nachtisch gab es eine grüne Ananas, die nicht die erwartete Süße hatte. Warum alles so grün sei, wollte ich wissen. Die Orangen, die Ananas und Pampelmusen, alles sei grün. Hier im Süden müsse doch jeden Tag die Sonne scheinen. Aber das stimmte nicht. Es regnete oft. Ein Blick auf die Karte belehrte mich, dass mit einer monatlichen Niederschlagsmenge von 100 bis 200 Millimetern zu rechnen sei.
Der Himmel klarte nur noch selten auf. Als wir am nächsten Morgen von unserem Zimmer im ersten Stock aus nach dem Wetter schauten, sahen wir voller Enttäuschung einen mil-

chig-trüben Himmel mit dunklen Einschattungen. Im Lauf des Tages entluden sich mehrere Platzregen. Im Nu standen die roten Straßen unter Wasser. Das Wasser gurgelte und tobte in den ausgewaschenen Erdspalten dahin. Der spärliche Verkehr kam zum Erliegen. Die Einheimischen suchten Zuflucht unter dem Dach der Bäckerei, meist barfuß, selten in Sandalen, die aus alten Autoreifen hergestellt waren. Sie setzten ihre Lasten ab und warteten. Nach kurzer Zeit bereits hörte der Regen, so unvermittelt wie er begonnen hatte, wieder auf. Die Erde schmatzte die letzten Tropfen weg.
Ebenso konstant wie das Himmelsgrau war die Temperatur, die irgendwo zwischen warm und heiß lag. Nachts kühlte es kaum ab. Der Feuchtigkeitsgehalt der Luft war so hoch, dass nichts mehr von alleine trocknete. Wusch man sich am Morgen die Haare, so waren sie am Abend immer noch feucht, ebenso verlor das Handtuch, mit dem man sich abtrocknete, nie mehr seinen muffigen, klammen Geruch. Beim Öffnen der Steenakkerschen Schränke schlug mir ein Hauch von Moder entgegen.
Buta unterschied sich von allen Orten, die wir bereist hatten, durch diese dunkel-triefende, die Sinne lahm legende, ewig gleich bleibende Wärme. Selbst den unsteten Paul verurteilte die Stadt zu einer kurzen Phase der Unbeweglichkeit, wenn man davon absieht, dass er gleich am zweiten Tag beim Versuch, das Licht in der Küche anzumachen, sich an einem defekten Schalter einen Stromstoß holte, der seinem Leben fast ein Ende bereitet hätte und von dem er behauptet, er spüre ihn noch heute.
Er stellte einen Boy an, der den MG innen und außen wusch. Umgerechnet kostete das nicht mehr als zehn Pfennige. Afrikaner lösen solche Aufgaben mit unendlicher Hingabe und Sorgfalt, anscheinend ohne sich über irgendetwas zu wundern. Soulé fragte nie, woher wir gekommen waren, doch eines stand für ihn fest: Dieser Wagen konnte, wenn Paul es wollte, abheben und durch die Lüfte segeln, so erzählte er es zumindest seinen Freunden. Scharen von Halbwüchsigen

schauten ihm beim Waschen zu. Wenn Paul auftauchte, stoben sie alle auseinander und suchten das Weite.
Nach der säuberlichen Entfernung des Reisestaubes, der dem MG wie Schminke angehaftet hatte, wurden die Beulen, Dellen und Schürfwunden der letzten Monate sichtbar. Ein trauriges Vehikel stand vor uns. Mit schlechtem Gewissen setzte sich Paul an seine kleine Reiseschreibmaschine und schrieb nach Hause:

Mein lieber Vater. In der Odyssee heißt es: Nicht von Eichen noch von Felsen stamme ich ab, sondern von Menschen. Und ich möchte ergänzen: Von meinem Vater. Du wirst Verständnis haben für diese Reise, bei der wir zugegebenermaßen etwas vom Weg abgekommen sind. Vielleicht hättest du sie selber gerne gemacht. Prinz Eisenherz ist etwas angeschlagen, aber er lebt!! Und er wird uns heil zurückbringen.

Am dritten Tag nach unserer Ankunft in Buta brach Joss zu einer Büffeljagd auf und nahm uns mit. Wir hatten keine Ahnung, auf was wir uns da einließen. Die Pfade waren schmal, fast zu schmal für einen Menschen. Ich marschierte an letzter Stelle der Jagdgesellschaft. Von Zeit zu Zeit schlug mein Vordermann Moise mit seiner Machete einen Ast weg. Seine Fußsohlen waren hell, fast so hell wie die eines Europäers. Auch er lief in einer dieser löchrigen Shorts herum, die anscheinend niemand mehr flicken wollte.
Stundenlang sah ich nichts anderes als Moises schweißnassen Rücken, die khakifarbenen Shorts und die nackten Beine, an deren unterem Ende wie Signale eines Leuchtturms die Sohlen aufblitzten. Von Moise ging ein Geruch nach altem Tierfett aus, der mir beinahe den Atem verschlug. Manchmal sah ich von weitem Pauls blondes Haar aufleuchten. Er marschierte hinter Joss an dritter Stelle und schien mit dem angeschlagenen Tempo keine Schwierigkeiten zu haben. Ich hingegen fühlte mich auf ungewohnte Weise erschöpft und konnte nur noch unter Mühe mit den anderen Schritt halten.

Mehrmals wechselten wir die Richtung. Der einheimische Führer an der Spitze unseres Zuges folgte seinem Spürsinn. Es blieb ein Rätsel, wie er sich in diesem grünen Dschungel zurechtfinden konnte. Blätter, wohin das Auge blickte. Ovale, tatzenförmige, federartige, gezackte, glänzende, stumpfe. Blattstricke, Blattschaukeln, Blattfallen und bisweilen eine leuchtende Blüte. Dazwischen riesige Stämme wie aus einer anderen Epoche der Erdgeschichte, die ihre grüne Pracht dem Himmel entgegenreckten, immer bemüht, dem unten herrschenden Dämmerlicht zu entkommen: Ombega, Okoume, Ebony, Ekewasengo.
Wie viele Stunden mochten wir schon marschiert sein? Vier? Fünf? Aus der stummen Anspannung, mit der wir anfänglich jedem Knacken im Gebüsch gelauscht hatten, war Ungeduld geworden. Kein Büffel war zu sehen. Der heiße Atem des tropischen Mittags nistete sich über dem Boden ein.
Auf einmal erklangen aufgeregte Worte in Lingala. Alle schauten nach oben. In den Wipfeln der Bäume, sehr hoch, weit entfernt, wie auf dem Dach der Welt turnend, hielt sich eine Horde Affen auf. Lautlos oder zumindest für die Ohren der Jagdgesellschaft nicht vernehmbar, sprangen sie von Ast zu Ast, große und kleine dunkle Flecken, wie bewegte Scherenschnitte gegen den hellen Himmel.
Wie einem Kommando gehorchend fielen mehrere Schüsse gleichzeitig. Joss lehnte an einem Baum und zielte mit Bedacht nach oben. Die Schwarzen sprangen wie aufgescheuchte Hühner herum und schossen wild durch die Gegend. Paul, der kein Gewehr hatte, betrachtete die Tiere durchs Fernglas. Nach der ersten Aufregung gewannen die Schützen an Treffsicherheit. Immer öfter hörte man das Rascheln der fallenden Körper durch die Blätter und ihr dumpfes Aufschlagen auf dem Boden.
Inzwischen hatten die Männer den ersten Affen herangeschleppt. Es war ein ausgewachsenes Tier mit langem schwarzem Fell und weißer Halskrause. Seine Größe entsprach etwa der eines zehnjährigen Kindes, aber sein kleines Gesichtchen

wirkte wie das eines sehr alten, gramvollen Menschen. Aus seinem Maul rann eine rote Flüssigkeit, die sich bei näherem Hinsehen als ein Gemantsche aus roten Beeren entpuppte. Beim Genuss seiner Früchte war der alte Affe getroffen worden, und das war vielleicht noch ein barmherziger Tod.
Plötzlich fand ich mich allein auf der kleinen Lichtung. Alle hatten sich aufgemacht, um nach den toten Tieren zu suchen. Da sah ich, aus der Tiefe des Dickichts kommend, einen angeschossenen Affen mit ausgebreiteten Armen auf mich zuwanken. In seinen Augen las ich Wut, aber auch panische Angst. Und genauso zwiespältig war das, was er in mir auslöste. Ich wollte weg, mich vor ihm retten, und gleichzeitig verspürte ich den Wunsch, ihm zu Hilfe zu kommen. Ein paar Meter vor mir brach er zusammen. Ein kurzes letztes Zucken, dann war sein Leben zu Ende.
Immer mehr Kadaver wurden herangeschleppt und auf einen Haufen geworfen, ein Berg schwarzer Felle, aus dem Blut sickerte, die Gebisse der kleinen Kummergesichter bleckten und aus dem glänzende schwarze Hände und Füße ragten wie die Hände und Füße afrikanischer Kinder.
Die Schwarzen hatten inzwischen einige armdicke Äste abgeschlagen. Sie schlitzten den Tieren die Schwänze auf, steckten die Köpfe hindurch und hängten sie zum Transport auf. Zwei Männer trugen jeweils drei Affen. Die Köpfe der Tiere mit den schreckgeweiteten Augen baumelten hin und her. Ein warmer, ekelhafter Hauch von Tod umwehte unseren Trupp.
Die unerwartete Beute hatte die Jagdgier der Männer gestillt. Joss rechnete aus, dass wir uns bereits 15 Kilometer von unserem Ausgangspunkt entfernt hatten und besser zurückkehren würden. Erste Regentropfen fielen schwer und prasselnd in den Urwald, ein heftiger Guss folgte. Das Dach der Bäume konnte das Wasser nur kurze Zeit abfangen, dann trommelten die Tropfen wie Hagelkörner auf uns ein. Im Nu waren wir bis auf die Haut durchnässt. Aus den Affenfellen tropfte das verwässerte Blut, die schönen weißen Halskrausen hingen in Strähnen herunter. Der Regen war lau und an-

genehm, aber er kam in einer solchen Fülle, dass er nach kurzer Zeit den Boden überschwemmte. Aus dem Pfad wurde ein Bach, in dem das braune Wasser gurgelnd dahinschoss, sich mit anderen Wassern traf, breiter und tiefer wurde, so tief schließlich, dass es uns bis an die Knie ging. Meine Gummistiefel füllten sich und ich musste sie, um voranzukommen, ausziehen. Meine Erschöpfung hatte so zugenommen, dass die Männer Pausen für mich einlegen mussten, in denen wir nur im Wasser standen und ein paar Minuten warteten.
In einer dieser Pausen war es, dass sie hoch oben im Geäst eine dicke schneeweiße Schlange entdeckten. Ein Schuss fiel. Das Tier, mehr als armdick und anderthalb Meter lang, das sich um einen Ast gewickelt hatte, fiel, in der Luft absurde Bewegungen vollführend, in die Tiefe, wo es in meiner Nähe mit einem Knall auf dem Wasser aufschlug.
»Vorsicht, sie lebt noch!«, schrie Joss auf Französisch.
Die Schlange schwamm auf der Wasseroberfläche davon, weiterhin hektische Bewegungen vollführend. Die Schüsse, die sie verfolgten, peitschten das Wasser, es gab keine Chance für sie. Nachdem die Schwarzen sie herausgefischt und für essbar befunden hatten, zerhackten sie sie mit ihren Macheten in Portionsstücke. Trotz des immer noch heftigen Regens gelang es ihnen, ein kleines Feuer zu entzünden. Mit einer Mischung aus Faszination und Grauen schaute ich zu, wie die Fleischstücke darin brutzelten und allmählich schwarz wurden. Rauch stieg auf, ein beißender Geruch von verkohltem Eiweiß lag in der Luft. Im Inneren war die Schlange noch weiß. Mit ihren prächtigen Zähnen arbeiteten sich die Afrikaner durch die Kruste ins Innere vor. Eine lebhafte Unterhaltung in Lingala, unterbrochen von lautem Schmatzen, kam in Gang. Sie nagten die Wirbelkörper ab und spuckten sie in hohem Bogen ins Feuer.
Auch uns boten sie zu essen an. Paul, der vor kulinarischen Abnormitäten in aller Regel nicht zurückschreckt, lehnte dankend ab. Auch ich schüttelte den Kopf. Joss biss hinein und sagte, das Innere schmecke wie rohes Hühnerfleisch. Im

Übrigen müsse es sich bei der Schlange um einen Albino gehandelt haben.
Da wurde mir so schlecht wie nie zuvor in meinem Leben. Aus der Tiefe meines Bauches schienen sich meine Eingeweide nach außen zu stülpen. Vom Würgreiz geschüttelt, hielt ich mich an Paul fest. Da ich den ganzen Tag nichts gegessen hatte, kam nur Magensaft, ekelhaft und bitter. Interessiert und verlegen zugleich schauten alle zu. Die Schwarzen sagten mehrmals hintereinander: »Pardon, Madame.« Diese zwei, im Umgang mit weißen Dienstherrinnen erlernten Worte, beherrschte dort jeder.

»Du bist siek«, sagte Annie am nächsten Morgen zu mir. Annie kannte sich mit Krankheiten aus. Mit ihrem Zeigefinger zog sie meine Unterlider nach unten. Dann holte sie ein Lexikon und suchte nach dem deutschen Wort. Bleichsucht. In Joss' Werkzeugkasten fand sich ein rostiger Nagel – alles rostete schnell in diesem Klima –, den legte sie in ein Glas mit Wasser und hieß mich davon trinken.
Obwohl ich herzlich wenig Lust hatte, Annie zum Einkaufen auf den Markt zu begleiten, so fühlte ich mich als Gast doch verpflichtet, mich irgendwie nützlich zu machen.
Buta hatte einige von diesen heillos überladenen Krimskramsläden, in denen es fast alles zu kaufen gab: sündhaft teure, aus Europa eingeflogene Äpfel, homogenisierte Milch, Evian-Wasser, Batterien, Büstenhalter, Petroleum, Nägel, um nur einiges zu nennen. Sie wurden von Portugiesen oder Griechen betrieben und fast ausschließlich von Weißen aufgesucht.
Die Schwarzen hatten ihre eigenen, billigeren Einkaufsquellen: Kleine, aus rohen Brettern zusammengezimmerte Buden, die vorne offen waren und bei jedem Regenguss Gefahr liefen, fortgeschwemmt zu werden. Meistens baumelten von der Decke ein paar Bananen. Seitlich hing in Augenhöhe eine Palette mit Nivakine. An der Hinterwand waren bis zur Decke nebeneinander Waschpulver, Babynahrung, Corned beef, Öl-

sardinen und Coca-Cola aufgereiht. Es fehlten auch nicht die billigen europäischen Weizencracker, die freilich in dem feuchten Klima ihren Biss verloren hatten und wie fader, roher Teig schmeckten.

Zwischen diesen beiden Extremen – den überfüllten Läden, in denen den Europäern ihre Bedürfnisse nachgeliefert wurden und den kärglichen Buden, in denen die Schwarzen von den ihren entwöhnt wurden – irgendwo dazwischen lag der afrikanische Markt. Die dort angebotenen Waren hatten keine lange Reise hinter sich, waren also frischer als die aus Europa. Außerdem waren sie für ein paar Pfennige zu haben. Aber das allein erklärt nicht die Beliebtheit dieser Märkte. Sie waren in erster Linie ein Ort der Geselligkeit.

Wenn es ihn noch geben sollte, diesen Markt von Buta, so dürften die Frauen ihre Waren noch immer auf die gleiche Weise anbieten wie damals: je fünf Kartoffeln in Pyramidenform geschichtet, grüne Bohnen in Zehnerbündeln, kleine Häufchen von Zwiebeln, Büschel von Pflückkohl, alles sehr klein und bescheiden, denn Gemüse ist dort mehr Gewürz denn Gemüse. Hier und da ein dreckverschmiertes Ei, ein struppiges Huhn, angebunden an einen Pflock, kleine Häufchen von Maiskörnern, neben denen eine leere Konservendose von Libbys Fruchtsalat zum Abmessen steht.

Vielleicht sind die Märkte heute etwas weniger aufgeräumt als damals, als die Kolonialherren noch für Ordnung sorgten und der Kunststoff noch nicht Einzug gehalten hatte, als alles noch verrottete oder von den Hunden aufgefressen werden konnte. Vielleicht ist mit den Jahren das Chaos über Buta hereingebrochen. Vielleicht hat der Urwald sein altes Recht eingefordert und mit seinen unersättlichen grünen Fingern das gerodete Terrain zurückgewonnen.

An jenem Tag, als ich mich mit Annie dem Markt näherte, hatte sich die Kunde von der erfolgreichen Affenjagd bereits herumgesprochen. Alles strömte auf ein offenes Feuer in der Mitte des Platzes zu, von dem beißender schwarzer Rauch aufstieg. Es roch nach versengten Haaren und verbranntem

Fleisch. Einige Männer waren gerade damit beschäftigt, den Tieren das Fell abzusengen. Von den Affen blieben, nachdem die langen Haare entfernt waren, kleine verkohlte Leiber übrig, die jetzt mehr denn je denen von afrikanischen Kindern glichen. Die Männer arbeiteten nicht sehr sorgfältig. Augenscheinlich ging es ihnen nur darum, zu zeigen, was sich unter den Haaren verbarg. Ob das Tier fett oder mager war, groß oder klein.

Als sie schließlich fertig waren, griffen sie zur Machete und zerhackten die Körper. Knochen splitterten, Därme ergossen ihren faulig-grünen Inhalt auf den Boden. Auf die leuchtend roten Schnittstellen des Fleisches stürzten sich alsbald tausende von Fliegen. Neben dem Geruch nach versengtem Haar machte sich allmählich der von nicht mehr ganz frischem Fleisch breit.

Mit bloßen Händen rissen die Männer die Eingeweide aus den Körpern und warfen alles auf einen Haufen. Herzen, Nieren, Mägen und Gedärme lagen neben den zerhackten Torsi, den Becken, Köpfen, Armen und Beinen. Trotz dieser Zerstörung war alles noch immer auf beklemmende Weise erkennbar.

Längst hatten die Käufer damit begonnen, die einzelnen Teile auf ihre Qualität hin zu prüfen und abschätzend in den Händen zu wiegen. Dabei fand alles ihr Interesse, auch Schwänze, Gedärm, Köpfe – diese sogar ganz besonders. Kurze Sätze in Lingala flogen zwischen Käufern und Verkäufern hin und her, Gelächter, erregte Reden wie Sturzbäche, auf die wieder Gelächter folgte. Geldscheine wechselten den Besitzer. Alte Zeitungen wurden entzweigerissen und die Stücke darin eingewickelt. Meistens reichte das Papier, damals noch eine kostbare Sache, nicht aus. Hier schauten Finger heraus, dort bleckte ein Gebiss. Im Nu war alles verkauft. Es muss sich um den Fang des Jahres gehandelt haben. Irgendwo hatte ich gehört, dass der Geschmack von Affenfleisch dem der Ziegen ähnlich sei, nur süßer. Affenfleisch zu essen sei der Beginn der Anthropophagie.

Eine unbestimmte, hartnäckige Angst zog in mein Herz ein, die mich, solange ich in Buta war, nicht mehr verließ. Als wollte sie die Szenerie des Schreckens vertreiben, brach die Sonne durch die Wolken. Das helle Licht aber machte alles noch schlimmer. Von der feuchten Erde stiegen Dunstschleier auf, vermischten sich mit den Rauchschwaden des Feuers und gaben dem Marktplatz den Anschein greller Unwirklichkeit. »Das sind Wilde«, flüsterte Annie, mit einer Handbewegung auf die Marktfrauen weisend, die fröhlich schwatzend ihre Waren feilboten. In Emailschüsseln ringelten sich orangefarbene haarige Raupen, die unermüdlich versuchten, den Schüsselrand zu erklimmen und immer wieder scheiterten. Daneben lagen, in feuchten Sand eingebettet, pralle, weiße, aus Palmenherzen stammende Maden, Eiweißlieferanten, die fünfstückweise verkauft wurden. Gebratene Termiten türmten sich in kleinen Häufchen auf fettigem Zeitungspapier. Neben Maniokwurzeln und Kochbananen lagen kaum mehr identifizierbare Teile von Tieren – Krokodilen, Schlangen, Fischen – »boucané« nach Art des Landes, also außen verkohlt und innen noch weiß und halbroh.
Mir wurde abermals bewusst, wie weit weg ich mich von zu Hause befand. Der Boden schwankte unter meinen Füßen. Wie viele Monate waren wir schon unterwegs? Oder waren es Jahre? »Mir ist schon wieder schlecht«, sagte ich leise zu Annie. »Sahen die Affen nicht wie kleine Kinder aus?« »Ils sont malins, je te dis, sie sind einfach bösartig«, sagte Annie.

Am übernächsten Tag traf gleichzeitig mit einem Reporter des »Stanleyvillois« ein Telegramm meines Schwiegervaters aus Deutschland ein. Knapp eine Woche hatten unsere Luftpostbriefe gebraucht, und nun lag dieses Telegramm vor uns, aus dessen verstümmeltem Text immerhin hervorging, dass Paul wieder als Lichtdouble gebraucht würde. Es endete mit einem kurzen Bedauern über das verpasste Sommersemester. Seit Monaten war es das erste Zeichen aus Deutschland und es mutete sonderbar an, dass dort das Leben weitergegangen

war und man sich bemühte, ein Lichtdouble für Claus Biederstaedt zu bekommen, während es hier um ganz andere Sorgen ging, zum Beispiel, wie lange der Wagen noch durchhalten und wie man zu Geld kommen würde.
Unsere Ankunft hatte sich bis Stanleyville herumgesprochen. Der Reporter fotografierte uns vor dem MG und am 14. Juli erschien folgender Artikel:

Wegfahren, heißt das nicht ein bisschen leben?
Sie waren zu dritt. Zwei Herzen und ein Vergaser, und sie machten eine Hochzeitsreise durch Spanien. Nach ein paar Tagen Aufenthalt im Süden dieses schönen Landes, wo sie ein Haus gemietet hatten, ließ Eva oder vielmehr Marie-Victoire sich von neuen Horizonten locken.
Wie wärs, Liebling, sagte sie zu ihrem jungen Ehemann Paul, wenn wir einen kleinen Ausflug nach Marokko machen würden?
Adam, pardon Paul, ist ein Schwächling. Der Plan gefiel ihm. Man packte einen Koffer für drei Tage.
In Marokko trafen sie auf den Verführer in Gestalt eines schnurrbärtigen Jünglings namens Joss van Steenakker aus Antwerpen. Antwerpen! Das war doch eine alte Hansestadt! Das gefiel den beiden Münchnern. Und wo ist der Kongo? wollten sie wissen. Da unten irgendwo im Süden, antwortete Joss ausweichend. Eva geriet noch einmal in Versuchung. Und wenn wir auch dorthin führen ...
So kommt es, dass wir hier bei uns dieses sympathische Paar haben, das diese Reise ohne Vorbereitung und ohne Visum machte, das sich sogar auf ein Minenfeld verirrte, aber Gott Amor lenkte die Räder über sichere Wege. Keine Ersatzteile für den MG grand sport. Ihr Gepäck – sie tragen es auf dem Körper. Nichts in den Händen, nichts in den Taschen – so reist es sich leichter. Paul fährt für zwei Monate nach München, wo er Soziologie studiert und als Lichtdouble beim Film arbeitet. Seine Frau wird in Buta auf ihn warten. Zusammen wollen sie weiterreisen, mit unbekanntem Ziel.

Warum anhalten? Das Wichtigste beim Reisen ist doch das Fahren.

Auf dem vergilbten Zeitungsausschnitt befindet sich noch eine kleine Anzeige, mit der ein Maler namens Rommel zu einer Ausstellungseröffnung am 20. Juli 1958 um 10.45 Uhr ins Griechische Haus in Stanleyville einlädt.
Mehr noch als der Artikel hat mich diese Ankündigung berührt. Menschen sind damals zusammengekommen, festlich gekleidet, denn es war Sonntag, um sich die Bilder des Herrn Rommel anzusehen. Es handelte sich um eines der kleinen kulturellen Ereignisse in der Kolonie, die für das heimatferne Leben entschädigen sollten. Vielleicht gab es Brötchen und südafrikanischen Wein. Mit Sicherheit aber keine Schwarzen, höchstens als Handlanger.
Die Gäste dürften damals kaum an die Zukunft gedacht haben. Sie richteten ihre Häuser ein und hängten über ihr Sofa vielleicht ein Gemälde des Herrn Rommel. Nichts deutete darauf hin, dass ihre Tage als ungeliebte Herren in einem ungeliebten, aber fetten Land gezählt waren. Tatsächlich trennten sie noch genau 710 Tage von der Unabhängigkeit, die für die meisten den Abschied bedeutete.

Relativ schnell hatte Paul sich zur Rückreise entschlossen. Mehrere Gründe sprachen dafür. Erstens würde er in verhältnismäßig kurzer Zeit genügend Geld verdienen, um die Reise fortzusetzen, zweitens konnte er in Deutschland ein Speichenrad und Ersatzteile kaufen, und drittens fühlte er sich in Buta ratlos und wie gelähmt. Der Steenakkersche Haushalt mit seinem geregelten Leben war so etwas wie ein Leimtopf, aus dem man sich nur mit energischem Ruck befreien konnte. Eine Reise nach Deutschland war ein solcher Ruck. Es würde ihm genug Zeit bleiben, alles zu bedenken und Pläne für die Rückreise zu schmieden. Natürlich war vom Studium vorerst keine Rede mehr.

Ich überlegte eine Nacht lang, ob ich mitfahren sollte. Durch eine gemeinsame Rückfahrt hätten sich viele Probleme von selbst erledigt. Irgendwann hätte Paul den MG geholt, allein. So verlockend diese Idee auch war, sie befriedigte mich nicht. Nach fünf Monaten Herumfahrerei war ich trotz gelegentlicher Krisen zu einer tapferen kleinen Buschfrau geworden. Afrikanische Frauen sind von ihren Männern gefürchtet wegen ihrer Alltagsscharmützel, aber sie zeichnen sich durch Angepasstheit aus, wenn es um die Unterstützung großer männlicher Strategien – Krieg, Jagd und sonstige Reisen – geht. Vielleicht folgte ich aber auch nur einem Grundsatz meiner Erziehung, etwas Angefangenes zu Ende zu bringen. Ich beschloss also, in Buta zu bleiben und zwei Monate lang

die tapfere Frau zu spielen, um dann mit Paul zusammen weiterzufahren.
Der Flug musste in Deutschland von meinem Schwiegervater bezahlt werden, denn wir hatten keinen Pfennig Geld mehr. Als die Bestätigung über die Reservierung eintraf, machten wir uns auf den Weg nach Stanleyville.
Es war Mitte Juli und die Straßen wegen der Regenfälle nicht im besten Zustand. Joss bot sich als Chauffeur an. Warum für die 640 Kilometer lange Strecke noch einmal der ramponierte MG herhalten musste, weiß ich nicht mehr. Vielleicht war Steenakkers Landrover in Reparatur, vielleicht ging sein Verständnis von Gastfreundschaft nicht so weit, dass er für die lange Strecke seinen eigenen Wagen strapazieren wollte. Jedenfalls fuhren wir zu dritt im MG, ich eingepfercht hinten auf dem Notsitz.
Es ist nicht verzeichnet, ob es auf dieser Fahrt Pannen gab, lediglich von zwei Flussüberquerungen mittels primitiver Fähren ist die Rede und davon, dass auf dem Aruwimi der Motor der Fähre aussetzte und diese mit einem völlig ratlosen Afrikaner am Steuer ein Stück flussabwärts trieb, bis Joss den Schaden behoben hatte.
Mit großer Wahrscheinlichkeit hat Paul mir noch einige Instruktionen bezüglich des MG gegeben: Ölwechsel, Luftfilter, Batterie, Wäsche usw. Der Gedanke, dass ich meine Tage mit Nichtstun verbringen könnte, erschien ihm unerträglich. Trotz des Energieschubs, den die bevorstehende Reise in ihm ausgelöst hatte, fühlte er sich traurig, dass er mich verlassen musste. Ich glaube, in den Zeiten, in denen er mich geliebt hat – die Liebe kam und ging bei ihm wie Abend und Morgen, in schöner Zuverlässigkeit –, in den Zeiten also, in denen sein Herz für mich offen war, hat er mich immer ein bisschen mehr geliebt als ich ihn. Ich will damit nur sagen, dass sein Gefühlsleben weit weniger kompliziert war als das meinige. Vor allem die Zeiten des Abschieds waren dieser Liebe günstig.
So lagen wir uns in den Armen, sehr zur Verlegenheit von Joss und der zur Prüderie neigenden Afrikaner auf dem Flug-

hafen. Auf die Frage, was ich aus Deutschland mitgebracht haben wolle, fiel mir nichts anderes ein als eine Tüte gebrannter Mandeln vom Münchner Oktoberfest. Aber bis zum Münchner Oktoberfest war es noch lange hin. So lange, wie es nach Europa weit war.

»Sag, dass unsere Reise schön ist«, bat Paul. »Sie ist wunderschön«, antwortete ich unter Tränen, »nur ein bisschen zu lang.« »Was dir jetzt zu lang erscheint, wird später in deinen Träumen immer wiederkehren, vielleicht als die glücklichste Zeit in deinem Leben. Eine solche Reise macht man nur einmal, wenn man jung ist. Vielleicht schreibst du ja einmal ein Buch darüber. Und nun sei mein gutes Mädchen und pass auf dich auf. Bleib mir treu und vergiss nicht, den Affen zu füttern.«

Im Gegensatz zu den anderen Reisenden hatte Paul kaum Gepäck. Er bestieg, sich immer wieder umdrehend und mit beiden Armen winkend, die Gangway. Eine letzte Kusshand, dann war er im Flugzeug verschwunden. Mit ihm verschwanden die täglichen Reibereien, aber auch die gute Laune, die Zuversicht und die wunderbare Fähigkeit, aus dem Alltag Festtage zu machen. In der Tat kenne ich kaum eine Person, die beim Weggang eine solche Leere hinterlässt wie Paul, und das nicht nur bei Leuten, die ihn mögen.

Das Flugzeug rollte an und hob schwerfällig vom Boden ab. Unter das Dröhnen der Motoren mischte sich Donnergrollen. Im Norden war der Himmel pechschwarz. Ein herannahendes Gewitter ließ den Nachmittag rasch in einen düsteren Abend münden. Sturm kam auf, beutelte die Kronen der Bäume und fegte roten Staub in Schwaden über den Flugplatz. Die Maschine flog zittrig, wie es schien, aber unbeirrbar in diese Düsternis hinein. Blitze zuckten und schienen sie in Stücke zerreißen zu wollen. Joss und ich warteten eine Weile, bis wir den immer kleiner werdenden Punkt aus den Augen verloren. Dann gingen wir zum Auto zurück.

»Bei dem Wetter werden wir nicht weit kommen«, meinte Joss. Die ersten Tropfen fielen laut und schwer auf das Verdeck und zeichneten Spuren auf die staubige Windschutzscheibe. Es war einer dieser Überraschungsangriffe des tropischen Himmels – heftig, unbarmherzig und zügellos. Erfahrungsgemäß würde er nicht eher aufhören, als bis das Wasser knöcheltief auf den Straßen stand. Der MG suchte sich seinen Weg durch die ihn bedrängenden Wassermassen. Wasser rann durch die Seitenfenster und sammelte sich unter unseren Füßen.

Zu unserer Linken konnten wir in einiger Entfernung den Kongo ahnen, sein dunkles, schwülstiges Dahinziehen im Schutz riesiger Regenwälder. Oder war es das tobende Regengeräusch, das seine Nähe heraufbeschwor? Der Regen brachte kaum Kühlung und hörte nach einer Weile wieder auf. Wir kamen gerade noch bis zu einer Tankstelle, dann schwieg der Motor. Joss und einige Afrikaner schoben ein Stück, ohne dass sich etwas tat. Endlich kam Hilfe in Form einer amerikanischen Limousine, die den Wagen drei Kilometer vor sich herschob.

Am Ende fuhr er wenigstens. Aber das Motorengeräusch setzte von Zeit zu Zeit aus, und wenn Joss langsam fuhr, hatte er Mühe wieder zu beschleunigen. Wir kamen nur bis zu den Wasserfällen. Der Benzintank hatte eine undichte Stelle, die Batterie war leer und der Keilriemen ausgeleiert. Wir ließen uns zur Garage zurückziehen und trafen dort zufällig einen deutschen Ingenieur, der nach längerem Suchen den passenden Keilriemen fand. Joss ließ in der Zwischenzeit die Batterie laden.

Nach Stanleyville begann es erneut zu regnen. Bald war die Straße schlüpfrig wie Schmierseife. Mit den kleinen Scheinwerfern sah man nichts mehr, deshalb betätigten wir abwechselnd die Lichthupe. Es gab so gut wie keinen Verkehr mehr. Auch diesmal hörte der Regen rasch wieder auf, die Nachtfalter eroberten den Luftraum zurück. Bald war die Windschutzscheibe übersät mit unförmig zerquetschten Insekten, aus denen eine dicke Flüssigkeit quoll. Zwei Tiere, wie große Katzen aussehend, überquerten ohne Eile die Piste. Joss

meinte, es wären Panter gewesen. »Wir übernachten in Bengamisa«, entschied er.
Ich dachte an das Flugzeug, das sich mit jeder Sekunde weiter entfernte. Dass es nur Stunden brauchte, um die Strecke zurückzufliegen, auf der wir fast ein halbes Jahr zugebracht hatten, erschien mir wie Verrat.
»Fahr nicht so schnell, sonst wird mir schlecht«, bat ich. Joss griff in seine Hosentasche und holte ein Bonbon hervor, eines jener Kolonialbonbons, die aufgeweicht am Papier kleben und deren Geschmack irgendwo zwischen Pfefferminz und Desinfektionsmittel liegt. Noch während ich es lutschte, sahen wir die Schlange. Sie war im Begriff, über die Sandpiste zu kriechen, von einem Wald in den nächsten. Im grellen Licht der Scheinwerfer bäumte sie sich auf, als wollte sie das Auto aufhalten. Es gab einen dumpfen Knall unter den Sitzen. »Das muss ich sehen,« sagte Joss und hielt an.
Wir stiegen aus und gingen ein paar Meter zurück. Von der Schlange keine Spur mehr. Ich bückte mich, um nach Blutspuren zu suchen. Plötzlich musste ich mich übergeben. Da ich den ganzen Tag nichts gegessen hatte, kam nur das widerlich süße Bonbon hoch.
»Ça va, ça va«, sagte Joss und stützte mir die Stirn. Er zog einen Flachmann hervor, nahm einen Schluck und ließ auch mich trinken. Schweigend stiegen wir wieder ein.
Über viele, viele Kilometer sahen wir nur noch das holprige Band der Sandpiste, gesäumt, bedrängt und überdacht von nachtschwarzer Vegetation. Einmal schaltete Joss in den zweiten Gang und sagte: »Dein Mann hat Vertrauen zu mir, nicht wahr?« Ich nickte stumm. Ich erinnerte mich an die erste Zeit unserer Liebe, die nun schon so weit zurücklag, als Paul, von Furcht besessen, ich könnte mich mit einem anderen Mann treffen, mir heimlich auf den Straßen von München gefolgt war. Und jetzt ließ er mich mit diesem Bäckersohn allein durch den Urwald fahren.
In Bengamisa steuerte Joss ein Hotel namens »Aurore« an, dessen Name in unbekümmertem Widerspruch zu der trüben

Funzel stand, die über dem Eingang brannte. An der Bar lungerten ein paar hemdsärmlige Männer in Khakishorts herum und tranken Lagerbier. Im Raum stand eine klebrige Hitze. Joss erkundigte sich nach dem Preis für zwei Einzelzimmer. Es stellte sich heraus, dass Doppelzimmer billiger waren. Ein Doppelzimmer kostete 250 Francs. Ich wollte protestieren, aber mir fiel ein, dass ich keinen Pfennig Geld hatte. Die Männer grinsten, als der Wirt einen Schlüssel nahm und sich zur Treppe wandte. Er sperrte das Zimmer auf, ließ das Moskitonetz über dem französischen Bett herunter und nebelte den Raum mit einer kräftigen Dosis DDT ein.

Joss schaute in einen der schäbigen, grün gestrichenen Wandschränke, zog Schubladen auf und prüfte das Bett. Er tat so, als würden wir uns für die Ewigkeit dort niederlassen. »Ich schlafe sowieso auf dem Boden«, sagte ich mit Bestimmtheit. »Nein, nein«, protestierte Joss. »Du kannst das Bett haben.« »Dann dreh dich um, damit ich mich ausziehen kann.« »Ich geh noch ein Bier trinken«, sagte Joss. »Ich weiß doch, was sich gehört.« Als ich allein war, zog ich Hose und Bluse aus. Ich war zu müde, um mich zu waschen. Die Bettwäsche war schlaff und roch, als ob schon jemand in ihr geschlafen hätte. In diesem Land roch es entweder streng oder nach Desinfektionsmitteln.

Paul musste jetzt schon in Kairo sein. Er flog in den europäischen Sommer. Äpfel. Birnen. Zwetschgen. Vor allem Äpfel. Eisgekühlte Äpfel. Einen Moment lang glaubte ich, vor Verlangen fast zu vergehen.

Joss kam eine Weile später, hob das Moskitonetz hoch und fiel wie ein Stein neben mich. »Een Kus, geef mej een Kus«, sagte er mit schwerer Zunge, ins Flämische zurückfallend. Im Dunkeln tastete er nach mir und bekam einen Arm zu fassen. Ich lag vor Schreck wie gelähmt. Dann begann ich zu lachen. Ich lachte auf geradezu unanständige Weise und fand kein Ende. Tränen kullerten über meine Wangen, die Luft blieb mir weg. Durch die Dunkelheit starrte Joss, plötzlich wieder stocknüchtern, auf die Quelle dieser Heiterkeit. »Wat is r an de Hand, waarom lach je?«, fragte er. »Joss«, lachte ich, »Joss, ich glaube ich krieg ein Kind.«

An meinen Schatz,
Boulangerie Buta (Uele), B. P. 29, Congo Belge
(Paul hatte offenbar keine Hemmungen, alle, die mit dieser Postkarte in Berührung kamen, an seinem Glück teilhaben zu lassen.)
Mein Schatz! Mein Liebling! Wie viele Pannen habt ihr nach Makakendorf noch gehabt? In Khartum um 10 Uhr nachts 30 Grad Hitze! Athenische Julisonne kneift die Augen, aber sie lässt mich kalt. Athen – München 120 Mark, 48 Stunden Fahrt. Die Griechen hier sind Europäer. Ich habe Angst und noch 6 Mark in der Tasche. Grüß den Affenjäger und unsere Retter. Tausend Herzen von Deinem P.

Buta, den 19. Juli 1958
Paul, Liebster! Deine Karte aus Athen habe ich bekommen. Matondo mingi! Soll ich mir die Überraschung für den Schluss aufheben? Ich fürchte, ich halt's nicht aus. Also: Dr. Dubrand meinte, es bestünde kein Zweifel. Die überfällige Periode, die Übelkeit – kurz, wir werden unsere Reise zu dritt fortsetzen müssen – können – dürfen. Wie, das wird sich herausstellen. Ich werde jedenfalls hier auf dich warten. Dubrand meinte, ich leide an allgemeiner Erschöpfung, und ich bräuchte viel Milch, Schlaf, Ruhe, Gemüse. Er verschrieb mir Kalzium. Das Leben in diesem Haus ist mühsam und befremdlich. Oftmals am Tag muss ich mir in Erinnerung rufen, dass ich unpaying guest bin und dankbar sein sollte. Dazu macht mir das Kind zu schaffen. Wozu soll diese Übelkeit gut sein? Was hat die Natur sich dabei gedacht? Kein weibliches Tier in freier Wildbahn könnte es sich leisten, stundenlang durch Übelkeit flachzuliegen ...

Die Übelkeit trat meistens dann auf, wenn der morgendliche Duft der frischgebackenen Brötchen aus dem Laden zu mir drang. Es war sieben Uhr und Zeit zum Aufstehen. Ich schlief auf der Mord-Couch im Wohnzimmer, das direkt an den Laden grenzte. Wenn die Tür offen stand, und das war meistens der Fall, konnte ich Annie sehen, die den Afrikanern die weißen, glatten, runden Brötchen verkaufte. Aus unerfindlichem Grund hießen sie Pistolets – kleine Pistolen.

Meistens saß Vader Steenakker übernächtigt am Frühstückstisch, drei Meter von mir entfernt, vor einer Tasse Kaffee, in die er sein Pistolet tunkte.

Die Nächte waren kurz. Um zwei Uhr morgens klopften die Backgehilfen ans Fenster und wollten hereingelassen werden. Zu dieser Zeit fuhr Vader Steenakker in seine Kleider und schlurfte auf Pantoffeln zur Tür. Man hörte ein paar Worte in Lingala. Von zwei bis sieben Uhr drang der Backlärm an meine Ohren. Nacht für Nacht buken meine Ohren das Brot des kommenden Tages.

Hin- und hergerissen von meinem Wunsch liegen zu bleiben und der Scham, dass ich mich noch im Bett befand, während alle anderen schon auf den Beinen waren – alle bis auf Joss, der nicht selten bis Mittag schlief –, versuchte ich, meiner Übelkeit Herr zu werden.

An der Decke arbeitete sich der riesige Ventilator, gespeist von einem überforderten Stromgenerator, durch die träge, feuchte Luft und blähte die Tüllgardinen. Er wirbelte die verschiedenen Gerüche durcheinander, den der leeren Bierflaschen vom Vorabend auf dem Couchtisch, des Kaffees, der Katzen, der Desinfektionsmittel und des Schweißes der schwarzen Hausangestellten. Das Konglomerat von Gerüchen war das Signal. Ich hängte mir, um nicht im Nachthemd gesehen zu werden, die Zudecke um und stürzte ins Bad.

Neben dem Meerschweinchenkäfig stand die Wickelkommode für den Schimpansen. Die Steenakkers besaßen einen kleinen Zoo: Meerschweinchen, Hühner, sechs Katzen mit ihren Jungen, eine blaue Antilope, eine deutsche Schäferhündin, einen Rehpinscher und diesen Schimpansen, den Joss aus dem Hof eines Afrikaners entführt hatte, wofür er vom weißen

Kommissär wegen Betreten eines fremden Grundstücks mit einem Bußgeld belegt worden war.
Aus dem Windeleimer roch es säuerlich nach den Exkrementen eines kleinen Pflanzenfressers. Darauf hatte mein Magen nur gewartet. Gebeugt über die Kloschüssel, den Blick in die dunkle Öffnung versenkt, mich in Ekel förmlich badend, damit alles nur schnell vorüberging und ich Erleichterung verspüren würde, förderte ich unter qualvollem Würgen kleine Mengen von Magensaft zutage. Der Spiegel zeigte eine blasse Mulattin mit ausgebleichtem Haar, die Haut übersät mit blutig gekratzten Moskitostichen.
Das Wasser kam lau und nach Eisen riechend aus der Dusche. Moeder Steenakkers graue Haare hingen im Abflusssieb. Dort, wo der Hahn tropfte, hatte sich in der Badewanne eine rötliche Bahn gebildet. Eine Karawane kleiner schwarzer Ameisen zog über den rauen Betonfußboden die nachlässig gekalkte Wand empor und verschwand durchs offene Fenster. Draußen schienen sich die Vögel zu mokieren.
Das Haus war nicht für die Ewigkeit gebaut. Es war, wie alle Häuser dort, nicht mit Sorgfalt errichtet. Die Türen klemmten, die Duschen tropften, in den Ecken breitete sich der Schimmel aus. Tatsächlich waren diese Häuser so, als hätten die Weißen geahnt, dass ihre Stellung dort nicht zu halten sein würde. Und in allen Häusern waren die Badezimmer am anfälligsten für den Verfall.
Ich zog mich an. Jeans und Bluse waren in der Wäsche, aber Annie hatte mir ein geblümtes Kleid geliehen. Es spannte über den Brüsten, die leicht angeschwollen waren und schmerzten. Vader Steenakker saß noch am Frühstückstisch. Gaspard, angetan mit einer blauen Schürze, dem kolonialen Erkennungszeichen der Hausboys, brachte zwei Teller mit Teigomeletts. Sie waren nahezu farblos, so farblos wie die Dotter der tropischen Hühnereier.
Gaspards dunkles breites Gesicht mit den bernsteinfarbenen Augen war getarnt mit Unterwürfigkeit. »Yela ngai mongwa.« Der Wortschatz der Steenakkers beschränkte sich auf ein

Kauderwelsch, gerade so viel, um sich in den Dingen des täglichen Lebens zu verständigen, gerade so viel, um die Schwarzen herumkommandieren zu können. Gaspard huschte lautlos hinaus, um das gewünschte Salz zu holen.
In einem Körbchen lagen sechs der tausend Pistolets, die Vader Steenakker in der Nacht gebacken hatte, aufgetriebene, schaumstoffartige weiße Gebilde, die nach nichts schmeckten und die bis zum Abend auf die Hälfte ihres Volumens zusammengeschrumpft sein würden. In einer gelben Bakelitdose schwitzte die gesalzene, gefärbte Butter vor sich hin. Eine blaue Porzellankanne mit Tropfenfänger enthielt den starken Kaffee, den Vader Steenakker brauchte, um wach zu bleiben. Aus einer Aluminiumkanne, deren Deckel mit zwei rosaroten Gummischnüren gehalten war, schenkte ich mir Tee ein und starrte dann unschlüssig auf die beiden Marmeladen aus der belgischen Heimat. Erdbeer oder Vierfrucht?
»Eet mal«, sagte Vader Steenakker. »Du muss nu viel eten.« Er saß in Unterhemd und Shorts eingesunken auf dem Stuhl und kämpfte gegen die Müdigkeit. Auf seinem schütteren grauen Haar, an den behaarten Armen, an den kurzen Säbelbeinen hielt sich hartnäckig der Mehlstaub und ließ die Haut noch heller, noch anfälliger erscheinen. »Iss nur«, redete er mir gut zu. Er war kein Mann vieler Worte, er hatte im Haus nichts zu sagen. Seine Frau hatte die Hosen an. Das Bäckerhandwerk hatte er nie gelernt, kannte sich nur mit Autos aus. Es waren einfache Leute, diese Steenakkers, und ich erinnere mich noch, wie ich damals unter der kleinbürgerlichen Atmosphäre litt, unter den Rülpsern bei Tisch, dem Gähnen mit offenem Mund, der Stumpfsinnigkeit der Tischgespräche und dem von Moeder Steenakker gehorteten Ethno-Krimskrams für die Andenken-Ecke in Antwerpen, wenn man in drei Jahren wieder zurückkehren würde – Masken, geschnitzte Büffel, Tierfelle, Trommeln und Speere.

Ach Mavie, nun bin ich also zu Hause. Auf mir lastet, morgen den Leuten erzählen zu müssen. Irgendetwas. Ich erinnere mich an den alten Krieger, der immer noch einmal die Schlacht von Oslo schildern musste. Deine Mutter hat ca. 20 mal mit der meinen telefoniert, um zu erfahren, wo ihre Tochter steckt. Sie trägt ihr Schicksal geduldig. Meine Mutter allerdings steckt alle mit ihrer Aufregung an. Wie geht's dir und dem Affen? Ich hoffe so sehr für dich, dass nicht »der Mensch gewöhnt sich an alles« dich mit Buta aussöhnt. Von Athen fährt es sich ganz angenehm nach München. Ich hatte kein Geld mehr und wurde wie in seligen Missionszeiten ausgehalten.

Mein Liebster, die aufregendsten Momente der Woche: wenn mittwochs und samstags die kleine Maschine der Sabena über Buta eine Runde dreht, bevor sie auf der Sandpiste niedergeht. Ich weiß dann, ein Postsack ist an Bord. Es wird noch eine Stunde dauern, bis Gaspard vom Postamt zurückkommt und mir das blaue Kuvert aushändigt. »Lettre de Monsieur. Madame heureux.« Er ist der Einzige, der halbwegs Französisch spricht.
Es geht mir einigermaßen gut, nur habe ich noch kein Gramm zugenommen, sondern schwinde gewichtsmäßig dahin. Kein Wunder. Ich erbreche fast alles, was ich esse, und das ist wenig genug.
Das Klima ist höllisch. Der Arzt hat gesagt, ein Monat im Kongo zählt wie ein ganzes Jahr. Also bin ich schon ein halbes Jahr hier und warte auf dich.

An diesem Tag fuhr ich in der Mittagshitze mit Gaspards Fahrrad zu einem der griechischen Läden, wo um diese Zeit die frisch aus Europa eingeflogenen Waren eingeräumt wurden. Es ging mir nur um die Äpfel, denen noch etwas Frische aus dem Kühlraum des Flugzeugs anhaftete. Der ganze Heißhunger meiner jungen Schwangerschaft war auf diese Äpfel gerichtet. Es kostete einige Überredungskunst, den Griechen dazu zu bewegen, mir nur einen Apfel zu verkaufen. Seiner alten Waage fehlten die kleinen Gewichte. Er gab

sich nicht mit kleinen Mengen ab. Aber schließlich hatte er Mitleid mit mir.
Der Apfel sah künstlich aus, fast wie ein Dekorationsstück. Woher kam er? Aus Frankreich? Aus Belgien? Der Grieche wusste es nicht.
Sein Hemd stand bis zum Bauch offen. Auf dem Rücken war ein großer Schweißfleck zu sehen. Auch auf seinen Brusthaaren perlte der Schweiß. Den gewaltigen Bauch trug er wie ein pralles Sofakissen vor sich her. In den Kolonien konnten die Männer sich gehen lassen.
Ums Haus schlurften ein paar Frauen in Gummisandalen herum. Der Mann schien eine Art »outdoor« Harem zu unterhalten. In Afrika brauchte sich kein Weißer besonders anzustrengen, um eine Frau zu bekommen. Frauen gab es in Hülle und Fülle, und die Frauen, ich spreche von den schwarzen, waren nicht zimperlich. Am allerwenigsten hätten sie sich am äußeren Erscheinungsbild eines Europäers gestoßen. Geliebte eines Europäers zu sein, bedeutete für eine Afrikanerin neben den Demütigungen, die sie erfuhr, immer ein Privileg, auch wenn der Mann schmuddelig war wie dieser Grieche.
Ich fragte ihn, ob er keine Arbeit für mich hätte. In erster Linie dachte ich daran, dass mir das den Zugriff auf die grünen Äpfel erleichtern könnte. »Arbeit. Welche Arbeit?« »Ich könnte verkaufen«, antwortete ich zögernd. »Verkaufen. So!« Eine der schwarzen Frauen betrat den Laden. »Was willst du?«, fuhr er die Schwarze an. Diese schwieg verstockt, wahrscheinlich wollte sie Geld. Die abgegriffenen Schmutzfetzen, ohne die in Buta und auch sonstwo nichts ging, lagen in der Schublade unterm Ladentisch. Der Grieche holte ein paar Münzen hervor, die die Frau mit Bedacht in eine Ecke ihres Tuches einband. Sie schien unzufrieden zu sein. Das Kind auf ihrem Rücken schaute mit schläfrigen Augen zu. »Und jetzt hau ab! Limwá! Longwá awá!«
Zu mir gewandt sagte er: »Wenn sie Geld wittern, sind sie wie die Hyänen. Einfach widerlich. Lungern den ganzen Tag hier herum und versuchen mich auszunehmen. Was für ein

Scheißland! Warum glauben Sie, dass ich in diesem Loch von Laden stehe? Warum ich keinen Verkäufer habe? Weil ich keinem der Brüder traue. Die brauchen nur etwas anzuschauen, dann ist es futsch. Also, Sie könnten für mich so eine Art von Inventarliste machen. Ich habe überhaupt keinen Überblick mehr.«
Er wies auf die schäbigen, grün gestrichenen Regale, auf denen sich der Schrott kolonialer Geschäftigkeit aus Jahrzehnten türmte – verbeulte Sardinenbüchsen, Nescafé in rostigen Dosen, an Ermüdungsbrüchen leidende Teigwaren, Nestlé Babynahrung und andere Milchpulver, vom Alter und der Hitze ausgebleichte Damengarnituren, Schnürsenkel, Stockfisch, Durchfallmedizin, Coca-Cola, Lagerbier, Trockenei und verstaubtes Teegeschirr.
»Also gut, ich fange morgen an«, sagte ich. Große Lust hatte ich nicht auf diesen Job, aber er war immer noch sinnvoller als das Herumsitzen im Steenakkerschen Wohnzimmer. Außerdem würde mir das verdiente Geld mehr Unabhängigkeit erlauben.
Ich radelte nach Hause und platzte mit der Neuigkeit mitten in die Steenakkersche Siesta. Vader schlief, halb sitzend, halb liegend im Sessel, die Hände über dem schlaffen Bauch verschränkt. Das spärliche Haar klebte an seinem Kopf und ließ ihn noch zerbrechlicher, noch ungesünder aussehen. Bald würde die Arbeit in der Backstube von neuem beginnen. Moeder hielt den Schimpansen auf dem Schoß und versuchte, ihm Winke-Winke beizubringen. Joss lag auf dem Mördersofa, den Kopf in Annies Schoß und hielt ganz still, um sich von Annie die Mitesser auf seinem Rücken ausdrücken zu lassen. Sie benützte dazu das hohle Ende des Schlüssels der Kuckucksuhr.
»Welcher Grieche?«, fragte Moeder. »Der an der Zapfsäule?« Vader fuhr mit einem lauten Schnarcher aus seinem Schlaf hoch. Mit einem Mal waren alle hellwach. »Das ist eine sehr slechte Mann, Mavie«, sagte Moeder. »Viele Frauen. Swarte Frauen. Viele Kinderen. Er wird ...« Sie suchte nach dem pas-

senden deutschen Wort und wechselte mit Joss ein paar Sätze in Flämisch. »Er wird mit dir schlafen wollen«, sagte Joss etwas verlegen auf Französisch. »Ich habe überhaupt keine Angst«, entgegnete ich. »Außerdem bin ich sowieso schon schwanger.«
Joss entwand sich Annies Händen, zog sein Hemd wieder an und kam quer durch das Zimmer auf mich zu. »Ich habe deinem Mann versprochen, auf dich aufzupassen«, sagte er. »Der Grieche ist wirklich kein guter Platz für dich. Willst du ins Gerede kommen?« »Ich will euch nicht auf der Tasche liegen«, antwortete ich kleinlaut. »Du bist unser Gast«, sagte Joss. »Aber wenn du willst, kannst du Annie im Laden helfen. Im Laden gibt es immer etwas zu tun.«

Mein armer kleiner Liebling! Deine Mutter ist so töricht nicht. Mit ihrer unauffälligen Art fragte und fragte sie und weiß nun Folgendes: Du bist gesund, aus praktischen Gründen in Afrika geblieben, und zwar irgendwo zwischen Nigeria und Kamerun, bei Luxemburgern, die eine Molkerei betreiben und alle verheiratet sind.
Ich hoffe so, dass du Frieden mit deiner Zeit in Buta schließen kannst. Bald hast du etwas Geld und bekommst später mehr. Wenn du willst, kannst du frische Milch trinken und dir eine Schüssel sauer werden lassen, und mit Früchten und Zucker essen.
Weißt du, dass es Licht am Himmel gibt von Sternen, die schon längst verloschen sind und immer noch leuchten? So ein Stern bin ich. Die Astronomen haben mich schon berechnet und gestrichen. Aber sie irren sich. Denn sie wissen nichts von der Seelenwanderung der Irrlichter und wissen nichts von der Metamorphose, der Verwandlung von Steinen.

Mein Schatz, ich finde, meine Eltern haben es verdient zu erfahren, wo ich stecke. Du musst es ihnen auf der Landkarte zeigen. Bitte, bring ihnen auch schonend bei, dass sie bald Großeltern sein werden. Dem kleinen Kind in meinem Bauch

scheint es gut zu gehen. Schön wär's, wenn bald Geld käme. Ich hätte beim Griechen gerne rosarote Wolle gekauft und ein Jäckchen gestrickt. Ich bin mir sicher, dass es ein Mädchen wird.
Gabriel, einer der Hausboys ist heute Morgen völlig verschüchtert und mit einem blutigen Schnitt über der Nase zur Arbeit gekommen. Auf dem nächtlichen Weg zur Bäckerei wurde er in der Nähe des Bahnhofs vom Fahrrad gerissen und mit einem Messer bedroht: Mach, dass du weiterkommst, sonst ... In der letzten Nacht wurde auch beim Griechen eingebrochen. Joss hat angeordnet, dass die Boys jetzt nur noch in geschlossener Kolonne, machetebewehrt, zur Arbeit fahren dürfen.

Es war nicht die Angst vor einem Überfall, die mich das Haus kaum mehr verlassen ließ. Eine weiße Frau konnte sich auf den Straßen von Buta tagsüber sicher fühlen. Überfälle waren relativ selten, dafür sorgte schon die belgische Obrigkeit. Wenige Tage nach dem Einbruch beim Griechen wurde eine Verordnung erlassen, derzufolge kein Afrikaner mehr ohne Passierschein abends das Haus verlassen durfte.
Es war eine andere Art von Angst, die mich so vorsichtig machte. Etwas, was ich nicht benennen und noch weniger begreifen konnte. Vielleicht hing es damit zusammen, dass ich schwanger war. Wollte ich jetzt schon, aus einer Art Urinstinkt heraus, ein Nest für mein Kind bereiten? In diesem Glutofen von Haus, in dem, als wäre es nicht heiß genug, fast 24 Stunden lang der Backofen brannte?
Um nicht meinen trüben Gedanken nachzuhängen, stand ich um halb sieben auf und ging mit Annie in den Laden. Es war die Zeit, in der die schwarzen Hausboys für ihre europäische Herrschaft das Brot holten. Es bestand aus dem gleichen hoffnungslosen Teig und kostete acht Francs. Annie nahm das Geld und warf es in die Ladenschublade.
Mit ihr konnte ich nicht über meine Angst sprechen, sie hatte ihre eigenen Probleme.

Nachdem Joss erfahren hatte, dass ich schwanger war, redete er mit seiner Frau kaum mehr ein Wort. Dafür waren seine nächtlichen Bemühungen, doch noch für Nachwuchs zu sorgen, unüberhörbar. Annie sah immer unausgeschlafen aus und hatte schwarze Ringe unter den Augen. Eigentlich war sie ganz hübsch. Etwas Fischiges haftete ihr an. Waren es die etwas vorstehenden Augen oder war es das kleine Fischmaul? Wie auch immer, mit Annie war nicht zu reden.
Die Vormittage im Verkaufsraum erschöpften sich in Unterweisungen. Annie hatte es satt, Verkäuferin zu spielen und wollte den Job so schnell wie möglich an mich abgeben. Da sie hinterher von ihrer Familie keine Vorwürfe einstecken wollte, gab sie mir eine Menge guter Ratschläge.
»Also, pass auf! Lass immer nur einen in den Laden. Wenn sie zu mehreren sind, versuchen sie dich abzulenken, um was zu klauen. Du musst höllisch aufpassen. Lass nie die Kasse offenstehen. Vor allem, lass sie nicht in die Kasse schauen. Wenn du aus dem Laden gehst, sperr immer die Tür ab. Wer einmal ein Brot berührt hat, muss es auch kaufen, sie haben schmutzige Finger. Am Abend nach, sagen wir mal fünf Uhr kannst du zwei Pistolets für den Preis von einem geben. Und pass auf, dass sie zum Biertrinken rausgehen und die Flaschen wieder zurückbringen.«
Zu Anfang, als ich allein im Laden stand, kamen viele neue Käufer. Manche drückten sich auch nur die Nase an der Fensterscheibe platt. Nach einer Weile ließ die Neugier nach. Die Einheimischen hatten nichts von der aufdringlichen Fröhlichkeit der Afrikaner aus den französischen Kolonien, auch nichts von der etwas arroganten Gerissenheit der Nigerianer. Sie wirkten in jeder Beziehung verschüchtert, aber vielleicht kam es mir nur so vor, weil sie kein Französisch sprachen. Diese Schüchternheit schien gepaart mit latenter Tücke. Es war unmöglich, ihre Gedanken zu erraten, ihre Gesichter verrieten nichts. Sie erinnerten an Katzen, die gezwungen werden, auf einem Schoß zu sitzen, und nur zum Schein still halten, um bei der ersten besten Gelegenheit auszureißen.

Nichts in den Gesichtern dieser Menschen verriet, wie ihnen unter der belgischen Herrschaft zumute war. Gab es unter ihnen überhaupt so etwas wie ein kollektives Freiheitsbewusstsein? Wussten sie denn, dass es auch einmal anders gewesen war, sie, die Ururenkel der Männer, denen das riesige reiche Land Ende des vorletzten Jahrhunderts in einem »Geniestreich« buchstäblich unter dem Hintern weggezogen worden war?

Sie hatten wahrscheinlich keine Ahnung davon. Die meisten von ihnen waren Analphabeten, hatten nie eine Schule besucht. Sie waren auch sonst nicht sehr clever, denn sonst hätten sie sich nicht in dieser windigen Bäckerei für einen Franc übers Ohr hauen lassen. Das Pistolet war nicht einmal den zehnten Teil eines Franc wert. Es bestand aus Wasser, Salz und Mehl. Für einen Franc hätte man auf dem Eingeborenenmarkt bessere Ware bekommen. Aber anscheinend hatten die Belgier es verstanden, die Schwarzen für ihr Weißbrot zu begeistern.

»Pistolet mokó.« Nachdem die Hausboys mit ihren Taschen abgefertigt waren, kamen die Kunden, die sich nicht mehr als ein Pistolet leisten konnten. Angesichts der vorrätigen Menge von tausend Stück kann man sich vorstellen, wie viele es gewesen sein müssen. Sie quollen in den Laden, einer nach dem anderen, und öffneten die Hand mit der so verblüffend weißen Innenfläche. Münze und Pistolet wechselten den Besitzer. Manche bissen noch im Laden in das Brot, das sich zwischen ihren prächtigen Zähnen gummiartig zusammendrücken ließ.

Die Mütter bissen ein Stückchen davon ab, kauten es und steckten es ihren Säuglingen, die sie in ein Tuch eingebunden auf dem Rücken trugen, in den Mund. Manche der Männer verlangten nach Bier. »Masanga mokó.«

Das Bier stand unter dem Ladentisch. Es war warm, so warm wie die Luft in der Bäckerei, und das Glas war vom Transport auf den holprigen Straßen stumpf geworden. Die Männer kamen schon betrunken an, mit glasigen Augen und schwankendem Gang. Es waren nicht viele, aber sie gehörten sozusagen zu den Stammkunden. Sie öffneten die Kronenkorken mit ihren Zähnen und spien sie in weitem Bogen von sich. Annie schickte sie hinters Haus. Die Steenakkers durften zwar Bier verkaufen, aber nicht ausschenken. Hinterm Haus konnten die Kunden trinken, ohne von jemandem gesehen zu werden.

Obwohl ich im Laufe eines solchen Tages fast tausend Gesichter an mir vorüberziehen sah und kaum eines vom anderen unterscheiden konnte, weil alles so schnell ging und ich so verwirrt war von der mich bedrängenden Menge, obwohl ich also Gefahr lief, bei dieser Arbeit völlig abzustumpfen, versuchte ich, zu allen höflich zu sein. Ich siezte jedermann. Ich lächelte jeden an. Ich sagte: »Bonjour, Monsieur« und »Bonjour, Madame« und »Au revoir, Monsieur« und »Au revoir, Madame.«

Annie sagte: »Du verdirbst sie alle mit deiner Höflichkeit. Du gehst fort und wir bleiben. Wir müssen schauen, wie wir mit ihnen zurechtkommen. Du kannst sie nicht wie unseresgleichen behandeln. Also bitte, gewöhn dich an den normalen Umgangston.«

Bald nutzte ich meine Stellung im Laden dazu, um auf Kosten von Steenakkers gegenüber den Schwarzen Wohltätigkeit zu üben. Mir war aufgefallen, dass jeden Abend Pistolets übrig blieben, die an die Hühner im Hinterhof verfüttert wurden. Es handelte sich um die schäbigen Überreste der am Morgen so stolz geblähten Exemplare.

In den Tropen altern die Dinge sehr viel schneller, und so waren auch diese Pistolets wie im Zeitraffer einem Verfall anheim gegeben, der sie auf die Hälfte ihres Volumens zusammenschrumpfen ließ. Am Abend sahen die Pistolets wie bizarre Steine aus.

Eingedenk Annies Anordnung, zwei zum Preis für eines zu verkaufen, drückte ich den Käufern, die nach fünf Uhr kamen, drei in die Hand. Die Leute, die um diese Zeit kauften, gehörten zu den allerärmsten und konnten den unerwarteten

Segen nicht begreifen. Sie machten mich durch Gesten darauf aufmerksam, dass es sich um einen Irrtum handeln müsse. Aber ich bedeutete ihnen, schnell zu verschwinden. Mit tiefen Bücklingen und einem »Merci, Mademoiselle« suchten sie das Weite. Es sprach sich schnell in Buta herum. Der abendliche Andrang wurde größer und größer.
Natürlich war es nicht verwunderlich, dass immer weniger für die Hühner übrig blieb. Die Steenakkers, misstrauisch geworden, begannen, die Anzahl der gebackenen Pistolets mit dem eingenommenen Geld zu vergleichen. Der Schwindel flog auf, ich wurde wieder unter Annies Aufsicht gestellt und durfte nur noch am Vormittag verkaufen.

Mein Liebling. Hoffentlich geht es dir gut. Denn wenn du dich jetzt entschließen solltest, geregelten Briefverkehr mit deinen Eltern aufzunehmen, muss es dir gut gehen, sonst stellen Briefe eine Belastungsprobe dar. Aber denk daran: wenn deine Mutter die Adresse hat, hat sie dreieinhalb Minuten später meine Mutter und fünf Minuten später haben sie alle in Deutschland, die es wissen wollen. Meine Schwiegertochter ist in Belgisch-Kongo, stellen Sie sich vor. Wo es doch so radioaktiv ist. Kommt nicht Uran von dorther?
Ich glaube, es gibt hier welche, die sich nicht verbieten können zu glauben, ich habe dich umgebracht und verscharrt. Jetzt erst, auf meinen Tee wartend, kann ich ermessen, was ich dir zugemutet habe. Ich habe fast immer auf der Reise die Kraft in mir gespürt, dir Mut zuzusprechen, dich mit meiner Freude am Reisen anzustecken. Aber was geschieht, während ich Däumchen drehe und dabei ausgeleuchtet werde? Ich weiß es nicht.

Paul, offenbar schreiben wir aneinander vorbei. Im Moment habe ich ganz andere Sorgen als die Korrespondenz mit meinen Eltern. Ich habe ihnen heute geschrieben und tunlichst verschwiegen, wie ich mich fühle. Es wird mir besser gehen, wenn du erst wieder da bist.

Meine Schwangerschaft muss für die Steenakkers eine Provokation sein. Nachdem Annie nun trotz aller Bemühungen wieder ihre Periode bekommen hat (in diesem Haus entgeht keinem etwas!), ist Joss aus dem ehelichen Schlafzimmer ausgezogen und hat sich im Wohnzimmer einquartiert. Dafür schlafe ich jetzt bei Annie im Ehebett, der Schimpanse im Gitterbettchen neben uns.

Das Schlafzimmer von Annie und Joss lag im ersten Stock und roch nach den Kleidern, die die beiden aus Europa mitgebracht hatten und die in den Tropen muffig und alt geworden waren.
Tagsüber war der Raum ziemlich düster. Der riesige Avocadobaum hinter dem Haus verwehrte dem Tageslicht den Zutritt. Abends brannte eine schwache Birne hinter einem dunkelgrünen Lampenschirm, den Annie selbst genäht hatte. Das leise Summen der Moskitos erfüllte den Raum. Die Lichtverhältnisse im Steenakkerschen Schlafzimmer symbolisierten den Zustand dieser Ehe.
Eine Woche lang flog jeden Abend ein Flugzeug tief über Buta hinweg und versprühte Pestizide. Es handelte sich um eine Maßnahme der Kolonialregierung zur Moskitobekämpfung. Das Gift sank, kaum dass der Flugzeuglärm verebbt war, durch das dichte Laub der Bäume, verteilte sich im Unterholz und drang auch in die Häuser ein. Es roch nicht unangenehm. Man hatte damals noch keine Vorstellung von dem Schaden, den es anrichten könnte. Im Gegenteil. Die Aktion, die jedes Vierteljahr einmal stattfand, wurde von allen begrüßt, auch wenn sie mehr oder minder vergeblich war. Denn die Moskitos starben nicht aus.
Annie und ich lagen im Steenakkerschen Ehebett und atmeten tief das süßliche Aroma der Spritzmittel ein. Annie hatte das Fenster geöffnet, damit auch das Schlafzimmer von der Schädlingsbekämpfung profitieren konnte. Draußen vor dem Haus hörte man den Motor von Joss' Wagen anspringen. Das Licht der Scheinwerfer berührte kurz das Fliegengitter vorm

Fenster, die Reifen scharrten ungeduldig im Sand, dann verschwanden Licht und Lärm in der Nacht.
Annie, die atemlos gelauscht hatte, begann zu weinen. »Hast du gehört?«, fragte sie unter Schluchzen. »Er ist schon wieder weggefahren. Seitdem er unten im Wohnzimmer schläft, fährt er jede Nacht weg. Er meint, ich merke es nicht. Du hast es doch auch gehört, oder?«
»Wohin fährt er denn?«, fragte ich. Annie gab keine Antwort. Nach einer Weile sagte sie: »Er hat sich das schön ausgedacht. Du hier heroben und er unten auf dem Sofa.« Ihr Schluchzen wurde lauter.
Ich wollte sie trösten und sagte: »Sicher trinkt er noch ein Bier im ›Stanley‹. Männer brauchen das manchmal, mit anderen reden, ein bisschen angeben.« Annie suchte in der Dunkelheit nach einem Taschentuch und schnäuzte sich. »Bier trinken? Reden? Du kennst Joss nicht. Soll ich dir sagen, wo er ist?« »Sag schon.« »Also, es gibt zwei Möglichkeiten. Entweder er ist bei Madame Gautier, du weißt schon, die Blonde aus Gent, die neulich im Laden war. Sie macht es gegen Bezahlung. Oder aber er ist im Eingeborenen-Puff.«
»Woher willst du das wissen?« »Alle Männer gehen hier in den Puff. Sie haben einfach zu wenig zu tun. Das Klima, die Hitze. Dazu die Negerinnen mit ihren fetten Ärschen. Das macht sie geil.«
Ich war entsetzt, aus Annies Mund so unflätige Worte zu hören. Seit der Nacht mit Joss im »Aurore« ahnte ich, dass es mit seiner Treue nicht zum Besten bestellt war. Obwohl ich mir nichts vorzuwerfen hatte, hatte ich ein schlechtes Gewissen. Immerhin hatte ich mit Joss ein und dasselbe Bett geteilt, ohne dass Annie davon wusste.
»Aber er liebt dich doch,« versuchte ich sie zu trösten. Annie fing erneut zu weinen an. »Er hat sich so verändert, seitdem wir hier sind. Alle Männer verändern sich hier. Das Klima macht so träge. Früher, in Antwerpen, war er den ganzen Tag in der Werkstatt. Abends fiel er todmüde ins Bett. Und hier? Er braucht keinen Finger mehr zu rühren.«

»Von Männern brauchst du mir nichts zu erzählen«, sagte ich. »Ich wollte mich schon ein paarmal von Paul trennen. Aber immer waren die Umstände gegen mich. Jetzt, wo das Kind unterwegs ist, ist es zu spät. Paul ist mein Schicksal.«
In der Dunkelheit flammte ein Streichholz auf. Annie zündete sich eine Zigarette an. Sie rauchte heimlich, wann immer sich die Gelegenheit bot. Joss hatte ihr das Rauchen untersagt. Der Qualm vermischte sich mit dem süßlichen Geruch des Pestizids. Das Summen der Moskitos hatte aufgehört. »Es ist alles nur, weil ich keine Kinder bekommen kann«, sagte Annie leise. »Joss hat Angst, die Leute könnten denken, dass es an ihm liegt. Aber es liegt bestimmt an mir. Ich habe alles probiert.«
Nach einer Weile fragte sie: »Darf ich einmal deinen Bauch sehen? Ich möchte sehen, wie das ist, wenn eine Frau ein Kind im Bauch hat.« Wir knipsten das Licht an, und ich zeigte ihr meinen Bauch. Es war absolut nichts zu sehen. Da, wo ein Bauch sein sollte, war eine Kuhle. »Im wievielten Monat bist du jetzt?« »Wart mal. Ich glaube, im dritten.« »Komisch, man sieht nichts. Bist du dir sicher?« »Na hör mal«, sagte ich. »Der Arzt kann sich doch nicht täuschen. Außerdem – wie soll ich zunehmen? Das Klima zehrt auch an mir.«
Annie schob ihr Nachthemd hoch. »Ich habe ein breites Becken. Daran kann es wirklich nicht liegen.« Annie war gewachsen wie eine Birne. Ihr verhältnismäßig breiter Unterbau verjüngte sich nach oben – schmale Schultern, schmaler Kopf mit Fischmäulchen und den hellblauen, wässrigen Augen einer Meerjungfrau. »Kannst du mir nicht irgendeinen Trick verraten, wie man schwanger wird?« Ich sagte verschämt: »Ich bin noch nicht lange verheiratet. Es ist einfach so gekommen. Ein Trick war, glaube ich, nicht dabei.« »Ich habe alles ausprobiert«, murmelte Annie. »Bei Vollmond, bei Neumond, es funktioniert einfach nicht.«
Ich überlegte lange, bevor ich meine nächste Frage stellte. Das vertrauliche Gespräch war mir ziemlich unangenehm, aber Annie tat mir leid. »Wie – wie treibt ihr's denn? Ich mei-

ne, ich meine, wer liegt wo?« Annie erwiderte trocken: »Meistens Missionarsstellung.« In diesem Moment mussten wir furchtbar lachen. Ich sah alle Missionare vor mir, die ich auf der Reise erlebt hatte. »Kannst du dir die dicken Fraters von Paulis dabei vorstellen?« »Wo denkst du hin? Die dürfen doch nicht. Die sind doch katholisch.«
Ich überwand meine Schamhaftigkeit und fragte: »Hast du mal die Affen dabei beobachtet?« »Nein, wie denn?« »Ich meine nicht hier, sondern im Zoo. Die haben keine Nachwuchsprobleme. Sie sind doch unsere Verwandten. Also, was soll ich sagen? Die Affen treiben's von hinten.« »Meinst du?«, fragte Annie und zog gedankenverloren an ihrer Zigarette. »Meinst du, dass Joss überhaupt noch will?« »Natürlich will er«, antwortete ich und gähnte. Wir knipsten das Licht aus und schliefen im Zigarettenqualm ein.
Ja, so ungefähr verliefen die Gespräche, die ich mit Annie führte, als ich für etwa zwei Wochen das Bett mit ihr teilte. Dann besann sich Joss auf seinen angestammten Platz und räumte das Sofa im Wohnzimmer.
Diese Gespräche fanden zu einer Zeit statt, in der das Verhältnis zwischen mir und den Steenakkers noch einigermaßen ungetrübt war. Obwohl nie darüber gesprochen wurde, muss den Gastgebern doch mehr und mehr meine kritische Einstellung bewusst geworden sein. Den Boys, die ein feines Gespür für die Stimmung im Haus hatten, entging es nicht, dass ich stillschweigend für sie Partei ergriff. Sie mochten mich und trugen mir Klagen über ihre Brotgeber zu, in der Hoffnung, ich könne für sie vermitteln. Die Steenakkers jedoch fühlten sich von ihrem deutschen Gast verraten und ausgenützt. Moeder sagte eines Tages, als sie mit ihrer Schöpfkelle die Teller füllte: »Da haben wir ein klein Prinsesje im Haus. Arbeitet niet, hat Geheimpjes mit de Swarte und Mama muss alles betalen.«

Liebe Mavie, allmählich werde ich stocksauer. Vielleicht beabsichtigst du das. Vielleicht willst du mir zeigen, wie es ist,

wenn man keine Post bekommt. Gut, ich weiß es jetzt. Es ist nicht angenehm, es macht nervös und verärgert. Diese Reise hat es in sich. Du willst nicht sein, wo du bist, ich nicht, wo ich bin. Wir sind sechs Monate verheiratet und so weit auseinander, wie nie zuvor. Das alles zwingt mich zu der Einsicht, ich habe alles falsch gemacht. Es sieht so aus, als ob ich meine Frau zwänge, in den Tropen zu bleiben. Ein Opfer kann ich nur von dir verlangen, wenn wir gut miteinander stehen. Aber eine Ehe, in der die Frau ihrem Mann, aus was für Gründen auch immer, zwei Wochen lang nicht schreibt, ist nicht sehr gut.
Daraus ergibt sich Folgendes: Ich schreibe an meine Bank und bitte sie, Geld für den Flug Stanleyville – Athen zu bezahlen. Gleichzeitig schicke ich dir Geld auf die Bank nach Buta, ungefähr 1.500 Franken. Damit kannst du die Bahnfahrt Athen – München bezahlen.

Lieber Paul, auf deinen dummen Brief kann ich nur Folgendes antworten: Die Post in Buta wird zweimal wöchentlich abgeholt, Mittwoch und Samstag. Meinen ersten Brief schickte ich weg, bevor deiner überhaupt kam. Er ging zu Klaus in München, mit der Bitte, ihn an dich weiterzuleiten. Der zweite (mit Sahara-Film) ging nach Frankfurt, hauptpostlagernd, ebenso der dritte. Den vierten und fünften schickte ich nach Berlin. Alles wie verabredet.
Dieses ist mein sechster Brief. Offensichtlich weißt du immer noch nicht, dass ich ein Kind bekomme. Für deine schlechte Organisation kann ich nichts. Sie macht mir nur deutlich, welches Chaos auf mich zukommt. Was den Flug Stan – Athen betrifft, so kannst du ihn vergessen. Ich fahre mit dir zurück. Kairo – Alexandria – Libyen, immer am Meer entlang und geteert. Bitte schick mir endlich etwas Taschengeld.

Vereinzelt gab es Tage, an denen die Sonne schien. Am Morgen wachte ich auf und spürte: etwas war anders. Es fehlte das Trommeln der Regentropfen auf den Blechdächern. Die

Vögel lärmten und bereits mit den ersten Sonnenstrahlen dampfte ganz Buta wie eine Waschküche. Das Rot der Straßen erschien in einem intensiveren Licht, das Grün der Pflanzen war verschwenderischer. Aber ich vermisste das leuchtende Blau des Himmels, wie es sich bei uns nach langen Regenperioden zeigt. Der Himmel verlor nie sein blasses, kränkelndes Aussehen und die Sonne zeigte sich an diesem Himmel konturlos und um ein Vielfaches vergrößert.
Vielleicht ist es das, was mir fehlt, dachte ich: Farben. Außer Rot und Grün gab es nichts zu sehen. Allenfalls noch die dunkel glimmenden Gesichter der Afrikaner. Es fehlte das eindeutige Blau des europäischen Himmels, das Weiß der Wolken und des Schnees, das zarte Rosa eines Sonnenaufgangs und das helle Grau von Felsgestein. Es fehlten überhaupt die gemäßigten Töne der Natur. Alles war schrill und auf eine sorglose Weise verschwenderisch.
An solchen Tagen des verschwenderischen Darbens wurde ich so traurig, dass ich allein sein musste. Ich holte mir von Monsieur Clouzot den Schlüssel zum Schwimmbad, das etwa zwanzig Minuten von der Bäckerei entfernt am Ortsrand lag. Um die Mittagszeit gab es keine anderen Besucher. Aber auch die übrige Zeit war es meistens leer, denn es handelte sich um einen wenig attraktiven Ort, der außer einem ungepflegten Rasen und ein paar ramponierten Liegestühlen nichts zu bieten hatte. Ein zwei Meter hoher Maschendrahtzaun umgab das Gelände. Die Verwaltung hatte ihn ein paar Jahre zuvor zusätzlich mit Stacheldraht versehen, weil die Schwarzen in dem großen Becken regelmäßig ihre Wäsche zu waschen pflegten.
Das Schwimmbad war eines jener ehrgeizigen Projekte der Belgier, die nicht funktionierten. Der Hauptgrund lag wohl darin, dass die Weißen in diesem anstrengenden Klima sogar zum Schwimmen zu träge waren. Und Afrikaner hatten sowieso keinen Zutritt. Als sich erst einmal herausgestellt hatte, dass die Besucherzahlen das erwartete Maß nicht erreichten, ließ man es rasch verfallen. Das riesige Becken aus gro-

bem Beton zeigte Risse, aus denen grüner Glibber quoll. Es enthielt erdfarbenes Wasser, eine lauwarme, unbewegliche und wenig einladende Brühe, auf der sich Libellen, Fliegen und Moskitos tummelten.
Von einer zum Sonnenbaden vorgesehenen Terrasse hatten längst Ameisen, Termiten und Spinnen Besitz ergriffen. In zäher Kleinarbeit hatten sie sich Eingang in den Beton verschafft und sich ein von Menschen unbehelligtes Reich erarbeitet. Ein vom Regen entwurzelter Okoumebaum schwebte von der Anhöhe herunter, die vom Aushub für das Bassin stammte. Einige seiner Zweige hingen ins Wasser. Die ganze Anlage hatte das Flair eines Freigeheges für Affen im Zoo, und in der Tat passierte es auch immer wieder, dass langschwänzige Meerkatzen über die Kronen der benachbarten Bäume in das Schwimmbad eindrangen, auf den verrosteten Kinderschaukeln turnten und die Liegestühle bekackten.
Allein auf der Rampe des Bassins sitzend, die kleine Reiseschreibmaschine zwischen den Beinen, schrieb ich mir in Briefen an Paul meinen Zorn vom Herzen. Die Steenakkers behandelten ihre Angestellten schlecht, schlechter jedenfalls als ihre Tiere. Für alles, was im Hause schief lief, mussten die Boys herhalten. Sie bekamen Hungerlöhne. Und damit nicht genug. Fast alles Geld floss wieder in die Bäckerei zurück. Moeder führte in ihrem »Bon pour«, einem Heft mit blauem Wachseinband, mit ihrer unbeholfenen Handschrift über jeden der Boys eine Art Schuldenkonto für Vorschüsse auf Brot, Tee und Zigaretten. Die paar Francs, die am Zahltag übrig blieben, holte sie sich mit einem Lampionfest im Hinterhof, bei dem reichlich Bier floss, wieder zurück. Die chronische Verschuldung der neun Angestellen führte zu einer entwürdigenden Abhängigkeit.
Ich war eine unpolitische Person und hatte mir bis zu diesem Zeitpunkt wenig Gedanken über den Kolonialismus gemacht. Die Länder waren wie ein Panoptikum an mir vorübergezogen – bunt, exotisch und auf eine erregende Weise rückständig. Die Bilder hatten mich entzückt oder abgestoßen,

aber sie hatten nie mein moralisches Empfinden berührt. Das jedoch änderte sich in jenen letzten Tagen in Buta grundlegend. Denn die kleinen, alltäglichen Ereignisse, von denen ich eher beiläufig Zeuge wurde, kollidierten aufs heftigste mit meinem Gerechtigkeitsgefühl.
Einmal kam ein Mann die Straße entlang, einen Karren mit Steinen hinter sich herziehend. Er blieb stehen und nickte mir durch den Drahtzaun zu. Sein dunkles Gesicht war schweißüberströmt. »Nalingí mái.« Ich gab zu verstehen, dass ich kein Wasser hätte. Er wies auf das Schwimmbad und machte die Gebärde des Trinkens. Etwas verunsichert stand ich auf und öffnete ihm die Tür. Er legte sich bäuchlings an den Rand des Bassins und schlürfte das braune Wasser wie ein Tier. Voller Mitleid blickte ich auf den Mann zu meinen Füßen, der sich wie eine Schlange im Staub krümmte, um das abgestandene, schmutzige Wasser zu erreichen.
Gottlob gab es keine Zeugen! Ich hätte Schwierigkeiten bekommen können. Auch er schien sich dessen bewusst zu sein, denn er stand rasch wieder auf und verließ das verbotene Terrain. Durch das Gitter streckte er mir die Hand zum Abschied hin und sagte mehrmals hintereinander: »Merci, Mademwazel!« Er wollte meine Hand nicht mehr loslassen.
Sagte man nicht, die Schwarzen würden die Weißen gerne berühren, weil sie glaubten, deren Kraft ginge auf sie über? Der Gedanke daran war mir unangenehm. Ich fühlte mich schwach und konnte nichts abgeben. Außerdem war ich im Badeanzug und schämte mich. Aber dann fiel mir ein, dass ich nach dem Verlassen von Algerien keine obszönen Blicke, keine zweideutigen Bemerkungen mehr erlebt hatte. Anders als die Araber sahen die Schwarzen in einer weißen Frau nicht in erster Linie ein Objekt der Begierde. Eher hofften sie wohl auf einen sprudelnden Geldquell. Aber dieser alte Mann hatte außer Wasser nichts von mir gewollt. Und dafür war ich ihm dankbar.
Er spannte sich wieder vor seinen Wagen und ging weiter in Richtung Stadt. Wahrscheinlich waren die Steine für die Um-

friedung eines Gartens bestimmt. Die Europäer markierten mit diesen Steinen, die sie weiß bemalen ließen, die Grenzen ihres Terrains.

Meine allerliebste kleine doppelte Frau. Deine Briefe, die ganz unschuldig kamen, einer gestern um zwölf, der andere von einem sturzhelmigen Sonderboten ins Haus gebracht. Mein Gott. Du sollst unseren Sohn gewissenhaft und ordentlich zur Welt bringen können. Und wenn die Zeit in Buta allmählich beschwerlich wird, dann muss ich eben dafür sorgen, dass du sie abbrechen kannst, bevor etwas Dummes passiert. Deine Flugkarte ist unterwegs. Du wirst dich dann nicht mehr wie im Gefängnis fühlen, sondern kannst, wenn irgendetwas dich plötzlich unaufhaltsam wegtreibt, jederzeit fliegen.
Mavie, putz doch bitte mal das »n« in deiner Schreibmaschine. Dass dir das nicht auffällt! Und pass auf unser Kind auf. Es wird mir plötzlich klar, es ist wahrscheinlich das einzig Vernünftige, was ich in meinem Leben gemacht habe, bisher, dieses Kind.

Paul, mein Schatz!!
So schlimm, wie du befürchtest, ist es nicht. Das Leben hier ist eine eigenartige Mischung aus Komödie und Tragödie. Joss hat einen Paillard Tonprojektor gekauft und schaut sich jetzt stundenlang wildlife Filme an. Das muss man sich einmal vorstellen. Gestern Abend wurden die Boys zu einem Mickymausfilm von Disney eingeladen. Hinterher diskutierten sie aufgeregt in Lingala. Schließlich sagte Gaspard: »Diese Menschen gibt es bei uns nicht. Sie wohnen bei den Belgiern.« Einer war während der Vorführung an die Leinwand gegangen und hatte versucht, sich eine Figur zu greifen. So weit die Komödie.

Es war nach dem Abendessen, als ich auf meinen rechten Arm wies und sagte: »Seltsam, diese dicken Beulen, die ich in

letzter Zeit immer bekomme! Immer am Abend. Ich habe mich schon blutig gekratzt, was kann das nur sein?«
Joss schaute nur kurz auf. »Wahrscheinlich hast du Filarien.«
Annie, die Ärztin in der Familie, sah sich den Arm genauer an. Sie entschied, dass es eine Filariose sei. Gegen Abend versammelten sich die Würmer unter der Hautoberfläche, um ihre Eier abzulegen. Dadurch sei dieser Buckel am rechten Ellbogen entstanden. Aus den Eiern entwickelten sich dann wieder tausende und abertausende von Würmern. Mit Entsetzen dachte ich an die wissenschaftlichen Untersuchungen von Dr. Cabrol. Der »pseudo-rhumatisme filarien«! Die Elefantiasis!
»Sind zu viele Würmer im Blut«, sagte Annie, »dann suchen sie durch den inneren Augenwinkel den Weg ins Freie. Die Afrikaner nehmen dann ein Streichholz, wickeln den Wurm auf und ziehen ihn heraus.« »Juckt es dich manchmal an den Augen?«, fragte Joss. Tatsächlich brannten meine Augen manchmal, wenn ihnen die Hitze und der Schweiß zu viel wurden. »Slecht, ganz slecht«, ließ sich Moeder hören, die sich mit der Diagnose angefreundet hatte.
Ich stürzte aus dem Zimmer ins Bad und betrachtete mich im Spiegel. Eigentlich sah ich nicht schlecht aus. Die dunkelgebräunte Haut bildete einen interessanten Kontrast zu meinen grünen Augen. Aber ich war schmal geworden, und die Backenknochen standen hervor.
Jeder Satz aus Dr. Cabrols wissenschaftlicher Arbeit fiel mir ein. Unter meiner Haut lauerte das Verderben. In meinem Bindegewebe tummelten sich Würmer der Gattung Dracunculus, Loa oder Onchocerca. Nicht ein Leben steckte in mir, sondern tausende und abertausende von ekelhaften, sich windenden und krümmenden Lebewesen. Sie suhlten sich in meinem warmen Blut. Begattungen fanden statt, Transformationen und Geburten von Larven, ohne dass ich es verhindern konnte.
Mein Körper war ein Tummelplatz für Schmarotzer geworden. Und in diesem wohlgeordneten Chaos musste das Kind

seinen Platz behaupten. Aber vielleicht hatte Annie nicht Recht. Und wenn sie doch Recht hatte? Ich geriet in Panik.
Gleich am nächsten Morgen suchte ich die Ambulanz von Dr. Dubrand auf. Auf der nackten Bank des Wartezimmers saß neben mir ein gut gekleideter Afrikaner mit Sonnenbrille. Eine braune Aktentasche verriet den höheren Angestellten. Nur wenige Afrikaner konnten sich eine Konsultation bei Dubrand leisten, der Rest suchte lieber die Missionen oder den Marabou auf.
Ich empfand Ekel vor meinem eigenen Körper. Aus Nervosität kratzte ich mich mehr denn je. Ich kratzte mir den Schorf von den Wunden, in der Hoffnung, die Würmer würden diese Ausgänge benutzen und nicht meine Augen.
Der Schwarze schien ganz andere Sorgen zu haben. Von Zeit zu Zeit seufzte er und zog sein Hosenbein hoch, um ein dickes Furunkel an seinem rechten Unterschenkel zu betrachten. Als Dr. Dubrand die Tür zu seinem Sprechzimmer öffnete, sprang er sofort auf, aber Dubrand gab ihm zu verstehen, dass er warten müsse. Er sagte kurz: »Toi, tu attends.« Einem ungeschriebenen Gesetz zufolge hatte ich den Vortritt, obwohl ich später gekommen war. Ich ärgerte mich darüber, dass der Arzt den Schwarzen geduzt hatte. Es war eine ganz und gar unnötige Provokation. Erkennbar handelte es sich um einen Mann, der Französisch sprach und dem die Demütigung deutlich werden musste. Er zog sich zurück wie ein gut dressierter Hund.
Mit der Wut über den Arzt stieg auch Ärger über den Schwarzen in mir auf. Welch ein Duckmäuser! Auf einmal wusste ich, dass meine Zeit in diesem Land abgelaufen war. Was auch immer Dubrand diagnostizierte, ich würde Buta verlassen. Es gibt eine innere Uhr, die einem sagt, wann ein Lebensabschnitt abgeschlossen ist. Wenn die letzten sechs Wochen dazu bestimmt waren, mich zu einer erwachsenen Frau zu machen, dann war die Aufgabe erfüllt.
Dubrand zog mir zur Begrüßung das rechte untere Augenlid herunter. Sofort legte sich seine Stirn in Sorgenfalten. »Sie

müssen sehr müde sein. Ihr Hämoglobin scheint sich nicht erholt zu haben. Haben Sie Blutungen?« »Nein, aber ich möchte Sie bitten, mein Blut auf Filarien zu untersuchen.« Ich zeigte ihm meine zerkratzten Arme und schilderte meine Beschwerden. »Nun, man muss ja nicht immer das Schlimmste befürchten. Hier in den Tropen kursieren viele Schauermärchen. Wie kommen Sie auf Filarien, Madame?«
Während er mich zu beruhigen versuchte, bereitete er sich auf eine Blutabnahme vor. Er hatte eine Einmannpraxis und musste alles selber machen. Die Einrichtung und die Instrumente erschienen mir schmuddelig und verwahrlost. Am Stauschlauch, mit dem er meinen linken Arm abband, klebte vertrocknetes Blut. Er holte eine Glasspritze aus dem Autoclaven und schraubte eine Kanüle von riesigem Ausmaß darauf. Sein erster Versuch, die Vene zu treffen, misslang. Er schnalzte ungeduldig mit der Zunge und zog die Nadel wieder heraus. Während er den rechten Arm abband, lagen Spritze und Kanüle auf dem verschmierten Wachstuch eines kleinen Beistelltischchens.
Damals machte man sich weitaus weniger Gedanken um die Sterilität als heute. Im gleichen Raum wurden Furunkel geöffnet, Geschlechtskrankheiten behandelt und Fehlgeburten beseitigt. Wer eine solche Praxis aufsuchte, stand immer mit einem Bein im Jenseits. Und doch war das Umfeld, in dem ein weißer Arzt arbeitete, immer auch ein Ort der Zuflucht und Sicherheit in der heillos unzuverlässigen Welt Afrikas.
»Wie lange dauert es, bis Sie mir etwas sagen können?«, fragte ich. »Eine Blutsenkung braucht zwei Stunden, Madame. Vielleicht kann ich mir in dieser Zeit ihr Blutbild anschauen. Geht es Ihnen gut, Madame?« Der Einstich schmerzte sehr, aber ich sah mit Erleichterung, wie mein Blut langsam die Spritze füllte. Dubrand versorgte die Einstichstelle mit einem Pflaster und holte aus einer Schüssel mit Desinfektionslösung einen Schnäpper, den er an meiner Fingerkuppe ansetzte.
Durch das geöffnete Fenster sprang von außen eine fette gelbe Katze in den Raum und rieb sich an seinem Hosenbein.

»Bonjour, Cocu«, sagte Dubrand. Cocu machte einen Satz und landete schnurrend auf dem Beistelltischchen, wo sie an der Spritze schnupperte. Dubrand warf sie mit einer Bewegung seines Ellbogens wieder herunter und erklärte: »Katzen sind meine Leidenschaft.«
Während Cocu sich an einem Eimer mit blutigen Kompressen zu schaffen machte, holte Dubrand durch heftiges Pressen einen Tropfen meines anämischen Blutes aus dem Finger und verstrich ihn auf einem Glasplättchen zur mikroskopischen Untersuchung. Mir war ein wenig schwindlig geworden. »Legen Sie sich bitte noch ein Weilchen auf die Bank im Wartezimmer«, sagte er. »Dort können Sie das Ergebnis der Blutsenkung abwarten.«
Der Afrikaner glitt an mir vorbei in den Behandlungsraum, während ich auf der Wartezimmerbank Platz nahm. In meinen Ohren rauschte es und es dauerte eine Weile, bis ich begriff, dass es nicht mein Blut, sondern der Regen war.
Durch die offene Tür sah ich, wie sich das Grün der Blätter unwillig unter dem Regen duckte und bäumte. Der Boden war übersät mit fleischigen, obszön anmutenden Blüten. Es sah nach Herbst aus. Aus der Regenrinne oberhalb der Eingangstür zum Wartezimmer floss das Wasser in Kaskaden und sammelte sich in den beiden Kuhlen, die das kleine Steintreppchen flankierten. Sturm kam auf und wehte den Wasservorhang ins Wartezimmer.
Mit einem Knall flog das Fenster zu. Dubrand riss die Tür zu seinem Zimmer auf und rief: »Blaise, Blaise.«
Blaise kam mit Eimer und Putzlappen und ließ sich auf allen Vieren nieder. Er unterzog den Raum einer längst fälligen Reinigung, indem er das Regenwasser gleichmäßig über den Boden schmierte. Staub und Wasser vereinigten sich zu einem rotbraunen Film.
Aus dem Behandlungszimmer drang ein leises Jaulen. Blaise hob kurz den Kopf und lauschte. Dann fuhr er mit der Arbeit fort. Im Wartezimmer roch es jetzt nach nasser Erde und Blaises Schweiß.

Ich legte mich auf die Bank und starrte zur Decke. Bisher hatten wir Glück gehabt auf der Reise. Weder Paul noch ich waren ernsthaft erkrankt. Die Unfälle und Pannen hatten sich im Rahmen dessen gehalten, was zu erwarten war. Wir hatten meistens ein Dach über dem Kopf gehabt, auch wenn es nur das Autodach war, und selten Hunger gelitten. Abgesehen von der Episode in Rissani, wo Hassan mir einen Kuss geraubt hatte, waren wir nie überfallen worden. Musste ich jetzt den Preis für dieses unwahrscheinliche Glück zahlen?
Ich hörte, wie Blaise mit einem »Kendé malámu Mademwazel!« seine Arbeit beendete und die Tür hinter sich schloss. Noch immer regnete es in Strömen. Im Wartezimmer breitete sich Kellergeruch aus. Ich drehte den Kopf ein wenig und bemerkte auf dem feuchten Boden die Spuren von Blaises nackten Füßen, wie die Spuren eines frühen Erdbewohners.
Der Afrikaner kam humpelnd aus dem Behandlungszimmer, öffnete die Tür ins Freie und stand eine Weile unschlüssig vor dem Regen. Aber er schien es eilig zu haben, legte sich die Aktentasche auf den Kopf und stürzte davon. Ich stand auf und schloss die Tür. Nicht nur ich würde den Preis für das unwahrscheinliche Glück zu zahlen haben, sondern auch das Kind.
Fast zwei Stunden vergingen, in denen der Regen zögernd nachließ und die Sonne wieder die Herrschaft am Himmel übernahm. Die Schatten der Blätter tanzten über den Fußboden. Ebenso zögernd, wie der Regen verschwunden war, verblasste die Feuchtigkeit des Bodens um mich herum. Spinnen, Ameisen und Geckos eroberten ihr Reich zurück. Aus dem Behandlungszimmer drang das leise Klirren vom Instrumentarium, das in Flüssigkeit bewegt wurde.
Dann erschien Dubrand. Er setzte sich neben mich auf die Bank. »Finden Sie nicht, dass es genug geregnet hat, Madame? In den zwölf Jahren, in denen ich hier bin, habe ich keinen solchen August erlebt. In Titulé wurde die Brücke weggeschwemmt. Fünf Menschen sollen ertrunken sein. Nun, Madame, Sie werden in Kürze den europäischen Spätsommer

genießen können. Ich rate jedenfalls dazu. Ihr Blut weist eine massive Eosinophilie auf.«
»Was bedeutet das Wort?«, wollte ich wissen. »Es kommt aus dem Griechischen und bedeutet: Die Liebe zur Morgenröte. Aber hinter diesem poetischen Namen verbirgt sich die einfache Tatsache, dass einige Ihrer weißen Blutkörperchen eine Affinität zu Eosinfarbstoffen besitzen. Und das ist immer ein Zeichen für eine Wurminfektion. Zudem weist Ihre Blutsenkung einen exorbitanten Wert auf.«
»Ich verstehe nichts davon«, stieß ich hervor. »Mich interessiert nur eines: Schadet das meinem Kind?« »Schadet es Ihrem Kind, Madame? Um es kurz zu machen: Ich weiß es nicht. Die Tropen sind unberechenbar. Fast jeder Vierte ist hier mit Filarien infiziert. Es kommen gesunde Kinder zur Welt und es gibt Totgeburten. Welche Rolle die Filariose dabei spielt, wissen wir nicht. Es gibt viele Krankheiten hier. Wahrscheinlich ist die Zahl der unbekannten größer als die der bekannten. Es bleibt zukünftigen Generationen überlassen, sie zu benennen. Um sicher zu gehen, sollten Sie die Tropen verlassen. Es gibt Anzeichen dafür, dass die Krankheit im gemäßigten Klima von alleine vergeht.«
Er stand auf und reichte mir die Hand. »Gibt es denn keine Medikamente dagegen?«, fragte ich. »Sie könnten es mit Hetrazan versuchen. Aber die Therapie ist nicht immer Erfolg versprechend. Au revoir, Madame. Und grüßen Sie den bayerischen Herbst!«

Mein kleines Mädchen! Dein Brief kam nicht ganz unerwartet und hat mich nicht weiter erschüttert. Also kommst du, bist sicher in Deutschland, und mit dem Kind wird nicht weiter geabenteuert. Ich hatte auch immer ein schlechtes Gewissen und wäre wohl nicht recht froh gewesen über die Fortsetzung unserer Reise, die so viele unberechenbare Gefahren mit sich gebracht hätte. Du hast mir bewiesen, dass du mehr bist als nur die Verkörperung dessen, was du glaubst sein zu müssen, um von anderen angesehen zu werden.

Ich habe telegrafisch 150 Mark an das deutsche Konsulat in Athen geschickt für die Bahnreise Athen – München. Setz dich in die nächste Maschine und komm! Aber komm nicht ohne den Affen!!

Buta, den 23. August 1958
Paul mein Schatz! Dies ist mein letzter Brief aus dem Congo. Ich werde noch vor ihm da sein, hopefully. Nach Dr. Dubrand rät nun auch meine Münchner Ärztin zur Rückkehr. Langsam nehme ich von den Menschen und Dingen hier Abschied. Der MG trieft vor Nässe, auch innen. Als ich ihn heute Morgen unter einen Baum fahren wollte, sprang er nicht an. Joss meint, es wäre nur die Batterie. In ganz Buta ist keine Garage aufzutreiben, so ließ ich wenigstens die Motorhaube eines alten amerikanischen Wracks darüberstülpen. Eine Weile setzte ich mich hinein und betätigte Hupe, Blinker und Zigarettenanzünder – alles blieb stumm und leblos. Unter den Sitzen, im roten Schlamm, fand ich ich eine Münze aus Marokko. Weißt du noch? Al mah o el chadra o el waji al hassan. Wie lange das schon her ist, wie alt meine Erinnerungen schon sind! Ich bin nicht mehr dieselbe wie damals. Aber wer bin ich wirklich? Das naive, oberflächliche Mädchen von damals oder die nachdenkliche, heimatlose Frau von heute? Manchmal kommt es mir vor, als hätte der große Inszenierer, den wir Schicksal nennen, diese Reise als Komödie begonnen und sich dann eines anderen besonnen. Doktor Dubrand meint, meine trüben Gedanken seien hormonell bedingt und würden wieder verschwinden.

Moeder bestrich sechs Pistolets mit gesalzener Butter und legte je eine Scheibe Büchsenschinken darauf. Sie opferte zwei Eier aus ihrem Hühnerhof und kochte sie für die Reise. Sie strengte sich mächtig an, damit es mir an nichts fehlte. Wahrscheinlich hatten die Steenakkers ein schlechtes Gewissen, dass sie mich mit einem portugiesischen Bierfahrer auf die Reise schickten. Aber Joss' Ford war zu Schrott gefahren,

und der MG bewegte sich nicht von der Stelle. Vermutlich hatte Joss sowieso keine große Lust, mir zuliebe aufs Angeln zu verzichten. Seit der gemeinsamen Nacht in Bengamisu war er mir aus dem Weg gegangen, soweit das in Buta möglich war. Er hatte aber geholfen, Pako in einen kleinen Holzkäfig zu stecken und diesen mit einem Tragegriff versehen.
Wir warteten zwei Stunden auf den Portugiesen. Wenn die Weißen in Afrika etwas von den Einheimischen sofort und gründlich übernommen hatten, dann war es deren Unpünktlichkeit. Zeit spielte wahrhaftig keine Rolle. Da man Verspätungen von vornherein einkalkulierte, fühlte sich niemand mehr zur Pünktlichkeit verpflichtet. Der Portugiese ließ auf sich warten und in dieser Zeit war viel Platz fürs Abschiednehmen. »Es tut mir leid, dass ich euch so viel zugemutet habe«, sagte ich immer wieder. »Danke! Danke!«
Ich meinte es ehrlich. Sieben Wochen lang war ich Gast bei den Steenakkers gewesen. Ich hatte nur herumgemeckert und mich niemals richtig bedankt. Vader kam aus der Backstube, wischte sich die Finger an der Schürze ab und sagte: »Wenn in Europa Krieg ist, kom je terug.« Annie flüsterte mir ins Ohr: »Meine Periode ist seit drei Tagen überfällig. Halt mir bitte den Daumen. Und alles Gute für dein Kind. Schreib mir, was es geworden ist.«
Die Boys standen Spalier, als ich mich von ihnen verabschiedete. Ich kämpfte mit den Tränen. In den dunklen Gesichtern, die mir zu Anfang alle gleich erschienen waren, hatte ich im Lauf der Zeit das Charakteristische entdeckt. Aber noch immer konnte ich nicht in ihnen lesen. Ich versuchte, ihnen mit den Augen eine letzte Botschaft zukommen zu lassen: Seid stark.
Ich ahnte, dass ich sie alle einmal sehr vermissen würde, ihre trägen Bewegungen, ihren Kleinkinderwortschatz, ihren Geruch und ihre lautlose Anwesenheit. Ich würde sie ebenso vermissen wie den Geruch des Brotes, der sich nicht nur auf die Backstube beschränkte, sondern Haus, Garten, ja die ganze Straße durchzog. Die breiten, einsamen Straßen von Buta,

auf denen die Schwarzen sich wie ungebetene Gäste bewegten – auch an sie würde ich später oft denken müssen. Und an den ewig verhangenen, bleigrauen Himmel mit seinen dunklen Wolkenmeeren, die sich von Zeit zu Zeit entluden, um der längst gesättigten roten Erde Wasser zu geben.
So, wie ein Täter immer wieder an den Ort seines Verbrechens zurückkehrt, so würde meine vagabundierende Sehnsucht später immer wieder den Ort aufsuchen, der von Angst und Einsamkeit bestimmt war, anders und bedrohlicher, als ich sie bis dahin erlebt hatte. Und wenn man mich heute fragen würde, welche Zeit in Afrika ich gerne noch einmal durchleben möchte, dann wäre es die in Buta. So, als wäre mir Buta etwas schuldig geblieben an Geborgenheit und Glück und umgekehrt, als müsste ich Buta noch nachträglich Abbitte leisten.

Ich habe die Steenakkers nie mehr gesehen. Einige Briefe berichten davon, dass Papa kurz darauf sehr krank wurde und drei Monate lang in Stanleyville im Krankenhaus lag. Annie war tatsächlich schwanger geworden. Ob mein Tipp dabei eine Rolle gespielt hat? Aber mit Annies Nieren gab es Komplikationen, und sie wurde ins Krankenhaus von Buta eingeliefert. Während dieser Zeit musste Joss in der Nacht backen und tagsüber Brot verkaufen. Es dürfte kaum einen Menschen in Buta gegeben haben, der darüber nicht Schadenfreude empfunden hätte.
Dies alles spielte sich ab, nachdem Paul seinen MG in Buta abgeholt hatte, und das war im Dezember 1958. Das Letzte, was wir von den Steenakkers hörten, war, dass Annie im Mai 1959 einen gesunden Jungen zur Welt gebracht und Joss sich aus Freude darüber zwei Motorboote gekauft hat. Moeders Briefe waren in Flämisch geschrieben und schwer zu lesen. Der letzte Brief stammt von Joss. Er fragte Paul, ob er ihm nicht eine Arbeit beim Film verschaffen könne. Er plane, die Bäckerei zu verkaufen und ein Hotel in Stanleyville zu erwerben.

Es ist nicht mehr festzustellen, ob die Steenakkers den Kongo noch vor der Unabhängigkeit heil verlassen konnten. Viele Europäer waren klug genug, es zu tun. Denn im Rausch der neu gewonnenen Freiheit richteten die Schwarzen unter den verbliebenen Weißen ein unbeschreibliches Blutbad an. Unabhängigkeit bedeutete für sie, dass sie sich ihrer zahlenmäßigen Überlegenheit plötzlich bewusst wurden und sie sich zunutze machten. Vielleicht haben sie zu dieser Zeit auch entdeckt, dass Belgien auf der europäischen Landkarte nur ein kleines Land ohne Bedeutung war.
Der weiße Mann hatte seinen Mythos verloren und sie ihre Angst. Eine Welle von zielloser Gewalt überflutete das Land. Sie machte auch vor den Missionen nicht halt. Ein dem Tagebuch beigelegter Zeitungsausschnitt berichtet von dem Massaker an sieben Fratres einer Missionsstation im Bezirk Uele. Vielleicht waren es die, die sonntags immer zum Kaffeetrinken zu den Steenakkers kamen.
Noch hatten die Schwarzen kaum Schusswaffen. Sie bedienten sich ihrer Macheten, die sie meisterlich zu führen wussten. Plünderungen begannen allerorten. Das, was die Europäer zurückgelassen hatten, gehörte jetzt dem, der es sich mit Gewalt zu nehmen verstand. Sie besetzten die Häuser und machten auf den Fußböden Feuer, um sich ihre Affen zu braten. Sie schliefen in den Betten, zeugten Kinder. Geschirr ging kaputt, Waschbecken und Klos verstopften, Fenster zerbrachen, Gärten wucherten zu.
Vielleicht sah das Ende der »Boulangerie« von Buta so ähnlich aus. Sie verbrannten das »Bon pour« und schlitzten die letzten Mehlsäcke auf, um sich zu bedienen. Vielleicht war es so.

Damals, als ich Buta verließ, war ich weit entfernt von solchen Horrorvisionen. Ich hoffte, eines Tages gesund wiederzukommen und die unterbrochene Reise fortzusetzen. Mit dem wenigen Gepäck, einem Rucksack und dem Affenkäfig, stieg ich ins Auto des Portugiesen. Dieser fuhr einen alten, verbeulten Citroën-Pritschenwagen, auf dessen Ladefläche Kisten mit leeren Bierflaschen standen. Er war auf seiner allwöchentlichen Tour nach Stanleyville, um neues Bier zu holen. Auf den Kisten hatte schon ein buntes Gemisch von Menschen und Tieren Platz genommen, Mütter mit ihren Babies, Männer mit Umzugsgepäck, Hühnerkäfigen und anderen Marktwaren, auch zwei Ziegen waren darunter. Es war einer dieser heillos überladenen Transporte, die Afrikas Pisten interessant und gefährlich zugleich machten. Der Portugiese verdiente sich damit ein Zubrot.
Wir ratterten winkend aus dem Dorf, dieser amorphen Ansammlung gesichtsloser Bauten, und wurden bald von den riesigen Wäldern geschluckt. Die rote Piste rollte wie ein Band unter uns hinweg, gleichmäßig und einschläfernd. Es gab kaum Verkehr. Die Gegend schien völlig unbewohnt zu sein und doch klopfte von Zeit zu Zeit einer der Mitreisenden an die Führerkabine, um aussteigen zu können. Der Citroën hielt an, der Passagier sprang von der Ladefläche, nahm sein Gepäck von oben in Empfang und verschwand im Dschungel. Ebenso geheimnisvoll tauchten manchmal Menschen von dorther auf, stellten sich an den Straßenrand und gaben zu verstehen, dass sie mitgenommen werden wollten.

Wir waren etwa eine Stunde gefahren, als die Freundin des Portugiesen auf diesen in Lingala einzureden begann. Es handelte sich um Pako. Pako, dem vor der Abreise noch reichlich Nahrung zugesteckt worden war, hatte völlig ungeniert seinen Käfig vollgekackt. Durch die Ritzen des Holzbodens war Flüssigkeit auf meine Hose gesickert. Ich spürte es warm und feucht auf meiner Haut und wagte mich nicht zu rühren. Der Affe betrachtete interessiert die vorbeiziehenden Wälder. Der Geruch hielt sich im Rahmen dessen, was man von Pako gewohnt war. Wir hielten an und reichten Pako auf die Ladefläche hinauf. Bereits jetzt stellte sich heraus, dass es mit Pako nicht einfach werden würde.
Die Reise ging wegen der vielen Stopps nur langsam voran. Einmal mussten wir anhalten, weil dem Portugiesen etwas ins Auge geflogen war, dann wieder, weil eine Frau ihr Geschäft verrichten musste. Über einer Reifenpanne ging viel Zeit verloren, eine der Radmuttern war verrostet und brach ab. Kurz nachdem der Schaden behoben war, stießen wir auf einen Baum, der quer über der Straße lag.
Mir waren diese Unterbrechungen sehr willkommen. Ich befürchtete, dass die Schaukelei für das Kind zu viel werden könnte. Bei jedem Schlagloch fielen mir Geschichten von Abgängen und Fehlgeburten mitten im Busch ein. Alle diese Frauen hatten gegen eine Regel verstoßen: Fahre nie in schwangerem Zustand auf Afrikas Straßen.
Als wir an den Aruwimi kamen, legte die Fähre gerade am anderen Ufer an. Ich nahm Pako aus seinem Käfig, führte ihn an der Leine ans Ufer und ließ ihn trinken. Er trank, vorsichtig darauf bedacht, das Wasser mit nichts anderem als seinem Mund zu berühren. Nach jedem Schluck spähte er nach Gefahren aus. Die braunen, in Strudeln vorbeiziehenden Wassermassen waren ihm unheimlich. Die lange Reise hatte ihn verschreckt und misstrauisch gemacht. Ich wusch auch den Käfig aus. Pako kletterte an mir hoch und legte nach Affenart Arme und Beine um mich. In der Vergangenheit hatten wir immer auf Kriegsfuß gestanden. Jetzt, als ahne er, dass er auf

mich angewiesen war, klammerte er sich an mich wie an eine Mutter und war ganz friedlich.
Es musste sich herumgesprochen haben, dass ich schwanger war. Vielleicht hatte Moeder es dem Bierfahrer erzählt. Einer der weiß gekleideten Patres aus der Menge der Wartenden kam auf mich zu und sagte: »Du erwartest Nachwuchs, meine Tochter? Wo willst Du in Stanleyville wohnen?«
Ich müsste mir erst etwas suchen, erwiderte ich. Von dem Geld, das mir Paul überwiesen hatte, war nicht viel übrig geblieben, nachdem ich unsere Schulden bei Joss beglichen hatte. Ich wusste nicht, wie viel das ärztliche Zeugnis für Pako kosten würde. Und essen musste ich auch noch. »Ich hoffe, in irgendeiner Mission unterzukommen«, sagte ich. »Für eine Nacht. Es ist nur eine Nacht, morgen Nachmittag geht mein Flugzeug.«
Der Pater ging zu seinen beiden Kollegen, die bei einem weißen Peugeot standen, beriet sich flüsternd mit ihnen und kam dann wieder zurück. »Du kannst für eine Nacht im Gästehaus des Bischofsitzes bleiben, meine Tochter. Die Stadt ist nichts für eine allein stehende junge weiße Frau. Ihr werdet mit uns weiterreisen, du und dein Affe.«
Wir erreichten Stanleyville in der Nacht. Das Gästehaus stand in einem riesigen Garten mit Blick auf den Fluss. Pako band ich zum Übernachten an einen Baum. Es gab eine Menge Moskitos, mehr noch als in Buta. Es war mir ziemlich egal, denn ich war sowieso schon krank, schlimmer konnte es nicht mehr werden.
In meinem Zimmer hing ein großes Kruzifix. Das Bettzeug war steif vor Sauberkeit, der gewachste Ziegelboden glänzte. Nach der kleinbürgerlichen Enge des Steenakkerschen Haushaltes ließ dieses kahle Zimmer mich aufatmen. Trotz der großen Hitze wirkte das Gästehaus des Bischofs wie ein kühler Ort. Die Zimmer führten alle in den Garten, durch den ein lauer, kaum wahrnehmbarer Wind wehte.
Die Missionen hatten sich für ihre Häuser immer die schönsten Plätze ausgesucht. Vor den Fenstern waren das basso

continuo eines Generators und das millionenfache Zirpen von Zikaden zu hören.
Ein zwergwüchsiger schwarzer Boy brachte mir auf einem Tablett ein Glas Milch und zwei Scheiben Weißbrot mit Schinken und Käse. Das Brot sah aus, als sei es mir von der Steenakkerschen Bäckerei nachgereist. Erst jetzt merkte ich, wie erschöpft ich war, erschöpft und aufgedreht zugleich. Der Boy nahm einen Hocker, bestieg ihn und wollte das Moskitonetz über dem Bett herunterlassen. Dabei verlor er das Gleichgewicht. Sich am Netz festhaltend, riss er ein Loch hinein. Rasch holte er Nadel und Faden und nähte es zu.
Er hatte listige kleine Äuglein, und als ich ihn fragte, ob es im Gästehaus etwas zu lesen gäbe, fragte er sofort zurück, ob in Deutsch, Französisch oder Englisch. »Gibt es denn deutsche Bücher hier?«, wollte ich wissen. »Mais oui, Madame«, antwortete er und lief auf seinen kurzen Beinen hinaus. Etwas später kam er mit Stanleys »Der Kongo und die Gründung des Kongostaates« zurück. »Um zehn Uhr wird der Generator für dieses Haus abgestellt, Madame.«
Ich begann in dem Buch zu lesen. Das Licht ging aus, ich zündete eine Kerze an und las weiter. Es war noch gar nicht so lange her, dass Stanley in dieser Gegend gewesen war. Was sind schon 80 Jahre? Und doch wehte ein Hauch von Urzeit über die Blätter. Für eine Nacht erstand vor meinen Augen das Afrika, um das ich mich betrogen glaubte, das Afrika der echten Abenteuer.
Stanleyville dampfte unter der Hitze. Mit einem Fahrrad, das mir die Patres geliehen hatten, fuhr ich durch die Stadt zum Veterinäramt. Pakos Käfig war auf dem Gepäckträger eingeklemmt. Von Zeit zu Zeit hörte ich sein Zetern.
Die Stadt hatte sich wie eine gigantische Zecke in den Urwald gefressen. Fragen der Ästhetik waren dabei auf der Strecke geblieben. Die schnell hochgezogenen Bauten, die vom Regen ausgewaschenen Straßen und nicht zuletzt die Menschen schienen in einem zähen Kampf mit dem Klima zu leben. In Stan zu leben grenzte an Masochismus. Und doch nahm die

Zahl seiner Bewohner ständig zu. Etwa 40.000 sollen es im Jahr 1958 gewesen sein. Europäisches Tempo beherrschte die Straßen.
Von Zeit zu Zeit gaben die Häuser und Bäume den Blick auf den Fluss frei, der hier einen Bogen machte. Nahezu 2.000 Kilometer war er nordwärts geflossen, hatte die Wasser von Maiko, Lubutu, Ulindi und Elila gierig aufgenommen, als hätte er vor, die Sahara zu bewässern. Aber bei Stanleyville änderte er seine Richtung und floss in einem großen Bogen westwärts. Das andere Ufer schien in weiter Ferne, der untere Rand der Bäume über dem Wasser wie mit dem Lineal gezogen, die Menschen in den Einbäumen seltsam unbewegt und scheinbar ziellos, der Himmel darüber in stechendem Licht. Wasserhyazinthen trieben flussabwärts den Stromschnellen entgegen, wie Totengaben, die es eilig hatten.
Noch nie hatte ich Wasser gesehen, das mit einer derartigen Entschlossenheit seinem Ziel zustrebte, als wäre es vom Sog eines gigantischen Gullis erfasst, Sinnbild für das Unabänderliche, die Beständigkeit, die Macht. Solange der Kongo dahinrollte, gelb und tranig, würde hier Leben sein, auch wenn eines Tages der Busch wieder über dem Ort zusammenschlagen würde. Es war mein Abschied von Afrika.
Ich hielt an und stieg vom Fahrrad. Aus einer Bar ertönte ein afrikanischer Gassenhauer: »Was brauchen die Weißen zum Kochen? Margarine Fina«, sang ein Mann zur Gitarre.
Der Veterinär sagte mit einem kurzen Blick auf Pako: »Cercocebus torquatus torquatus. Interessant. Man findet sie hier nicht. Wie alt ist er? Sie wissen es nicht?« Er öffnete Pako das Maul, was dieser sich nur unwillig gefallen ließ. Er bemerkte einen fehlenden Zahn und machte sich eine Notiz. »Sehen Sie, die Eckzähne sind noch nicht voll ausgebildet. Das bedeutet, dass Ihr Affe noch nicht geschlechtsreif ist.«
Dann warf er einen langen Blick auf mich. »Den wollen Sie wirklich mitnehmen? Wohin sagen Sie?« »Nach Deutschland«, stotterte ich. »Und wie wollen Sie ihn halten?« »Ich weiß nicht, mein Mann meinte ...« »Hören Sie, Madame.

Ich habe schon für die seltsamsten Tiere Zeugnisse ausgestellt. Schlangen, Krokodile, Warzenschweine, Makaken, Menschenaffen und andere Souvenirs. Das ist mein Job und damit verdiene ich mein Geld. Aber ich sage Ihnen: An diesem Tier werden Sie keine Freude haben. Mit der Geschlechtsreife wird es ausgesprochen bösartig und aggressiv werden.«

Er zwinkerte mir zu. »Es handelt sich ja auch um ein Weibchen.« Aus Höflichkeit lächelte ich zurück. »Als Haustier ist es nicht zu halten, am allerwenigsten in einem kalten Land wie Deutschland. Soll der Affe etwa in Ihrem Schlafzimmer logieren? Ah, mais alors!« Er redete sich richtig in Rage. Ich entgegnete nur: »Mein Mann hat geschrieben: Komm mir ja nicht ohne den Affen!«

Der Arzt schaute mich fassungslos an. Er schüttelte wortlos den Kopf und begann Pako zu untersuchen. Körper 40 cm, Schwanz 50 cm. Er schaute ihm mit einem Otoskop in die Ohren, klopfte seine Brust ab und untersuchte den Bauch. Alle Reflexe waren in Ordnung. Mit einem tiefen Seufzer stellte er einen Schein aus und überreichte ihn mir wortlos. Wahrscheinlich hielt er mich für verrückt.

Ich fuhr zum Gästehaus zurück und fiel vor Erschöpfung aufs Bett. Ich hatte Angst, dass diese Erschöpfung mich daran hindern würde, den Kontinent zu verlassen. Zum Mittagessen stand ich auf und sammelte Brot und Bananen für Pakos Reiseverpflegung. Auch eine Flasche Wasser nahm ich mit. Einer der Patres brachte mich zum Flughafen.

Wieder war es Nachmittag, wieder stand die Maschine der Sabena auf dem Rollfeld. Sie hatte das Aussehen eines Kriegsbombers, klein und kompakt im Vergleich zu heutigen Maschinen, aus der Ferne fast wie ein Spielzeug wirkend. Der Beamte, der mein Ausreiseformular kontrollierte, stutzte ein wenig, als er meine Angabe zur Rasse mit meinem Aussehen verglich.

»Weiß?« Ich war alles andere als weiß. Meine Haut hatte im Laufe der Monate eine dunkle Farbe angenommen. Erst an-

hand meines Passes konnte ich ihn davon überzeugen, dass ich Deutsche war.
Pako durfte nicht mit in den Passagierraum, sondern verschwand, ebenso wie mein Rucksack, im Laderaum. Vorher gab ich ihm noch aus der hohlen Hand Wasser zu trinken und schälte ihm eine Banane, die er eilig in seinen Backentaschen verschwinden ließ. Den Rest meiner Münzen gab ich dem Mann, der ihn wegtrug und bat ihn, Pako bei der Zwischenlandung in Khartoum mit Wasser zu versorgen.
Die Maschine flog einen tiefen Bogen über die Stadt. Die Wellblechdächer blitzten unter den nachmittäglichen Sonnenstrahlen auf. Mehrere Minuten lang war das Fenster, an dem ich saß, ganz ausgefüllt vom Stadtleben – von roten Straßen, auf denen Autos fuhren, von Gärten und kleinen Waldstücken und von diesen Wellblechdächern, die ich im ersten Moment für Schwimmbecken gehalten hatte. Erst mein Nachbar klärte mich auf.
Die Entfernung wuchs mit jeder Minute, der Wald wurde ein dichter, grüner Teppich, den die tief stehende Sonne sanft entzündete. Von oben sah er harmlos aus, dieser gigantische Wald mit seiner bauschigen Oberfläche, der den Fluss schützend begleitete. Eine Weile folgte die Maschine den launischen Kurven des Kongo. Im braunen Wasser wurden längliche Inseln sichtbar und Zuflüsse, die aus dem Nichts zu kommen schienen. Verschwunden waren alle Zeichen menschlichen Lebens. Dann drehte der Fluss nach links ab und verschwand in einem orgiastischen Feuer, mit dem die Sonne ihren Abgang vorbereitete. Langsam hüllte sich das Land in Dunkel.
Irgendwo, tief unten, lebten bereits diejenigen, die ein paar Jahre später für das Schicksal des Landes verantwortlich sein würden: Joseph Kasawubu, Moise Tschombé, Patrice Lumumba und General Mobutu, Namen, denen es für europäische Ohren an Ernsthaftigkeit mangelte – ein Eindruck, der durch die Entschlossenheit, mit der diese Männer dann ihre Ziele verfolgten, widerlegt wurde.

An Bord der Sabena herrschte das verlässlich kühle Klima Europas. Mit dem letzten Schritt über die Gangway hatten die Passagiere Afrika hinter sich gelassen. Ich schien die einzige Touristin zu sein. Niemand wäre damals auf die Idee gekommen, im Kongo Urlaub zu machen, und so fehlte auch die grelle Freizeitkostümierung, die heutzutage das Bild solcher Flugzeuge bestimmt. Geschäftsreisende in hellem Leinen oder Khaki und bleiche Mütter mit ihren Kindern, die sich in Europa von den Tropen erholen mussten, lehnten in den Fauteuils. Es gab keine Schwarzen. Die Belgier hüteten sich davor, ihre Afrikaner mit Europa in Berührung zu bringen, wo Begriffe wie Pressefreiheit, Wahlen, Persönlichkeitsrechte eine Selbstverständlichkeit waren. Das Sabena-Menu stimmte die Mägen auf heimatliche Kost ein – Hähnchen in Sauce Hollandaise mit Spargelspitzen auf Reis.
Ich saß neben einem blassen, ausgezehrt wirkenden Mann, der sich nach seiner Bemerkung über die Wellblechdächer in den »Figaro« vertieft hatte. Wir kamen erst wieder ins Gespräch, als ich bei der Zwischenlandung in Khartoum nach seiner Hand griff und ihm gestand, dass ich Angst hätte. Es war mein erster Flug und ich empfand das nächtliche Hinuntergleiten aus zehntausend Metern Höhe als bedrohlich.
Die Landung verzögerte sich, die Maschine zog plötzlich wieder hoch und die Lichter des Flughafens, die schon so nah gewesen waren, wurden kleiner. Da stellte mein Nachbar sich als Monsieur Levant vor und erzählte, um mich abzulenken, dass er Missionar sei und sich auf Heimaturlaub befände. Schon wieder ein Missionar!
Als die Maschine dann schließlich doch zur Landung ansetzte und auf der holprigen Bahn voller Schlaglöcher und Verwehungen zum Stehen kam, wusste ich alles über sein Leben auf verlorenem Posten in einem Ort, dessen Namen ich noch nie gehört hatte und den ich mir staubig und voller streunender Hunde vorstellte.
Ich entzog ihm rasch meine Hand und sagte, um Missverständnissen vorzubeugen, dass der Flug für meine Schwan-

gerschaft ein Risiko darstelle und ich deshalb jede Aufregung vermeiden müsse. Von diesem Moment an blieb ihm gar nichts anderes übrig, als sich um mich zu kümmern. Während wir in dem kleinen Bus zum Flughafengebäude gefahren wurden, unterhielten sich die neben uns stehenden Piloten darüber, dass es Probleme mit dem Ausfahren des Fahrgestells gegeben hatte.
Es war zehn Uhr nachts, und das Thermometer zeigte noch immer 30 Grad. Wegen der anfallenden Reparaturen dauerte der Aufenthalt zwei Stunden. Dadurch würde sich auch die Ankunft in Athen verzögern und der Missionar hatte Sorge, dass sein gebuchtes Hotel dann nicht mehr geöffnet sein könnte. Er fragte mich, wo ich wohnen würde. Ich hätte mir darüber auch schon Gedanken gemacht, aber, um ehrlich zu sein, ich wüsste es nicht. Auf der Deutschen Botschaft müsse wohl Geld für mich bereitliegen, momentan aber besäße ich nichts. Da ich obendrein einen Affen bei mir hätte, käme ein Hotel sowieso nicht in Frage.

Als wir in Athen landeten, war es Sonntag. Das hatte ich nicht bedacht und niemand hatte mich darauf aufmerksam gemacht. Erst jetzt merkte ich, wie sehr die Monate in Afrika sich jeglicher Zeitrechnung widersetzt hatten, so als hätten sie ihren eigenen Kalender gehabt, ohne Sonn-, Feier- und Werktage und folglich ohne Pflichten, und als müsse ich jetzt einen ganz anderen Kalender aufschlagen, den, der mir die Tage wie ein Geizkragen hinzählte.
Am Horizont zeigte sich bereits zaghaft der Morgen. Das erste Mal seit langem vollzog sich vor meinen Augen wieder das Wunder der Dämmerung. Die Passagiere der Maschine gingen auseinander, stiegen in Taxis und verschwanden. Auch die Erinnerungen rückten von mir ab.
Am Flughafen war eine Art Wochenend-Notdienst eingerichtet, der sich mit der Herausgabe von Pako überfordert fühlte. Eine Weile stritt ich mich mit einem Angestellten auf Englisch herum. Er blieb hart. Er müsse die Entscheidung seines Chefs

abwarten und bis dahin dürfe der Affe das Gelände nicht verlassen. Wenigstens gestattete er mir, ihn in die große Lagerhalle zu begleiten, in der noch unverzollte Ware lagerte. Bibbernd vor Kälte fand ich Pako in seinem Käfig. Seine dunklen Augen versuchten, durch die Gitterstäbe etwas von der seltsamen Welt zu erhaschen, in die er über Nacht geraten war – Kisten aus Aluminium, Seesäcke, Koffer, Holzfässer. Als er mich sah, fing er leise zu keckern an.

Mir wurde klar, dass er durch meine Schuld leiden musste. Er griff mit seiner kleinen schwarzen Hand nach dem Brot, das ich vom Abendessen zurückbehalten hatte, und stopfte es in seine Backentaschen. Es war eine für Pako typische Bewegung und doch wirkte sie in dieser Umgebung seltsam fremd, wie eine längst überholte Zeremonie aus seiner alten Heimat. Er war das Einzige, was mich noch an Afrika erinnerte, aber er war vom Magier zum bloßen Mitbringsel geworden und hatte dabei seinen Zauber eingebüßt, so, wie die Mangos bei ihrer langen Reise nach Europa ihren Geschmack verlieren, der sie am Strand von Lamu so einzigartig und begehrenswert erscheinen lässt.

Monsieur Levant bestand darauf, mich in sein Hotel mitzunehmen. Es erwies sich als feine Adresse, aber es war ausgebucht, worüber ich nicht unglücklich war. Wie hätte ich es auch bezahlen sollen?

Der Nachtportier bot mir ein Etagenbad im dritten Stock an. Dieses fensterlose Bad würde nicht mehr gebraucht, nachdem man erst vor kurzem alle Zimmer mit fließendem Wasser ausgestattet habe. Es koste auch nicht viel. Der Portier brachte eine dünne Schaumstoffmatratze.

Schaumstoff war damals das Allerneueste. Er schmiegte sich auf unkomplizierte Weise der Form der alten Badewanne an. Einstmals sehr anspruchsvoll, hatte ich auf dieser Reise so etwas wie eine Entwöhnung von Betten durchgemacht und stattdessen gelernt, mich wie ein Hund an Ort und Stelle fallen zu lassen und zu schlafen.

Nachdem der Missionar mir mit dem Daumen ein Kreuz auf die Stirn gezeichnet hatte, streckte ich mich in der Wanne aus und schlief bis zum Nachmittag, bewacht von einem altmodischen Wasserhahn aus Messing, der noch einen großen Hebel besaß, mit dem man zwischen »hot« und »cold« wählen konnte.
Athen meinte es weiterhin gut mit mir. Als ich am Nachmittag mein Bad verließ, fand ich, von Monsieur Levant dort aufgehängt, eine Tüte mit zwei Brötchen am Türgriff. Ein Kärtchen mit der Nachricht, dass er unterwegs nach Brüssel sei und mich Gottes Liebe und Gnade anempfehle, lag dabei. Jetzt erst erinnerte ich mich an das leise Pochen an der Tür, das in meinen Schlaf gedrungen war. Eine bleierne Müdigkeit, bedingt durch die stickige Luft in dem kleinen Raum, hatte mich daran gehindert, auf das Pochen von Monsieur Levant zu reagieren. Ich hätte mich gerne von ihm verabschiedet und ihm gedankt. Durch seine Abreise verblasste Afrikas Bild noch mehr.
An der Rezeption buchte ich das Badezimmer für eine weitere Nacht. Dann meldete ich ein Ferngespräch nach Berlin an. Der Portier meinte, es würde mindestens eine Stunde dauern, bis die Verbindung zustande käme. Währenddessen trat ich vor das Hotel. Die Sonne stand bereits tief und hüllte die Straße in ein warmes Licht.
Gegenüber baute ein Melonenverkäufer gerade seinen Stand ab. Ich überquerte die Straße und fragte auf Englisch, ob ich ein Stück kaufen und erst am nächsten Tag bezahlen könne. Sein Englisch war nicht gut, aber er schien mich zu verstehen. Er machte eine wegwerfende Handbewegung. Nein, ich bräuchte nichts zu bezahlen, es sei ein ..., er suchte nach der englischen Vokabel. »Ein Geschenk?«, »Ja, ein Geschenk.«
Es sei für einen Affen, erklärte ich ihm. Er schien mich nicht zu verstehen und rief einem Vorübergehenden ein paar Worte auf Griechisch zu. Dieser blieb stehen und gesellte sich zu uns. »Monkey?« »Ja, ein Affe.« Der Melonenverkäufer, dessen Name Christos war, erbot sich, mich zum Flughafen zu

fahren. Ich müsse nur ein wenig warten, bis er eingepackt habe. Nach all den Engeln war ich am Ende auf einen Christos gestoßen.
In der Zwischenzeit kam das Ferngespräch nach Berlin. Paul hatte natürlich das Hotel längst gewechselt. Er ist prinzipiell nie dort, wo man ihn vermutet. Wohin er gezogen sei, konnte man mir nicht sagen. Die wenigen Sätze in Deutsch und die geschäftige Eile der Telefonistin in Berlin machten mir bewusst, wie sehr ich meiner Muttersprache entwöhnt war. Noch fühlte ich mich in Europa nicht wieder heimisch, aber Afrika lag bereits weit hinter mir, viel weiter als die 24 Stunden, die mich davon trennten.
Dann fuhr Christos mich zum Flughafen, um Pako abzuholen. Die Augustsonne hatte den Lagerschuppen auf tropische Temperaturen erhitzt. An Wärme mangelte es Pako also wahrlich nicht, aber er saß wieder in seinen Exkrementen und war völlig ausgehungert. Ich trug den Käfig ins Freie und spritzte ihn mit einem Wasserschlauch aus. Währenddessen verschlang Pako mehrere Scheiben Melonen. Dann mussten wir ihn wieder einsperren. Christos fragte, ob ich Pako nicht an ihn verkaufen wolle, als Attraktion für seinen Melonenstand.
Christos wich mir am nächsten Tag nicht von der Seite. Er sei freier Unternehmer. Das hätte neben vielen Nachteilen auch den Vorteil, dass er seinen Stand öffnen und schließen könne, wann er wolle. Er fuhr mich zum Konsulat, wo 150 Mark für mich bereit lagen, nebst einem Brief von Paul.

Mavie, meine Liebste, ich hoffe, du bist mit der Organisation deines Mannes zufrieden. Ich liebe dich und warte auf dich. Wenn du nach München kommst, werde ich noch in Berlin sein. Du wirst mich gleich anrufen, versprich's! Ich hoffe, kein Mensch weiß etwas, und du wirst eine erstklassige Überraschung. Wart auf mich, bitte, bitte! Ich möchte wirklich nicht, dass meine Frau ohne ihren Mann ihren Eltern das Kind präsentiert.

Immer noch von Christos begleitet, besorgte ich mir eine Fahrkarte München – Athen. Christos machte mir begreiflich, dass dieser Zug, der den stolzen Namen Jugoslawien-Express trug, bei den Griechen Milchexpress genannt würde, weil der Lokomotivführer an jeder Weide halte, um die Kühe zu melken. Tatsächlich war bis München eine Reisezeit von 48 Stunden vorgesehen.
Die Verhandlungen um Pako gestalteten sich schwierig. Der Amtsarzt bestand auf der üblichen Quarantäne von drei Wochen. Ich saß in dem kleinen Zollbüro, Pako auf dem Schoß, und plötzlich rollten mir Tränen über die Wangen. Die beiden Männer starrten verlegen in eine Ecke. Damit hatte niemand gerechnet. Das Fass war am Überlaufen, meine Nerven lagen blank. Ich wollte nicht mehr mit Geschichten wie dieser konfrontiert werden, ich wollte keine Entscheidungen mehr treffen und nichts mehr durchfechten. Ich wollte nach Hause und diesen Affen und alle anderen Probleme in Pauls Hände legen.
Christos begann leise auf den Beamten einzureden. Ich verstand kein Wort von dem, was er sagte, aber es muss sich um einen Vorschlag gehandelt haben. Christos argumentierte wohl damit, dass Griechenland für Pako nur ein Transitland auf dem Weg nach Deutschland sei und dass er, Christos, sich dafür verbürge, dass der Affe bis zum Einstieg in den Jugoslawien-Express sich nur in seinem Lieferwagen aufhalten würde. Jedenfalls bekam ich ein Papier, dessen Inhalt ich nicht verstand, und durfte das Gebäude mit Pako verlassen.
Christos fuhr an den Kephissos, wies auf das spärlich dahinfließende Rinnsal und sagte: »My country little water and many stones.« Einen Moment lang dachte ich an den Kongo, an seine braunen, träge dahinziehenden Wassermassen, auf denen die Hyazinthen wie Totengaben schwammen.
Der Tag verging in der wehmütigen Vertrautheit von Menschen, die wissen, dass sie sich nie mehr begegnen werden. Am Abend brachte Christos mich in einem Sechser-Abteil des Jugoslawien-Express unter. Durchs Fenster reichte er mir

noch zwei riesige Melonen hinein. »Eine genügt«, wollte ich protestieren, da setzte sich der Zug schon in Bewegung, und Christos blieb zurück auf dem abendlichen Bahnsteig. »Your address?«, schrie ich aus dem Fenster und er rief etwas auf Griechisch zurück, was ich nicht verstand. Dann trug der Zug mich fort und ich wurde überwältigt von dem Gefühl, dass dieser lange Schienenstrang mich mit der Heimat verband.

Der Zug ratterte hinauf in den gebirgigen Norden. Er hielt an jeder Station, obwohl um diese Zeit nur wenige aus- oder einstiegen. Menschen mit dunklen, sonnengegerbten Gesichtern, in deren Falten noch Erde zu haften schien, saßen in meinem Abteil. Gleich nach Athen öffneten sie ihr Gepäck und holten Brot, Käse, Oliven und Retsina heraus. Nicht nur, weil ihnen dazu eine Melone fehlte, sondern vor allem weil die Landessitte es gebot, war ich willkommener Gast in dieser Runde.

Natürlich wollten sie wissen, was es mit dem Affen auf sich habe. Ich machte die Bewegung des Fliegens und sagte: Afrika. Als ich das Wort aussprach, erschien es mir wie ein Schrein, zu dem ich den Schlüssel verloren hatte. Die Bilder waren verblasst, die Töne verstummt, verdrängt von der lustigen Gesellschaft in diesem Eisenbahnabteil, in dem alle durcheinander redeten.

Ich gab zu verstehen, dass ich Sorge hätte, Pako könnte vom Kontrolleur entdeckt werden. Ich hatte kein Ticket für ihn gelöst. Eine der Frauen breitete einen geblümten Plumeaubezug, in dem sie Unmengen von Dörrpflaumen in den Norden transportierte, über den Käfig, und wann immer der Schaffner die Abteiltür öffnete, waren Pakos Gekecker und sein unverkennbarer Geruch unter einem Berg von Dörrpflaumen verschwunden.

Von Saloniki bis zur jugoslawischen Grenze saß ich allein im Abteil. Es kam, wie es kommen musste. Pako, der nur notdürftig hinter dem Rucksack versteckt war, wurde von einem Zollbeamten entdeckt. Das Vergehen wurde mit einer Ernsthaftigkeit verfolgt, als handele es sich um den Schmuggel einer Atombombe. Als erstes steckte der Beamte meinen Pass ein. Dann lehnte er sich aus dem Fenster und rief mit einem gellenden Pfiff Verstärkung herbei. Zwei Kollegen in Uniform betraten das Abteil und durchwühlten den Rucksack nach weiterem Schmuggelgut.

Nummer zwei richtete eine Frage auf Serbo-Kroatisch an mich, die ich aber nicht verstand. Ich tippte an die Brusttasche von Nummer eins, dorthin, wo mein Pass verschwunden war, und sagte: »Afrika.« Daraufhin redeten alle drei wie wild auf mich ein, immer das gleiche Wort wiederholend, welches nichts anderes heißen konnte als: Verboten.

Die Weiterfahrt verzögerte sich, der Zugführer kam ans Abteilfenster und fragte, warum es nicht weiterginge. Passagiere stiegen aus und versammelten sich unter dem Fenster. Jemand wollte den Affen sehen und Nummer drei hob entrüstet den Käfig hoch. Vereinzelt wurde Gelächter laut. Nummer eins packte mich am Arm und wollte mich aus dem Abteil zerren. Mit einer Hand hielt ich mich am Gepäcknetz fest, mit der anderen zeigte ich auf meinen Bauch. Auf dem Gang erschienen Reisende und mischten sich ein. Sie stellten sich auf meine Seite. Aus dem Schwall unverständlicher Reden schnappte ich das Wort »Transit« auf. »Ich bin Deutsche und will nach Deutschland. Der Affe ist nur Transit. Verstehen Sie? Transit. Nur Transit.«

Nummer zwei verschwand schließlich, um zu telefonieren. Als er nach einer Viertelstunde wiederkam, empfing ihn eine ungeduldige Menge. In der Zwischenzeit hatte Pako alles aufgefressen, was die Leute ihm durchs Fenster zugesteckt hatten: Salami, Ziegenkäse, Tomaten und Essiggurken. Er hatte die Sympathien aller. Ich bekam meinen Pass zurück und der Zug fuhr weiter. Er hat die Verspätung bis München nicht mehr aufgeholt.

Eine weitere Nacht folgte. Neue Gesichter, Schlaf im Sitzen und kühlere Temperaturen. An der Grenze zu Österreich gelang es mir, Pako unter dem Sitz zu verstecken und sein Ge-

keckere durch lautes Reden und unmotiviertes Gelächter zu übertönen.
Deutschland kündigte sich durch Scharen von Urlaubern an, die nach Hause fuhren. Das Abteil wurde brechend voll. Kein Kontrolleur, kein Grenzbeamter kümmerte sich um den Käfig, der zwischen Koffern auf dem Gang stand. Der Fahrscheinkontrolleur am Münchner Hauptbahnhof winkte mich einfach durch.
Welch ein Unterschied zu unserer Abreise vor einem halben Jahr! Die volle Kirche, die scheppernden Blechbüchsen am weißen MG, der pompöse Hotelsaal, die altväterlichen Tischreden – insgeheim hatte ich gehofft, dass alle, die damals dabei waren, zu meinem Empfang bereitstehen würden, so wie ein Marathonläufer bei seinen letzten Metern von applaudierenden Zuschauern begleitet wird. Aber niemand nahm von mir Notiz. Der Münchner Hauptbahnhof, damals noch nicht so belebt wie heute, schluckte mich mit der gleichen Teilnahmslosigkeit, mit der er Reisende aus Traunstein oder Rosenheim aufnahm. An einem Zeitungsständer verkündete eine Schlagzeile die unversehrte Rückkehr von zwei Hunden, die an Bord einer sowjetischen Rakete ins All geschossen worden waren.

Wann ist eine Reise zu Ende? Wenn die Neugier gestillt ist und der Reisende sich vom Zustand der Bewegung in den der Ruhe begibt. Am Ende einer solchen Erfahrung ist nicht selten der Seufzer zu hören: Am schönsten ist es doch zu Hause!

Zu den Menschen, die sich mit einer solchen Einsicht begnügen, gehört Paul nicht. Deshalb verlangt meine Geschichte eine kleine Fortsetzung.

Wir quartierten uns in der noblen Acht-Zimmer-Villa meiner Schwiegermutter Alma ein, die sich gerade auf Reisen befand. Meine Wunden, auch die seelischen, heilten ab, die Filarien ließen mich in Ruhe. Es gab keine Moskitos mehr, allenfalls ein paar herbstmüde Stechmücken. Es war das einzige Mal in meinem Leben, dass Paul, unsäglich verliebt, mir das Frühstück ans Bett brachte. Pako tobte in den riesigen Buchen hinter dem Haus herum. Mir gegenüber, die ich seinetwegen so viele Strapazen auf mich genommen hatte, verhielt er sich undankbar. Kaum war Paul aufgetaucht, schlug er sich auf dessen Seite. Er biss und kratzte mich und beschimpfte mich mit den unflätigsten Affenausdrücken.

Als es kälter wurde, zu kalt um draußen zu sein, blieb nichts anderes übrig, als Pako im Haus einzuquartieren. Hier verwechselte er das Interieur mit den Wäldern von Französisch Äquatorialafrika, seiner Heimat. Wie Fips der Affe schwang er sich vom Kristalllüster zur Vorhangstange, kletterte die roten Samtvorhänge herunter, soff aus Blumenvasen, hing an Wandleuchten und Elektrokabeln und fegte den gedeckten Tisch leer. Bereits am dritten Tag sagte Kathi, das Dienstmädchen: »Entweder geht der Affe oder ich!« Paul, der sich gewöhnlich mit Entscheidungen schwer tut, antwortete sofort: »Sie!«

Als Alma nach mehreren Wochen in ihr gepflegtes Haus zurückkehrte, fand sie statt eines Dienstmädchens Chaos und einen Affen vor. Kurz darauf riss Pako sich bei einem Spaziergang durch die Gautinger Villenkolonie von uns los und kletterte über ein Birnenspalier in den ersten Stock eines Hauses, wo er die Besitzerin beim Frühstück überraschte und fast zu Tode erschreckte.

Ich fand, dass es so nicht weiterginge, und bot ihn Ende November dem Tierpark Hellabrunn an. Dort wohnte seit einiger Zeit ein Männchen der gleichen Art, das an Einsamkeit litt. Pako wurde also freudig aufgenommen und bekam in der Menschenaffenstation, zusammen mit seinem Liebhaber, ein großes Zweizimmerappartement hinter Gittern.

Im Dezember besuchte ich ihn. Er schien mich wieder zu erkennen und kam auf Zuruf näher. Ich hatte ihm Bananen mitgebracht, die er aber nicht anrührte. Durch das Gitter versuchte ich ihn zu den alten Spielchen zu animieren, kraulte ihn am Bauch, zog ihn an den Händen hoch. Aber Pako blickte mich aus seinem kleinen Mumiengesicht wie aus weiter Ferne an und verzog sich in eine Ecke. Ich tröstete mich damit, dass er beleidigt sei, so wie kleine Kinder oft beleidigt sind, wenn man sich eine Weile nicht um sie gekümmert hat. Deshalb nahm ich mir vor, ihn regelmäßig zu besuchen.

Doch Pakos Seele hatte schon die Heimreise in die grünen, warmen, von Affengekreisch erfüllten Wälder Afrikas angetreten. Als ich ihn im Januar, nun bereits mit sehr dickem Bauch, wieder besuchen wollte, fand ich den Käfig von anderen Affen bewohnt. Der Wärter sagte mir, dass Pako an einer Lungenentzündung gestorben sei, wie alle Rotkopfmangaben vor ihm. Das Klima sei für solche Affen einfach nicht geeignet. Da lehnte ich meinen Kopf schuldbewusst an die Gitterstäbe und weinte bitterlich.

Das war zu der Zeit, als Paul trotz heftiger Proteste der Familie wieder unterwegs in den Kongo war. Vor allem mein Vater fühlte sich in seiner Voraussage bestätigt, dass dieser junge Mann, der seine Tochter buchstäblich entführt hatte, die für eine Ehe erforderliche Ernsthaftigkeit und Zuverlässigkeit auch weiterhin nicht aufbringen könne.
Paul hatte die verschiedenartigsten Argumente ins Feld geführt, um seine Reise zu rechtfertigen. Alle schienen auf den ersten Blick einleuchtend. Er müsse jetzt fahren, denn wenn das Kind erst mal da sei, könne er es nicht mehr. Nur jetzt habe er das nötige Geld dafür. Außerdem wüsste kein Mensch, wie es in einem Jahr aussehen würde. Jetzt sei Trockenzeit im Sudan, und schließlich könne man ein Auto im Wert von 7.000 Mark – in welchem Zustand auch immer – nicht so einfach aufgeben. Doch über all diesen Argumenten thronte letztendlich, gleichsam als befehlsgebende Gewalt, die gleiche Dynamik, die den Zugvögeln innewohnt. Schon immer wurde Paul im Herbst von einer Unruhe erfasst, die ihn weit weg trug, in ferne Länder, ans Ende der Welt. Bereits Mitte November machte er sich mit einem Koffer, der das Nötigste enthielt, auf die Reise. Das neue Speichenrad für den MG trug er in der Hand. Der gleiche Zug, in dem ich zurückgekommen war, brachte ihn nach Athen. Er hatte sich vorgenommen, den Kongo per Bahn und Schiff zu erreichen.

Ich habe alle deine Brote aufgegessen, lutsche Sanostol-Tabletten und lerne Arabisch. Das Ei war nicht abgeschreckt!!! Werde versuchen, das Visum für den Sudan schon in Athen zu bekommen.

In Athen bestieg er ein Schiff der Hellenic Mediterranean Lines und kaufte sich für ein Pfund ein Ticket für den Schlafsaal, konnte aber nicht schlafen. Das Essen im Speisesaal wollte er sich nicht leisten, aber er hatte andererseits in Piräus keinen Proviant kaufen können, weil alle Läden geschlossen waren.

Was bedeutet der Umsturz im Sudan? Wenn es eine militärische Untermauerung der bestehenden mehr oder minder antiägyptischen Situation sein soll, dann geht es wohl weiter. Jedenfalls kommt es mir gelegen. Gefährlich ist es nicht. Ich bitte dich, sei nicht zu viel mit Menschen zusammen, die mich nicht mögen.

Auf der Bahnfahrt von Alexandria nach Kairo wehte ihm der Zugwind seine Sport-Schuster-Mütze vom Kopf. Obwohl es inzwischen sehr heiß geworden war, trug er noch immer seine Winterkleidung, Anorak, Wollhose, Rollkragenpulli, Handschuhe, getreu der Devise von Lettow-Vorbecks Schutztruppe: »Was gut gegen Kälte ist, ist auch gut gegen Hitze.«

Meinen Koffer schütze ich, indem ich einen Streifen Lokuspapier mit meinem Namen signiere und an der Seite festklebe – plombiert! Mein kleiner süßer Schatz! Niemand versteht hier, wonach ich Sehnsucht habe.

Die Fahrt von Kairo nach Assuan kostete umgerechnet 27,30 Mark. Für die 900 Kilometer lange Strecke brauchte der Zug zwanzig Stunden. Er raste mit hundert Sachen auf einer für deutsche Verhältnisse unmöglichen Strecke, was den Zustand der Gleise betrifft. Die Übergänge, als Ziehharmonikas gedacht, klafften, Türen standen offen, Gepäckstücke rutschten bei der Schaukelei über den Boden.

In Assuan sah ich vor der Post ein Fahrrad stehen, das ich schon einmal vor der Frankfurter Uni gesehen habe. Es gehört einem amerikanischen Juden, der seit sieben Jahren sozusagen berufsmäßig auf Weltenbummel ist. Hier hat der Nil in einer Länge von 200 Kilometern die meisten Felder der An-

wohner bewässert. Der neue geplante Damm wird die Dörfer überfluten. 150.000 Menschen werden obdachlos.

Auf der Bahnfahrt von Assuan zur Dampferanlegestelle in Shellal geriet er mit dem Kontrolleur aneinander, weil dieser eine Nachzahlung von 20 Piastern verlangte. Paul verwies auf die gelöste Fahrkarte Kairo – Shellal. Unterbrechung hin oder her, er musste zahlen. Das verdarb ihm die gute Laune.

Dann wollte der Träger vom Bahnhof zum Schiff ein ägyptisches Pfund. Ich zahlte 25 Piaster und wurde hinterher ausgelacht. Der einzige Deutsche hier, der die Mentalität dieser Überpreisjäger verstehen kann, bin ich – als Filmschaffender.

Der Dampfer brachte ihn nach Wadi-Halfa. An Bord hingen zwei Verbotsschilder: »Forbidden to sit with pyjama!« und »Don't cook in your cabins with petrol cooker!« Trotzdem ist noch ein Foto vorhanden, welches einen Herrn in gestreiftem Pyjama an Deck zeigt. Es muss eine erholsame Reise gewesen sein. Unterwegs hielten sie an der Totenkammer Ramses II, die damals noch nicht überflutet war.

Die Landschaft rutscht wie ein überdimensionaler Cinemascopefilm an uns vorbei, etwas überbelichtet und Gott sei Dank stumm. Schreib mir, was mein Kind macht und wo es liegt.

Die Zugfahrt von Wadi-Halfa bis Khartoum dauerte 42 Stunden. In Wadi stellte er sein Gepäck in einen noch leeren Waggon und ging weg. Als er zurückkam, waren alle Waggons voll und sein Koffer samt Speichenrad eingekeilt zwischen verschleierten Frauen. Die Polizei bestand auf einem sofortigen Umzug zu den Männern. Er fuhr in der vierten Klasse. Diese hatte statt Fenstern verschiebbare Holzplatten, Holzbänke, drei Wasserkrüge sowie in einem abgetrennten Raum ein Loch im Boden.

Und dennoch habe ich einiges von den Frauen gesehen: die komischen Perücken, die rotlackierten bzw. orange angestrichenen Fingernägel. Einen kleinen Eisenschmuck auf dem linken Nasenflügel, die verschiedenen Stammesmarkierungen auf den Wangen. Einen breitgeschmiedeten, mit S verzierten Gold- oder Kupferring und viele billige Ringe mit großen glänzenden Steinen.

Er blieb drei Tage in Khartoum, um sich ein Reisepermit für den Süden ausstellen zu lassen. Sein Antrag verschwand mit dem Vermerk »very urgent« in den Mühlen sudanesischer Bürokratie, aber nach drei Stunden hielt er das Permit in den Händen. So etwas bringt nur Paul fertig. Ein Amerikaner, der sich ebenfalls um ein Permit bemüht hatte, wurde zurückgeschickt. Schwieriger war es, die gleichzeitig eingeleitete Autofahrerlaubnis für die Rückreise im MG von Juba nach Wadi-Halfa durchzubringen. Er musste dafür 100 Pfund bei einer Bank deponieren.

Ich werde von jedem, mit dem ich ins Gespräch komme, gefragt, wie es jetzt um Berlin und überhaupt um Deutschland steht. Gestern Abend stand sogar in der hiesigen Zeitung, Adenauer habe abgedankt und die Russen würden morgen auf die Truppen in Berlin zu feuern beginnen. Willst du nicht wieder in den Kongo kommen?

Die Fahrt von Khartoum nach Kosti dauerte noch einmal 13 Stunden, die Nacht ging darüber hin. Er hoffte, in Kosti eine Mitfahrgelegenheit bis Juba zu bekommen. Ein Chief-Clerk der Singer Company aus Wad Medani spielte den Übersetzer. Das alles bei immerhin exakten 36 Grad im Schatten. Es hieß, die Straße sei ab Malakal noch gesperrt. Alles gestaltete sich sehr schwierig. Zum Glück fand sich dann doch ein nagelneuer Pullmanbus, der ihn nach Renk mitnahm, dann ein holländisches Ehepaar, in dessen weißem Landrover er bis Malakal kam.

Ich träumte, dass das Auto mir gehörte, und du neben mir, die Landkarte auf den Knien, ich ziehe die Karte zu mir, du wirst sauer, weil ich deinen Lesefähigkeiten nicht vertraue. Darauf fällt mir ein guter Satz ein: Unter jeden wichtigen Brief gehören zwei Unterschriften.

Ab Malakal war die Straße tatsächlich gesperrt. Die sechstägige Fahrt auf dem Weißen Nil, die er unbedingt vermeiden wollte, blieb ihm nicht erspart. Der Steamer, eigentlich nichts weiter als vier zusammengeschnürte Boote, stemmte sich mit zwei bis drei Meter hohen Schaufelrädern gegen den Strom. Sie machten 15 Kilometer in der Stunde, und mit jeder Stunde mehr wurde die Reise zu dem, was er sich erträumt hatte. An Bord wimmelte es von Ziegen, Pferden und Hühnern. Es wurde auf offenen Feuern gekocht, gewaschen, gesungen und Karten gespielt.

Seit zwei Tagen, rechts und links, nichts als Papyrusbüschel von 2 bis 3 Meter Höhe. Von der Kapitänsbrücke aus sieht man – wer weiß wie viele Kilometer – ein grünes steifes Papyrusmeer, bis schließlich hinter dem Horizont Rauchsäulen aufsteigen, so dass man meinen möchte, die dazugehörenden Dinkadörfer seien von der Erdkrümmung verborgen. Ach Mavie, wenn ich nur wüsste, wie es dir geht, und was du machst, wenn der Tag lang ist.

In Juba saß er einen Tag lang in einer englischen Mission fest, bis sich eine Mitfahrgelegenheit nach Yei fand, wo er um sechs Uhr morgens ankam. Zur kongolesischen Grenze waren es noch 60 Kilometer.

Das war also gestern Morgen, und seitdem ist kein Auto mehr in den Kongo gefahren. Es gibt Deutsche hier, ein Ehepaar v. Sch., Kaffeeexperten im Regierungsdienst, er sehr nett. Aber seine Frau und seine Gäste, Mitglieder der Deutschen Botschaft in Kairo, hielten derartige Vorträge über die Beschaf-

fenheit der farbigen Völker und die Bedeutung standesbewussten Benehmens, dass es zu einem unerfreulichen Ende kam.
Mit allerhöchster Erlaubnis habe ich mich nun neben dem Gefängnis einquartiert. Ein Polizist übt seinen Namenszug auf Arabisch, zwei schlafen links auf dem Boden, rechts vorn das Gitter zum Arrestlokal mit zwei Bewohnern, die ihrer Aburteilung als Einbrecher gelassen entgegen sehen. Morgen kommen Lorrys, das hoffe und weiß ich, weil sie schon nach Juba gefahren sind und zurückkommen müssen.
Eben schlägt es Mitternacht. Das heißt, er schlägt, drüben im Gefängnis. Ein Gefängniswärter in löchrigem Pullover schlägt mit einem Hammer gegen einen Eisenstab. Mein Nebenmann (ich sitze inzwischen am Bürotisch, die Einbrecher schnarchen) fährt auf und trägt etwas auf Arabisch in ein Buch ein – die Polizisten haben nur eine arabische Elementarschule besucht.
Es sind doch noch über 700 Kilometer bis Buta. Immer mehr verschiebt sich mein Anliegen, wird verschoben, von der Hitze, den unbewältigten Entfernungen, wird immer mehr zu einem: ich muss durchkommen, Vitamine essen, Malariamittel schlucken ...
Ich habe mit einem schwarzen Shunchauffeur gesprochen, der war vor sieben Tagen in Buta, hat Brot gekauft und unser kleines Wüsteneselchen gesehen.
Du musst dir keine Gedanken machen. Wenn ich mich jetzt auf der Heimfahrt verspäte, so kommt deshalb meine Reisekalkulation nicht ins Wanken. Glaube auch ein wenig an mich! Ich habe bis heute einigermaßen Ordnung halten, habe wieder ein frisches Hemd und eine Unterhose auspacken können. Die Schuhe allerdings sind durchgelaufen, und Seife muss ich kaufen. Auf dem Markt gibt es Papajas, Bananen, Orangen, Limonen, aber keine Mangos oder Avocados. Zum Rauchen gibt es BELGA, 20 Stück für zehn Piaster.
Es ist dreiviertel zwei, ich staune, wie die Zeit vergeht. Mavie, pass auf dich auf, fall nicht, stolpere nicht, bleib mir treu!

Hier haben wir einen Friseur, der für zwei Jahre Wasser schleppen muss, weil er mit einer verheirateten Frau schlief – so streng sind hier die Bräuche.

Erst nach drei Tagen bot sich eine Mitfahrgelegenheit ins 60 Kilometer entfernte Aba. Von dort nahm ihn ein Regierungsarzt, der in drei Tagen 20.000 Afrikaner gegen Gelbfieber geimpft hatte, in einem Chevrolet mit Chauffeur bis Paulis mit. Von Paulis aus konnte man Buta mit der Eisenbahn erreichen.
Paul wollte dritter Klasse fahren, aber die schwarzen Schaffner verweigerten ihm schlicht das Recht dazu. Europäer dürften nur die zweite Klasse benutzen. Er ließ aber nicht locker. Für ihn war es hauptsächlich eine Kostenfrage. Dem Prestige der Weißen würde es nicht schaden, wenn einer einmal in der dritten Klasse führe, sagte er dem flämischen Bahnhofsvorsteher und setzte sich durch. Während der Fahrt erfuhr er von einem Mitreisenden, dass Joss mit dem MG durch Buta gefahren war. Es beruhigte ihn eher, als dass es ihn ärgerte. Denn ein fahrender Wagen war ihm lieber als ein kaputter. Um Mitternacht klopfte er ans Schlafzimmerfenster der Steenakkers.

Mavie, meine Liebste! Frohe Weihnachten! Die Bäckerjungen backen noch. Gaspard deckt den Tisch. Man hat eine Armstrong-Platte aufgelegt. »Louis and the Angels«. In Gedanken mache ich aus dem kreiselnden Ventilator einen Weihnachtsengel. Wie die Stimmung ist? Nun, man hat den Christbaum in die Gemüsesuppe geschnitten.
Der Motor des MG rumpelt, ohne den dritten Zylinder, scheint es. Er erzählt mir: Ich will, ich will, fahr mich schnell. Ich fahre morgen ab, Glück auf!

Er kam gut von Buta nach Juba, der Wagen lief einwandfrei, keine Reifenpanne. Am Neujahrstag fuhr er bis Malek und brach am nächsten Morgen nach Bor auf. Die sandige Piste

war schnurgerade. Seit Stunden hatte er kein Fahrzeug mehr gesehen. Er fuhr mit 50 Stundenkilometern so ziemlich in der Mitte der Straße. Da sah er einen Wagen auf sich zukommen. Als sie noch etwa 70 Meter voneinander entfernt waren, versuchte er, nach rechts auszuweichen. Der andere Wagen tat dasselbe, und dann ging alles blitzschnell, es krachte. Paul flog wahrscheinlich gegen das Lenkrad, das eine Teleskop-Federung hatte und den Aufprall abfing. Sobald er begriffen hatte, was los war, kroch er aus dem Fenster. Die Türen steckten im Sand. Im anderen Wagen saßen sechs Leute, drei Männer, eine Frau und zwei Kinder. Einem der Kinder waren zwei Zähne ausgeschlagen, ein älterer Mann hatte einen Schlüsselbeinbruch erlitten. Paul war schlicht die Tatsache zum Verhängnis geworden, dass im Sudan immer noch Linksverkehr herrschte.
Der MG war fahrunfähig, die vordere rechte Seite einschließlich dem neuen Speichenrad eingeschlagen. Paul wurde unter Arrest gesetzt in einem Ort namens Bor, weitab der Zivilisation, besiedelt von Milliarden von Moskitos, in der Trockenzeit, bei Temperaturen um die 40 Grad.

Mavie, jetzt machen sie mich fertig. Ich beginne, diese Leute gründlich zu hassen. Das alles ist so traurig, dass es uns beide langweilt. Ich werde dieses Kapitel aus meinem Leben streichen. Seit 14 Tagen sitze ich nun in diesem Loch. Vor neun Tagen zeigte ich dem District Commissioner dein Telegramm und sagte, dass ich aus beruflichen Gründen unbedingt nach Deutschland zurück müsse.
»Wenn die Umstände es zulassen, werden Sie rechtzeitig nach Deutschland kommen.«
Der verletzte Hag Bilal liegt immer noch im Hospital. Man hat jetzt eine Leukämie festgestellt, an der ich nicht schuld sein kann.
Dazu diese Sonne, dieses was weiß ich wie zubereitete Brot, das lauwarme Wasser. Ich kann das alles nicht mehr sehen. Jetzt muss ich also warten, bis man mich irgendwie verurteilt.

Übrigens: die Tür am Bilalschen Wagen muss schon vor dem Unfall in einem Zustand gewesen sein, der es unmöglich machte, sie zu schließen. Wäre sie korrekt gewesen, wäre er nicht hinausgeflogen. Das Urteil steht praktisch heute schon fest, das Ganze wird eine Farce, aber mehr als 50 Pfund können sie mir wohl nicht aufbrummen. Bitte warte mit dem Kind, bis ich wieder da bin, bitte, bitte.

Paul wäre nicht Paul, wenn er nicht schließlich gegen eine Kaution von 1.400 Mark die Freilassung aus dem Gefängnis von Bor bewirkt hätte. Gerade noch rechtzeitig vor dem Tod von Hag Bilal, der im Hospital von Juba an seiner Leukämie starb. Wer weiß, wie es ihm ergangen wäre, wenn man ihm diesen Tod angelastet hätte!

Etwa zehn Jahre später haben wir zufällig einen Sudanesen kennengelernt, der aus der Gegend kam. Er sagte, die Geschichte spuke noch immer in den Köpfen der Leute herum. Paul solle sich dort besser nicht mehr blicken lassen, wenn ihm sein Leben lieb sei.

Es bestand ohnehin keine Veranlassung mehr, nach Bor zurückzukehren, denn der MG war nicht mehr zu reparieren. Er blieb dort stehen, wo er verunglückt war, am rechten Pistenrand, zwischen Malek und Bor.

Die Dinkas, diese seltsamen, riesenhaften Menschen, die sich auf ein Bein stellen um auszuruhen, werden ihn nach und nach ausgeplündert haben. Zuerst das Material, das ihnen vertraut war – die Lederriemen, mit denen die Motorhaube festgeschnallt war, und die schwarzen Ledersitze. Dann die Gummireifen, aus denen sie vielleicht Sandalen schusterten, und den imprägnierten Stoff des Verdecks.

Vielleicht haben sie aus dem Blech Kochtöpfe geschmiedet und aus den Schrauben Schmuck gemacht. Das Auto hatte einen Menschen getötet, zumindest in ihren Augen war das so, und verdiente keine andere Behandlung. Sie werden mein Brautkleid gefunden haben und fremde Kupfermünzen, mit denen sich nichts kaufen ließ. Und den ganzen Verhau, den

Paul damals zurücklassen musste. Dinkafrauen werden mein Brautkleid anprobiert und sich halb totgelacht haben.
Wie lange hat es gedauert, wie viele Mondnächte hat das Auto noch gesehen, wie viele Regenzeiten über sich ergehen lassen müssen, bis die letzte Sandwoge über ihm zusammenschlug?
Pauls Flug zurück nach München führte über Malakal, Khartoum und Rom. Die Reise dauerte 24 Stunden. Er kam gerade noch rechtzeitig zu Ndunges Geburt und murmelte bei ihrem Anblick unter Tränen der Rührung: »Ein Mädchen, und auch das noch völlig misslungen!«

Ja, wann ist eine Reise zu Ende? Monatelang noch mussten unsere Gäste Diavorführungen über sich ergehen lassen. Ich balanciere über eine Hängebrücke im Urwald, ein überfülltes Boot treibt auf der Sanaga, der MG steckt bis zur Nase im Schlamm, in einer Emailschüssel liegen rote Palmnüsse.
Robert Elangué, der Ndunges Patenonkel wurde, besuchte uns 1959 auf seinem Weg nach Paris, wo er eine Schreinerausbildung machte. Es war seine erste Auslandsreise. Beim Frühstück strich er sich Honig auf die eine Seite des Brotes, Leberwurst auf die andere und sagte: »C'est pas mal!«
Durch Pauls Vermittlung durfte er ein paar Tage in einer Starnberger Schreinerei arbeiten und fertigte dort ein dreibeiniges Tischchen an, das die Form des afrikanischen Kontinents hat und auf dem unsere Reiseroute durch eingelassene Münzen zu sehen ist. Obwohl er einmal in einer Konditorei nicht bedient wurde, wegen seiner Hautfarbe, wie er richtig vermutete, reiste er nur ungern wieder ab. Wir haben ihn völlig aus den Augen verloren. Kamerun ist groß. Die Auslandsauskunft sagt, dass es in keiner der größeren Städte einen Robert Elangué gebe.
Sehr viel später fuhr ich einmal mit unseren Kindern im 2CV von einem Urlaub in Südtirol zurück nach München. Vor dem Zirler Berg nahm ich einen Anhalter mit. Der 2CV tat sich schwer mit seiner Last auf dem steilen Berg. Ich sagte so

etwas wie: »Dieser Wagen taugt nur für die Stadt.« »Sagen Sie das nicht«, entgegnete der Zugestiegene, ein etwa 35-jähriger Mann, »mit einem solchen Wagen kommen Sie glatt durch die Wüste.«
»Ach nein«, sagte ich. »Woher wollen Sie das wissen?« Er erzählte, dass er zu Beginn der 60er Jahre als Fremdenlegionär in Algerien stationiert gewesen sei, irgendwo am Rand der Sahara. »Da sind noch ganz andere Autos durch die Wüste gefahren, damals. Einmal sogar ein englischer Sportwagen.«
»Und? Hat er es geschafft?«, wollte ich wissen.
»Ich glaube schon«, antwortete der Mann. »Aber sie sind nicht wieder zurückgekommen. Die Kameraden haben immer gewartet. Das Mädchen soll nämlich sehr schön gewesen sein und der Mann auch. Es gibt ja Männer in der Legion, die sich für Männer interessieren. Vielleicht haben sie zurück eine andere Route genommen. Afrika ist groß, müssen Sie wissen. Viele Wege führen hinein und viele wieder heraus. Es war vor meiner Zeit. Aber noch Jahre danach hat man sich die Geschichte erzählt. Stellen Sie sich vor: ein völlig verrücktes junges Paar, halbe Kinder noch, auf Hochzeitsreise in einem weißen MG.«
Vielleicht habe ich diese Episode auch nur geträumt. Paul lebte damals nicht bei uns und ich zehrte noch jahrelang von der Vergangenheit. Unsere Ehe glich in manchem dieser afrikanischen Reise – chaotisch und wundervoll zugleich. Nur dass ich wegen der Kinder nicht mehr meine Sachen packen und einfach abhauen konnte. Dafür kam Paul einmal von einer Weihnachtsfeier bei Freunden dreizehn Jahre lang nicht zurück.
Er hatte sich zwölf Kinder gewünscht und nach dem dritten aufgegeben. Ich wollte nur zwei, aber diese wohl gelungen. Wir scheiterten an den Wohnungen, die wir teilten, und dem Raum, den wir nicht hatten, an den Menschen, die uns umgaben, an den Gefühlen, die sich nicht vereinbaren ließen, an unseren eigenen Ansprüchen. Schließlich scheiterten wir an den Kindern, die wir liebten und denen wir trotzdem Ver-

letzungen zufügten. Dabei wollten wir nichts anderes als so glücklich sein, wie wir dies von der neuen Zeit nach dem Krieg erwarteten, es besser machen als unsere eigenen Eltern. Das Leben trieb uns auseinander und führte uns rätselhafterweise wieder zusammen.

Die Zeit floss dahin wie ein unaufhaltsamer Strom. Mehr als 40 Jahre sind seit unserer Reise vergangen. Tage unsagbaren Glücks wechselten mit Tagen des Trübsinns, in denen die dunklen Gedanken durch alle Türritzen krochen und man das ganze Leben am liebsten zerrissen hätte wie eine ungültige Fahrkarte.
Aber bei allem verbindet uns immer noch das Gefühl von etwas Tiefverwurzeltem, was man vielleicht Liebe nennen könnte. Eine schicksalhafte Liebe, bei der die Sahara Pate gestanden haben könnte.
Paul nimmt mich manchmal in den Arm und sagt: »Bei all den falschen Frauen, was hab ich da mit dir für ein Glück gehabt!« Und ich antworte: »Jetzt müssen wir sowieso zusammenbleiben, wer würde uns jetzt noch nehmen?«
Ich schnüre das blaue Päckchen wieder zusammen und trage es hinauf in Pauls Verhau im zweiten Stock. Paul wird dafür sorgen, dass es bald von einer Schicht papierener Belanglosigkeiten zugedeckt sein wird. In dieser Beziehung hat Paul sich nicht geändert.

Laura Doermer, geboren 1935 in München, wurde mit ihrem Erfahrungsbericht »Moritz, mein Sohn« bekannt. 1996 erschien ihr Debütroman »Vergehendes Blau«. Die Autorin lebt in der Nähe von Rosenheim.

1. Auflage 2000

Satz: Fotosatz Kretschmann GmbH, Bad Aibling
Typographie, Titelentwurf und Gestaltung: Konturwerk, Herbert Woyke
Titelabbildung mit freundlicher Genehmigung der UNION Deutsche Lebensmittelwerke GmbH, Hamburg
Fotos: Laura und Christian Doermer
Druck und buchbinderische Verarbeitung: Friedrich Pustet, Grafischer Großbetrieb, Regensburg
Papier: 100 g/m² Munken Pure
Gesetzt aus der 10,8/13,15 Punkt Life roman
Printed in Germany
ISBN 3-927743-46-1

Die Deutsche Bibliothek – CIP-Einheitsaufnahme

Ein Titeldatensatz für diese Publikation ist bei Der Deutschen Bibliothek erhältlich.